Melissa Foster

Sieg für die Liebe

Die Bradens in Peaceful Harbor

DIE AUTORIN

Melissa Foster ist eine preisgekrönte *New-York-Times-* und *USA-Today*-Bestsellerautorin. Ihre Bücher werden vom *USA-Today-Bücherblog*, vom *Hagerstown Magazin*, von *The Patriot* und vielen anderen Printmedien empfohlen. Melissa hat mehrere Wandgemälde für das *Hospital for Sick Children*, eine Kinderklinik in Washington, D. C., gemalt.

Besuchen Sie Melissa auf ihrer Website oder chatten Sie mit ihr in den sozialen Netzwerken. Sie diskutiert gern mit Lesezirkeln und Bücherclubs über ihre Romane und freut sich über Einladungen. Melissas Bücher sind bei den meisten Online-Buchhändlern als Taschenbuch und E-Book erhältlich.

www.MelissaFoster.com

Melissa Foster

Sieg für die Liebe

Die Bradens in Peaceful Harbor

LOVE IN BLOOM – HERZEN IM AUFBRUCH

Aus dem Amerikanischen von Rita Kloosterziel

Die Originalausgabe erschien erstmals 2017 unter dem Titel
»Thrill of Love – The Bradens at Peaceful Harbor« bei World Literary Press, MD,
USA.

Deutsche Erstveröffentlichung
2020 bei World Literary Press, MD, USA
© 2017 der Originalausgabe: Melissa Foster
© 2020 der deutschsprachigen Ausgabe: Melissa Foster
Lektorat: Judith Zimmer, Hamburg
Umschlaggestaltung: Natasha Brown

ISBN: 9781948868464

Aiylas und Tys Reise zur ewigen Liebe ist eine viel größere Geschichte, als Sie es vielleicht gewohnt sind. Im Laufe der Serie über die Bradens aus Peaceful Harbor blieb Ty immer ein bisschen geheimnisvoll, aber seit meiner ersten Begegnung mit ihm, bei der ich mich sofort in ihn verliebt habe, war mir klar, dass er ziemlich extrem war. Ich wusste, dass er eine beständige Beziehung zu einer Frau brauchte, die mit seiner Vergangenheit umgehen konnte und die genauso wild war wie er. Aiyla ist ganz sicher die perfekte Partnerin für ihn (ihren Namen spricht man übrigens »Eila« aus). Es war nicht leicht, über ihr Schicksal zu schreiben, aber eine Liebe ist eben nicht nur eitel Sonnenschein, und ich bin stolz, es getan zu haben. Ich hoffe, Ihnen gefällt die Geschichte von Ty und Aiyla und Sie freuen sich darauf, mehr über ihre Cousins und Cousinen in Pleasant Hill zu erfahren.

Um immer über Neuerscheinungen, Sonderangebote und exklusive Inhalte informiert zu sein, können Sie meinen Newsletter abonnieren oder meine kostenlose App (in englischer Sprache) herunterladen.
www.MelissaFoster.com/Newsletter_German
www.MelissaFoster.com/App

Aus zwei Serien wird eine!
Lernen Sie die Bradens & Montgomerys aus Pleasant Hill und Oak Falls kennen

Ich freue mich sehr, diese Neuigkeit mit Ihnen teilen zu können: Die Bradens aus Pleasant Hill und die Montgomerys wachsen zu einer großen Serie zusammen! Im dritten Band, *Pfade der Liebe*, entsteht eine enge Verbindung zwischen den Montgomerys und den Bradens. Aus diesem Grund habe ich die Serien verknüpft, um den Leserinnen den Überblick über Figuren, Hochzeiten, Babys usw. zu erleichtern. Das bedeutet, dass Sie nach den ersten beiden Romanen (*Von der Liebe umarmt* und *Alles für die Liebe*) in den meisten Büchern beiden Welten begegnen. In manchen Geschichten mag das Hauptaugenmerk auf einem der Orte liegen, aber sie werden sich alle überschneiden. Im ersten Buch, *Von der Liebe umarmt*, lernen Sie die Montgomerys kennen und im zweiten, *Alles für die Liebe*, treffen Sie die Bradens. Ich hoffe, Sie verlieben sich so sehr in sie, wie ich es getan habe!

Über die Reihe »Love in Bloom – Herzen im Aufbruch«

Die Serie über die Bradens und die Montgomerys ist nur ein Teil der Reihe »Love in Bloom – Herzen im Aufbruch«, bei der es um die Liebe und jede Menge Familie geht. Alle Braden-Geschichten können als Einzelroman oder Teil der Serie gelesen werden. Und darauf können Sie sich verlassen: Am Schluss eines Romans bleibt keine Frage offen und kein Problem ungelöst. Figuren aus den einzelnen Serien tauchen auch in späteren Büchern auf, sodass Sie keine Verlobung, Hochzeit oder Geburt verpassen. Eine vollständige Liste aller Serientitel sowie eine Vorschau auf kommende Veröffentlichungen finden Sie am Ende dieses Buches.

Besuchen Sie Melissas Seite mit »Reader Goodies«! Dort gibt es Serienübersichten, Checklisten, Stammbäume und mehr (in englischer Sprache).
www.MelissaFoster.com/RG

Eins

Wo zum Teufel ist mein Fahrradhelm? Aiyla Bell hatte ihre Ausrüstung in der vergangenen Woche öfter durchgesehen und umgepackt, als sie zählen konnte. In den letzten zehn Jahren hatte sie die ganze Welt bereist, um Fotos für hochwertige Bildbände zu machen, und nebenher als Skilehrerin und Wanderführerin gearbeitet. Packen konnte sie also im Schlaf. Es war unvorstellbar, dass sie sich ausgerechnet bei der Vorbereitung auf ein sportliches Highlight wie den Mad Prix einen so dummen Fehler geleistet haben sollte, wie ihren Fahrradhelm zu vergessen. Schon als Jugendliche hatte sie an solchen Sportereignissen teilgenommen, dieses war allerdings ihr bisher längstes. Seit Jahren träumte sie davon, bei diesem Charity-Event mitzumachen, weil sie so viel Gutes davon gehört hatte, aber wegen ihrer zahlreichen Reisen war einfach nie Zeit dafür gewesen. Bis jetzt. Diesmal hatte alles zusammengepasst und sie konnte sich zu ihrem ersten Mad Prix anmelden. Fünf Tage in den Bergen von Colorado, fünf verschiedene Disziplinen in der freien Natur, und vier Nächte, in denen sie auf dem Waldboden schlief. *Himmlisch!*

Sie durchsuchte gerade eine weitere Sporttasche nach ihrem Helm, als ihr ein vertrauter holzig-erdiger Geruch in die Nase stieg, der ihre Hände innehalten ließ. Ihr Puls raste. Der Duft, der sie seit Monaten verfolgte, wurde intensiver, und sie spürte, wie *er* hinter ihr in die Hocke ging. Ihr Atem stockte und sie bekam eine Gänsehaut, als die Erinnerung an Saint-Luc und die fünf unglaublichsten Tage ihres Lebens über sie hereinbrach.

»Glaubst du an das Schicksal?«

Sein warmer Atem streifte ihre Wange. Aiyla schluckte mühsam, wie gelähmt von der tiefen, verführerischen Stimme, die sie in ihren Träumen so oft gehört hatte, dass sie fürchtete, sie sich jetzt nur einzubilden. Ihr Herz hämmerte wie verrückt, als sie ihre butterweichen Beine zwang, aufzustehen. Er richtete sich ebenfalls auf, und als sie sich umdrehte, stand Ty Braden vor ihr, über eins achtzig groß, kräftig und muskelbepackt. *Oh Gott, du bist es wirklich.* Sein seidiges braunes Haar, das sein markantes Gesicht einrahmte, reichte ihm fast bis auf die Schultern und musste dringend gestutzt werden. Die Mischung aus Sehnsucht und Erschrecken in seinen goldbraunen Augen entfachte einen Sturm der Erinnerungen – an ihre Hand in seiner, seine Lippen auf ihren, intensive Gespräche über ihre Hoffnungen und Träume, die eine ebenso perfekte Konstellation ergaben wie die Sterne am Nachthimmel über Saint-Luc.

»Ty«, hauchte sie atemlos. Am liebsten hätte sie ihn erklommen wie einen Berg, um erneut seinen heißen, sinnlichen Mund zu küssen und seine Arme um ihren Körper zu spüren, so wie damals in Saint-Luc. Aber nichts davon konnte sie tun. Sie war wie erstarrt, und das war wahrscheinlich auch gut so. Immerhin war er niemand anderer als Ty Braden, der weltberühmte Bergsteiger und Fotograf, dem der Ruf als notorischer Frauenheld vorauseilte.

In dem Versuch, die Fassung wiederzuerlangen, wandte sie den Blick ab und brachte schließlich ein mühsames »Was machst du denn hier?« hervor.

»Das ist Schicksal«, sagte er so bestimmt, als würde er es tatsächlich glauben. »Das Schicksal hat uns für weitere fünf Tage zusammengeführt.«

Sie zwang sich, ihn anzusehen, während ihr Herz bei dem Gedanken, wieder Zeit mit ihm zu verbringen, heftig pochte. »Du glaubst doch nicht ans Schicksal, weißt du nicht mehr? Du bist überzeugt, dass die Menschen ihre Geschicke selbst in der Hand haben.« An ihrem letzten Abend in der Schweiz hatte er sie gebeten, ihre Zelte abzubrechen und am nächsten Tag mit ihm weiterzureisen, »um zu sehen, wohin das führt«. Oh, wie sehr war sie in Versuchung geraten, alle Vorsicht in den Wind zu schlagen und ihn zu begleiten. Doch sie hatte Jahre gebraucht, um sich das Leben aufzubauen, von dem sie immer geträumt hatte. Und das konnte sie nicht aufs Spiel setzen, nur um sich in die lange Riege von Tys Frauenbekanntschaften einzureihen. Es hatte sie schlimm erwischt, sie hatte sich Hals über Kopf in ihn verliebt – und sie hatte es nicht fertiggebracht, sich den Gerüchten um seinen Ruf zu stellen. Stattdessen hatte sie ihn gefragt: »Glaubst du an das Schicksal?« Nein, hatte er gesagt, er glaube nicht daran, doch sie war immer schon überzeugt gewesen, dass es so etwas wie das Schicksal gab. Also hatte sie ihm geantwortet: »Wenn es sein soll, dann treffen wir uns wieder.« Sie waren übereingekommen, keine Telefonnummern und Adressen auszutauschen und auch nicht zu versuchen, einander ausfindig zu machen, sondern ihre Zukunft tatsächlich in die Hand des Schicksals zu legen.

»Ich glaube, das stimmt nicht mehr, Aiyla.« Er sagte ihren Namen so, als hätte er die ganze Zeit nur darauf gewartet, ihn auszusprechen. Er trat näher, so nah, dass sie etwas Minziges in seinem Atem wahrnahm. »Ich kann es gar nicht glauben, dass du *hier* bist. Nach all dieser Zeit bist du *tatsächlich* hier.«

Die Sehnsucht in seiner Stimme brachte sie noch mehr durcheinander. Ein Blick in seine Augen und die Erinnerungen überschwemmten sie. Sie dachte daran, wie er sie in den Armen gehalten hatte, als sie – vollständig bekleidet – eingeschlafen waren, und wie sie aufgewacht war, weil er ihr zärtliche Worte zuflüsterte und sie sanft küsste. Wie sie sich unter Decken aneinandergeschmiegt hatten, während der Schnee rieselte, und sich von ihrer Kindheit und ihren Familien erzählten. Es kam ihr vor, als würde sie seine fünf Geschwister schon kennen, obwohl sie ihnen noch nie begegnet war. Jetzt war ihr die Kehle wie zugeschnürt, und sie wandte den Blick ab, um ihre Gefühle unter Kontrolle zu bekommen. Aus den Augenwinkeln nahm sie zwei Konkurrentinnen wahr, die flüsternd die Köpfe zusammensteckten und sie beobachten. Ihr Magen krampfte sich zusammen. Warum musste der einzige Mann, in den sie sich je verliebt hatte, in dem Ruf stehen, ein Frauenheld zu sein? Damals in Saint-Luc war er ihr nicht wie ein Schürzenjäger vorgekommen. Er hatte nicht einmal versucht, mit ihr zu schlafen, bis zu jener letzten Nacht, und da war er einfach auf ihr Flirten eingegangen. Sie hatte eindeutige Signale ausgesendet und sie dann mit einem einzigen Satz hinweggefegt. Sie war kurz davor gewesen, ihm auf sein Hotelzimmer zu folgen, als er einen Schritt zur Seite trat, um einen Anruf anzunehmen. Mehr als diesen Moment hatte es nicht gebraucht, um die Begierde zumindest so weit aus ihrem Kopf zu bekommen, dass sie eine rationale Entscheidung treffen konnte. Wahrscheinlich dachte er, sie würde nur mit ihm spielen, aber es war nicht nur der Sex, um den sie einen Bogen machte. Sie hatte angenommen, so ihr Herz zu schützen. Und hatte diese Entscheidung seitdem immer wieder bereut.

Ty hob die Hand und Aiyla sah ihren leuchtend roten Fahrradhelm an seinen langen Fingern baumeln. An das Gefühl, wie diese Finger vor vier Monaten durch ihr Haar geglitten waren, konnte sie sich nur zu gut erinnern. Ihn hatte damals ein Fotoauftrag für *National Geographic* nach Saint-Luc geführt, während sie einen Skikurs geleitet und zwischendurch Aufnahmen für ihr neues Buch gemacht hatte. Dachte er noch an die Küsse, die ihr Innerstes nach außen gekehrt hatten? Und daran, wie sie sich an den Händen gehalten und bis in die frühen Morgenstunden geredet hatten?

Sie streckte die Hand nach ihrem Helm aus, doch er hielt ihn höher, sodass sie nicht drankam. Seine Mundwinkel zuckten, und als er näher trat und ihren Arm berührte, durchströmte Hitze ihren Körper wie flüssiges Feuer. Sie richtete den Blick auf den Helm, um *ihn* nicht anzusehen, und dachte an ihre erste Begegnung. Sie hatte auf einem Berggipfel gestanden und das schneebedeckte Tal unter ihr bewundert. Plötzlich war er aufgetaucht, auf der Suche nach Fotomotiven, und als sie ihn gefragt hatte, ob sie seine Aufnahmen sehen dürfe, hatte er die Kamera ebenso in die Höhe gehalten wie jetzt den Helm. Mit demselben spitzbübischen Lächeln hatte er erwidert, sie müsse ihm erst sagen, wie sie heiße, bevor er ihr seine Bilder zeigte.

Sie hatte so viele Fragen: Hatte er seit ihrer letzten Begegnung die Reisen unternommen, von denen er geträumt hatte? Stimmten die Gerüchte, dass er ein Frauenheld war? In ihrem vernebelten Gehirn bildeten die Worte jedoch ein unentwirrbares Knäuel und sprudelten viel zu schnell hervor. »Ich wohne hier ... in Colorado. Ich kann es kaum glauben, dass es jetzt losgeht mit dem Mad Prix. Und dass *du* hier bist.« *Himmel noch mal! Nun halt schon den Mund.* »Tja, die Welt ist ein Dorf. Ich brauche meinen Helm.« *Ich brauche meinen Helm? Großer Gott, mein blöder Helm ist mir doch schnurzegal.* Sie kniff die Lippen zusammen, um nicht weiterzuplappern.

Er reichte ihr den Helm, während ein wölfisches Grinsen seine Lippen umspielte. »Dafür steht mir doch sicher eine Belohnung zu, meinst du nicht? Immerhin hätte ich ihn auch bei Johnny, diesem Idioten, lassen können.«

Oh Gott, ja. Ein Kuss … oder lieber tausend Küsse? Sie musste sich wirklich unter Kontrolle kriegen. Sie konnte es sich nicht leisten, sich von ihm den Kopf verdrehen zu lassen. Aber seine sexy braunen Augen mit den Goldsprenkeln und seine neunmalkluge, vorlaute Art machten mindestens so süchtig wie ihre Lieblingsbonbons, Tropical Heat Hot Tamales mit ihrem scharf-fruchtigen Geschmack. Vielleicht glaubte er inzwischen tatsächlich ans Schicksal. Ob es das Einzige war, was sich an ihm geändert hatte?

Sie zwang sich, sich zu konzentrieren. »Eine Belohnung …?«

Eine Durchsage kündigte den Beginn des Wettkampfs in zwanzig Minuten an. Aiyla zog die Reißverschlüsse an ihren Reisetaschen zu. Sie wollte sie sich gerade umhängen, als Ty sie ihr aus der Hand nahm.

»Die kann ich tragen«, sagte sie, während er sich die Taschen mit leichter Hand über die Schulter warf.

»Oder nennen wir es nicht Belohnung, sondern einfach ein Dankeschön dafür, dass ich deinen Helm gerettet habe«, sagte er, ohne auf ihren Einwand einzugehen. »Nichts Großartiges, vielleicht ein Spaziergang nach dem Rennen?«

Der Mad Prix begann mit einem Radrennen über dreißig Meilen, von denen die letzten acht durch die Berge führten und bei der Lichtung endeten, auf der sie ihre Zelte aufschlagen würden. Dorthin wurde auch ihr Gepäck transportiert.

Als sie nicht sofort antwortete, sagte er: »Nun komm schon, Aiyla. In Saint-Luc sind wir oft spazieren gegangen. Und ich meine, mich zu erinnern, dass deine Hand perfekt in meine passte und deine Lippen …« Er zog eine Augenbraue hoch.

Ein nervöses Lachen entschlüpfte ihr, bevor sie es verhindern konnte. Ihre Lippen hatten tatsächlich hervorragend zusammengepasst, noch besser als ihre Hände, und ein Spaziergang hörte sich wunderbar an. Aber sie brauchte Zeit zum Nachdenken. Als er ihre Taschen bei den Transportfahrzeugen abstellte und sie sich auf den Weg zu ihren Fahrrädern machten, fragte sie: »Wer ist Johnny?«

Ty wies mit dem Kopf auf zwei Männer, die bei einer Gruppe Frauen standen. »Johnny Jackson, einer der Jackson-Brüder. Um ihre Konkurrenten zu Fall zu bringen, schrecken sie vor nichts zurück. Ausrüstungsgegenstände zu stehlen ist noch harmlos für diese Idioten.«

Aiyla schüttelte verständnislos den Kopf. »Beim Mad Prix geht es um einen guten Zweck, nicht um olympische Medaillen. Und außerdem fahre ich ja bei den Frauen mit, also bin ich für sie überhaupt keine ernsthafte Konkurrenz.« Die Teilnehmer traten in drei Gruppen an: Männer, Frauen und Paare. Sie wusste, dass Ty ein leidenschaftlicher und ehrlicher Sportler war. Wenn man den Zeitschriftenartikeln und dem Klatsch und Tratsch im Internet glaubte, ließ er sich bei seinen sportlichen Aktivitäten und in seinem Privatleben jeweils von unterschiedlichen Grundsätzen leiten, doch es gab eine Gemeinsamkeit: Er erreichte immer, was er sich vorgenommen hatte. Für ihn war der Mad Prix wahrscheinlich nicht viel anders als eine weitere Frau, die es zu erobern galt.

Und was bin ich dann?

Ein flaues Gefühl breitete sich in ihrer Magengegend aus.

Sie setzte ihren Fahrradhelm auf, damit sie etwas hatte, worauf sie sich konzentrieren konnte.

»Ich wette, sie haben aus jeder Tasche irgendetwas Wichtiges geklaut. Sobald die Veranstalter davon Wind bekommen, werden sie vom Wettkampf ausgeschlossen«, sagte Ty, als sie bei Aiylas Rad ankamen. Er senkte die breiten Schultern, eine Bewegung, bei der ihr der Duft nach Sonnenschein und herber Männlichkeit entgegenwehte, zu einem einzigen verführerischen Paket zusammengeschnürt.

Na prima, jetzt kann ich an nichts anderes mehr denken als an das Paket in deiner Hose.

Sie warf einen verstohlenen Blick auf die Ausbuchtung in seiner Fahrradhose, die nichts der Fantasie überließ. Ach, warum sollte sie sich etwas vormachen? Sie hatte so viele Stunden von ihm geträumt, dass es tatsächlich kaum noch etwas gab, was sie nicht schon längst in ihrer Fantasie durchgespielt hatte.

Mit seidenweicher Stimme sagte er: »Also, unser *Date*.«

Aiyla sah ihn lange an, dachte an die Leichtigkeit und Offenheit ihrer Gespräche und daran, wie mühelos er sie für sich eingenommen hatte. Gleichzeitig hatten die Gründe, weshalb sie in Saint-Luc eine Grenze gezogen hatte, nicht an Bedeutung verloren. Aber war er wirklich der Mann, als den die Gerüchteküche ihn hinstellte? Was, wenn die Gerüchte gar nicht stimmten? Wenn die Frauen, die flüsternd hinter ihm standen, einfach nur herumalberten und gar nicht über ihn redeten?

Über den Lautsprecher kam eine weitere Aufforderung, sich für das Rennen bereit zu machen, und Tys Fingerspitzen streiften ihre. Wieder sah sie ihn an.

»Aiyla, ich weiß, dass du in Saint-Luc dasselbe empfunden

hast wie ich. Gib mir etwas, das mich anspornt, das heutige Rennen zu gewinnen.« Seine Lippen kräuselten sich zu einem sexy Lächeln und eine heiße Woge durchströmte sie. »Versprich mir einen Spaziergang.«

Sie wollte ihn nicht wieder abweisen, nicht, nachdem das Schicksal nun tatsächlich die Fäden in die Hand genommen hatte. Aber sie musste die Wahrheit über sein Privatleben herausfinden und dazu gab es nur einen einzigen Weg: Sie musste all ihren Mut zusammennehmen und ihn fragen. Wieder entschlüpfte ihr ein nervöses Lachen, als sie sagte: »Wenn es zwischen Sieg und Niederlage entscheidet, kann ich unmöglich Nein sagen.«

Seine Finger schlossen sich um ihre und sein Gesichtsausdruck wurde ernst. »Ich glaube, du könntest so oder so nicht Nein sagen.«

Er beugte sich nah zu ihr, und sie hielt den Atem an und wartete auf den Kuss, von dem sie nicht wusste, ob sie ihn erwidern konnte – den sie aber trotz allem ersehnte. Sie schloss die Augen und seine Lippen berührten ihre Wange.

»Viel Glück, Babycakes«, flüsterte er kaum hörbar und ging davon.

Die Luft entwich ihrer Lunge. *Babycakes.* So hatte er sie schon beim letzten Mal genannt, als sie zusammen gewesen waren, aber sie hatte keine Ahnung, warum. Nannte er alle so? Und wenn ja, hatten andere Frauen dann auch das Gefühl, etwas ganz Besonderes zu sein, so wie sie gerade? Sie sah ihm nach und stellte fest, dass sich auch einige andere Teilnehmerinnen am Anblick seines hinreißenden Hinterns in der engen Radlerhose weideten. Das Leben wäre viel einfacher, wenn sie mehr wie ihre wesentlich ältere Schwester Cherise wäre, die sie großgezogen hatte, nachdem ihre Mutter gestorben war. Aiyla war damals gerade fünfzehn gewesen. Cherise lebte ein vorsichtiges, sorgsam geordnetes Leben, das nicht das geringste Risiko barg. Selbst ihr Herz war keinerlei Gefahren ausgesetzt. Sie hatte einen sicheren, verlässlichen Buchhalter ohne einen Funken Abenteuerlust geheiratet. Die beiden lebten in einem behaglichen Haus, umgeben von einem weiß gestrichenen Lattenzaun, und hatten zwei wunderbare kleine Söhne. Bei der bloßen Vorstellung, ein derart banales Dasein zu fristen, drehte sich Aiyla der Magen um. Hatte der Tod der Mutter ihre Schwester nicht gelehrt, dass das Schicksal seine Karten ausspielte, egal, wie hoch die Wände waren, die man um sich herum errichtete? Sich auf ein sicheres, langweiliges Leben zu beschränken, aus Angst, dass einem alles genommen werden könnte, bedeutete, dass man gar nicht lebte.

Aiyla hatte schon vor langer Zeit akzeptiert, dass sie nie der Typ für Einfamilienhaus und Lattenzaun sein würde. Sie liebte Abenteuer, liebte es, zu fotografieren und die Gesichter von Menschen festzuhalten, die ein volles, bisweilen sogar qualvolles Leben gelebt hatten. Diese Bilder würden alles überdauern. Und sie fühlte sich beschwingt und lebendig, wenn sie von ungezähmter Wildnis umgeben war. Als sie sich zwang, den Blick von Ty abzuwenden, und sich mit den Fingern gedankenverloren über die Wange strich, wo er sie geküsst hatte, musste sie zugeben, dass ihr auch die rohe Energie eines Mannes gefiel, der sein Territorium markierte.

Und jetzt musste sie sich auf das Rennen konzentrieren und nicht auf den Mann, der ihr Herz in Brand gesteckt hatte.

Kühle Luft strich über Tys Wangen, als er seine Konkurrenten überholte und sich auf seinem Fahrrad an den letzten großen Anstieg machte, bevor es auf dem Bergpfad weiterging. Das Geräusch der Reifen auf dem Asphalt war wie das Rauschen eines Wasserfalls, beständig und leicht, mit einem Wellenschlag, der leiser wurde, je weiter er sich von der Gruppe der Verfolger entfernte. Er hatte schon als Teenager an Sportevents teilgenommen, bei denen der Erlös für Wohltätigkeitsvereine bestimmt war. Besonders großen Spaß hatte es ihm immer gemacht, wenn sein älterer Bruder Sam ebenfalls angetreten war. Zu dieser Jahreszeit hatte Sam mit seinen Abenteuertouren jedoch Hochsaison, sodass Ty den Mad Prix allein bestreiten musste.

Er steigerte sein Tempo und sauste durch eine Kurve, vorbei an Zuschauern und freiwilligen Helfern, die ihn anfeuerten und ihm Wasserflaschen entgegenstreckten. Tief über den Lenker gebeugt fuhr er weiter, und als der Asphaltbelag festgestampftem Waldboden wich, legte er sich noch mehr ins Zeug. Hinter ihm wirbelte eine Staubwolke auf. Er trank hastig ein Energiepack leer, während er dem schmalen Pfad folgte, der sich zwischen den Bäumen hindurchschlängelte.

Noch acht Meilen.

Er hörte, wie seine Verfolger näher kamen und dann wieder hinter ihm zurückfielen. Ihre Lunge und Oberschenkelmuskeln brannten sicherlich von der Anstrengung, die das unebene Gelände ihnen abverlangte, doch für Ty konnte es nicht anstrengend genug sein. Für ihn waren die Berge wie die Luft zum Atmen. Sie hatten ihn immer schon fasziniert, ihre majestätische Schönheit und Kraft gaben ihm ein Gefühl der Ruhe und inspirierten ihn zugleich, so wie es die Zeit mit Aiyla in der Schweiz getan hatte. Seine Gedanken rasten zurück zu dem Moment vor ein paar Stunden, als er beobachtet hatte, wie sie etwas in ihren Reisetaschen suchte. Er selbst hatte gerade nachgeschaut, ob die Transport-Crew seine Ausrüstung vollständig verstaut hatte, als er sie sah. Ihr Gesicht war halb von ihrem honigblonden Haar verdeckt, doch er hätte sie überall erkannt. Sie war zierlich, aber stark, mit sehnigen Schultern, hinreißenden Beinen und Armen, die ebenso feingliedrig wie muskulös waren. Und ihr glattes Haar? Es war die perfekte Mischung aus einem hellen Braun und einem dunklen Blondton und schimmerte selbst in der Schwärze der Nacht. Das Gefühl, wie es seidenweich durch seine Finger glitt, hatte er ebenso wenig vergessen wie ihre Küsse unter dem Abendhimmel.

Vier lange Monate hatte er an jedem Flughafen, in jeder Menschenmenge nach ihr Ausschau gehalten. Sie hatten einander versprochen, nicht nach dem anderen zu suchen, und an dieses idiotische Versprechen hatte er sich gehalten, immer in der Hoffnung, dass sie sich mit dem Schicksal besser auskannte als er.

Als sich seine Konkurrenten um die Führungsposition von hinten näherten, trat er noch entschlossener in die Pedale, angestachelt von der Erinnerung an die Frustration, die jedes Mal in ihm aufgestiegen war, wenn er in Versuchung geriet, sie aufzuspüren. Ihre braunen Augen hatten ihn vom ersten Moment an gefesselt, und an jenem letzten gemeinsamen Abend, bevor er zu seinem nächsten Auftrag aufbrechen musste, hatten sie seine ganze Aufmerksamkeit gefangen genommen, während sie ihm erklärte, warum sie ihn nicht begleiten würde. *Ich kann nicht einfach alles hinwerfen, mein Leben umkrempeln und hoffen, dass aus diesen fünf Tagen ein Auf-immer-und-ewig wird. Wenn uns das Schicksal wieder zusammenführt, dann weiß ich, dass es nicht nur um Verlangen, sondern um etwas Größeres geht.* Er hatte versucht, sie umzustimmen, doch sie war sich so sicher gewesen, das Richtige zu tun, hatte so verdammt dickschädelig darauf bestanden, dass sie ihr Leben nicht aufgeben würde. Wie hätte er ihre Entscheidung nicht respektieren können? Bisher hatte sich Ty noch nie mit nur einer Frau zufriedengegeben, doch seit er ein Stück seines Herzens an Aiyla verloren hatte, konnte er nicht einmal an andere Frauen denken.

Ein Radfahrer überholte ihn, dicht gefolgt von einer kleinen Gruppe weiterer Fahrer, und riss ihn aus seinen Gedanken. Auf keinen Fall würde er Aiyla am Abend als Verlierer gegenübertreten. Er stemmte sich aus dem Sattel und zog mit angewinkelten Knien und erhobenem Kopf am äußersten Rand des Weges an der Konkurrenz vorbei. Er zwang sich vorwärts, trat noch entschlossener in die Pedale, bis er mit dem ersten Fahrer auf gleicher Höhe lag. Ty richtete all seine Aufmerksamkeit auf die Strecke, das Bild von Aiyla vor seinem inneren Auge, und wie ein Windhund, der einem Kaninchen nachhetzt, drängte er nach vorn, wild entschlossen, sie nicht entwischen zu lassen.

Zwei

Der Zeltplatz war genau so, wie Aiyla ihn sich vorgestellt hatte. Rings um die Waschhäuser sah sie unzählige Zweimannzelte, Klapptische und Campingstühle und dazwischen jede Menge Sporttaschen. Das Organisationsteam hatte einen Außengrill und ein Büffet aufgebaut, an dem sich die Teilnehmer mit Hamburgern, Hotdogs und anderen warmen Speisen versorgen konnten. Vor den Zelten lagen Leute auf ihren Schlafsäcken und lasen oder ruhten sich aus. Andere saßen in Gruppen an Picknicktischen oder um das Lagerfeuer herum.

Aiyla baute ihr Zelt ein wenig abseits vom Trubel am Rand der Lichtung unter den Bäumen auf und stellte sich dann in die Schlange vor den Waschhäusern. Nachdem sie geduscht und sich die Zähne geputzt hatte, hängte sie ihre Fahrradhose und das Trikot über den Zeltfirst. Ihr linkes Schienbein tat weh, doch sie versuchte, die Schmerzen zu ignorieren. Das Bein bereitete ihr schon seit ein paar Wochen Probleme, aber sie war Wehwehchen aller Art gewohnt. In ihrer Jugend war der Sport ihr Ein und Alles gewesen und das zahlte sich nun aus. Mit dem Geld, das sie als Wanderführerin und Skilehrerin verdiente, konnte sie ihre Rechnungen begleichen und ihre Reisen finanzieren, bis der nächste Auftrag und damit das nächste

Honorar kam. Während sie eine ihrer Kältekompressen aktivierte, ließ sie den Blick auf der Suche nach Ty über die Menge schweifen. Ihr Puls beschleunigte sich, als ihr klarwurde, dass ihre Suche diesmal nicht vergeblich sein würde. Irgendwo in diesem Getümmel war er.

Sie konnte es selbst kaum glauben, aber so sehr sie auch unter dem frühen Tod ihrer Mutter gelitten hatte, hatte er sie doch in der Überzeugung bestärkt, dass es so etwas wie Schicksal wirklich gab. Es machte keinen Unterschied, ob sie sich ihr Leben lang versteckte oder neugierig die Welt erkundete. Was passieren sollte, passierte auch. Daher hatte sie sich in den letzten Monaten geschworen: Falls sie Ty jemals wiedersah, würde sie dem Schicksal seinen Lauf lassen und sich nicht all das Schöne versagen, das sie mit ihm erleben wollte. Vorher musste sie jedoch herausbekommen, ob es stimmte, was man sich über ihn erzählte.

Sie saß vor ihrem Zelt, naschte ihre Lieblingsbonbons und kühlte ihr Bein. Wenn sie und Ty doch nur ihre Handynummern ausgetauscht hätten, dann könnte sie ihn jetzt anrufen und herausfinden, wo er war.

»Da ist ja mein Mädel!« Tys Stimme schallte über die Lichtung, arrogant und anziehend wie eh und je.

Alle sahen neugierig auf, auch Aiyla, während er sich mit großen Schritten näherte. Er trug dunkelgrüne Cargoshorts und eine Sweatjacke über einem unglaublich eng anliegenden Hemd. Ihre Blicke trafen sich und die Luft zwischen ihnen sprühte Funken.

Aiyla legte das Eispack auf ein Handtuch und stand auf. Dabei hatte sie alle Mühe, sich nicht an ihrem Bonbon zu verschlucken, während ihr Magen Purzelbäume schlug.

»Dein *Mädel*?«, fragte sie. »Du nimmst den Mund aber ganz

schön voll, meinst du nicht?«

Sein Blick wanderte langsam von ihren Brüsten über den Bauch bis hinunter zu den Zehen und brachte ihren Körper Zentimeter für Zentimeter zum Glühen. Sie gehörte nicht zu den Frauen, die sich schminkten oder viel Aufhebens um ihre Frisur machten. Und als in seinen Augen eine anerkennende, sündige Dunkelheit aufflammte, erinnerte sie sich daran, wie er ihr in Saint-Luc immer wieder gesagt hatte, wie wunderschön sie sei, und dass sie jedes Mal rot geworden war.

»Hmm.« Das freche Grinsen ließ seine Augen noch feuriger wirken. »Shorts und Kapuzenjacke haben noch nie so gut ausgesehen.« Er trat näher und seine Stimme nahm einen verführerischen Klang an. »Du duftest *süß* und *sexy*. Eine Kombination, die ich besonders mag.«

Ihre patzige Bemerkung überging er einfach. Sie hatte ganz vergessen, wie oft er das tat, und fand seine Arroganz so faszinierend wie eh und je.

»Bereit für unser heißes Date?«, fragte er.

»Und selbst?«, konterte sie.

»Immer!« Er beugte sich vor und hauchte ihr einen federleichten Kuss auf die Wange. »Aber was ist mit deinem Bein? Ich habe gesehen, wie du es gekühlt hast.«

Es ginge ihm viel besser, wenn du es küssen würdest. Sie wedelte beiläufig mit der Hand, als könnte sie auf diese Weise ihre sündigen Gedanken verscheuchen. »Alles okay.«

Er runzelte die Stirn. »Wirklich? Wir können auch hierbleiben, wenn du es lieber schonen willst.«

Es gefiel ihr, dass er so rücksichtsvoll war, aber viel lieber wollte sie in Ruhe mit ihm reden, abseits von den anderen, und erfahren, wie es ihm seit ihrer letzten Begegnung ergangen war. Vielleicht – aber wirklich nur vielleicht – würde sie auch den

Mut aufbringen, ihn nach seinem Ruf zu fragen. Auch wenn sie nicht sicher war, ob sie die Antwort wirklich hören wollte.

Er ergriff ihre Hand. »Lass uns gehen, Babycakes.«

Ihre Hand in seine gleiten zu lassen, war wie Nachhausekommen. Er drückte ihre Finger leicht und lächelte, während sie auf einen Pfad auf der anderen Seite des Zeltplatzes zusteuerten. »Warum nennst du mich Babycakes?«, fragte sie.

Seine Mundwinkel zuckten in die Höhe, dann runzelte er die Stirn. »Erinnerst du dich nicht?«

Sie schüttelte den Kopf. So sehr sie ihr Gedächtnis auch durchforstete: Sie wusste nicht, was er meinte. »Nein.«

»An unserem zweiten Abend in Saint-Luc waren wir im Café de la Poste. Da spielte eine Band und auf unserem Tisch stand ein herzförmiger Kerzenleuchter. Du hattest einen grünen Pullover an, der zu deinen Augen passte. *Mm.* Du hast wundervoll ausgesehen. Weißt du nicht mehr? Wir haben zusammen eine Flasche Wein getrunken und der Kellner baute diesen kleinen Grill direkt auf unserem Tisch auf.«

»Doch, ich erinnere mich.« Diesen Abend würde sie nie vergessen. Es war mit Abstand das romantischste Dinner ihres Lebens gewesen. »Wir haben alles so umgeräumt, dass wir nebeneinandersitzen konnten, was dem Kellner überhaupt nicht gefiel.« Sie hatten alle möglichen Fleisch- und Brotstücke gegrillt und sich gegenseitig mit den köstlichsten Happen gefüttert. Und dann hatten sie getanzt. Die Band hatte mit den Gästen gescherzt und immer wieder alle zum Lachen gebracht.

»Und was hast du gesagt, als sie den Nachtisch serviert haben?«

Sie wusste noch genau, wie lecker der Schokoladenkuchen gewesen war – und wie winzig. Lieber Himmel, warum war sie nicht gleich darauf gekommen? »Ich habe gesagt, dass es keine richtigen Kuchenstücke sind, sondern nur Babycakes.«

»Und dann ging der Kellner in die Küche und kam mit dem Koch zurück.«

Sie lachte. »Ich wäre am liebsten im Boden versunken.«

»Ja, aber als er dir dann ein Stück brachte, das dreimal so groß war, sind wir sofort darüber hergefallen.« Er drückte ihre Hand und sagte: »Und seitdem bist du Babycakes für mich.«

»Das gefällt mir.« Sie musste ihn nicht fragen, ob er andere Frauen auch so nannte. In ihrem Herzen wusste sie, dass dieser Kosename ganz allein ihr gehörte, und sie genoss all die Gefühle, die er in ihr auslöste.

»Das freut mich, denn wenn ich an dich denke, ist dieser Abend nur einer in einer ganzen Reihe, die mir einfallen. Aber der Spitzname passt nur zu dir, Babycakes.« Er schwieg, als sie an einem Mann vorbeigingen, der in einem Liegestuhl vor seinem Zelt schlief, und dann sagte er: »Du bist heute Achte geworden. Glückwunsch.«

»Woher weißt du das?« Sie war stolz auf sich, vor allem, weil sie seit Jahren nicht mehr Fahrrad gefahren war.

Er sah sie an, als sei es das Selbstverständlichste der Welt, dass er sich nach solchen Dingen erkundigte, und sofort bekam sie weiche Knie.

»Hey, Braden!« In einer Gruppe, die um ein Lagerfeuer saß, stand ein blonder, muskulöser Mann auf und winkte Ty zu sich.

»Hey, Speed, wie geht's?« Ty ließ Aiylas Hand los, um die des Mannes zu schütteln. »Bist heute ein tolles Rennen gefahren.«

»Tolles Rennen? Du hast mir den ersten Platz weggeschnappt, du Halunke. Komm, setz dich und erzähl mal, wie's so geht.« Speed beäugte Aiyla neugierig, dann umspielte ein kokettes Lächeln seine Lippen. »Hallo, Süße. Ich bin Jon

Butterscotch, aber alle nennen mich Speed.«

»Das ist Aiyla«, sagte Ty und griff wieder nach ihrer Hand. »Speed und ich kennen uns schon seit Ewigkeiten. Er und mein Bruder Cole arbeiten in der gleichen Praxis.« Er beugte sich näher zu Aiyla und meinte: »Am besten sperrst du heute Nacht dein Zelt zu. Er ist ein Schürzenjäger ersten Ranges.«

Speed grinste. »Kann man wohl sagen.«

»Ty, alter Junge, setz dich. Wir haben dich ja ewig nicht gesehen«, drängte ihn ein schlanker, dunkelhaariger Mann. »Hallo, Aiyla, ich bin James.«

Aiyla winkte ihm zu. »Hallo.«

»Glückwunsch zum achten Platz«, sagte eine fröhliche Brünette zu Aiyla. Sie hatte Jeans und ein Holzfällerhemd an, das sie bis zur Mitte aufgeknöpft und über dem Bauchnabel zusammengebunden hatte. Ihr dunkles, durchgestuftes Haar fiel ihr über die Schultern, wie bei Daisy Duke aus dem Film *Ein Duke kommt selten allein*, was gut passte, denn sie sprach mit einem leichten Südstaatenakzent. »Ich bin Trixie. Mit mir war heute überhaupt nichts los. Es hat nur zum fünfzehnten Platz gereicht. Vermutlich bräuchte ich *Braden*-Gene.«

»Danke. Der fünfzehnte Platz ist doch super«, sagte Aiyla. Der forschende Blick, den Trixie Ty zuwarf, entging ihr nicht, und sie fragte sich, wie gut die beiden sich kannten.

»*Braden*-Gene? Dass ich nicht lache.« Speed ließ sich auf einer Decke im Gras nieder und klopfte einladend auf den Platz neben sich. »Setzt euch.«

»Ja, ich würde Aiyla gerne kennenlernen«, sagte Trixie und trank einen Schluck Bier.

Ty wies mit dem Daumen über die Schulter. »Wir wollten eigentlich spazieren gehen.«

»Ach, komm schon«, bettelte Trixie. »Du kannst doch die

Neue nicht einfach in den Wald schleifen wie ein Höhlenmensch.«

Aiyla sackte das Herz in die Hose. *Wahrscheinlich ist doch etwas an den Gerüchten dran.*

Ty warf Trixie einen warnenden Blick zu.

»Ist schon okay«, sagte Aiyla. »Wir können ja ein andermal spazieren gehen.«

Aus seiner Kehle drang ein enttäuschter Laut.

Trixie nahm zwei Bierflaschen aus der Kühltasche hinter ihr und reichte sie ihnen. »Woher kommst du, Aiyla?«

Aiyla setzte sich auf die Decke, während Ty ihr die Bierflasche aufmachte und sich dann neben ihr niederließ. Sein Bein streifte ihres, und die flüchtige Berührung machte ihr überdeutlich klar, wie sehr sie sich danach sehnte, ihn zu spüren. Erst jetzt fiel ihr auf, dass Trixie auf ihre Antwort wartete. »Ich bin in Colorado aufgewachsen und lebe immer noch hier, aber die meiste Zeit bin ich beruflich unterwegs.«

Ty lehnte sich zurück und stützte sich auf die Handfläche. Mit der Brust streifte er ihre Schulter, und Aiyla wünschte, sie hätten diesen Spaziergang zu zweit doch unternommen. »Sie ist Fotografin, Skilehrerin, Notfallsanitäterin und wahrscheinlich noch hundert andere Sachen, von denen ich noch gar nichts weiß. Wir haben uns vor ein paar Monaten in der Schweiz kennengelernt.«

Wow. Er wusste wirklich noch jedes Detail. Sie selbst hatte ganz vergessen, dass sie ihm von ihrer Ausbildung zur Notfallsanitäterin erzählt hatte.

»Moment mal – das ist *sie? Saint-Luc?*«, fragte Speed mit weit aufgerissenen Augen. »Das ist *die* Frau? Ich dachte, Cole hätte nur Quatsch geredet.«

»Cole?« Ty runzelte verwirrt die Stirn. »Cole habe ich nie

von ihr erzählt.«

»Tja, Alter«, sagte Speed. »Du weißt doch: die Bradens und ihr Buschtelefon. Du hast es deiner Schwester Shannon erzählt, und das ist so, als würdest du eine Nachricht am Schwarzen Brett aushängen.«

»Lieber Himmel«, murmelte Ty. Zu Aiyla gewandt sagte er: »Meine Schwester Shannon und ich stehen uns ziemlich nahe.«

Und du hast mit ihr über mich geredet? Warst du so sauer, dass ich Saint-Luc nicht mit dir zusammen verlassen habe? Oder hast du mich vermisst? »Ja, das hast du mir in Saint-Luc erzählt.«

»Ah, dann ist sie also keine Neue.« Trixie trank einen Schluck aus ihrer Bierflasche und zwinkerte Aiyla zu.

»Nein.« Ty ergriff Aiylas Hand. Sein Blick war so ernst, dass sie nicht anders konnte, als ihn wie gebannt anzustarren. »Sie ist die Eine, die mir entwischt ist.«

Die Eine, die mir entwischt ist? Wie in »die Eine und sonst keine«? Oder eine von vielen, aber die Einzige, die nicht mit ihm schlafen wollte?

»Die *Eine*?«, fragte Trixie mit weit aufgerissenen Augen. Sie betrachtete Aiyla eindringlich.

Ty strich mit dem Daumen über Aiylas Fingerknöchel, ohne sie dabei aus den Augen zu lassen. Das Schweigen zwischen ihnen pulsierte vor erotischer Spannung. Als er sich mit der Zunge über die Lippen fuhr, stöhnte sie vor unterdrückter Lust. Bestimmt konnten alle ringsum das Verlangen sehen, das ihr ins Gesicht geschrieben stand. Sie entwand ihm ihre Hand im verzweifelten Versuch, ihre Gefühle in den Griff zu bekommen, und nahm einen großen Schluck Bier.

Sein Blick wanderte zu Trixie. »Eifersüchtig?«, fragte er.

»Also *bitte*.« Trixie verdrehte die Augen. »Wenn ich wollte, hätte ich dich schon längst haben können. Aber ich stehe eher auf Cowboys als auf Bergsteiger.«

Ty beugte sich näher zu Aiyla und sagte: »Trixie ist ein Ranchgirl durch und durch. Sie lebt in Oak Falls in Virginia und hat jede Menge Brüder, mit denen nicht zu spaßen ist. Sie ist ein feiner Kerl.«

Speed schlang Trixie einen Arm um die Schultern. »Ich würde sogar Lederchaps anziehen, wenn ich damit bei dir landen könnte.«

Ty musterte die beiden. Aiyla merkte, dass sich sein Körper plötzlich anspannte, und fragte sich, ob er doch etwas für Trixie übrig hatte.

»Cowboy-Klamotten machen noch längst keinen Cowboy aus dir.« Trixie wand sich unter Speeds Arm hervor und Ty starrte ihn böse an.

»Noch ein paar Tage von dieser Sorte und Aiyla muss bei Trix Erste Hilfe leisten. So eine Überdosis Speed verträgt keiner!« James lachte und erhob seine Bierflasche zu einem Toast. »Auf einen weiteren großartigen Wettkampf.«

Als Aiyla ebenfalls ihre Flasche ansetzte, raunte Ty ihr zu: »Ich habe viele Talente. Gib mir ein Pferd, und ich reite es, als gäbe es kein Morgen.«

»Wärst du denn gern ein Cowboy?«, entfuhr es ihr unwillkürlich. Die Eifersucht in ihrer Stimme war unüberhörbar.

Er stellte seine Bierflasche zwischen seinen Beinen ab und strich Aiyla mit dem Finger über die Wange. Der Hunger in seinem Blick war nicht zu übersehen. »Nur wenn du diejenige bist, die ich mit meinem Lasso einfangen darf.«

Ty wusste nicht, wie lange Aiyla und er mit den anderen um das Lagerfeuer saßen, aber für seinen Geschmack war es viel zu lang. Sie teilten sich ein weiteres Bier, und immer, wenn sie die Flasche an die Lippen hob, stellte er sich vor, was diese Lippen alles mit ihm anstellen könnten. Das Feuer war heruntergebrannt und die meisten anderen Teilnehmer des Wettkampfs hatten sich inzwischen aufs Ohr gelegt. Morgen stand ihnen ein anstrengender Tag bevor: Nach einer fünfzehn Meilen langen Laufstrecke mussten sie einen See durchschwimmen. Sie sollten besser schlafen gehen, doch Aiyla und Trixie saßen noch nebeneinander und zeigten sich Fotos auf ihren Handys. Trixie hielt Aiyla Bilder von ihren fantastisch aussehenden Brüdern hin. Tys missbilligende Blicke ignorierte sie geflissentlich.

»Wow, die sind ja wirklich Cowboys«, sagte Aiyla und rückte ein Stück näher an Trixie, um noch besser sehen zu können.

Ty fand, dass sie sich viel zu sehr für diese Typen interessierte. Sie überschüttete Trixie mit Fragen. Dabei schien immer, wenn er und Aiyla sich berührten, die Temperatur in die Höhe zu schnellen. Die Chemie zwischen ihnen stimmte noch genauso wie damals in der Schweiz. Warum also interessierte sie sich dann so sehr für diese anderen Kerle?

Er fing Trixies Blick auf und funkelte sie wütend an. Sie waren seit Jahren befreundet, und Trixie wusste genau, wie sehr er sich ärgerte. Sie lachte jedoch nur leise und foppte ihn, als wäre sie seine Schwester, die alles daransetzt, ihrem großen Bruder auf die Nerven zu gehen. So sehr er auch aufstehen und weggehen wollte, wartete er doch ab, bis James als Erster den Abend für beendet erklärte. James stand in dem Ruf, Frauen besonders aufdringlich anzubaggern, und solange Trixie in der Nähe war, wollte Ty ihm keine Gelegenheit geben, sich an sie heranzumachen.

Gerade, als er etwas sagen wollte, um das Ende des Abends einzuläuten, erhoben sich Speed und James.

»Ich leg mich hin«, sagte Speed und griff sich seine leeren Bierflaschen. »Viel Glück morgen, Braden. Du wirst es brauchen.«

»Ja, alles klar.« Ty lachte. »Viel Glück, Alter. Dir auch, James.«

»Ach was, ich spiele ja gar nicht in eurer Liga«, winkte James ab. »Ich wäre schon froh, wenn ich unter die ersten fünfundvierzig komme.«

»Ich drück dir die Daumen, Mann.« Ty sah ihnen nach, als sie davongingen, und legte Aiyla den Arm um die Schultern. Als er sie an sich zog, schob sie ihr Handy in die Hosentasche. »Zeit, schlafen zu gehen, Süße?«

»Klar.« Sie lächelte Trixie an, die Ty ansah, als erkannte sie ihn nicht wieder. »Es war schön, dich kennenzulernen. Viel Glück morgen.«

»Danke, dir auch.«

Er sammelte die restlichen Flaschen auf und warf sie in den Mülleimer, dann ergriff er Aiylas Hand und sagte: »Hey, Trix, wo ist dein Zelt?«

»Gleich da drüben.« Sie wies auf ein grünes Zelt neben dem Pavillon. »Viel Glück morgen.«

Er nickte und sah ihr nach, wie sie zu ihrem Zelt ging. Aiyla zog ihre Hand aus seiner und er wandte seine Aufmerksamkeit wieder der schönen Frau an seiner Seite zu. Warum hatte sie wohl ihre Hand zurückgezogen? Da er ihr Date sowieso in den Wind schreiben konnte, versuchte er, einen lockeren Ton anzuschlagen. »So, mein Mädel steht also auf Cowboys, wie?«

»*Dein* Mädel?« Die Verletztheit in ihrem Blick war offenkundig. »Ist das nicht ein bisschen sehr selbstbewusst für einen Typen, der am liebsten mit Trixie in ihr Zelt gekrochen wäre?«

»Der am liebsten … was!?« Mit einem Ruck riss er sie an sich, legte ihr die flache Hand auf den Rücken und hielt sie so fest, dass ihr Kinn an seine Brust gedrückt wurde. Sie musste zwangsläufig zu ihm aufsehen. »Aiyla Lillian Bell, wenn du glaubst, dass ich einer anderen Frau schöne Augen mache, während ich eigentlich ein Date mit dir habe, dann kennst du mich nicht so gut, wie ich dachte. Trixie Jericho ist eine gute Freundin aus Collegetagen, und James ist dafür bekannt, dass er sich schon mal danebenbenimmt. Ich wollte nicht, dass sie Probleme mit ihm bekommt.«

Sie legte ihm die Hände auf die Brust und versuchte, sich aus seiner Umklammerung zu lösen, doch er ließ nicht locker. Zum Glück lächelte sie ihn an, statt ihm das Knie zwischen die Beine zu rammen.

»Erstens finde ich es unglaublich, dass du dir meinen zweiten Vornamen gemerkt hast. Das ist irgendwie süß.« Ihr schönes Gesicht wurde nachdenklich, während sie geistesabwesend mit den Fingern über seine Brustmuskeln fuhr. »Und zweitens habe ich mit dieser Antwort nun wirklich nicht gerechnet. Gib mir einen Moment Zeit, damit ich mir eine Retourkutsche ausdenken kann, die mich nicht wie eine Vollidiotin aussehen lässt.«

Er ließ seine Hände über ihren Rücken zu ihren Haaren gleiten. Ob sie spürte, wie sehr er sie vermisst hatte? Wie er an jedem Flughafen gehofft hatte, sie in der Menschenmenge zu entdecken? Wie ihr unerschütterlicher Glaube an das Schicksal ihn derart frustriert hatte, dass er beinahe der Versuchung nachgegeben hätte und in die Schweiz zurückgekehrt wäre? Doch seine Gefühle für sie hatten ihn davon abgehalten, sein Versprechen zu brechen, und nun war sie hier, in seinen Armen, und es brachte ihn schier um den Verstand, sie nicht zu küssen.

»Natürlich weiß ich deinen zweiten Vornamen noch. Ich erinnere mich verdammt noch mal an jedes einzelne Wort, das du jemals zu mir gesagt hast. Aber viel wichtiger ist: Was für eine Antwort hattest du denn erwartet? Und wie, meinst du, habe ich mich gefühlt, als du Trixies Brüder so eingehend unter die Lupe genommen hast?«

»Ich dachte ...« Sie senkte den Blick und schüttelte den Kopf. »Ich weiß nicht, und das mit Trixies Brüdern tut mir leid. Ich habe tatsächlich versucht, dich eifersüchtig zu machen, aber nur, weil ich selbst eifersüchtig war und ich dieses Gefühl hasse.«

Grundgütiger. Er hatte sie eifersüchtig gemacht? Das war so wundervoll wie schrecklich, und jetzt hatte er ein schlechtes Gewissen. Er wusste nicht, was er sagen sollte, lehnte seine Stirn an ihre und versuchte, die aufflackernden Gefühle in seiner Brust zu verstehen. »Süße, dich eifersüchtig zu machen, war gar nicht geplant.«

»Dann hattest du also einen Plan? Das hört sich an —«

»Als hätte ich das falsche Wort gewählt.« Sanft fuhr er mit den Lippen über ihre Wange. »Aiyla«, sagte er fast flehend. Sein Innerstes brannte lichterloh, und sein Herz klopfte so heftig, als wäre dies sein allererstes Date überhaupt. Eine Stimme in seinem Kopf sagte ihm, er sollte sie küssen, und zwar richtig, so, dass sie nicht genug davon bekommen konnte. Eine leisere —

und klügere? – Stimme hielt ihn jedoch zurück. Sie mussten einander erst wieder kennenlernen, auch wenn es ihm unendlich schwerfiel, sich zu bremsen. Auf keinen Fall wollte er riskieren, alles zu vermasseln. »Morgen Abend, nach dem Wettkampf. Wenn dir nach einem ruhigen Abend am Wasser zumute ist –«

»Ja«, unterbrach sie ihn hastig.

»Ja«, wiederholte er glücklich.

»Ja. Ganz sicher *ja*.«

Drei

Früh am nächsten Morgen saß Aiyla auf einem Stuhl, das Handy zwischen Ohr und Schulter geklemmt, und versuchte, den tief liegenden Schmerz in ihrem Bein wegzumassieren, während sie mit ihrer Schwester telefonierte. Ihr Zelt hatte sie schon abgebaut, verpackt und zusammen mit ihrer restlichen Ausrüstung für die Helfer bereitgestellt, die das Gepäck einsammelten. Ihre Startnummer heftete an ihren Laufshorts, doch sie hatte sie sich zusätzlich mit Filzstift auf den Bauch gemalt. Das hatte sie sich angewöhnt, seit sie als Teenager bei einem Wettkampf gestürzt und der Zettel mit ihrer Startnummer zerrissen war.

»Der achte Platz ist wunderbar, Aiy. Ach, was rede ich, über die Ziellinie zu kommen, ist schon eine herausragende Leistung. Ich bin so stolz auf dich.«

»Danke, Schwesterherz. Habt ihr eigentlich inzwischen mit eurem Wohnzimmer angefangen?«

Ihre Schwester lebte noch immer in dem gemütlichen Haus mit den drei Schlafzimmern, das ihre Großeltern ihrer Mutter hinterlassen hatten. Es stand in einem Ort namens Rhododendron in Oregon. Das Städtchen war so winzig, dass man aufpassen musste, um es nicht zu verpassen. Cherise und ihr Mann Caleb hätten sich auch ein größeres Haus leisten können, doch ihre Schwester wollte da bleiben, wo ihre Mutter aufgewachsen war. Ihre Mutter hatte als Haushälterin im Nachbarort Mount Hood gearbeitet und nie viel Geld verdient, obwohl es schien, als würde sie ununterbrochen arbeiten. Ihren Töchtern hatte sie nicht nur Entschlossenheit und Tatkraft mit auf den Weg gegeben, sondern auch ein unbeirrbares Selbstvertrauen. Diese Kombination hatte beiden gute Dienste geleistet. Während Cherise alles daransetzte, die bestmögliche Ehefrau und Mutter zu sein, ließ sich Aiyla nie unterkriegen, egal wie schlecht die Chancen standen oder wie schwierig eine Situation sein mochte. Ihr Selbstvertrauen hatte ihnen geholfen, ihren Stolz zu wahren, auch wenn sie tagein, tagaus in Secondhand-Klamotten herumlaufen mussten.

Cherise erzählte ihr von der Renovierung des Wohnzimmers und den geplanten Arbeiten im Garten. Derweil schluckte Aiyla Schmerzmittel und hoffte, so die Schmerzen in ihrem Bein in den Griff zu bekommen. Mit Überlastung musste man als Sportler immer rechnen und in letzter Zeit hatte das Bein ihr in dieser Hinsicht eine deutliche Lektion erteilt.

Sie massierte gerade ihr Bein, als sie Ty bemerkte, der auf sie zukam. Unterwegs begrüßte er Bekannte und Freunde und sah dabei aus, als sei er geradewegs einer Ausgabe der *Men's Health* entstiegen. Er trug nichts als Kompressions-Shorts und ein breites schwarzes Stirnband, damit ihm die Haare nicht ins Gesicht fielen. Das gefährliche Funkeln in seinen Augen kündete von seinen Absichten. Sie versuchte, das Telefonat mit ihrer Schwester weiterzuführen, doch sein Blick neckte sie und sein fester, sonnengebräunter Körper raubte ihr den letzten Rest an Konzentration. Sie malte sich aus, wie sich seine durchtrainierten Bauchmuskeln über ihr, an ihr bewegten, während er ihr all das Vergnügen bereitete, von dem sie wusste, dass er es konnte.

Heilige Mutter der Geilheit. Es war viel zu lange her, dass sie dieses spezielle Bedürfnis befriedigt hatte.

Sie musste den Blick abwenden, doch bald war er so nah, dass sie seinen Dreitagebart sehen und sich lebhaft vorstellen konnte, wie sich die Stoppeln auf ihren Wangen anfühlen würden oder an der Innenseite ihrer Schenkel …

»Aiyla, bist du noch dran?«, fragte Cherise.

»Äh, ja. Tut mir leid.« Sie gab sich alle Mühe, Cherise zuzuhören, die ihr etwas über ihre beiden Neffen erzählte, aber Ty kniete vor ihr und schob ihre Hand beiseite, mit der sie ihr schmerzendes Bein gerieben hatte. Er ließ seine Hände an ihrem Bein nach oben gleiten und massierte es dabei sanft. Seine Hände waren groß und kräftig und ein bisschen rau, was ihre sexuellen Fantasien noch mehr ankurbelte. Aus ihrer Kehle drang ein bedürftiges Wimmern.

»Was ist los?«, fragte Cherise.

Mist. »Nichts«, erwiderte sie atemlos, ohne Ty aus den Augen zu lassen. »Sprich weiter, bitte.«

Tys Blick verdunkelte sich, während Cherise ihre Erzählung fortsetzte. Er hob ihr Bein an, presste seine Lippen auf die Stelle unmittelbar über dem Knöchel und küsste eine zärtliche Spur bis hoch zu ihrem Knie. Zwischen ihren Beinen brandete eine heiße Woge auf und ihr Arm fiel unwillkürlich zur Seite.

Kichernd schob Ty ihr das Handy wieder ans Ohr und erinnerte sie so daran, dass sie eigentlich gerade telefonierte.

»Äh, Cherise? Ich muss mich fertig machen … für das …« Ty bedeckte ihr Bein mit weiteren Küssen, das Schienbein hinunter bis zum Knöchel, sodass sie von einer Sekunde zur nächsten vergaß, was sie hatte sagen wollen. Ihre Gedanken zersprangen in tausend Stücke, als sie ihr Handy beiseitelegte und ein verspätetes »Ich hab dich lieb, tschüss« murmelte.

»Hast du immer noch Probleme mit deinem Bein?« Er richtete sich auf die Knie auf, legte seine Hände rechts und links von ihr auf den Boden und hielt sie mit seinem hinreißenden Körper gefangen.

»Ich glaube, das Problem hat sich nach weiter oben verlagert.«

Er beugte sich vor, strich mit seinen Bartstoppeln über ihre Wange und fragte: »Hierhin?« Damit küsste er sie neben das Ohr, während eine Hand zu ihrem Oberschenkel wanderte und ihn vorsichtig drückte. »Oder hierhin?«

Ihr Herz war kurz davor, zu zerspringen. Der Rest der Welt verblasste, es gab nur noch Ty, die Hitze seiner Hand, mit der er ihrem Bein sein Brandzeichen aufdrückte, und den lustvollen Blick in seinen Augen.

»Bein«, keuchte sie.

Seine Augen flammten auf, und er beugte sich herunter, um ihr Bein zu küssen. *Grundgütiger.* Es war zu viel, zu verführerisch. Sie würde das Rennen mit weichen Knien bestreiten müssen.

Zur Hölle mit dem Rennen.

Konnten sie nicht einfach ihr Zelt wieder aufbauen und sich für den Rest des Tages darin verkriechen?

Ein Kuss oberhalb ihres Knies entlockte ihr ein Wimmern. Als er einen weiteren Kuss auf dieselbe Stelle drückte und dabei die Hände außen an ihren Schenkeln entlangfahren ließ, spürte sie, wie sie feucht wurde. Sie sprang vom Stuhl auf und stieß ihn dabei zu Boden. »Stopp, stopp, stopp …«

Ty fiel lachend auf den Hintern.

Aiyla ging vor ihm auf und ab und wedelte mit den

Händen, als könnte sie dadurch erreichen, dass die Hitze in ihrem Körper nachließ. Einige Leute beäugten sie neugierig, aber Ty warf ihnen einen derart drohenden Blick zu, dass sie sich schnell abwandten.

»Lieber Himmel, Ty. Was war *das* denn?«

»Kann ich etwas dafür? Du solltest in der Öffentlichkeit nicht mit diesem knappen Lauf-BH und diesen eng anliegenden Shorts herumlaufen. All die Typen hier müssen jetzt mit einer Latte ins Rennen gehen. Bestimmt kein netter Anblick.« Er streckte die Hand aus und sah sie dabei bittend an.

»Also wirklich.« Sie schnaubte und zog ihn auf die Füße.

Er schlang die Arme um ihre Taille und grinste auf sie herunter. Offenbar war er sehr zufrieden mit sich. »Geht's deinem Bein besser?«

»Meinem Bein? Meinst du, ich könnte nach *der* Aktion auch nur einen einzigen Gedanken an mein Bein verschwenden?« Lachend trommelte sie ihm mit den Fäusten auf die Brust. »Du bist –«

»Heiß?«, schlug er vor.

»Nein. *Ja*, aber –«

»Unwiderstehlich?«

»Meine Güte, wie konnte ich nur vergessen, dass du so bist?« Sie lachten beide, als sie versuchte, sich aus seinen Armen zu winden, in denen er sie gefangen hielt. »Du bist wie eine exotische Pflanze, mit Fangarmen wie eine Krake und unglaublichen Lippen.«

»Meine Lippen sind *tatsächlich* ziemlich unglaublich.«

Ja, das waren sie, und im Moment war ihre Sehnsucht nach ihnen eine Spur zu drängend. »Ich erinnere mich aber nicht, dass du damals in der Schweiz meine Beine abgeküsst hättest.«

»Und dann musste ich dich gehen lassen«, sagte er mit

erschreckend ernsthafter Stimme. »Diesen Fehler mache ich nicht noch einmal.«

»Ich bin nicht *deswegen* gegangen.« Ihr Herz pochte noch lauter. »Wir haben einen Entschluss gefasst«, erinnerte sie ihn.

»*Du* hast einen Entschluss gefasst. Ich habe zugestimmt, weil ich dich nicht überreden konnte, mit mir zu kommen.« Sein Blick wurde weicher, doch sein Ton blieb fest. »Monatelang habe ich überall nach dir Ausschau gehalten. Wirklich nach dir suchen durfte ich ja nicht. Ich habe mich an die Vereinbarung gehalten: keine Nachforschungen im Internet, keine anderweitigen Versuche, dich ausfindig zu machen. Ich habe mich an die Regeln gehalten und Gott sei Dank ist das Schicksal auf den Plan getreten. Ich kann dich endlich wieder in die Arme schließen, Aiyla, und diesmal lasse ich dich *nicht* wieder gehen.«

»Das will ich auch nicht, aber ...« Sie hielt inne, als über Lautsprecher die Aufforderung ertönte, sich für den Start des Rennens zu melden. »Lass uns später reden. Ich muss noch mein Bein bandagieren.«

Sie versuchte, sich von ihm zu lösen, doch er hielt sie fest und sah sie besorgt an.

»Ich habe gesehen, wie du Tabletten geschluckt hast. Bist du sicher, dass du laufen kannst?«

Dem Mann entging wirklich nichts. War er immer so aufmerksam? Oder hatte es mit ihr zu tun?

»Ja«, beteuerte sie. »Es ist nur überlastet, sonst nichts. Ich werd's heute allen zeigen, sodass meine Sponsoren stolz auf mich sein können.« In den Ferienparks in und um Colorado, in denen sie im Laufe der Jahre gearbeitet hatte, hatte Aiyla Sponsoren gewonnen, die Spenden für die Wohltätigkeits-vereine für Kinder in Aussicht gestellt hatten. Damit die Firmen die versprochenen Summen gaben, musste sie nur das Rennen bis zum Ende durchstehen, aber sie war zu ehrgeizig, um es dabei zu belassen.

Er zog sie an sich und nahm ihr Gesicht in beide Hände. Sein Atem ging schwer. Ihr ganzer Körper sehnte sich nach ihm, aber erst mussten sie reden. Sie hatte so viele Fragen und brauchte Antworten. Um sich nicht auf die Zehen zu stellen und sich den Kuss zu holen, nach dem sie sich verzehrte, biss sie sich auf die Unterlippe.

Sie spürte den Druck seiner Finger auf ihrer Haut. Sein angespannter Kiefer zeigte ihr, dass er um Beherrschung rang. »Pass gut auf dich auf da draußen, Babycakes. Wir haben heute Abend ein heißes Date.«

Stunden später lief Aiyla in zügigem Tempo und versuchte immer noch, die Gedanken an Ty, seinen unglaublichen Mund und seinen unbestätigten Ruf in ihrem Kopf ganz nach hinten zu schieben und sich auf die kühle Luft zu konzentrieren, in der ihre Lunge sich weitete. Der vertraute Rhythmus ihrer Füße, die über den Boden trommelten, und die Frische der Luft auf ihren verschwitzten Gliedmaßen ließen ein Gefühl der Euphorie in ihr aufsteigen. Eigentlich hörte sie beim Laufen gerne Musik, aber nicht bei einem Wettkampf. Es war das wilde Getümmel des Wettbewerbs, das ihre Gedanken zentrierte und ihren Körper weiter und weiter trieb. Ehrgeizig war sie schon immer gewesen. Als sie im Alter von fünf Jahren schwimmen gelernt hatte, setzte sie alles daran, besser zu werden als ihre sechs Jahre ältere Schwester. Das war ziemlich einfach gewesen, denn

Cherise hatte keinen Funken Ehrgeiz. Und als Cherise ihrer kleinen Schwester das Fahrrad überlassen hatte, mit dem sie selbst nichts anfangen konnte, verbrachte Aiyla den ganzen Tag damit, das Fahrradfahren zu lernen. Am Abend hatte sie blutende Knie und aufgeschrammte Ellenbogen, aber sie konnte sogar freihändig fahren, was ihre Mutter und ihre Schwester in den Wahnsinn trieb.

Lächelnd umrundete sie eine Kurve, während sie daran dachte, wie sie auf diesem Fahrrad herumgesaust war, bis ihre Beine so lang geworden waren, dass sie mit den Knien an die Brust stieß. Ihr Ehrgeiz hatte jedoch nie nachgelassen, und dank Ms. Farrington – *Ms. F.* –, der wohlhabendsten Arbeitgeberin ihrer Mutter, die Aiyla als junges Mädchen unter ihre Fittiche genommen hatte, bekam sie vernünftigen Skiunterricht und die Ausrüstung, die sie für die jeweiligen Sportarten brauchte, in denen sie sich versuchte: Basketball, Lacrosse, Feldhockey, Skilanglauf. Ms. F., damals eine ältere Dame um die siebzig, war eine leidenschaftliche Fotografin. Sie selbst hatte keine Kinder und seit Aiylas dreizehntem Geburtstag nahm sie sie in den Schulferien auf ihre Reisen mit und kam dabei für alle Kosten auf. Ms. F. reiste nicht gerne allein und gab Aiyla unterwegs immer auch ein paar Aufgaben. So musste sie etwa die Navigation übernehmen oder dafür sorgen, dass ihre Gönnerin ihre Medikamente nicht vergaß. Ms. F. hatte Aiylas Neugier und Reiselust geweckt. Viel wichtiger war aber, dass sie ihren eifrigen und wissbegierigen Schützling in die Welt der Fotografie einführte. Als Aiyla älter wurde, wurde ihr klar, dass dies wahrscheinlich von Anfang an Ms. F.s Absicht gewesen war. Ihre Familie hatte ihr so viel zu verdanken und vermutlich war Aiylas Mutter für Ms. F. wie eine Tochter gewesen. Für die Mädchen hatte sie die Rolle der guten Fee eingenommen.

Aiyla verlangsamte ihr Tempo für einen Moment, um am Neun-Meilen-Stützpunkt ein isotonisches Getränk entgegenzunehmen. Die kurze Verschnaufpause lenkte ihre Gedanken wieder auf das Rennen und auf den pochenden Schmerz in ihrem Bein. Sie dachte daran, wie Ty seine warmen Lippen auf ihre Haut gepresst hatte, während seine großen Hände die Schmerzen wegmassierten, nur um gleichzeitig eine ganz andere Art von Schmerz zu erzeugen. Die verheißungsvolle Aussicht auf mehr davon trieb sie nun vorwärts.

Blauweiße Banner mit dem Schriftzug des Sportevents flatterten im Wind am äußersten Ende des Seeufers, wo Ty seinen Drink hinunterstürzte, während die Spätnachmittagssonne allmählich Richtung Horizont wanderte. Er war als Zweiter ins Ziel gekommen und schon vor so langer Zeit aus dem Wasser gestiegen, dass seine Shorts inzwischen fast wieder trocken waren. Sobald alle Teilnehmer des Rennens wieder da waren, würde man sie mitsamt ihrem Gepäck zum nächsten Zeltplatz fahren. Er wanderte am Ufer entlang und sah zu, wie sich die Schwimmer durch die Fluten kämpften. Manche sprangen munter aus dem Wasser, während sich andere kaum noch auf den Beinen halten konnten. Am Ufer warteten die Helfer und versorgten die Sportler mit Getränken oder kümmerten sich um Verletzte.

Ty unterhielt sich mit seinen Freunden, aber er hörte nur mit halbem Ohr zu, als sie über ihren Lauf sprachen und überlegten, wo sie am Abend feiern würden. Seine ganze Aufmerksamkeit war auf den See gerichtet. Irgendwann musste

Aiyla doch auftauchen.

»Komm, Alter, setz dich und entspann dich ein bisschen.« Speed klopfte ihm auf den Rücken, während Ty unbeirrt weiter auf den See starrte. »Du bist ein tolles Rennen gelaufen. Tut mir leid, dass du nicht den ersten Platz gemacht hast.«

Und das soll ich dir glauben? »Theo ist eben ein hervorragender Sportler, das kann ich ihm nicht übel nehmen.«

»Wir wollten auf den Felsen abhängen, bis es die letzten Nachzügler über die Ziellinie geschafft haben.« Speed wies auf einen Pfad, der zu einem steinigen Gelände führte, wo sich schon einige Leute versammelt hatten. »Kommst du mit?«

»Später vielleicht. Ich warte noch auf Aiyla.« Wieder stiegen ein paar Schwimmer aus dem Wasser.

Speed verschränkte die Arme vor der Brust und betrachtete Ty nachdenklich. »Dich hat's wirklich erwischt.«

»Mehr, als du dir vorstellen kannst«, erwiderte Ty ungewollt scharf, ohne den See aus den Augen zu lassen.

»Okay, bis später also.«

Im Verlauf der nächsten Stunde kam ein Athlet nach dem anderen an, doch Aiyla war nicht dabei, und Ty wurde allmählich unruhig. Er sah Trixie, die sich mit Mühe ans Ufer schleppte. Sie rang nach Luft und hielt sich die Seite, also lief er zu ihr, legte den Arm um sie und stützte sie.

»Alles okay, Trix? Brauchst du was?«

»Gib mir einen Drink, einen Mann, der im Bett so gut ist wie auf einem Pferderücken, und ungefähr achtzehn Stunden Schlaf«, antwortete sie mit unbewegter Miene.

Ty lachte. »Das mit dem Drink lässt sich einrichten. Hast du Aiyla gesehen? Eigentlich hätte sie längst hier sein müssen und allmählich mache ich mir Sorgen.«

»Ist sie noch nicht angekommen?« Sie runzelte die Stirn.

»Sie war viel weiter vorne als ich. Ich erinnere mich nicht, sie überholt zu haben.«

»Mist.« Er half ihr zu einem Stuhl. »Ich schicke jemanden vom Rennteam, der sich um dich kümmert, okay? Ich will sehen, ob Aiyla an einem der Checkpoints ist.«

»Ja, klar. Geh nur.«

Ty rief einen der Helfer, und sobald er Trixie in dessen Obhut übergeben hatte, machte er sich auf die Suche nach Joe Malpas, dem Koordinator des Wettkampfs. Er war gerade auf dem Weg zum Essenszelt.

»Hey, Ty. Gutes Rennen heute.«

»Danke. Ich möchte mich nach einer Teilnehmerin erkundigen, die vielleicht verletzt ist oder sich an einem der Checkpoints ausruht.«

»Stimmt was nicht?« Joe zog sein Walkie-Talkie vom Gürtel.

»Ich hoffe nicht. Aiyla Bell hatte heute Morgen Probleme mit ihrem Bein. Sie ist eine gute Läuferin, Joe, sehr athletisch. Sie müsste längst hier sein. Ihre Startnummer ist 164.« Er hatte die Zahl auf ihrem Bauch gesehen und sie hatte sich in sein Gedächtnis gebrannt.

Joe hielt einen Finger in die Höhe und sprach in sein Walkie-Talkie. »Hey, Rick, kannst du bei den Checkpoints nach Startnummer 164, Aiyla Bell, fragen und mir so bald wie möglich Bescheid sagen? Danke.« Er hakte das Sprechfunkgerät wieder an den Gürtel seiner Shorts. »Sollte nicht allzu lange dauern.«

»Prima.« Ty ging unruhig auf und ab, blickte immer wieder auf den See hinaus und hoffte, dass Aiyla bald auftauchen würde, unverletzt. Jede Minute fühlte sich wie eine Stunde an. Alles hätte passieren können: ein Schlangenbiss, eine

Verletzung, Dehydration. Nach ein paar Minuten hielt er es nicht mehr aus. »Ich gehe nachsehen. Kann ich ein Boot haben?«

»Natürlich, aber warte eine –«

»Joe?«, erklang eine Stimme aus dem Funkgerät.

Ty klopfte das Herz bis zum Hals.

»Ja, was hast du herausgefunden?«, antwortete Joe.

»Startnummer 164, stimmt's?«

»Ja«, sagte Ty und trat näher, als könnte er Aiyla so helfen.

»Sie hat die ersten dreizehn Checkpoints passiert, also bis etwa zwei Meilen vom See entfernt. Das ist alles, was wir wissen.«

»Bin unterwegs.« Ty rannte zum Bootsanleger. »Joe, kannst du ein paar Freiwillige –«

Joe winkte ab. »Bin schon dabei.«

Auf dem See holte Ty das Letzte aus dem Boot heraus und versuchte dabei, sich das Gelände zwischen dem See und Checkpoint 13 ins Gedächtnis zu rufen. Am Ufer angekommen erwartete ihn bereits eine freiwillige Helferin, die ihm ein Walkie-Talkie reichte. Joe habe sie angewiesen, es ihm zu geben, sagte sie. Mit dem Funkgerät in der Hand sprintete er den schmalen Waldpfad hoch. Er musste Läufern ausweichen, die er fragte, ob sie unterwegs eine verletzte Frau gesehen hätten, und rannte weiter hügelan bis zu einer Lichtung. Die Läufer wurden weniger, und als er die Strecke zum nächsten bewaldeten Bereich zurücklegte, sah er jemanden sich langsam nähern. Ein Adrenalinschub ließ ihn noch schneller laufen. Aiylas schönes Gesicht tauchte auf. Humpelnd joggte sie im Schneckentempo, wobei sie das linke Bein so wenig wie möglich belastete. Hinter ihr tauchte eine Freiwillige in einem leuchtend blau-weißen T-Shirt auf.

»Sind Sie Aiyla Bell?«, fragte sie sie, als Ty näher kam.

»Ja«, antwortete Aiyla. Sie runzelte verwirrt die Stirn, doch sie blieb nicht stehen, sondern setzte ihren mühsamen Lauf fort, so gut es ging. »Ty? Warum läufst du in die falsche Richtung?«

»Ich habe mir Sorgen gemacht.«

»Wir haben die Meldung bekommen, dass Sie sich verlaufen oder verletzt haben könnten«, erklärte die Helferin.

Aiyla funkelte Ty böse an. »Ich habe mich nicht verlaufen und es ist alles in Ordnung. Danke, aber ich brauche keine Hilfe.«

»Du humpelst, also ist offenbar nicht alles in Ordnung«, erklärte Ty. »Willst du eine Mitfahrgelegenheit für den Rest der Strecke?« Der Blick, mit dem sie ihn bedachte, zeigte ihm nur zu deutlich, dass das die falsche Frage war.

»Nein, ich will *keine* Mitfahrgelegenheit«, sagte Aiyla scharf. »Ich laufe dieses Rennen zu Ende.«

Die Helferin grinste wissend, als hätte sie diese Situation schon zu oft erlebt, um sonderlich beunruhigt zu sein. »Okay.«

»Warten Sie«, sagte Ty zu der Helferin. »Aiyla, du hast noch eine Meile oder mehr vor dir und dann noch die Schwimmstrecke. Hält dein Bein das durch?«

Sie wandte sich an die Helferin und sagte: »Danke, aber Sie können mich als ›gefunden und weiterhin im Rennen‹ melden.«

Sie war so dickköpfig, dass er hätte aus der Haut fahren können. Ty reichte der Helferin sein Walkie-Talkie und sagte: »Können Sie bitte Joe Malpas anfunken und ihm sagen, dass ich bei ihr bin?«

»Klar, wird gemacht.« Die Helferin winkte und verschwand in die Richtung, aus der sie gekommen war.

Kaum war sie außer Hörweite, fauchte Aiyla Ty wütend an. »Hast du jemals ein Rennen abgebrochen?«

»Nein, aber dein Bein –«

»Meinem Bein geht es *gut*!«, unterbrach sie ihn und beschleunigte ihr Tempo – wahrscheinlich nur, um ihn zu ärgern. »Ich weiß nicht, wie die anderen Frauen in deinem Leben gestrickt sind, aber ich bin keine Jungfer in Not und ich gebe nicht auf. Jetzt nicht und auch in Zukunft nicht. Ich weiß deine Fürsorge zu schätzen und dass du all diese Mühe auf dich genommen hast, um mir zu helfen, aber ich will und brauche keinen Märchenprinzen, der mich rettet.«

»Ich versuche gar nicht, dein Märchenprinz zu sein, und es gibt keine anderen Frauen in meinem Leben. Verdammt, Aiyla, ich habe mir Sorgen um dich gemacht. Ist das ein Verbrechen?«

Sie verengte die Augen zu Schlitzen, als würde sie über seine Antwort nachdenken – oder vielleicht auch über ihre eigene. »Ich stehe auf eigenen Füßen, seit ich achtzehn bin. Seit fast zehn Jahren, Ty. Ich schaffe *alles*.«

»Offensichtlich«, presste er mühsam hervor. »Ich hab's vermasselt. Tut mir leid.«

»Es ist okay und ich weiß deine Fürsorge zu schätzen. Aber ich brauche niemanden, der Leute losschickt, damit sie nach mir suchen. Kannst du dir überhaupt vorstellen, wie peinlich das ist?« Sie sah ihn nicht an und versuchte, ihr schnelleres Tempo beizubehalten.

»Peinlich ist immer noch besser, als ausgetrocknet auf diesem verdammten Berg zu hocken.« Er wollte seine Stimme eigentlich nicht erheben, aber seine Sorge hatte angesichts ihres humpelnden Ganges nur noch zugenommen. »Trixie konnte sich nicht erinnern, dich überholt zu haben. Ich dachte, du wärst vielleicht vom Weg abgekommen und hättest dich verletzt oder wärst von einer Schlange gebissen worden oder einfach total erschöpft.«

Mit angespanntem Kiefer, den Blick hartnäckig auf den Weg gerichtet, sagte sie: »Tja, nichts von all dem ist passiert.«

»Das sehe ich jetzt auch. Du brauchst nicht so störrisch zu sein.«

»Ha! Musst du gerade sagen.«

»Was soll das heißen?«, fragte er herausfordernd. Er lief ein wenig langsamer, in der Hoffnung, dass sie ihre Geschwindigkeit anpassen und ihrem Bein eine Verschnaufpause gönnen würde, aber sie ließ sich nicht beeindrucken und behielt ihr gemäßigtes Tempo bei.

»Hör dir doch mal selbst zu«, erwiderte sie und sah ihn nun eindringlich an. »Du beharrst auf deinem Standpunkt, genau wie damals in der Schweiz.«

»Ich wollte, dass du *mit mir* kommst, als ich aus Saint-Luc wegfuhr. Natürlich habe ich darauf beharrt.« Was zum Teufel war bloß los? Sie klang sogar noch wütender als einen Augenblick zuvor.

»Warum? Damit der feine Herr mit einer Braut in jedem Hafen eine weitere zu seinem Harem hinzufügen kann? Ich habe mir ein Leben aufgebaut, Ty. Ein Leben, für das ich wirklich hart gearbeitet habe, und das gebe ich nicht auf, um eine in der langen Reihe von Frauen zu sein, die sich die Klinke deiner Schlafzimmertür in die Hand geben. Und wenn du noch so gut küsst.«

Er spannte den Kiefer an, während der ungleichmäßige Klang ihrer Schritte das unbehagliche Schweigen ausfüllte. »So denkst du also von mir?«

»Nicht, als wir zusammen waren«, sagte sie leise, um dann entschlossener fortzufahren: »Aber jeder, der deine Karriere verfolgt, weiß um deinen Ruf. Hier draußen habe ich reichlich Zeit gehabt, darüber nachzudenken. Und eins kannst du mir glauben: Ich habe wirklich versucht, es nicht zu tun.«

Sie hielt seinen Blick fest, während sie nebeneinander herliefen. Der Zorn in ihren Augen war etwas Weicherem, Traurigem gewichen. »Ist es wahr?«

Er hatte immer gewusst, dass ihn sein Ruf irgendwann einholen würde. Doch er hatte nie damit gerechnet, dass ihm jemals jemand so nahestehen würde, dass es ihm etwas ausmachte. Der Ausdruck in ihren Augen ließ den Wunsch in ihm aufkeimen, jede einzelne Frau aus seiner Vergangenheit zu tilgen. »Ist das der Grund, warum du dich geweigert hast, mit mir zu kommen, als ich aus Saint-Luc abgereist bin?«

»Was hättest du denn an meiner Stelle gemacht, wenn es umgekehrt gewesen wäre?«, gab sie selbstbewusst zurück. »Wenn man mir nachgesagt hätte, dass ich mit jedem ins Bett gehe, der mir über den Weg läuft, hättest du dann alles für mich aufgegeben?«

»Ich weiß nicht, mit wie vielen Männern du geschlafen hast, und es ist mir auch egal«, sagte er, doch während die stummen Sekunden zwischen ihnen verstrichen, wurde ihm klar, dass es nicht stimmte. Allein der Gedanke an einen anderen Mann machte ihn so wütend, dass er am liebsten auf irgendetwas eingeschlagen hätte.

Sie verlangsamte ihren Schritt und sah ihn an, als würde sie ihm genauso wenig glauben wie er sich selbst.

»Okay, natürlich ist es mir nicht egal«, räumte er ein. »Ich hasse es, mir dich mit einem anderen Mann vorzustellen. Aber als wir in Saint-Luc waren, habe ich nicht daran gedacht. Nicht ein einziges Mal. Mich hat nur der Mensch interessiert, der du warst, als du mit mir zusammen warst, die Verbindung zwischen uns und wie perfekt unsere Hoffnungen für die Zukunft und unsere Ideale zusammenpassten. Du warst die

Eine für mich, Aiyla, und die letzten Monate waren einfach schrecklich. Ich habe jede Sekunde an dich gedacht, habe das Schicksal angefleht, die Sache in die Hand zu nehmen, und gegen das Bedürfnis angekämpft, herauszufinden, wo du bist. Aber ich wollte das Versprechen, das ich dir gegeben hatte, nicht brechen.«

Sie hatten den Waldpfad erreicht, der zu schmal war, um nebeneinander zu laufen. Er lief hinter ihr und sein Blick glitt unwillkürlich zu ihrem hinreißenden Hinterteil. Sofort hatte er ein schlechtes Gewissen, weil es nicht nur ihr Körper war, der in anzog. Aber ihr Körper war einfach viel zu heiß, um ihn zu ignorieren.

»Dann stimmt es also«, sagte sie.

»Früher hat es gestimmt, ja. Ich werde nicht leugnen, wer ich war, bevor wir uns kennengelernt haben. Ich war niemandem Rechenschaft schuldig, hatte keine Verpflichtungen. Es war nicht so, als hätte ich jemanden betrogen. Da war niemand, den ich hätte betrügen können.«

»Warum wolltest du dann, dass ich Saint-Luc verlasse und mit dir weiterreise? Warum wolltest du eine gute Sache drangeben?« Sie blieb plötzlich stehen und er rempelte sie von hinten an. Sie stolperten, doch er stemmte seine Fersen in den Boden und fing sie auf.

»Alles okay?« Er musterte sie rasch. »Habe ich deinem Bein wehgetan?«

Schwer atmend klammerte sie sich an ihn. »Alles in Ordnung. Auch mit meinem Bein.«

»Ich habe zwei Schwestern und weiß verdammt gut, dass ›in Ordnung‹ nicht wirklich heißt, dass alles okay ist. Aber ich hab's schon begriffen: Das Rennen geht vor, und du bist fest entschlossen, es auf deine Weise durchzuziehen. Das respektiere ich.« Er nahm ihre Hände und sagte: »Ich weiß nicht, was du über mich hören willst, aber die Wahrheit ist, dass ich von Anfang an wusste, dass du anders bist. Was ich vor dir hatte, war eben keine gute Sache. Vielleicht dachte ich früher, es sei so, aber nichts ist vergleichbar mit dem, was wir hatten, als wir zusammen waren. Du und ich, wir hatten etwas Großartiges, Aiyla, und das ist es, was ich will. Ich will *dich*.«

Vier

Später am Abend stand Aiyla am Rand des Zeltplatzes unter dem Sternenhimmel, sah auf das tintenblaue Wasser des Sees hinaus und fragte sich, wie um Himmels willen sie das steinige Gelände bewältigen sollte, das zum Ufer hinunterführte. Beim Laufen hatte sich ein heißer, pochender Schmerz in ihrem Bein ausgebreitet, doch das Schwimmen im kühlen Wasser hatte ihr eine kleine Verschnaufpause verschafft. Nun war der Schmerz jedoch wieder da, hartnäckig und ebenso wenig zu ignorieren wie ein entzündeter Zahn.

Sie wusste, dass sie ihrem Bein eine Menge zumutete, wollte aber auf keinen Fall ihre Chance verpassen, am Mad Prix teilzunehmen. Und sie würde nicht zulassen, dass die Schmerzen ihr den Spaß an ihrem Date mit Ty verdarben, der neben ihr stand und in seinen Cargoshorts, dem dunklen Hemd und einer Sweatjacke heißer aussah als die Hölle. Den ganzen Abend dachte sie über seine Aufrichtigkeit nach – und über sein Geständnis. *Was ich vor dir hatte, war eben keine gute Sache … Du und ich, wir hatten etwas Großartiges, Aiyla, und das ist es, was ich will. Ich will dich.* Er hätte ihr das Blaue vom Himmel herunterlügen können, hätte beteuern können, dass die Gerüchte nicht stimmten, hätte sich als jemanden darstellen können, der er gar nicht war. Aber er hatte es nicht getan und diese Ehrlichkeit hatte noch mehr Gefühle in ihr entfacht. Nun konnten sie mit einer Offenheit reden, vor der sie sich anfangs gefürchtet hatte.

»Machen wir ein Wettrennen zum See?«, fragte Ty im Spaß.

Er war bis zum Ende der Tagesetappe bei ihr geblieben, war sogar neben ihr durch den See geschwommen. Danach hatte er darauf bestanden, dass sie zusammen zum Sanitätszelt gingen, obwohl sie ausgebildete Notfallsanitäterin war und beteuerte, sie könne sich selbst um ihr Bein kümmern. *Und der Schuster trägt immer die schlechtesten Schuhe*, hatte er geantwortet. Sie musste lächeln, als sie daran dachte, obwohl sie sich im ersten Moment über seine übertriebene Fürsorglichkeit geärgert hatte. Sie konnte sich nicht erinnern, wann sich zum letzten Mal jemand solche Sorgen um sie gemacht hatte.

»Kein Problem, das schaff ich mit links«, log sie nun. Sie gab sich nur ungern geschlagen, und außerdem hoffte sie, dass die Schmerzmittel, die sie gerade genommen hatte, bald wirken würden.

Ty trat vor sie, heiß, sexy und unverrückbar. »Ich weiß, dass du es schaffst, aber ich habe eine bessere Idee.« Er wandte ihr den Rücken zu und beugte sich vor. »Kletter rauf, Babycakes. Wir gehen reiten.«

Ein Lachen sprudelte hervor, bevor sie es aufhalten konnte. »Ich lasse mich bestimmt nicht huckepack nehmen wie ein Kind.«

Er richtete sich auf, drehte sich um und zog sie dicht an sich, wobei er ihr in die Augen sah. Jeder Druck seiner wundervollen Muskeln ließ ihre Entschlossenheit weiter bröckeln. Seine Hand fuhr über ihre Hüfte, während seine Bartstoppeln zärtlich über ihre Wange rieben und ihr wohlige

Schauer über den Rücken jagten.

»Warum steigst du nicht einfach auf, sexy Lady«, sagte er mit verführerischer Stimme, »sodass ich all deine Süße an meinem Rücken spüren kann?«

Die Kombination aus seinen Händen auf ihren Hüften, dem sinnlichen Kratzen seiner Bartstoppeln auf ihrer Haut und seiner rauen Stimme war ungefähr das Verführerischste, das sie jemals erlebt hatte. »Wie kann ich Nein sagen, wenn du es so ausdrückst?«

Sie kletterte auf seinen Rücken und legte ihm die Arme um den Hals. Ein hungriges Stöhnen entfuhr seiner Kehle, dann kicherte er angesichts des Plagegeistes auf seinem Rücken. Sie konnte nicht anders, als mit den Händen über seinen Oberkörper zu streichen. Sein Hemd fühlte sich weich an, seine festen Muskeln zeichneten sich deutlich ab. Sie streckte die Hände tiefer und versuchte, seine Bauchmuskeln zu erreichen, wobei sie ihm einen weiteren kehligen Laut des Verlangens entlockte. Sie hatte so lange davon geträumt, ihn zu berühren, dass sie sich diese Gelegenheit gönnte, ihren *Ty-Spielplatz* zu erkunden, auch wenn sie wusste, dass es möglicherweise nicht weitergehen würde. Noch hatte sie nicht verstanden, was genau er meinte, wenn er davon sprach, dass er *sie wollte*. Auf keinen Fall würde sie sich auf irgendeine Art von offener Beziehung einlassen.

Seine Hand glitt über ihre Waden, während er mühelos seinen Weg zwischen den Steinen fand. »Oh ja, Baby, das fühlt sich *gut* an.«

Als sie sich dem Fuß des Hügels näherten, legte sie ihren Mund an sein Ohr und sagte: »So gut, dass du mich in Zukunft möglicherweise überall hintragen musst.«

Er setzte sie vorsichtig ab, drehte sich um und schloss sie in die Arme. Sie spürte seine Erregung an ihrem Bauch, und er begann, sich zu wiegen und leise davon zu singen, dass sie in seinem Zelt weitermachen sollten. Seine Hände wussten genau, was sie wollten, fuhren an ihren Hüften hoch, über ihren Rücken, in ihr Haar, und, *Junge, Junge*, es gefiel ihr. Sie wusste, dass sie ihm Einhalt gebieten und erst einmal herausfinden sollte, wo sie wirklich standen, aber er sang weiter, wie er sich Zeit lassen und es die ganze Nacht lang machen wollte, und da fiel ihr auf, dass er Niall Horans »Slow Hands« mitsang, eines ihrer Lieblingslieder, das irgendwo in der Nähe spielte.

Er drehte sich zur Seite und wies in die Richtung, aus der die Musik kam. Dort war eine Decke auf dem Boden ausgebreitet und eine weitere Decke lag zusammengefaltet unter seinem Rucksack. Die Musik kam aus seinem Handy. Erinnerte er sich also auch an ihren Lieblingssong?

»Hast du das alles für uns aufgebaut?« Als sie in Saint-Luc waren, hatte er jeden Abend für sie Gitarre gespielt und gesungen. Das war so romantisch, seine Stimme so überwältigend, dass er sie mit jedem Lied verzauberte. Und wenn er sang, hatte er sie genauso angesehen wie jetzt, als sei sie der einzige Mensch auf der Welt, und öffnete ihr Herz dabei noch mehr.

»Für dich, Babycakes. Immer nur für dich.«

Er tanzte verführerisch und langsam, während er sang, und die Erinnerung an die Sehnsucht, die sie nach seiner Abreise aus Saint-Luc empfunden hatte, überschwemmte sie. Zu wissen, dass keiner von beiden anrufen oder eine Nachricht schicken konnte, war so schmerzhaft gewesen, dass sie es kaum ausgehalten hatte. Sie hatte seine Stimme hören wollen, *brauchte* ihren Klang wie die Luft zum Atmen. Ihre Mutter hatte ihr jedoch schon früh beigebracht, dass es unterschiedliche

Bedürfnisse gab. Essen, Kleidung und im Winter ein Dach über dem Kopf waren Dinge, die sie nie dem Zufall überlassen durfte und für die sie als Erwachsene immer sorgen musste. Aber andere Bedürfnisse? Sehnsüchte? Sie gaben keine Ruhe, sie nagten und konnten mit ihrer Beharrlichkeit alles aushöhlen, was sie sich so hart erarbeitet hatte. Um diese Bedürfnisse konnte sich nur das Schicksal kümmern. Wenn das Schicksal auf den Plan trat, ließ sich das, was sein sollte, durch nichts aufhalten.

Sie tanzte in Tys Armen und gab sich seiner Stimme und seiner verführerischen Wärme hin. Sie wollte so gerne glauben, dass das, was sie hatten, schicksalsgegeben war. Jahrelang hatte sie Vorsicht walten lassen. Wenn der frühe Tod ihrer Mutter sie eins gelehrt hatte, dann das: Ihr Herz zu öffnen und sich auf jemand anderen zu verlassen, war gefährlich. Aber auf Ty *konnte* sie sich verlassen. Hatte er das nicht unter Beweis gestellt, als er sich am Nachmittag auf die Suche nach ihr gemacht hatte, obwohl sie ihn nicht darum gebeten hatte? In den Tagen, die sie in der Schweiz zusammen verbracht hatten, hatte er reichlich Gelegenheit gehabt, sie hängenzulassen, aber er hatte es nicht getan. Nicht ein einziges Mal.

»Ich kann es immer noch nicht glauben, dass du wirklich hier bei mir bist«, sagte er leise und ließ seinen Finger an ihrem Kinn entlanggleiten. Dabei sah er sie nicht einfach an. Es war, als blickte er mitten in ihr Herz und ihre Seele, genauso, wie er es an ihrem letzten gemeinsamen Abend in Saint-Luc getan hatte. An jenem Abend hatte sie sich so sehr danach gesehnt, in seinen starken Armen zu liegen und seine rauen Hände auf ihrem nackten Körper zu spüren, während er sie liebte. Damals hatte sie sich zurückgehalten, und die Vernunft gebot ihr, das auch jetzt zu tun, doch jede Berührung seiner Hände steigerte ihr Verlangen, ihre *Gier* nach ihm.

»Ich habe dich so sehr vermisst«, gestand er ihr. »Es hat so wehgetan.«

Die Sehnsucht in seiner Stimme war wie der Widerhall ihrer Gefühle und ließ auch den letzten Rest ihrer Entschlossenheit dahinschmelzen. Unter dem Sternenhimmel ließ sie alle Vorsicht fahren und gab sich der Musik und dem Tanz mit diesem unglaublichen Mann hin, während der Schmerz in ihrem Bein und der Rest der Welt hinter der Hitze verschwanden, die zwischen ihnen brannte.

»Küss mich«, bat sie und stellte sich auf die Zehenspitzen.

Seine vollen Lippen senkten sich weich und fordernd zugleich auf ihre und ließen ihre Sinne auflodern. Eine seiner Hände schob sich in ihr Haar, die andere drückte sie so fest an ihn, dass sie sein Herz spüren konnte, das an ihrem pochte. Er ließ den Kuss tiefer werden, ein hungriger Laut entfuhr seiner Kehle, der ihr Innerstes in Schwingungen versetze und all die Begierden weckte, die schon so lange in ihr schlummerten. Ty schmeckte wie Sünde und Segen in einem, beides unentwirrbar miteinander verwoben. Und sie wollte ihn, wollte das hier – die Küsse, die Berührungen. Das Verlangen nach mehr brachte sie schier um. Ty ließ seine Zunge langsam und genüsslich über ihre gleiten, bevor er eine Spur federleichter Küsse um ihren Mund und an ihrem Kinn entlang hauchte. Hitze durchzuckte sie, und sie versuchte, Luft zu holen, als er sich mit geöffneten Lippen an ihrem Hals bis zu einem Ohr hochküsste. Ihr ganzer Körper schien unter Strom zu stehen, jedes Nervenende glühte auf der Oberfläche ihrer Haut.

»Genauso süß und einzigartig, wie ich es in Erinnerung habe. *Meine* Aiyla«, wisperte er. Er zupfte mit den Zähnen an ihrem Ohrläppchen und schickte elektrifizierende Nadelstiche unter ihre Haut.

Sie sog scharf die Luft ein und er fing erneut ihren Mund ein und besänftigte das Prickeln mit weiteren köstlichen Küssen. Sie umklammerte seinen Hals, schob die Finger in sein Haar und hielt sich an ihm fest, als gelte es das Leben, während sich seine Hüften nach vorn schoben. Seine Erregung war hart und verlockend. Seine Zunge glitt über ihre Zähne, über ihren Gaumen und nahm jeden Zentimeter von ihr in Besitz. Sie zitterte und ihre Gedanken lösten sich in Nichts auf. Und dann lag sie in seinen Armen und er trug sie zu der Decke, legte sich neben sie und nahm ihren Mund ein weiteres Mal gefangen. Sein Oberschenkel schob sich auf ihren und ihr ganzer Körper wölbte sich ihm entgegen. Sie konnte nicht verhindern, dass sich ein Stöhnen in ihren Kuss entlud.

»Ich liebe dieses Geräusch«, presste er hervor, nur um sie gleich darauf weiterzuküssen. Er küsste sie so, wie er alles tat: weich wie Butter und heiß wie Feuer.

Seine Hände bewegten sich an ihrem Oberkörper hoch, streiften die Unterseite ihrer Brüste, und sie hielt den Atem an. In Saint-Luc war es bei Küssen geblieben, und sie spürte sein Zögern – ebenso wie ihr eigenes –, das mit der Hitze im Widerstreit lag, die zwischen ihnen pulsierte. Aber sie wollte seine Berührungen, verzehrte sich regelrecht danach. Sie legte ihre Hand auf seine und er ergriff sie.

Er löste sich aus dem Kuss, und sie hob den Kopf, um seine Lippen wieder einzufangen.

»Deine Küsse bringen mich um«, entfuhr es ihm, und dann küsste er sie wieder, lange und tief, während sich sein hinreißender Körper an ihren schmiegte.

Ihre verhakten Hände verharrten still, seine Finger hielten ihre umklammert, als bräuchte er diesen Anker, um sich selbst unter Kontrolle zu halten. Sein heißer, hungriger Mund tastete sich an ihrem Kinn entlang und an ihrem Hals hinab. Jede Berührung seiner Lippen schickte Pfeile der Lust in ihr Innerstes. Sie wollte nicht, dass er sich unter Kontrolle hielt. Sie wollte *mehr*.

Alles an Aiyla verströmte unverfälschte, ungezähmte Leidenschaft, da war Ty sich absolut sicher. Aber in dieser Situation war er schon einmal gewesen, als er so in ihr versunken gewesen war, dass er außer ihr nichts mehr wahrgenommen hatte. Und dann hatte sie ihn weggeschickt. Er hatte die letzten Monate damit zugebracht, zu analysieren, was damals schiefgelaufen war. Inzwischen wusste er es und er würde nicht noch einmal irgendetwas dem Schicksal oder der Vorsehung oder der verdammten Zahnfee überlassen. Er zwang sich, sich von Aiyla zu lösen.

Luft entwich ihrer Lunge und alles in ihm krampfte sich zusammen. Er schaffte es nicht. Er konnte nicht von jetzt auf gleich auf Entzug gehen, nachdem er sie gerade wiedergefunden hatte.

Also senkte er seine Lippen auf ihre und sagte zwischen den Küssen: »Wir müssen reden.« Seine Hüften wiegten sich, seine Finger umklammerten ihre und seine Härte zuckte schmerzhaft unter seinen Shorts. Aber er wusste, dass er sich bremsen musste. Als er sich zwang, sich wieder zurückzuziehen, entfuhr ihr ein leises Jammern, das ihn fast um den Verstand brachte. Wie zum Teufel sollte er ihr widerstehen?

Er hauchte eine Reihe vorsichtiger, leiser Küsse auf ihre

Lippen und löste sich behutsam von ihr. »Aiyla, noch einmal halte ich das nicht aus.«

Auf ihrem Gesicht breitete sich das süßeste Lächeln aus, das er je gesehen hatte. »Du hast deine Sache eigentlich ganz gut gemacht. Ich bin schon ganz berauscht von dir.«

Er lachte, führte ihre verschränkten Hände an seine Lippen und drückte einen Kuss auf ihre Finger. »Ich kann mich nicht noch einmal so in dir verlieren, dass ich nicht mehr klar sehen kann. Letztes Mal hat es mich völlig fertiggemacht. Ich bin mir nicht sicher, ob ich das noch mal überleben würde.«

Sie hielt ihre Unterlippe zwischen den Zähnen gefangen und sah so bezaubernd und sexy aus und so verdammt begehrenswert, dass die Stimme in seinem Kopf ihn einen Idioten schalt, wenn er jetzt nicht weitermachte. Er sah ihr in die Augen und beschwor sich selbst, sich zu beherrschen, doch als ihn eine Woge von Emotionen überschwemmte, konnte er die Wahrheit nicht zurückhalten.

»Ich möchte dich lieben, bis die Sonne aufgeht, und dann weitermachen, bis der nächste Tag vergangen ist und wir jedes Quäntchen Energie verbraucht haben und vor lauter Erschöpfung eng umschlungen einschlafen. Und jetzt spiegelt sich das Mondlicht in deinen Augen und du siehst aus wie eine Träumerin, und ich möchte mit dir in diesen Träumen sein. Aber ich weiß, dass du keine Träumerin bist. Dafür bist du zu pragmatisch. Und ich empfinde zu viel für dich, als dass ich so tun könnte, als seien wir etwas, das wir nicht sind.«

»Was meinst du damit?«, fragte sie stirnrunzelnd.

»Du hast mich schon einmal weggestoßen, und jetzt, wo ich verstehe, warum, denke ich, dass wir einiges klären müssen, bevor wir den nächsten Schritt machen.«

Sie versuchte, ihre Hand wegzuziehen, aber er hielt sie fest.

»*Nein*«, sagte er eine Spur zu scharf. In freundlicherem Ton fuhr er fort: »Bitte, zieh dich nicht zurück. Es wird für uns beide nicht einfach sein, aber dir den Rücken zuzukehren und wegzugehen, ist keine Option für mich. Und ich hoffe, dass es nach unserem Gespräch auch für dich keine Option ist.«

Sie setzte sich auf und Verwirrung stand ihr ins Gesicht geschrieben. »Ich habe das Gefühl, dass ich mir gleich wünschen werde, du würdest mich einfach weiter küssen.«

»Nein, wirst du nicht. Du hattest die Chance, mich immer wieder zu küssen, mit mir zu reisen und die Welt zu erkunden. Das hast du abgelehnt, aus gutem Grund.«

Sie senkte den Blick. Er hob ihr Kinn und sah in ihre traurigen Augen. »Du wolltest etwas über meine Vergangenheit wissen. Ich bin mir nicht sicher, was du über mich gehört hast, aber wahrscheinlich stimmt es.«

Wieder wandte sie den Blick ab.

»Aiyla, bitte schau mich an. Ich möchte, dass du hörst, was ich zu sagen habe, und du sollst wissen, dass ich es ernst meine.«

»Was du bis jetzt gesagt hast, ist nicht gerade leicht zu verdauen.«

»Ich weiß, aber nichts Wertvolles ist einfach. Erinnerst du dich, wie du mir vom Verlust deiner Mutter erzählt hast? Und wie du das erste Mal beim Rafting warst und aus dem Boot gefallen bist? Du hast gesagt, das seien die schlimmsten Momente deines Lebens gewesen. Wie du um ein Haar in der Trauer ertrunken bist und dann drei Jahre später fast in einem Fluss. Und dass es dich in beiden Situationen all deine Kraft gekostet hat, dich wieder an die Oberfläche zu kämpfen. Genau so fühle ich mich gerade. Als sei alles, was ich dir jetzt erzähle, eine weitere Welle, die mich nach unten zieht. Aber ich schätze, es gibt nur zwei Möglichkeiten: Entweder gehe ich unter oder ich schwimme. Und ich möchte schwimmen, Aiyla. Ich möchte mir mein verdammtes Herz aus dem Leib schwimmen. Du musst nichts weiter tun, als im Boot zu sitzen und dir zu überlegen, ob du mir die Rettungsleine zuwerfen willst oder nicht.«

Sie atmete tief aus und spielte gedankenverloren mit dem Saum ihrer Shorts. »Ich weiß, dass ich das herausgefordert habe, aber vielleicht hätte ich den Mund halten sollen. Ich hasse die Antwort jetzt schon.«

Er rechnete damit, dass sie aufstehen und gehen würde. Als sie jedoch seine Hand nahm und sagte: »Du bist weggegangen, als es das war, was ich brauchte. Ich denke, ich bin an der Reihe, das zu tun, was du von mir brauchst«, da hatte er das Gefühl, als habe er ein Geschenk bekommen – und müsste eine Feuerlinie passieren, um es einzufordern.

»Danke.« Er hoffte, dass seine Nervosität sich nicht allzu deutlich zeigte. »Das Wichtigste, was du wissen solltest, ist, dass meine Vergangenheit genau das ist. Meine *Vergangenheit*.«

»Hört sich an, als seien das berühmte letzte Worte von irgendjemandem. Vielleicht von einem Dieb, der beteuert, dass er nie wieder stehlen wird?«

»Tja, wahrscheinlich habe ich das verdient«, erwiderte er ungerührt. »Aber ich möchte, dass du die Wahrheit erfährst. Bevor wir uns kennengelernt haben, war ich tatsächlich so ein Typ mit One-Night-Stands, habe oft mit einer schönen Frau angebandelt oder auch mit zweien. Es war einfach eine Methode, sich ein paar Stunden zu vergnügen. Aber ich bin sauber. Ich war nie ungeschützt und habe mich einmal im Jahr testen lassen –«

»Okay, erstens«, unterbrach sie ihn. »Zwei Frauen gleichzeitig? Ich kann nicht mal ...« Sie wandte sich ab, drehte sich dann schnell wieder zu ihm und warf ihm einen angewiderten

Blick zu. »Nur damit du es weißt: Der Schutz macht es nicht besser.«

»Ich weiß, Baby.«

»Und nenn mich nicht Baby. Ich möchte nicht eine von vielen sein, Ty. Ich bin bereit zuzuhören, aber ich hätte meinen Gefühlen keinen freien Lauf lassen sollen. Das war dumm von mir.«

»Aiyla, bitte hör mir zu. Ich bin schonungslos ehrlich, weil du mir viel bedeutest und ich dich nicht anlügen möchte. Heute nicht, niemals. *Ja*, ich war *so ein* Typ, und das lag nicht etwa daran, dass ich schlechte Eltern oder eine schlimme Kindheit gehabt hätte oder so. Ich habe wunderbare Eltern, eine tolle Familie und ein verdammt gutes Leben. Tatsächlich habe ich mich nie gefragt, *warum* ich es getan habe, bis ich dich kennengelernt habe. Und seit ich dich in Saint-Luc zurücklassen musste, habe ich meine Beziehungen genau unter die Lupe genommen. Wenn man sie überhaupt so nennen kann.«

»Okay, ich verstehe.« Sie versuchte aufzustehen, zuckte zusammen und sank sofort wieder auf die Decke und rieb sich das Bein.

»Alles okay?« Er berührte ihr Bein und sie rutschte außer Reichweite.

»*Ja*«, sagte sie störrisch, obwohl sie aussah, als seien die Schmerzen seit dem Nachmittag stärker geworden. »Bitte erzähl mir nichts mehr über dich und andere Frauen. Ich bin sicher, du willst auch nichts über mich und andere Männer hören.«

»Ich wollte gar nicht weiter darüber sprechen. Und glaub mir, der Gedanke an dich mit anderen Männern hat mich schon genug gequält.«

Mit schmerzverzogenem Gesicht rieb sie sich das Bein, wobei die Schmerzen vermutlich nicht nur von ihrem Bein, sondern mindestens ebenso sehr von ihm verursacht wurden.

»Bitte, lass« mich dir helfen.«

»Hör auf, Ty. Ich finde es schwer, mir die Dinge anzuhören, die du mir erzählst, während du mich so berührst.« Sie zog die Beine an und schlang die Arme um die Knie. »Sprich weiter. Ich kann offensichtlich nicht weglaufen, also sitze ich hier fest und höre dir zu.«

»Vielleicht sollten wir dich zu einer Notaufnahme bringen.«

Sie funkelte ihn böse an. »Es ist alles in Ordnung. Du hast doch gehört, was der Typ im Sani-Zelt mir erzählt hat. Wahrscheinlich ist es eine Überbeanspruchung. Du bist selbst Sportler. Du weißt, dass solche Verletzungen mal mehr, mal weniger wehtun. Morgen geht es mir schon wieder viel besser. Sag einfach, was du sagen willst.«

»Okay. Tut mir leid«, lenkte er ein. Sie war ebenso dickköpfig wie er, und solange sie sich über ihr Bein stritten, kamen sie nicht weiter. Er konzentrierte sich stattdessen darauf, Klarheit zu schaffen. »In Saint-Luc habe ich nicht versucht, dich zu verführen.«

»Ich hoffe wirklich, dass du nicht das sagen willst, was ich vermute. Damit tust du meinem Ego nämlich keinen Gefallen, nach allem, was ich jetzt von deiner Vorgeschichte weiß.«

»Nein, das ist es nicht, was ich sagen will. Daran habe ich erkannt, dass das, was wir hatten, echt war, Aiyla. Und es war anders. Es war nichts, was ich mir einfach hätte aus dem Kopf schlagen können. Verstehst du nicht? Wir haben fünf unglaubliche Tage miteinander verbracht. Wir sind gewandert, haben fotografiert und waren nächtelang wach und haben uns unser ganzes Leben erzählt. Erinnerst du dich an das Winterfest in Saint-Luc?« Diesen Tag würde er nie vergessen. Sie waren gemeinsam den Berg hinuntergerodelt, seine Beine hielten ihre umfangen und sein Körper schmiegte sich von hinten an sie. Er hatte immer noch im Ohr, wie ihr melodisches Lachen durch die Luft schwebte.

Ein widerstrebendes Lächeln erschien auf ihrem schönen Gesicht, aber es reichte nicht bis zu ihren Augen, und das brachte ihn fast um.

»Der Punkt ist der: Wir waren nie nackt. Unsere Gefühle basierten nicht auf Lust. *Du* warst genug, Aiyla. Mit dir zusammen zu sein, war mit nichts zu vergleichen, was ich jemals erlebt habe. Besser als die höchsten Berge zu besteigen oder das beste Bild aufzunehmen. Dein Lachen ging mir nicht mehr aus dem Kopf – und dann dein Lächeln! Seit unserer letzten gemeinsamen Nacht habe ich es mir immer wieder in Erinnerung gerufen und mir geschworen, dass ich alles tun will, um mehr davon zu sehen. Wir haben nicht nur miteinander gesprochen. Wir haben in diesen fünf Tagen mehr geteilt als manche Menschen in einem Jahr, und nicht eine Sekunde davon hatte mit Sex zu tun.«

Er nahm ihre Hand und sah ihr unverwandt in die Augen. Ihm war klar, dass sie seine Hoffnungen ebenso sehen konnte wie seine Ängste, doch er wollte diese Ehrlichkeit zwischen ihnen. »Seit dem Tag, als wir uns kennenlernten, habe ich keine andere Frau auch nur in Betracht gezogen. Wenn dich sonst nichts davon überzeugt, was ich für dich empfinde und was wir zusammen haben, dann vielleicht das.«

»Und du willst mich glauben machen, dass du meinetwegen von einer männlichen Hure zu einem enthaltsamen Mann geworden bist?«

»›Männliche Hure‹ ist ein bisschen hart …«

Sie verengte die Augen und er hob abwehrend die Hand.

»Okay. Nenn mich, wie du willst. Aber ja, ich erwarte, dass

du es glaubst, weil es die Wahrheit ist.«

»Du hast dich für jemanden, den du erst seit fünf Tagen kanntest, so sehr verändert?« Das Vertrauen in ihrer Stimme milderte den Unglauben in ihrem Blick ein wenig.

»Für *dich*, ja. Aber verstehst du denn nicht? Es war nicht so, als wäre ich eines Morgens aufgestanden und hätte beschlossen, mich zu ändern. Es passierte ganz von selbst, als hättest du mich aus einem Leben aufgeweckt, in dem ich dachte, ich würde leben, aber eigentlich war ich auf der Suche. Oder vielleicht habe ich mich auch versteckt. Ich weiß es nicht. Ich weiß nur, dass der Mann, der ich vor der Begegnung mit dir war, und der Mann, zu dem ich in den Tagen wurde, in denen wir zusammen waren, zwei sehr unterschiedliche Menschen sind. Hast du dich nicht anders gefühlt?«

Ihr Gesichtsausdruck wurde ernst und das Herz wurde ihm schwer.

»Wenn nicht, dann …«

»Doch«, unterbrach sie ihn schnell. »Ich fühle mich immer noch anders. Unsere gemeinsame Zeit hat auch mich verändert. Ich dachte immer, das Schrecklichste in meinem Leben sei der Tod meiner Mutter gewesen, und später hat der Vorfall beim Rafting mir fast den Boden unter den Füßen weggezogen. Aber dann habe ich dich kennengelernt und musste dich gehen lassen. Ich hatte das Gefühl, nichts im Leben könnte je schwieriger sein, als dir zu sagen, dass ich Saint-Luc nicht mit dir zusammen verlassen würde. Vielleicht dachte ein Teil von mir, ich könnte dich wegschicken, ohne dass es mir etwas ausmacht. Oder vielleicht dachte ich auch, dass ich dich wegschicken könnte und du trotzdem nichts Eiligeres zu tun hättest, als zu mir zurückzukommen, sodass wir alles auf der Stelle klären könnten. Ich weiß nicht, was ich gedacht habe, aber ich war sicher, dass es richtig war, es dem Schicksal zu überlassen. Und dann war jeder neue Tag ohne dich schwerer als der vorherige. Ich habe überall nach dir gesucht. In jeder Menschenmenge, in jedem Sportmagazin, in jedem Online-Artikel, was wahrscheinlich so wirkt, als hätte ich mein Versprechen gebrochen. Aber ich habe nicht versucht, herauszufinden, wo du bist. Ich wollte nur dein Gesicht sehen und wissen, dass es dir gut geht.«

Ein schmerzlicher Schatten legte sich über ihre Miene und sie sagte: »Das stimmt nicht. Ich wollte deine Augen sehen. Ich wollte wissen, ob das, was ich gesehen habe, als wir zusammen waren, das, was ich *jetzt* sehe, noch da war.«

»Es ist immer noch da, Aiyla, und es geht auch nicht weg.« Er griff in den Rucksack, der zu seinen Füßen lag, und reichte ihr zwei Bücher.

Sie erkannte, dass es sich um zwei ihrer Bildbände handelte, *Gesichter der Natur* und *Reflexionen*.

»Ich habe mir alle fünf Bücher gekauft und habe jedes Foto so oft angesehen, dass sie sich in mein Gedächtnis gebrannt haben. Ich wollte sie mit deinen Augen betrachten und dich durch deine Bilder spüren.«

Sie blätterte ein paar Seiten um. Die Kanten waren nicht mehr steif, sondern weich vom ständigen Anfassen und Umblättern.

»Du hast mir erzählt, dass du ältere Menschen fotografierst, weil deine gute Fee, Ms. Farrington, dich etwas gelehrt hat: nämlich, dass nichts schöner ist als die Geschichten in den Gesichtern von Menschen, die lange genug gelebt haben, um alle Facetten der Liebe und des Verlusts zu erleben. Ich habe die Gesichter in diesen Büchern eingehend studiert, Aiyla, und ich verstehe, was du siehst. Die Fotos sind an sich schon hervorragend. Aber als Künstler mit meiner eigenen fotografischen Sichtweise habe ich etwas noch Komplexeres und Schöneres entdeckt.«

Er zog ein weiteres Buch aus dem Rucksack und legte es auf die anderen. Ihre Finger glitten über das Bild auf dem Cover. Es zeigte den Hang, auf dem sie sich zum ersten Mal begegnet waren, und ihre Augen trübten sich. Mit den Fingerspitzen fuhr sie die Buchstaben des Titels nach und flüsterte: »Äonisch.«

»Es bedeutet zeitlos«, erklärte er. »Immerwährend, ewig, dauerhaft.« Worte, die ihn an Aiyla erinnerten, gebündelt in einem prägnanten Adjektiv.

Sie holte tief Luft, schlug das Buch auf und las die Widmung. *Für Aiyla, wo immer du bist.* »Oh, Ty …«

Sie blinzelte gegen die Tränen an, die ihr in die Augen stiegen, blätterte um und betrachtete das erste Bild, das er jemals von ihr gemacht hatte. Sie stand mit dem Rücken zu ihm und blickte auf das Tal hinunter. In der Ferne schwebte die Sonne über den Bäumen, orange-rote Streifen brannten wie Feuer am Himmel und tauchten Aiyla in ein geheimnisvolles Licht. Hitze und Eis breiteten sich gleichzeitig in seiner Brust aus, so wie damals, als er zum ersten Mal auf sie getroffen war und das Foto gemacht hatte.

Sie blätterte um und lachte leise auf. »L für links.«

Am ersten Abend, den sie zusammen in Saint-Luc verbracht hatten, waren sie durch die Stadt gelaufen. Als er sie fragte, wo ein bestimmtes Café sei, hatte sie gesagt, sie müssten nach rechts abbiegen, hatte aber nach links gezeigt. So mache sie es schon ihr ganzes Leben lang, hatte sie ihm gestanden. Er hatte sie geneckt und mit Zeigefinger und Daumen der linken Hand ein L gebildet und die ersten beiden Finger an der rechten zum R des Fingeralphabets gekreuzt. Sie hatte ihm die Gesten nachgemacht, und er hatte das Foto geschossen und ihr Lachen eingefangen, während ihre Augen vor Vergnügen blitzten.

Sie blätterten alle fünfzig Seiten durch und erlebten jeden gestohlenen Moment noch einmal – Aiyla im Profil, das Morgenlicht schimmernd auf ihrem Haar, das Kinn auf die Hand gestützt, ein kleines Lächeln auf den Lippen, als sie den Sonnenaufgang vom Fenster seines Hotelzimmers aus beobachtete, nachdem sie die ganze Nacht geredet hatten. Und ein Bild von ihr schlafend auf dem Beifahrersitz seines Mietwagens, auf dem Weg zu einem bestimmten Museum, das sie unbedingt hatte besuchen wollen. Kaum waren sie eine Viertelstunde unterwegs gewesen, war sie eingeschlafen, und er war zwei Stunden lang herumgefahren, damit sie nur ja nicht aufwachte. Es gab Bilder vom Winterfest und alberne Selfies von beiden. Mehr als eine Stunde später blätterte sie zur letzten Seite und sah sich sein Lieblingsbild an. Er hatte es an dem Morgen aufgenommen, als sie ihm gesagt hatte, er solle ihre Zukunft dem Schicksal überlassen. Sie saß am Fenster des Cafés, wo sie jeden Morgen am selben Tisch gefrühstückt hatten, mit einem gedankenverlorenen Blick in den Augen.

Sie sah ihn an und eine einzelne Träne lief über ihre Wange. »Ich dachte, du wärst noch vor Tagesanbruch abgereist.«

»Das hatte ich ursprünglich vor, aber ich habe meinen Flug verschoben, weil ich dich überreden wollte, mit mir zu kommen. Und dann habe ich gekniffen. Ich hatte Angst, dich ganz zu verlieren, wenn ich dich weiter bedränge.« Er wischte ihr die Träne mit dem Daumen ab. »Wenn ich mir das Bild ansehe, stelle ich mir vor, dass du von dem Tag träumst, an dem wir uns wiedersehen.«

»Ich habe darüber nachgedacht, mir ein Flugticket zu kaufen und dir nachzureisen.« Ein süßes, seelenvolles Lächeln erschien auf ihren Lippen und sie griff nach seiner Hand. »Ich frage mich, was es wohl über mich aussagt, dass ich mich in einen Frauenheld verliebt habe, wo ich doch in meinem ganzen Leben erst mit fünfunddreißig Männern zusammen war.«

Er spürte, wie sich seine Augen weiteten, und versuchte, seine Gesichtszüge unter Kontrolle zu behalten, aber *verdammt. Fünfunddreißig Männer?* Doch er war der Letzte, der sie deswegen verurteilen sollte. Er konnte sich nicht vorstellen, wie sie in einer Bar saß und Männer aufriss. Vielleicht hatte sie sie auf der Skipiste kennengelernt. *Oder auf Hügeln in der Schweiz.* Er kniff die Lippen zusammen. Am liebsten hätte er sie gefragt, ob sie seit Saint-Luc mit jemandem zusammen gewesen war, aber dann sähe er wirklich wie ein kompletter Idiot aus, oder? Würde es einen Unterschied machen, wenn sie seit dieser Zeit tatsächlich mit einem anderen Mann zusammen gewesen wäre?

Ist es das, was dir durch den Kopf gegangen ist, als ich dir die Wahrheit gesagt habe? Junge, Junge, ich hasse das.

»Entspann dich, du Macho.« Sie rutschte näher an ihn heran. »Egal, wie viele es wirklich waren, es ist mit Sicherheit eine bessere Bilanz als bei dir.«

Er nahm ihr wunderschönes Gesicht in beide Hände. Sein Inneres schmerzte vor Verehrung und Eifersucht. »Ich hätte nie gedacht, dass meine Vergangenheit jemandem wehtun könnte, aber jetzt ist mir klar, dass ich mich geirrt habe. Ich werde alles tun, um dir zu beweisen, wie sehr ich mich verändert habe.«

Sie beugte sich vor und presste ihre Lippen auf seine. »Das hast du gerade getan.«

Sein Mund senkte sich auf ihren, besiegelte sein Gelübde und schwelgte in ihrer Süße. Der Lärm der Camper auf der Anhöhe über ihnen ebbte ab, nur das sanfte Rauschen des Wassers, das Zirpen der Grillen und die Geräusche der Nacht waren zu hören. Sie küssten sich und redeten und verstummten schließlich, ihre vollständig bekleideten Körper ineinander verschlungen, während sie zu den Sternen aufblickten. Ty legte ihnen die zusätzliche Decke um die Schultern, schloss Aiyla in die Arme und lauschte ihrem gleichmäßigen Atem, als sie immer wieder einnickte. Der heutige Abend gehörte zu den schwierigsten – und schönsten – Momenten seines Lebens. Am liebsten hätte er seine Kamera zur Hand gehabt, aber er wusste, dass nicht einmal der beste Fotograf der Welt seine unermesslichen Gefühle hätte einfangen können.

»Drei«, flüsterte sie.

Er nahm an, dass sie in der Grauzone zwischen Schlafen und Wachen mit offenen Augen träumte. »Drei?«

»Es waren nur drei.« Sie kuschelte sich näher an ihn.

Er gab ihr einen Kuss auf den Scheitel, schloss die Augen und schwor sich, sich als eine würdige Nummer vier zu erweisen – als ihr bester und *letzter* Partner.

Fünf

Aiyla schreckte aus dem Schlaf hoch, als die Weckmelodie auf Tys Handy ertönte. Sie waren immer noch so eng miteinander verschlungen, wie sie eingenickt waren. Er zog sie ein wenig fester an sich und der glühende Sonnenaufgang spiegelte sich in seinen Augen.

»Nur noch eine Minute«, sagte er benommen.

Irgendwo hinter ihm dudelte der Weckalarm weiter. »Solltest du das nicht wenigstens ausschalten?«

Er kuschelte sich an sie. »Nicht, wenn ich dich dann loslassen muss.«

»Endlich seid ihr wach.« Trixies Stimme ließ sie zusammenzucken.

Leise stöhnend legte Ty die Hand auf Aiylas Hinterkopf. »Beweg dich nicht«, flüsterte er in verschwörerischem Ton. »Vielleicht hält sie uns dann für einen Teil der Landschaft.«

Ein Schatten fiel über sie, als Trixie Tys Wecker abstellte und sein Handy neben ihn warf. Ihr dunkles Haar hatte sie zu einem Pferdeschwanz zusammengebunden. Sie stemmte die Hände in die Hüften und sah grinsend auf sie herunter. »Das mit dem Teil der Landschaft funktioniert nicht wirklich. Hoffentlich habt ihr Unterwäsche an. Das Publikum wartet nämlich schon auf euren Auftritt.«

Sie wies auf den Kamm der Böschung, wo Speed und James und ein paar andere Leute johlten und pfiffen.

»Gott sei Dank sind wir nicht nackt«, sagte Aiyla.

»Es gibt Schlimmeres im Leben, als in den Armen von Ty Braden ertappt zu werden«, sagte Trixie. »Zum Beispiel, wenn du splitterfasernackt in den Pool des Nachbarn springst und zu spät merkst, dass der Lichtstrahl des Bewegungsmelders genau auf dich gerichtet ist.«

Aiyla zog eine Grimasse. »Das wäre ganz schön peinlich.«

»Vor allem, wenn du nicht alleine bist«, sagte Trixie und wandte sich zum Gehen.

»Das will ich gar nicht über dich wissen«, sagte Ty und hielt sich die Ohren zu.

Aiyla kroch unter der Decke hervor, und als Ty sich aufsetzte, packte er sie um die Taille und zog sie auf seinen Schoß. Sie schlang ihm die Arme um den Hals. Er war für sie so unwiderstehlich wie Honig für eine Bienc. Als er seine Lippen auf ihre presste, brandete Beifall auf den billigen Plätzen auf.

»Danke, dass du mich gestern Abend angehört hast«, sagte er.

»Danke, dass du so ehrlich zu mir bist.«

Er beäugte die Gaffer oben auf dem Hügel. »Sollen wir diesen Typen eine Vorstellung bieten, die sich gewaschen hat?«

»Wer schert sich denn um die? Biete *mir* etwas, das sich gewaschen hat.«

Er küsste sie leidenschaftlich, was die Schaulustigen mit begeistertem Applaus belohnten. Einen Moment lang verspürte sie einen Anflug von Verlegenheit, doch der Applaus verstummte so schnell, wie er begonnen hatte. Ebenso rasch verschwand ihre Verlegenheit, und bald hörte sie nichts weiter als die hungrigen Geräusche ihrer Küsse, und alles, was sie fühlte, war das Verlangen nach mehr. Seine Hände schoben sich in ihre Haare, eine Geste, die ihr schon so vertraut war, dass sie fast darauf gewartet hatte. Als er sich eine Strähne um den Finger wickelte, flammte ihr Inneres auf, und sie spürte, wie er unter ihr hart wurde.

Er lächelte an ihren Lippen. »Wenn wir keine Zuschauer hätten, würde ich dich nicht ungeschoren davonkommen lassen.« Das teuflische Aufblitzen in seinen Augen ließ keine Zweifel an seinen Absichten.

»Ich wünschte, wir könnten den ganzen Tag hierbleiben.« *Und uns küssen und anfassen und verlorene Zeit nachholen.*

»Tritt heute mit mir an. Als meine Partnerin beim Rafting.«

Ihr Herz schrie: *Ja!*, aber sie war entschlossen, diesen Wettkampf alleine zu bestreiten. »Wir haben uns als Singles angemeldet, nicht als Paar.«

»Beeilt euch, Leute!«, rief Trixie. »Ihr müsst noch eure Zelte abbauen!«

Hastig sprangen sie auf und Schmerz durchzuckte Aiylas Bein wie ein Blitz. Sie holte ein paar Schmerztabletten aus ihrer Tasche und Ty reichte ihr eine Flasche Wasser aus seinem Rucksack. »Danke.«

Er sah zu, wie sie die Medizin einnahm, während er die Decken zusammenfaltete. »Du ernährst dich ja schon fast von den Dingern.«

Sie griff sich seinen Rucksack, doch er nahm ihn ihr ab und warf ihn sich schwungvoll über die Schulter.

»Es ist nur Ibuprofen und Paracetamol gegen die Schmerzen. Heute beim Rafting wird mein Bein nicht belastet und morgen bin ich so gut wie neu.«

Er hielt die Decken in einem Arm und legte ihr den anderen

um die Schultern. »Du weißt, dass das nicht stimmt. Du musst dich mit den Beinen im Boot abstützen, wenn die Strömung zu heftig wird.«

»Ich schaff das schon.« Nach dieser schönen Nacht wollte sie nicht mit ihm darüber streiten, was sie tun konnte und was nicht.

»Hör zu, Speed – *Jon* – ist Arzt. Warum lässt du dich nicht von ihm untersuchen?«

»Von Jon, dem Herzensbrecher? Nein danke. Es geht mir gut. Es ist nur Überlastung, sonst nichts.« Mit Rucksack und Decken beladen sah er aus wie ein Packesel. »Soll ich eine Decke nehmen?«

Er legte sich eine Decke um den Hals und schob sich die andere unter den Arm. »Kommt nicht in Frage, du Dickschädel. Ich bürde deinem Bein nicht mehr Gewicht auf als nötig. Und ich gehe hinter dir den Hügel hoch, falls du Schwierigkeiten kriegst.«

»Du behandelst mich wie eine Fünfjährige.« Ihre heftige Reaktion ließ sie selbst zusammenzucken. Langsam begann sie, die steinige Böschung hochzuklettern, und unterdrückte den Drang, den dumpfen Schmerz in ihrem Bein zu verfluchen.

»Du benimmst dich ja auch wie eine«, neckte er sie.

»Das kommt mir irgendwie bekannt vor.« Diesen Vorwurf hatte sie schon oft genug gehört. Sie stieß sich mit dem verletzten Fuß ab, um mit einem letzten Schritt das Plateau zu erreichen. »Au, Mist«, entfuhr es ihr.

Er wölbte eine Hand um ihr Hinterteil und schob sie den Rest der Böschung hoch. »Baby, was musst du beweisen? So oder so wirst du das Rennen für deine Sponsoren beenden.«

»Ich hab es dir doch schon gesagt«, stieß sie hervor, während sie zu ihrem Zelt humpelte. Sie wollte nicht mit ihm streiten, aber sie war hin- und hergerissen zwischen dem Schmerz in ihrem Bein und dem Wunsch, nicht schwach zu wirken. »Ich brauche keinen Märchenprinzen, der mich rettet. Ich schaffe das schon.«

»Verdammt, Aiyla«, sagte er scharf. »Ich versuche nicht, das Rennen *für* dich zu bestreiten. Letzte Nacht haben wir eine große Hürde genommen und ich möchte Zeit mit dir verbringen. Ist das ein Verbrechen?«

Sie wirbelte herum. Schlag für Schlag trieb ihr Herz ihren Stolz zurück. »Du willst nur *Zeit* mit mir verbringen?«

»Ja! Ist das so schwer zu verstehen?«

»Und es ist *nicht*, weil ich humple?«, fragte sie herausfordernd. »Oder weil du denkst, ich hätte Angst, es alleine zu machen, weil ich damals fast ertrunken bin? Ich habe nämlich keine Angst. Dieser Vorfall hat mich nur entschlossener gemacht, den Flüssen bei jeder sich bietenden Gelegenheit einen Tritt in den Hintern zu geben.«

»Grundgütiger.« Sein Ton wurde sanfter und ihre Entschlossenheit ebbte ein wenig ab. »Wie konnte ich nur an die eine Frau geraten, die jede Hilfe ablehnt?« Ein sexy Lächeln umspielte seine Lippen. »Ich mache mir Sorgen um die Flüsse, mit denen du es aufnimmst. Ich will dich bei mir haben, Aiyla. Mit Sturkopf und allem.«

»Warum hast du das nicht gleich gesagt?«, fuhr sie ihn an. Ihre Gefühle wirbelten wild durcheinander, und die Frustration über den unerbittlichen Schmerz in ihrem Bein machte es schwierig, ihre Emotionen unter Kontrolle zu halten.

Er ließ die Decke fallen und trat zu ihr. »Entweder brauchst du ein Hörgerät oder ich brauche Englischunterricht.«

»Es tut mir leid«, sagte sie kleinlaut. »Es ist meine Schuld. Mein Bein tut tatsächlich weh, und ich hasse es, das zuzugeben. Und Hilfe anzunehmen fällt mir auch nicht gerade leicht. Ich dachte, du versuchst nur …«

»Das Richtige zu tun?«, ergänzte er. »Mich so zu verhalten, wie ich mich als dein Freund verhalten sollte? Denn das bin ich jetzt. Wir haben die Nacht zusammen unter den Sternen verbracht. In manchen Kulturen würde das bedeuten, dass wir verheiratet sind.«

Sie lachte und lehnte die Stirn an seine Brust. Sie wünschte, sie hätte nicht so scharf reagiert. »Für einen Weltreisenden weißt du herzlich wenig über andere Kulturen.«

»Willst du damit sagen, dass es nicht stimmt? Ich bin mir nämlich ziemlich sicher, dass man es in der Kultur der Bradens so hält.«

»Ah, die Kultur der Bradens. Wenn es danach geht, haben wir schon in Saint-Luc geheiratet.«

»Das erklärt, warum ich dir treu bin. Und jetzt küss mich, bevor ich dich an den Haaren in mein Zelt zerre und dir zeige, was mit Frauen passiert, die sich mit Braden-Männern anlegen.«

»Ach, lauter leere Versprechungen.«

Auf der Fahrt zum Fluss musste Ty all seine Überredungskünste aufbieten und ein paar Dollar springen lassen, damit seine Kumpels ihr Zweierboot gegen sein und Aiylas Einer tauschten. Sie bereiteten sich auf das Rennen vor und stahlen sich bei jeder Gelegenheit einen Kuss, bis Trixie schließlich amüsiert vorschlug, sie sollten sich ein Zimmer nehmen. Ty konnte ihr nur beipflichten. Er sehnte sich nach ein bisschen Privatsphäre mit Aiyla, und die Hitze, die jede ihrer Berührungen ausstrahlte, zeigte ihm, dass es ihr genauso ging. Sie waren wieder da angekommen, wo sie an ihrem letzten Abend in Saint-Luc gewesen waren, doch nun kannte sie die Wahrheit über seine Vergangenheit und hielt sich *nicht* zurück. Als das Rennen begann, schonte Aiyla ihr Bein offensichtlicher als am Morgen und sie waren einander näher als noch ein paar Stunden zuvor.

Aiyla saß vorne im Boot und paddelte, als seien ihre Arme dafür gemacht. Sie hielt das anstrengende Tempo aufrecht, das nötig war, um sich an der Spitze des Feldes zu behaupten. Am Nachmittag hatte ihre Haut eine golden schimmernde Bräune angenommen. Die Sonne brannte unbarmherzig, als sei sie selbst ein Wettbewerbsteilnehmer. Das Aufspritzen des eisigen Wassers bot eine willkommene Abkühlung.

»Für sich genommen ist meine Freundin schon eine ernst zu nehmende Konkurrenz«, rief er ihr zu. »Aber zusammen sind wir unschlagbar.«

»Double Trouble«, sagten sie wie aus einem Mund.

Ty war um die ganze Welt gereist, aber was Flüsse anging, war der reißende Colorado River mit nichts zu vergleichen. Im Laufe der Zeit hatte er sich unermüdlich seinen Weg gebahnt und eine majestätische Landschaft aus zerklüfteten Klippen, Bergen und blühenden Prärien geschaffen. An diesem Fluss hatte Ty eine seiner besten Naturaufnahmen gemacht, von einem Regenbogen über einem sprühenden Wasserfall. Es war ein atemberaubendes Bild. Als sie jedoch in ruhigeres Wasser kamen und Aiyla ihre strahlenden haselnussbraunen Augen über ihre Schulter auf ihn richtete, gab es für ihn nichts, was sich mit ihrer Schönheit hätte messen können.

»Wie geht es dir da hinten, Braden?« Bevor er etwas erwidern konnte, setzte sie hinzu: »Juckt es dir in den Fingern, diese Felsen zu besteigen?«

»Mir juckt es in den Fingern und da gibt es etwas, was ich besteigen möchte, aber es sind keine Felsen.« Am liebsten hätte er das Boot ans Ufer gesteuert und ihr gezeigt, wie sehr er sie vermisst hatte. Er würde damit beginnen, ihr Bein zu massieren, den Schmerz wegzuküssen, und sich dann an ihrem Körper hocharbeiten, bis er jeden Zentimeter geschmeckt und auswendig gelernt hatte. Er packte das Paddel fester und versuchte, den Ansturm schmutziger Gedanken zu stoppen.

Ihr Lachen umschwebte sie und sie legte seufzend den Kopf zurück und sah in den Himmel. Er stellte sich vor, wie sie zu ihm aufblickte, wenn er tief in ihr vergraben war, und sofort wurde er hart wie Stein. Er tauchte seine Hand in das kühle Wasser und spritzte es sich ins Gesicht, aber das Bild von ihr, wie sie unter ihm lag, war zu stark, und der Wunsch, es Wirklichkeit werden zu lassen, war noch stärker. Er übergoss Brust und Leistengegend mit einem Schwall Wasser und versuchte im Geiste, die Zeit zu berechnen, die er morgen brauchen würde, um die letzte Etappe des Rennens zu bestreiten. Hauptsache, er schaffte es, sich von seinen erregenden Fantasien abzulenken.

Als sich sein Atem beruhigt hatte, fragte er: »Wie geht es deinem Bein?«

»Gut.« Gleich darauf sagte sie: »Nicht gerade gut, aber es ist okay. Ich hätte es alleine schaffen können, aber ich bin froh, dass du mich gebeten hast, mit dir zu fahren. Ich habe dich vermisst.«

Wie konnten vier Wörter sein Herz fast zum Bersten bringen? »Ich habe *uns* vermisst.«

Verdammt, und wie er sie vermisst hatte. Ihre Stimme, dieses Lächeln, diese Lippen. Vorsichtshalber verzichtete er darauf, dieses Thema in Gedanken weiterzuverfolgen und sich die köstlichen Rundungen ihres Körpers vorzustellen, und fragte: »Bist du in dieses kleine Dorf außerhalb von Saint-Luc gefahren, um Fotos zu machen?«

»Du erinnerst dich wirklich an alles.« Wieder sah sie ihn an, und in dem Bruchteil der Sekunde, in dem sich ihre Blicke trafen, sprühten Funken zwischen ihnen.

Als sie wieder nach vorne sah und ihr Paddel in die Wellen stieß, goss er sich noch mehr kaltes Wasser in den Schoß, doch um seine Erektion einzudämmen, hätte er schon in den Fluss springen müssen.

»Nein, ich hab's nicht geschafft«, sagte sie. »Aber das werde ich eines Tages hoffentlich nachholen. Und du? Hast du den Auftrag in Südafrika bekommen, den du unbedingt kriegen wolltest? In diesem Xhosa-Dorf?«

»Es sieht so aus. Wir hoffen, dass wir Anfang nächsten Jahres loslegen können.«

Sie jauchzte, als sie die Stromschnellen erreichten. »Ich freue mich so für dich! Du wirst tolle Bilder machen.«

Als er ihr zum ersten Mal von diesem Auftrag erzählt hatte, redeten sie lange über die abgelegenen südafrikanischen Dörfer, die Aiyla als Teenager mit Ms. F. besucht hatte, und über die, die sie noch besuchen wollte. Er hatte sich vorgestellt, diese Reisen mit ihr gemeinsam zu unternehmen, tagsüber die Umgebung zu erkunden, zu klettern, Fotos zu machen und etwas über die Kulturen zu lernen und nachts eng umschlungen ihr Zusammensein zu genießen.

Begleite mich lag ihm auf der Zunge, doch er zwang sich, zu schweigen. Die Angst, dass sie sich bedrängt fühlen könnte, war einfach zu groß. Stattdessen sagte er: »Weißt du noch, wie wir diese Liste der Orte zusammengestellt haben, die wir uns gegenseitig zeigen wollten?«

Die Stromschnellen hoben das Boot in die Höhe, um es gleich darauf wieder in die Tiefe krachen zu lassen, durchnässten sie von Kopf bis Fuß und entlockten Aiyla einen Freudenschrei, der wie Musik in seinen Ohren war.

»Wie könnte ich das vergessen?«, brüllte sie über das Tosen des Wassers hinweg. »Auf deiner Liste standen drei der höchsten Berge der Welt und auf meiner waren größtenteils einsame, kleine Dörfer.«

Schweigend navigierten sie durch einen raueren Flussabschnitt und bemühten sich, mit den anderen Schritt zu halten, während sich das Boot oft so gefährlich neigte, dass sie aufpassen mussten, nicht hinausgeschleudert zu werden. Für Ty war es schon längst nicht mehr das Ziel, das Rennen zu gewinnen. Vielmehr konzentrierte er sich ganz darauf, Aiyla sicher an Land zu bringen. Aber sie kreischte und lachte und zeigte nicht die geringste Furcht.

Als der Fluss breiter und die Stromschnellen weniger reißend wurden, warf sie einen Blick über die Schulter, und er beugte sich vor und stahl sich einen wassertriefenden, wackligen Kuss, während die Konkurrenten vorbeipaddelten.

»Wir sind ein großartiges Team, Baby.« Er zog sie in einen tieferen Kuss, als sich weitere Boote näherten und Speeds Stimme zu hören war, der ihnen zurief, sie sollten sich ruhig Zeit lassen.

Lachend lösten sich Ty und Aiyla voneinander. Ihre Augen waren so strahlend wie ihr Lächeln. Ihr Haar klebte an ihren Schultern, es war ebenso durchnässt wie ihre Kleidung. Ihre Arme waren mittlerweile ganz rot, und falls sie müde war, ließ sie es sich nicht anmerken. Er verliebte sich immer wieder aufs Neue in sie, mit Haut und Haaren, und verspürte nicht den geringsten Wunsch, dieses Gefühl einzudämmen.

Er beugte sich zu einem weiteren Kuss vor und sie sagte: »Wir werden noch mehr zurückfallen.«

Ein Lächeln umspielte seine Lippen. »Ganz bestimmt nicht, Babycakes. Spürst du es nicht? Wir sind unbesiegbar. Niemand kann uns das Wasser reichen.«

Sechs

Am Flussufer waren entlang der Rennstrecke Versorgungsstellen eingerichtet, an denen Freiwillige Snacks und Erste Hilfe bereithielten. Aiyla und Ty beschlossen, nicht anzuhalten und stattdessen Energieriegel auf dem Boot zu essen, um die Zeit aufzuholen, die sie mit ihren spontanen Knutschereien vertrödelt hatten. Und davon hatte es im Laufe des Tages reichlich gegeben. Den ganzen Nachmittag über hatte Ty immer wieder sexy Anspielungen gemacht, sein umwerfendes Lächeln aufblitzen lassen und sie bei jeder Gelegenheit berührt. Aiyla war sich nicht sicher, ob sie ihre Hände würde bei sich behalten können, wenn sie wieder auf dem Trockenen waren, vor allem seit sie wusste, dass seine Gefühle für sie dazu geführt hatten, dass er über sich nachdachte und in der Folge zu einem noch besseren Mann wurde.

Als sie sich der Ziellinie näherten, jubelten die Zuschauer am Ufer. Aiyla und Ty waren auf einer Höhe mit Speed und zwei weiteren Teilnehmern. Da sie für diese Etappe des Rennens als Paar angemeldet waren, traten sie eigentlich gar nicht gegen Speed und die anderen beiden Rafter an, die in der Gruppe der Einzelfahrer unterwegs waren. Dennoch stieg der Adrenalinpegel bei Aiyla und Ty, als der Sieg zum Greifen nahe schien, und der Ehrgeiz trieb sie vorwärts. Gemeinsam mit Ty die Ziellinie zu überqueren, würde ihr so viel bedeuten. Alle ihre Sinne waren geschärft, als sie das letzte Stück der Strecke erreichten. Wortlos nahmen sie ihre Positionen im Boot ein und ihre Arme pumpten mit jedem Ruderschlag härter.

»Nein, verdammt noch mal!«, rief Speed, als sie an ihm vorbeirauschten. Er paddelte noch schneller, der Bug seines Bootes schoss nach vorn, doch dann fiel er zurück und sie überholten ihn.

»Schneller!«, brüllte Aiyla und stemmte sich auf ein Knie, um noch kraftvoller paddeln zu können.

Tys Lachen wurde vom Jubel der Menge verschluckt. »Wir schaffen das, Baby!«

Sie flogen an ihren Konkurrenten vorbei und setzten sich an die Spitze des Feldes. Aiyla jauchzte, doch im selben Moment flog Speed an ihnen vorbei. Noch ein einziger mächtiger Ruderschlag, dann überholten sie Speed und überquerten mit einem winzigen Vorsprung als Erste die Ziellinie, dicht gefolgt von der Konkurrenz. Kreischend und jubelnd rissen sie die Paddel hoch, fielen sich in die Arme und plumpsten lachend und sich küssend ineinander verschlungen in das kalte, dunkle Wasser.

Ty hielt sie mit einem Arm umfangen, während er sie beide mit dem anderen Arm nach oben schob. Sie tauchten keuchend an der Wasseroberfläche auf und paddelten mit den Füßen, um nicht abzudriften. Um sie herum glitten Boote Richtung Ufer und sammelten sich dort in Gruppen. Es war nicht das erste Rennen, das Aiyla gewonnen hatte, doch sie hatte sich noch nie so erfüllt, so euphorisch gefühlt wie in diesem Moment, als sie sich im kalten Wasser des Flusses an den Mann ihrer Träume klammerte. Sie presste ihren Mund auf seinen und wie immer war sie in Sekundenschnelle vollkommen in ihm versunken. Ihre Beine versagten den Dienst und sie wurde langsam flussabwärts getrieben, als sie jemand von hinten packte. Sie blinzelte die Hitze des Augenblicks weg und folgte Tys genervtem Blick zu Speed, der sie am Schulterteil ihrer Schwimmweste festhielt.

»Lieber Himmel, Braden«, sagte er mit einem anzüglichen Grinsen. »Willst du die arme Frau ertränken?«

Ty sah ihr in die Augen, und es war, als hätte er ihre Gedanken gelesen. Sein Ärger wich etwas viel Tieferem und die Worte sprudelten geradewegs aus ihrem Herzen. »Ich könnte in dir ertrinken und wäre trotzdem lebendiger als je zuvor.«

»Oh, Baby«, sagte er mit einer Stimme voller Emotionen, und als sich sein Mund auf ihren senkte, stieß Speed einen Fluch aus und ließ ihre Schwimmweste los. In Tys Armen war sie sicher und geborgen.

Einige Stunden später wurden sie zu ihrem Campingplatz gefahren, wo sie duschten und warme, trockene Kleidung anzogen. Aiyla nahm eine weitere Dosis Schmerzmittel und fragte sich, wie sie die morgige Hiking-Tour überstehen sollte. Aufgeben wollte sie aber auf keinen Fall. Sie packte gerade ihr Waschzeug zusammen, als Trixie ins Waschhaus kam.

»Ah, da ist die Frau, die Tys Herz höherschlagen lässt.« Trixie öffnete die Tür zu einer der Duschkabinen und hängte ihr Handtuch auf.

»Hallo«, sagte Aiyla. In ihrem Innern vollführte sie einen lautlosen Freudentanz, so gut gefiel ihr Trixies Bemerkung. »Wir hatten heute eine Menge Spaß.«

»Das war nicht zu übersehen. Er ist da draußen und baut dein Zelt neben seinem auf, *weit weg* von allen anderen.« Sie trat in die Kabine, drehte die Dusche auf und sprach laut hinter der verschlossenen Tür weiter. »So habe ich ihn noch nie erlebt.«

Er baut mein Zelt auf? »Wie hast du ihn noch nie erlebt?« Aiyla fuhr sich mit einer Bürste durch die Haare.

»Ich kenne Ty seit Jahren und er war immer ein Einzelkämpfer. Aber wenn er mit dir zusammen ist, ist er ganz anders.«

»Ich hoffe, auf eine gute Art anders.«

»Oh ja, auf eine gute Art.«

»Seht ihr euch oft?«, fragte Aiyla.

»Ein paar Mal im Jahr bei Wohltätigkeitsveranstaltungen, und wenn ich in Maryland bin, arbeite ich bei seinem Cousin Nick, einem Freestyle-Pferdetrainer. Wir treffen uns auf einen Drink oder zum Abendessen. Du weißt schon, wir hängen zusammen ab und nerven uns gegenseitig.« Das Rauschen der Dusche verstummte und Trixie sagte: »Für mich ist er wie ein überfürsorglicher großer Bruder. Moment mal. Wann hast du ihn zuletzt gesehen?«

»Im Winter. Vor ungefähr vier Monaten.«

»Das erklärt einiges.« Ihr Handtuch wurde über die Trennwand der Duschkabine geworfen, und Aiyla hörte, wie Trixie sich anzog. In Jeans und Kapuzenpullover kam sie heraus und fuhr sich mit den Fingern durch die Haare. »Versteh mich nicht falsch. Ich liebe Ty. Er würde einem Fremden sein letztes Hemd geben. Aber ich bin es gewohnt, dass er alles unter die Lupe nimmt, was einen Rock anhat, doch als wir uns vor ein paar Monaten gesehen haben, hat er keine Frau auch nur eines Blickes gewürdigt. Wirklich *keine einzige.*«

Aiyla musste lächeln. »Er hat so was erwähnt.«

»Tatsächlich? Das ist auch anders. Ty ist ein Meister darin, Frauen auf Distanz zu halten. Ich denke, als ihr euch in der

Schweiz zusammengetan habt, seid ihr regelrecht aufeinander geflogen. Ich meine, es ist offensichtlich, wie heiß ihr zusammen seid. Jedes Mal, wenn ihr euch anseht, geht ihr in Flammen auf.« Sie hielt den Kopf nach unten und begann, sich die Haare zu trocknen.

»Wir haben uns nicht *zusammengetan*«, korrigierte Aiyla sie.

Trixie sah sie ungläubig an. »Ach, komm schon. Ihr habt doch sicher …«

Aiyla schüttelte den Kopf. »Ich kann gar nicht glauben, dass ich dir das erzähle, aber nein.« Sie richtete sich auf und setzte sich auf den Waschtisch. »Wir waren fünf Tage lang rund um die Uhr zusammen, aber wir haben nie …« Ihr Geständnis hing zwischen ihnen in der Luft.

»Nicht zu fassen. Verdammt, Aiyla. Warum denn nicht? Ich meine, sieh ihn dir doch bloß mal an.«

»Es war nicht so, als hätten wir es nicht gewollt, aber du weißt ja selbst: Er ist *Ty Braden* und ihm eilt ein ganz spezieller Ruf voraus. Davon hatte ich natürlich gehört, daher hatte ich es nicht eilig, mit ihm ins Bett zu steigen. Aber wir sind gewandert, haben Museen besucht und hatten jede Sekunde zu tun. Die meisten Nächte waren wir wach und haben geredet und wir sind uns fünf Tage lang nicht von der Seite gewichen. Die wenigen Stunden, in denen wir geschlafen haben, haben wir uns in den Armen gelegen, waren aber vollständig angezogen. Und meist sind wir dort eingeschlafen, wo wir gerade noch geredet hatten. Auf dem Balkon, auf der Couch, auf dem Boden. Es war, als sei sofort eine so enge Verbundenheit entstanden, dass wir *das* nicht brauchten, um es wirklich werden zu lassen. Ich habe mich in ihn verliebt, aber ich war mir ehrlich gesagt nicht mal sicher, ob wir uns jemals wiedersehen würden.« Sie erklärte Trixie, was an ihrem letzten gemeinsamen Abend passiert war und wie sie ihre Beziehung dem Schicksal überlassen hatten. »Und jetzt sind wir hier, und es ist so, als seien wir nie getrennt gewesen, obwohl sich die Zeit seit dem Winter wie ein halbes Leben angefühlt hat. Jetzt ist alles intensiver. Noch besser, als ich es mir jemals vorgestellt hatte.«

»Wow! Das ist das, was meine Mama ›das Wahre‹ nennt. Meine Eltern haben sich kennengelernt, als sie noch Teenager waren. Meine Mutter meint, egal wie oft sie sich getrennt haben, hat sie das Leben doch immer wieder zusammengeführt.« Trixie fuhr fort, ihre Haare zu trocknen, und sagte dann: »Ich muss mir eine Portion von dem besorgen, was ihr beide in der Schweiz gefunden habt.«

Sie unterhielten sich noch ein paar Minuten und dann machte sich Aiyla auf die Suche nach Ty. Ein schwacher Lichtschimmer drang aus den Zelten und wies ihr den Weg zum Rand des Zeltlagers. Sie fragte sich, ob es den Zauber, den sie und Ty erlebten, ein zweites Mal geben konnte.

Sie entdeckte Ty schließlich hinter einer Reihe von Sträuchern. Er hatte sein Handy ans Ohr gepresst und ging ruhelos auf und ab. Ihre Zelte waren ein paar Meter entfernt aufgestellt. Er hatte sie noch nicht gesehen, und sie nahm sich einen Moment Zeit, um ihn wirklich zu betrachten. Er blieb stehen und fuhr sich mit der Hand durch die Haare. Mit dem Rücken zu ihr stand er da und starrte in die Dunkelheit. Abgewetzter Jeansstoff umspannte seine kräftigen Schenkel und die schmale Taille, sodass seine Schultern unter dem langärmeligen schwarzen Hemd noch breiter wirkten. Sie sehnte sich danach, die Arme um ihn zu legen, ihre Wange an den weichen Stoff zu drücken und seine festen Muskeln zu spüren. Bei dem Gedanken, ihm so nahe zu sein, schlug ihr Magen wilde

Purzelbäume.

Wie konnte sein bloßer Anblick solche Gefühle auslösen?

Er hatte etwas Magnetisches an sich. Er schien ständig in Bewegung zu sein, auch wenn er still saß, als würden seine Gedanken wie verrückt umherflitzen und ein Energiefeld um ihn herum aufbauen, das sie anzog und nicht mehr losließ.

Sie kroch in ihr Zelt, um ihre Sachen zu verstauen, und bald darauf erschien Tys attraktives Gesicht in der Zeltöffnung.

»Hey, Süße. Darf ich reinkommen?«

Sie saß auf ihrem Schlafsack und winkte ihn zu sich. Er näherte sich wie ein Löwe auf der Pirsch, schob sich über sie, die Hände rechts und links von ihrem Körper aufgestützt, und zupfte mit den Zähnen an ihren Lippen, während er sie unter sich festhielt. Sie sank auf den Schlafsack und der raubtierhafte Blick in seinen Augen ließ ihr Herz rasen. Er roch frisch und männlich, sein Haar war noch feucht vom Duschen. Sie versuchte, die Hand zu heben, um ihn zu berühren, doch er verschränkte ihrer beider Finger neben ihrem Kopf. Sein muskulöser Körper lag auf ihrem, und, *Junge*, er fühlte sich unglaublich an.

»Danke, dass du mein Zelt aufgebaut hast«, sagte sie, als er ihre Mundwinkel küsste, sich an ihrem Hals hinunterarbeitete und alles in ihr vor Begierde aufbrauste.

»Ich konnte doch nicht zulassen, dass mein Mädchen alles alleine macht.«

»Das war wirklich lieb von dir«, sagte sie, während er den Ausschnitt ihres T-Shirts mit den Zähnen herunterzog und ihr Brustbein küsste. *Herr im Himmel, ist das heiß.* Er fuhr mit der Zunge an ihrem Schlüsselbein entlang, sein warmer Atem jagte Hitzeschauer über ihre Brust. Schließlich nahm sie all ihren Mut zusammen und sagte: »Ich hatte irgendwie gehofft, wir würden heute Nacht in *einem* Zelt schlafen.«

Ihre Blicke trafen sich, und für einen Moment war es, als bliebe die Welt stehen. Sie nahm kaum etwas jenseits des Verlangens wahr, das in ihr brannte, als sein Mund ihren in Besitz nahm, hart und fordernd, und Ty sie küsste, als würde er sie niemals gehen lassen. *Ja! Bitte!* Er ließ den Kuss tiefer werden. Dann umfing er ihr Gesicht mit beiden Händen, wie um zu verhindern, dass sie ihre Verbindung unterbrach – oder als könnte er nicht genug von ihr bekommen. Der Himmel wusste, dass sie nicht genug von ihm bekommen konnte.

Ihre Hüften wölbten sich unter ihm, er rieb seine harte Länge an ihr und machte damit all ihre Chancen zunichte, noch einen klaren Gedanken zu fassen. Er vergrub seine Finger in ihren Haaren und drehte ihr Gesicht so, dass er den Kuss noch intensiver werden lassen konnte. Sie hatte von diesem Moment geträumt, hatte sich vorgestellt, *wie* und *wann* und *ob* – aber nichts hätte sie jemals darauf vorbereiten können, dass der Rest der Welt aufhörte, zu existieren, oder ihre Sinne diese unglaubliche Schärfe bekamen. Sie hörte jeden seiner Atemzüge, fühlte jeden kraftvollen Zungenschlag, als würde er sich in Zeitlupe bewegen und sie mit sich in die Tiefe ziehen, gefährlich und berauschend. Ihre Herzen schlugen in rasendem Rhythmus und ihre Körper wiegten und wölbten sich. Sie krallte die Finger in seinen Rücken, ließ ihre Knie weiter auseinanderfallen, um noch mehr von ihm zu spüren. Lustvolle Geräusche entwichen ihrer Lunge, und er gab einen dermaßen *männlichen* Laut von sich, dass es sie durchdrang, ihr einen Energiestoß versetzte und sie noch begehrlicher und *gieriger* nach mehr machte.

Sie zupfte an seinem Hemd. »Ausziehen«, sagte sie in ihren Kuss hinein.

Er griff sich mit einer Hand über den Rücken und zog es sich über den Kopf. Gleichzeitig packte sie den Saum ihres T-Shirts.

»Meins auch.« Sie setzte sich auf, und er half ihr, ihr Hemd auszuziehen.

Sie schob die BH-Träger herunter und er hatte sie in Windeseile davon befreit. Kaum hatte sie sich auf den Schlafsack zurückfallen lassen, senkte er seine Brust auf ihre. Seine Haut war warm und weich, seine Muskeln hart, eine berauschende Mischung, die durch den Hunger und die Gefühle in seinen Augen noch verlockender wurde. Sie strich mit den Händen über seine Arme, schwelgte in seiner Kraft und wartete in gespannter Erwartung auf einen weiteren Kuss. Er hielt ihren Blick fest und strich mit seinem Mund so leicht über ihren, als wollte er sie quälen. Allmählich glitten seine Lippen tiefer, küssten ihr Kinn und ihren Hals, bis er schließlich mit geöffnetem Mund ihre Schultern mit betörenden Küssen verwöhnte. Er nahm sich Zeit, jeder Kuss erzeugte eine Gänsehaut, jede Berührung ließ sie zittern und beben. Sie schloss die Augen. Langsam und zärtlich, als würde er jede Sekunde seiner Reise von ihrer Schulter bis zur Wölbung ihrer Brüste genießen, küsste sich Ty bis zu ihren Nippeln hinunter.

Er reizte ihre Brustwarzen zwischen Daumen und Zeigefinger und küsste das Tal zwischen ihren Brüsten. Die verheißungsvollen Empfindungen waren kaum zu ertragen, sie hatte das Gefühl, als müsste sie jeden Moment platzen. Die Luft strömte aus ihrer Lunge, als er in rasendem Rhythmus mit der Zunge erst über eine Brustwarze, dann über die andere fuhr und ihren Körper vor Vorfreude summen ließ. Sein heißer Atem strich über die nassen Spuren, die seine Zunge hinterließ, und jagte einen Schauder aus Eis und Hitze über ihren Rücken.

»Ty, *bitte*.« Sie legte ihm die Hände an den Kopf und wölbte sich ihm entgegen, als er seinen Mund auf eine hoch aufgerichtete Brustwarze senkte. »Oh Gott, ja —«

Ty war im siebten Himmel. Endlich konnte er Aiyla so lieben, wie er es sich ersehnt hatte. Jeder Schlag seiner Zunge belohnte ihn mit einem weiteren Zittern und sündigeren Tönen aus ihrem schönen Mund. Er wollte immer weitermachen, noch mehr lustvolle Geräusche ernten und spüren, wie sich das Verlangen weiter und weiter in ihr aufbaute. Aber es war bei Weitem nicht genug. Seine Härte pochte, sein Herz schmerzte und jede Berührung brachte dunklere, laszivere Gedanken hervor. Er fuhr mit der Zunge über ihren Bauch, musste aber immer wieder zu ihren wunderschönen Brüsten zurückkehren, liebte es, wie sie sich unter ihm krümmte, stöhnte und um mehr bettelte. Ihre Brüste waren warm und voll, und er wog sie in den Handflächen, als er sich erneut hinunter zu ihrem Bauch küsste, und wieder stöhnte sie gierig. Er war wie elektrisiert. *Mist.* Er wollte dieses Geräusch im Schlaf hören. Er wollte dieses Geräusch *sein*, sie in ihrem Innersten anfachen, bis sie sich nicht mehr zurückhalten konnte.

Er fuhr mit der Zunge um ihren Bauchnabel und zupfte mit den Zähnen an der zarten Haut, die ihn umgab. Er saugte heftig genug, um ihr einen süßen Schmerz zu verursachen, von dem er wusste, dass sie ihn zwischen ihren Beinen fühlen würde. Sie bäumte sich unter ihm auf, ihre Finger gruben sich in seine Kopfhaut und sandten Stiche von Lust und Schmerz direkt in seine Lenden.

»Oh mein Gott –«

»Zu viel?«, fragte er schnell und küsste die empfindliche Stelle.

»Nein, nein, nein. Nicht aufhören.«

»Ich höre nicht auf, Baby, jetzt nicht und in Zukunft nicht.« Er liebkoste ihren Bauch, saugte und biss, küsste und streichelte, während sich ihre Fingernägel über seine Schultern zogen und in seine Haut bohrten. Er weidete sich an jedem sexy Stöhnen. Sein Herz hämmerte gegen seine Rippen, als er ihre Jeans aufknöpfte. Sie schob sie über ihre Hüften, und er half ihr, sie zusammen mit ihrem hübschen Höschen auszuziehen. Er streifte ihr die Socken ab und war für einen Moment überwältigt von seiner schönen Freundin, die nackt und voller Vertrauen vor ihm lag. Ihre Haare lagen wie ein Schleier um ihren Kopf ausgebreitet, die Hände hatte sie in den Schlafsack gekrallt, ihre Haut schimmerte rosig. Emotionen brandeten in ihm auf, sein Herz schwoll zu schmerzhaften Ausmaßen an. Er wurde ein bisschen waghalsiger, liebkoste mit seinen Lippen vorsichtig ihre Beine, die Knie und verwöhnte ihre Schenkel mit feuchten, heißen Küssen, bis sie stöhnte und ihre Mitte glitzerte und ihn lockte. Und dann gab es keine Zurückhaltung, kein langsames Vortasten mehr, als er seinen Mund zwischen ihre Beine senkte und sich ihre köstliche Nässe auf seiner Zunge verteilte. Unwillkürlich entfuhr ihm ein Stöhnen, als er ihre Süße zum ersten Mal schmeckte.

Ihre Hüften hoben sich, und er packte sie, seine Unterarme drückten ihre Schenkel gegen den Schlafsack, als er ihr Geschlecht verschlang. Seine Zunge schob sich tief hinein und glitt dann über ihre geschwollenen Lippen. Er neckte ihre empfindlichsten Nerven mit seinen Fingern. Ihre Schenkel spannten sich an, und als er seinen Mund wieder über ihr

Geschlecht legte, schrie sie auf.

Hastig bedeckte sie ihren Mund mit der Hand, sodass ihre wundervollen Geräusche verstummten. Ihre Hüften bewegten sich schnell und ruckartig, aber er gab nicht nach. Er füllte seine Hände mit ihrem süßen Hinterteil, hob sie in einen günstigeren Winkel und führte sie wieder fast bis zum Gipfel der Leidenschaft, hielt sie dort, reizte sie mit seiner Zunge und bekam zur Belohnung gedämpftes Keuchen und Flehen.

»Ty!«, brachte sie hervor. Es klang wie eine geflüsterte Forderung. »*Bitte!*«

Er stieß zwei Finger in ihre samtige Hitze und saugte ihren Kitzler zwischen seine Zähne.

»Oooooooh!« Ihr Körper bebte und zitterte und wölbte sich unter ihm. Ihre Fersen gruben sich in den Boden, als sie kam und »Ty!« schrie, so laut, dass man es sicher über den ganzen Zeltplatz hören konnte.

Das störte ihn überhaupt nicht. Im Gegenteil, er wollte, dass die ganze Welt erfuhr, dass sie ihm gehörte – und er gehörte ihr. Und wie er ihr gehörte! Sie hatte ganz und gar von ihm Besitz ergriffen.

Als sie keuchend und zitternd von ihrem Höhepunkt herunterkam, küsste er ihre Schenkel, ihr Geschlecht, ihren Bauch und kehrte noch einmal kurz zu der Stelle zwischen ihren Beinen zurück, bevor er seine Jeans auszog und ein Kondom überstreifte. Sie klammerte sich an seinen Bizeps, als er sich auf sie schob und ihr in die Augen sah.

»Ich dachte immer, ich würde das Leben führen, das ich mir gewünscht hatte, doch von dem Moment an, als ich dich zum ersten Mal sah, wusste ich, dass ich falsch lag.« Die Worte kamen ungebeten, aber er wollte, dass sie ihre mächtige Wahrheit fühlte. »Ich habe das beste Leben gelebt, das ich leben konnte, ohne den einzigen Menschen, der mich vollständig machen konnte. *Du* bist das Leben, das ich will, Aiyla. *Du* an meiner Seite, in meinem Bett, gemeinsame Abenteuer, in jedem Augenblick des Tages.«

»Liebe mich, Ty. Lass mich alles fühlen, was du zurückgehalten hast.«

Als ihre Körper zusammenkamen, durchfluteten ihn Adrenalin und Liebe und hoben ihn höher, als er ihren Körper an sich drückte und sie ihren Rhythmus fanden. Sie liebten sich langsam und zärtlich, dann schnell und fordernd. Ihre Finger pressten sich in seine Schultern, als er ihre Hüften umklammerte, sie anhob und sie tiefer und härter liebte.

»Ja, ja!«, rief sie. »*Nicht aufhören!*«

Aufhören? Er konnte gar nicht mehr aufhören. Hitze strömte durch seine Adern, die mit jedem Stoß heißer glühten. Sie fühlte sich so eng an, so gut. Als sie wieder seinen Namen rief, senkte sich sein Mund auf ihren, schluckte jedes erotische Geräusch, das ihn tiefer in sie hineinzog, bis er seine kraftvolle Erlösung fand.

Sieben

Am nächsten Morgen wachte Aiyla davon auf, dass Tys Lippen
sie an der Taille kitzelten und dann zu ihren Rippen glitten. Sie
schloss die Augen, fuhr ihm mit den Fingern durch das weiche
Haar und genoss jede angenehm erregende Berührung. Er rollte
sie auf den Rücken und ließ seine rauen Hände zu ihren Hüften
wandern, während er Hals und Kiefer mit Küssen bedeckte, weil
er wusste, dass es sie verrückt machte. In der Nacht waren sie
eng umschlungen eingeschlafen und ein paar Stunden später
wieder aufgewacht, erneut wie verzaubert voneinander. Nicht
gerade die besten Voraussetzungen für eine Wanderung über
zwölf Meilen, aber es war ihr egal, wie müde sie war. Es war ihr
auch egal, ob sie als Letzte über die Ziellinie ging. Alles, was
zählte, war, dass das Schicksal die Sache in die Hand genommen
und sie zu dem Mann zurückgebracht hatte, der ihr Herz von
der ersten Begegnung an erobert hatte.

Ty schob seine Hüften zwischen ihre Beine, seine harte
Länge schmiegte sich an ihre Mitte, und seine Augen waren
dunkel und verführerisch, als er sie anlächelte. »Wie geht es
meinem Lieblingsmädchen heute Morgen?«

»Ich wünschte, wir hätten heute keinen Wettkampf. Dann
könnten wir den ganzen Tag hierbleiben.«

»Mm. Klingt gut, finde ich.« Er senkte seinen Mund auf ihren und rieb seinen Schaft über ihre Scham, bis sie nass war und ihr Innerstes vor Verlangen pulsierte.

Er senkte seinen Mund an ihre Brust und sie bäumte sich auf und hielt ihn dort fest. »Oh Gott«, hauchte sie in einem langen Atemzug.

»Du kannst mich Ty nennen, Babycakes.« Er gluckste und sie führte seinen Mund zu ihrer anderen Brust.

»Wenn du das machst, wird mein ganzer Körper lebendig.«

Er fuhr mit den Zähnen über die hoch aufgerichtete Spitze und jagte elektrische Impulse zwischen ihre Beine.

»Ty«, keuchte sie. »Du hast gesagt, du hast dich testen lassen. Bist du sauber?«

Er sah sie ernst an. »Ich wäre nicht bei dir, wenn ich es nicht wäre. Ich würde niemals deine Gesundheit aufs Spiel setzen. Um nichts in der Welt.«

Sie schlang die Arme um ihn, wölbte ihm die Hüften entgegen und begrub die Spitze seiner Härte in sich. Er stöhnte, seine Augen waren dunkel und hungrig. Sie fühlte ein brennendes Verlangen, ein schmerzhaftes Bedürfnis, jeden Zentimeter von ihm in sich zu spüren.

»Vorsicht, Baby. Ich kann mich nicht beherrschen, wenn es um dich geht.«

»Gut. Ich möchte, dass du die Beherrschung verlierst. Ich nehme die Pille, und ich will dich spüren, ganz und gar, ohne dass etwas zwischen uns ist.«

»Baby«, flog von seinen Lippen.

Sein Mund stürzte im selbem Moment auf ihren, als er seine Hüften nach vorn warf und sich ganz in ihr vergrub. Einen Augenblick hielten sie beide inne, doch im nächsten Atemzug prallten ihre Körper in einem drängenden Rhythmus aufeinander.

»Aiyla, Baby«, sagte er an ihrem Nacken. »Jesus, unsere Körper wurden füreinander geschaffen.«

Seine Hände schoben sich unter ihren Hintern und hoben ihn an, während sich ihre Beine um seine Taille legten. Er stieß fester zu und ein knurrender Laut kam tief aus seiner Kehle. Seine Zunge plünderte ihren Mund, als er immer wieder aufs Neue in sie stieß. *Ja! Ja!* Sie krallte die Hände in seinen Rücken und spürte die Kraft seiner Hüften bei jeder wunderbaren Bewegung, mit der er sie völlig ausfüllte und über die magische Stelle strich, die sie die Oberschenkel anspannen ließ. Ihre Nägel bohrten sich in seine Haut, und sie wusste, dass es ihm wehtun musste, aber sie konnte nicht aufhören und wollte keine Sekunde der feurigen Freuden verpassen, die zwischen ihnen brannten.

Er ließ ihren Po los und sie erwiderte jeden seiner Stöße mit einem Schwung ihrer Hüften. Seine Finger gruben sich in ihr Haar und zogen so fest daran, dass der Schmerz Wogen der Ekstase durch ihren Körper schickte.

»Ty! Oh Gott, *Ty* —«

Ihr Höhepunkt war rein und explosiv, und er hielt sie so lange auf dem Gipfel der Leidenschaft, dass ihre Beine zitterten, ihr Bauch brannte und ihr Geschlecht unerbittlich pulsierte. Sie fühlte sich wie in einer anderen Welt, von schwindelerregenden Empfindungen mitgerissen. Als er endlich sein Tempo verlangsamte und ihr erlaubte, von den Wolken herabzusteigen, schenkte er ihr einen zärtlichen, liebevollen Kuss. Ihr Körper floss über vor Emotionen, die zu intensiv waren, um sie zu ignorieren. Sie waren schon vor Monaten da gewesen, von Anfang an, und waren mit jedem Tag, der verging, stärker geworden. Die Erinnerung an sein Lachen, seine Küsse und seine kräftigen Hände in ihren hatten diese Emotionen genährt, unsichtbare Seile daraus geknüpft, die sie miteinander verbanden, obwohl sie Welten voneinander entfernt waren. Es war keine Überraschung, dass sie jetzt, wo er sie mit seiner Liebe überschüttete, neue Höhen erreichten.

Er legte seine Wange an ihre, zog seine harte Länge aufreibend langsam aus ihr hervor und schob sie wieder hinein. »Du erdest mich, Baby. Herz, Verstand und Seele. Ich gehöre dir, mit Haut und Haaren.«

Feuer breitete sich in ihr aus, als sein Mund ihre Lippen umschmeichelte, und gleich darauf wurde sie von den Turbulenzen ihrer Leidenschaft überschwemmt. Ihre Beine begannen zu kribbeln, ein Kribbeln, das ihr Innerstes umschloss, bis ihr Körper vor Ekstase erschauderte und sie sich gerade noch daran erinnern konnte, wie man atmete. Ty folgte ihr auf dem Fuße und hielt sie unter sich umfangen, als auch er sich dem Strudel der Vergessenheit hingab.

Danach lagen sie noch lange zusammen, ihre Körper ineinander verschlungen und schweißnass nach dem Liebesspiel. Ty liebkoste ihren Nacken und streichelte sanft ihren Rücken. Er gab ihr das Gefühl von Geborgenheit und das Gefühl, etwas ganz Besonderes zu sein. Sie hatten so viele Monate verloren, die sie zusammen hätten verbringen können. Sie wünschte, sie hätte ihn nie gebeten, die Schweiz ohne sie zu verlassen.

»Wie geht es deinem Bein?«

»Okay, aber ich brauche eine Schmerztablette.«

Als er ihr die Medizinflasche reichte, sagte er: »Sehen wir uns den Sonnenaufgang an.«

»Gerne, aber ich möchte erst duschen.« Sie schluckte die Tablette und stellte die Flasche beiseite.

Ein verschmitzter Funke blitzte in seinen Augen auf. »Gute

Idee. Dusch mit mir.«

»Wo denn? Schließlich werden sie nicht extra für uns gemischte Duschen einrichten.« Sie lachte.

Er reichte ihr das Sweatshirt, das sie letzte Nacht getragen hatte, und spähte aus dem Zelt, als er sich seins überstreifte. »Es ist ruhig, zu früh, als dass schon jemand wach wäre. Wir sind fertig, bevor jemand aufwacht.«

»Was ist, wenn man uns erwischt?« Sie zog Unterwäsche und Shorts an.

Er rang sie nieder und legte sich auf sie. »Dann sage ich, dass ich dich entführt habe. Komm schon. Es macht bestimmt Spaß und ich bin noch lange nicht fertig mit dir.«

Dieser Gedanke und ein paar glühende Küsse überzeugten sie nicht nur, dass es eine gute Idee war. Als sie sich auf Zehenspitzen durch das Lager schlichen, fand sie die Aussicht auf ihr heimliches Stelldichein in der Dusche äußerst erregend.

»Geh du zuerst rein«, sagte er am Eingang zum Waschhaus der Frauen. »Vergewissere dich, dass alles leer ist, damit ich niemandem einen Schrecken einjage.«

Sie trat einen Schritt zurück und er zog sie an sich. Mit einem *Uff* und einem Lächeln landete sie an seiner Brust. Er presste einen harten Kuss auf ihre Lippen.

»Ohne Küsse halte ich es nicht lange aus.« Er gab ihr einen Klaps auf den Po und kicherte, als sie ins Badehaus ging.

Drinnen erhaschte sie einen Blick auf ihr Spiegelbild. Ein albernes Grinsen lag auf ihrem Gesicht, ihr Haar war zerzaust und ihre Wangen rosig von der Erregung und der frischen Bergluft. Sie sah *glücklich* aus. Wirklich glücklich. Das letzte Mal hatte sie sich so gefühlt, als sie bei ihrem ersten gemeinsamen Abenteuer in der Schweiz eine Münze geworfen hatte, um zu entscheiden, in welche Richtung sie gehen sollten.

Sie war sich sicher, dass sie die glücklichsten Menschen der Welt waren, weil sie sich wiedergefunden hatten, und während sie die Duschkabinen überprüfte, fragte sie sich, wie es mit ihnen weitergehen sollte. Auf gar keinen Fall würde sie noch einmal den gleichen Fehler machen wie in Saint-Luc, aber sie wollte auch nicht aufhören, zu reisen oder die Dörfer zu besuchen, von denen Ms. Farrington ihr erzählt hatte. Und sie wollte auch nicht, dass Ty seine Reisepläne änderte.

Als sie sicher war, dass die Luft rein war, öffnete sie die Tür und winkte Ty ins Waschhaus. Er legte ihre Handtücher und Toilettenartikel in die Kabine, während sie ihre Haare hochsteckte, damit sie sie nicht trocknen musste, bevor sie sich den Sonnenaufgang ansahen. Sie zogen sich schnell aus und zitterten, bis das Wasser eine angenehme Temperatur erreicht hatte. Mit den Händen fuhr er von ihren Schenkeln zu ihren Schultern und wärmte sie, während er sie unter den Duschstrahl führte. Er achtete darauf, dass ihre Haare nicht nass wurden, und senkte seine Lippen auf ihre. Ihre Körper glitten aneinander. Er tastete nach ihrem Hinterteil, streichelte ihre Pobacken, und sie spürte, wie er hart wurde.

»Ich liebe deinen Körper, Baby«, sagte er, während er seine Hände einseifte und anfing, sie zu waschen.

Er rieb über ihre Schultern und ihre Arme hinunter bis zu den Fingerspitzen, während er sie küsste. Seine Härte streifte ihren Bauch, als er ihre Brüste, ihre Achseln und ihre Taille einseifte und sich die Zeit nahm, alles an ihr zu streicheln, bis ihre Nervenenden glühten und sie feucht zwischen den Beinen war. Kaum war er in die Knie gegangen, um ihre Beine bis zu den Knöcheln zu waschen, vermisste der Rest ihres Körpers ihn, und ihre Hände bewegten sich über ihre Brüste und bedeckten sie mit Seifenschaum.

Ty blickte auf, das Wasser rann ihm wie Regentropfen über den Rücken und seine Brust. Ihr Blick folgte dem Wasser, das über seine Bauchmuskeln zu seiner beachtlichen Erektion glitt. Gott, sie wollte ihn schon wieder – und wie!

»Wenn du dich weiter so anfasst, wirst du gleich wieder schmutzig«, sagte er und presste seine Lippen auf ihr Bein, als er die Innenseite ihrer Schenkel wusch.

»Meinst du etwa, das hilft?« Sie bewegte ihr Bein, streifte seine harte Länge und ließ ihre Hand zwischen ihre Beine gleiten. »Du hast mir mein Spielzeug weggenommen. Was willst du denn, das ich mache?«

»Genau das, was du gerade machst.« Er führte sie unter den Duschstrahl, wusch die Seife weg und beobachtete sie bei jeder Bewegung, während sie über ihr geschwollenes Geschlecht strich. »Lieber Himmel, Baby. Zu sehen, wie du dich berührst, gibt mir fast den Rest.«

Hm, gute Idee.

Er küsste ihre Schenkel, ohne sie dabei aus den Augen zu lassen, und gab ihr damit das Gefühl, sexy und verrucht zu sein, was sie noch weiter anspornte.

»Leck mich«, sagte sie ein wenig nervös. Sofort bedeckte er ihre Mitte mit dem Mund und leckte und küsste, bis sie bebte. »Wenn du so weitermachst, komme ich.«

Er wollte sich aufrichten, doch sie drückte ihn an den Schultern wieder nach unten. »Nicht aufhören, bitte. Ich möchte sehen, wie du *mich* und *dich selbst* berührst.«

Seine Augen wurden dunkel, doch sie erkannte den Hauch eines Zögerns. »Du willst, dass ich …«

Sie nickte. Am liebsten hätte sie sich auf die Knie fallen lassen und seine Erektion in den Mund genommen, aber er gab ihr das Gefühl, abenteuerlustig zu sein – und es sein zu *dürfen*.

So hatte sie sich noch nie bei einem Mann gefühlt. Monatelang hatte sie alle möglichen erotischen Fantasien rund um Ty gesponnen. Sie wollte keinen ihrer Wünsche auf später vertagen und fühlte sich mutig und bereit, über ihre Grenzen zu gehen. »Ich möchte zusehen, wie … du weißt schon.«

»*Schande*, Baby. Du hast eine unartige Seite.«

»Ich hatte viel Zeit, mir vorzustellen, wie du alles Mögliche tust.«

Sie tauchte ihre Finger in ihr Geschlecht, und er griff sie am Handgelenk und leckte sie sauber, dann führte er sie zwischen ihre Beine. »Es gibt nichts, was ich nicht für dich tun würde.«

Als er seinen Mund wieder auf sie senkte, packte er seine hoch aufgereckte Härte, und ihr Inneres flammte auf. Der Anblick seiner großen Hand, die sich um seinen Schaft legte und ihn streichelte, während er ihr Freude bereitete, brachte sie fast um den Verstand. Ihre Finger bewegten sich schneller und jagten dem Orgasmus nach, der sich in ihr aufbaute. Sie wollte fühlen, was er fühlte, wollte spüren, wie seine Länge in ihrer Hand anschwoll. Sie wollte der Grund sein, warum sein Atem stockte und sich seine Augen verdunkelten. Sie war so sehr damit beschäftigt, ihn zu beobachten, dass sie sich an der Wand hinter ihr abstützen musste, als plötzlich nach einem Zauberschlag seiner Zunge Wellen des Wohlgefühls über sie hereinbrachen. Sie zog Ty an den Armen hoch, ging selbst in die Knie und nahm ihn in den Mund.

»Lieber Himmel, Baby.«

Ihre Liebe zu ihm schwoll an und füllte sie dort aus, wo vorher Leere gewesen war. Und als er zurückstolperte, sich an die Wand lehnte und auf sie heruntersah, liebte sie ihn mit allem, was sie hatte – mit Händen und Mund, Herz und Seele.

Nachdem Aiyla ihn fast um den Verstand gebracht hatte, brauchte Ty ein paar Minuten, um sich zu erholen, denn *verdammt ...* sie vollbrachte Kunststücke mit ihrer Zunge, die ihn so lange am Rand der Explosion hielten, dass er heftiger kam als je zuvor. Zwischen Küssen und zärtlichen Worten wuschen sie sich nun, und Ty half ihr, ihr Haar zu trocknen, das natürlich doch nass geworden war. Es war eine so einfache Geste, mit den Fingern durch ihr Haar zu fahren, während sie es föhnte, aber sie fühlte sich so vertraut und so speziell an, als würde Aiyla ihm mehr erlauben, als ein Mann normalerweise für seine Freundin tun durfte. Er hätte nie gedacht, dass er einmal einer Frau helfen würde, sich die Haare zu trocknen, aber es gab nichts, was er mit Aiyla nicht erleben wollte. Endlich begriff er, wie sich seine Geschwister mit Haut und Haaren in die Frau oder den Mann ihres Lebens verlieben konnten. Bisher hatte er sie immer für verrückt gehalten, weil sie ihre Freiheit aufgaben. Dabei hatte er übersehen, dass ein Leben ohne Verpflichtungen, aber auch ohne diesen besonderen Menschen, der jeden Augenblick intensiver und heller machte und ihm das Gefühl gab, lebendiger denn je zu sein, überhaupt kein Leben in Freiheit war. Es war, als hätte man den Schwarzen Peter und konnte ihn nicht wieder abgeben.

Sie stellten ihre Sachen am Zelt ab und gingen zu einem Felsvorsprung, den Ty am Tag zuvor entdeckt hatte. Dort legten sie sich gegen die morgendliche Kühle eine Decke um, und Aiyla lehnte ihren Kopf an seine Schulter, während sie zusahen, wie rote, orangefarbene, gelbe und graue Streifen den Horizont überzogen.

Ty machte ein paar Fotos mit seinem Handy und wünschte, er hätte seine richtige Kamera dabei. Dann machten er und Aiyla Selfies, grinsten und knutschten und zogen Grimassen.

»Ich bin so glücklich«, sagte er. Er konnte seine überschäumenden Gefühle nicht unterdrücken.

»Ich auch.«

»Es kommt mir vor, als würde ich diesen Song ›Love Someone‹ von Brett Eldredge leben.«

»Oh mein Gott! Ich liebe dieses Lied!« Sie summte die Melodie und wiegte ihre Schultern im Takt und er stimmte sofort ein.

»Ich will es nicht noch einmal vermasseln, Aiyla.«

»Du hast es damals nicht vermasselt«, versicherte sie ihm. »Es war *mein* Problem. Ich hatte Angst, nur eine in einer ganzen Reihe von Frauen zu sein. Das hätte ich in Saint-Luc ansprechen sollen. Ich hätte dir glauben sollen, dass es dir wirklich um *mich* ging und dass du treu sein kannst. Ich meine, ich habe schon geglaubt, dass es dir um mich ging. Aber ich hatte Angst, mich zu öffnen und möglicherweise verletzt zu werden.« Sie verschränkte ihre Finger mit seinen und sagte: »Jetzt habe ich keine Angst mehr. Ich vertraue dir und bin glücklich. Ich glaube, ich war noch nie so glücklich.«

»Danke, dass du mir vertraust, Baby. Wir haben nur noch zwei Wettkampftage – heute das Hiking und morgen die Klettertour. Wie geht es deinem Bein?«

»Es tut weh«, sagte sie beiläufig. »Aber ich werd's schaffen.«

»Ich werde mit dir wandern, aber könntest du es bitte Jon zeigen, bevor wir starten?« Er fuhr mit der Hand über ihr schmerzendes Bein.

»Du kannst nicht mit mir wandern. Dann hast du nicht die geringste Chance zu gewinnen, auch nicht, wenn wir als Paar an den Start gehen.«

»Wir sind hier bei einer Wohltätigkeitsveranstaltung, nicht bei den Olympischen Spielen, erinnerst du dich? Du bist der einzige Preis, der einzige *Sieg*, den ich nach Hause bringen will.«

»Aber –«

Er brachte sie mit einem Kuss zum Schweigen. »Babycakes, ich weiß, dass du stur bist, aber in diesem Punkt bleibe ich hart. Nicht, wenn deine Gesundheit auf dem Spiel steht. Heute übernachten wir nicht auf einem Campingplatz, sondern mitten im Wald. Wer nicht als Paar gemeldet ist, tritt als Einzelkämpfer an. Außer dir. Du hast mich.«

Sie holte tief Luft und atmete langsam aus. Dann schüttelte sie den Kopf. »Ich muss dieses Rennen nicht gewinnen. Danke, dass du deine Siegchance aufgibst, um bei mir zu sein. Ich werde Jon mein Bein untersuchen lassen. Ich will nicht, dass du dir noch mehr Sorgen machst.«

»Dem Himmel sei Dank.« Er atmete erleichtert auf. »Ich dachte, du würdest Nein sagen.« Er nahm sie fest in die Arme, sein Herz raste. »Kann ich noch etwas fragen?«

Sie lachte. »Kommt drauf an.«

»Was machst du nach dem Mad Prix? Erinnerst du dich, dass ich dir erzählt habe, dass Tempest sich verlobt hat?«

»Mhm. In Saint-Luc hast du gesagt, dass … Nash, stimmt's? Dass Nash Künstler ist? Und dass er einen kleinen Jungen hat, der *Flip* heißt?«, fragte sie. »Jetzt fällt es mir wieder ein. Tempest ist die, die Musikunterricht für Kinder gibt, nicht wahr?«

Phillip war gerade vier Jahre alt geworden. Nash hatte ihn alleine großgezogen, und als Tempe die beiden kennenlernte, hatte Phillip sich selbst »Flip« genannt, weil Nash seinen Namen immer so schnell aussprach, dass es sich für den kleinen Kerl so angehört hatte.

»Sie heiraten am Samstag zu Hause in Peaceful Harbor. Ich möchte, dass du mich zu der Hochzeit begleitest und meine Familie kennenlernst.«

»Das klingt ernst«, flüsterte sie im Spaß.

»Wir meinen es ernst«, erwiderte er im selben Flüsterton. »Was denkst du? Willst du mein Wedding Date sein?«

Ihr Lächeln reichte bis zu ihren Augen. »Ich habe zufällig noch drei Wochen frei, bevor ich in Neuseeland einen Skikurs leite. Ich denke, ich kann es einrichten, ein paar Tage mit meinem heißen Freund in Maryland zu verbringen.«

Er stahl einen weiteren Kuss und hatte das Gefühl, im Lotto gewonnen zu haben. »Genial. *Perfekt.* Ich bin so glücklich. Ich werde auf der Stelle alles arrangieren, bevor du es dir womöglich anders überlegst.«

»Ich muss in meine Wohnung, ungefähr zwei Stunden von hier, um ein paar Sachen zusammenzupacken. Und am Donnerstagmorgen ist die Preisverleihung.«

»Kein Problem. Hauptsache, du packst einen knappen Badeanzug ein.« Er warf ihr einen hungrigen Blick zu. »Ich habe einen Mietwagen reserviert, also fahren wir von hier aus gleich zu dir und fliegen dann am späten Donnerstagnachmittag nach Maryland.« Mit dem Handy buchte er die Flüge und wurde von Minute zu Minute aufgeregter.

Sie lehnte sich wieder an seine Brust. »Als fester Freund bist du wirklich unkompliziert. Ein bisschen Sex, dann stellst du mich deiner Familie vor ...«

»Man hat mich ja schon vieles genannt, aber ›unkompliziert‹ und ›fester Freund‹ waren bisher noch nicht dabei. Verdammt, Baby, es gefällt mir, wenn du mich als deinen Freund bezeichnest. Aber ›unkompliziert‹ nimmst du sicher gleich zurück, wenn ich mein Glück noch weiter herausfordere.«

Sie sah ihn neugierig an.

»Ich soll mit meinem Cousin Graham und ein paar Kumpels eine Klettertour unternehmen, zwei Wochen nach dem Mad Prix. Kommst du mit?«

»Ich habe doch gerade gesagt, dass in Neuseeland ein Job auf mich wartet. Außerdem wäre ich euch mit meinem Bein eh nur ein Bremsklotz.«

»Dann komme ich mit dir nach Neuseeland«, sagte er schnell. »Von mir aus könntest du solch ein Bremsklotz sein, dass ich keinen Millimeter vorwärts komme, und ich würde trotzdem mit dir zusammen sein wollen. Mir ist es egal, was wir machen oder wohin wir gehen. Auf keinen Fall lasse ich zu, dass wir uns monatelang nicht sehen.«

»Ich will auch nicht, dass wir uns monatelang nicht sehen, aber wenn ich dich zurückhalte oder bremse, wirst du dich irgendwann über mich ärgern. Ich möchte nicht, dass einer von uns die Dinge verpasst, die uns so viel bedeuten.«

»Dann sind wir uns einig darüber, dass wir irgendwie versuchen, zusammen zu sein.«

Sie nickte lächelnd. »Ja. Das wünsche ich mir. Aber wie sollen wir es anstellen? Ich habe Angst, dir im Weg zu sein, wenn mein Bein nicht rechtzeitig vor eurer Reise heilt. Aber es würde mir eigentlich nichts ausmachen, Neuseeland sein zu lassen. Immerhin war ich schon einmal da, und der Manager der Hotelanlage wollte mir nur einen Gefallen tun und mir die Gelegenheit geben, ein bisschen Geld zu verdienen, während ich in der Umgebung fotografiere. Eines der Bilder, das ich dort vor ein paar Jahren gemacht habe, wurde in der Zeitschrift *World Life* abgedruckt. Der Herausgeber hatte es in meinem zweiten Buch gesehen. *Durch ihre Augen* hieß es. Jetzt kann ich im Grunde immer in Neuseeland arbeiten.«

Er war begeistert, dass ihre Arbeit in einer so prominenten Zeitschrift abgedruckt worden war. *World Life* kam gleich hinter *National Geographic.* »In der *World Life*? Das wusste ich gar nicht. Das ist wunderbar, aber es überrascht mich nicht. Deine Fotos sind phänomenal. Kann ich ein Exemplar dieser Ausgabe haben?«

»Danke. Ja, es war die Ausgabe vom Mai.« Sie zuckte die Achseln, als sei es keine große Sache, aber er sah das Strahlen in ihren Augen und wusste, dass sie völlig zu Recht stolz war. »Wie gesagt, es macht mir nichts aus, Neuseeland ausfallen zu lassen, aber es gibt andere Orte, an denen ich Menschen fotografieren will, wie in den abgelegenen Dörfern in Südafrika, von denen Ms. F. mir erzählt hat. Und irgendwann möchte ich Ms. F. auch wiedersehen. Sie ist nach Portugal an die Algarve gezogen, und ich hatte gehofft, dass ich sie dieses Jahr dort besuchen könnte.«

»Südafrika hat majestätische Berge. Tafelberg, Signal Hill, Löwenkopf … und Portugal? Hat eine Küste mit Kletterrouten zu bieten, die nur darauf warten, dass wir sie erklimmen.«

Ein erleichtertes Lachen löste sich von ihren Lippen.

»Ich weiß, wie wichtig das Fotografieren für dich ist, und als Kollege verstehe ich, wie lohnend die Suche nach passenden Motiven ist. Ich würde dir niemals im Weg stehen wollen.«

»Aber das darf nicht auf deine Kosten gehen, wenn du deine Klettertouren aufgibst oder Fotoaufträge ablehnst. Oder wenn dich mein blödes Bein bremst. Das werde ich nicht zulassen.« Sie kletterte auf seinen Schoß, setzte sich mit gespreizten Beinen auf ihn und lächelte ihn verführerisch, aber gleichzeitig mit einem Anflug von Sorge an. »Wie finden zwei Menschen, die ständig auf Reisen sind, einen Weg, zusammen zu sein, ohne etwas von sich selbst zu verlieren?«

Ty war nicht an einen Zeitplan gebunden, und Geld war nie ein Thema gewesen, da er mehr Sponsorenangebote hatte, als er überhaupt annehmen konnte. Außerdem brachten ihm seine Naturfotografien ein hübsches Sümmchen ein. Tatsächlich bedeutete ihm Geld sehr wenig, aber mit Aiyla zusammen zu sein war unbezahlbar. »Wir planen und organisieren und machen Kompromisse.« Er presste seine Lippen auf ihre. »Und wenn wir Glück haben, ist das Schicksal immer auf unserer Seite.«

Sie runzelte die Stirn. »Und wenn wir kein Glück haben? Ich bin mir nämlich nicht sicher, ob das Schicksal mehr als einmal zuschlägt.«

»Bei uns hat es schon zweimal zugeschlagen – in Saint-Luc und hier. Und wenn es nicht auf unserer Seite ist, verlassen wir uns auf meine ursprüngliche Überzeugung, dass wir selbst für unser Schicksal verantwortlich sind, und sorgen dafür, dass es funktioniert.«

»Wir machen uns unser Schicksal selbst? Das klingt gut, finde ich.« Sie legte die Arme um ihn und lehnte ihren Kopf an seine Schulter.

Er hüllte sie warm und sicher in die Decke und fühlte sich zum ersten Mal nach so langer Zeit wieder vollständig, dass es ihm vorkam, als sei es das erste Mal überhaupt. »So kannst du den Sonnenaufgang nicht sehen.«

»Ich habe Dutzende Sonnenaufgänge gesehen, aber noch nie den Beginn eines neuen Tages von meinem neuen Lieblingsplatz aus erlebt.« Sie gab ihm einen Kuss auf den Hals und sagte: »Alles ist besser, wenn ich in deinen Armen bin.«

Langsam ging die Sonne auf, und sie blieben eng umschlungen sitzen, bis Tys Wecker klingelte. Dann packten sie ihre Sachen zusammen und gingen zurück ins Zeltlager.

»Wir wandern ja zusammen, also brauchen wir nur ein Zelt.« Ty wollte nicht, dass sie überflüssige Ausrüstungsgegenstände trug, obwohl ihm klar war, dass sie ihm nicht das gesamte Gepäck überlassen würde. Er hatte vor, einen leichten Rucksack für sie zu packen und den größten Teil der Sachen selbst zu tragen.

»Aber zwei Schlafsäcke«, sagte sie. Als er sie fragend ansah, erklärte sie: »Wir verbinden sie miteinander, dann haben wir mehr Platz, uns herumzuwälzen.«

Er zog sie kichernd in einen Kuss. »Es gefällt mir, wie du denkst.«

Auf dem Campingplatz angekommen gingen sie zuerst zur Kaffeeausgabe und trafen dort auf Trixie, die sich gerade einen Becher holte.

»Und ich dachte, ich müsste euch heute früh aus euren Zelten zerren, nachdem ihr gestern Abend verschwunden seid und euch nicht mehr habt blicken lassen«, sagte Trixie. »Aber als ich euch gesucht habe, waren beide Zelte leer. Hat dich unser Naturbursche hier wieder unterm Sternenhimmel schlafen lassen?«

»Nein. Wir sind früh aufgestanden, um den Sonnenaufgang zu sehen.« Aiyla legte die Hände um den warmen Kaffeebecher und warf Ty einen so seelenvollen Blick zu, dass er fest damit rechnete, dass Trixie ihn früher oder später damit aufziehen würde.

Trixie legte ihm die Hand auf die Stirn und er drehte sich rasch aus ihrer Reichweite. »Was soll das?«

»Ich will nur sehen, ob du krank bist.« Lächelnd fügte sie hinzu: »Wenn du abends nicht mit den anderen feierst, sondern morgens in aller Herrgottsfrühe aufstehst, um den Sonnenaufgang zu bestaunen, dann hat Amor dich wohl voll erwischt.«

»Stimmt genau«, sagte er stolz. »Wo ist Speed? Ich möchte, dass er sich Aiylas Bein ansieht.«

»Wenn man vom Teufel spricht.« Trixie deutete über Tys Schulter.

Ty folgte ihrem Blick und sah Speed, der seine Taschen zu einem der Trucks trug. Er nahm Aiylas Hand und zusammen gingen sie zu ihm. »Spee– *Jon*. Warte mal einen Moment.« Er wollte mit Jon Butterscotch, dem Arzt, sprechen und hoffte, ihm durch die Verwendung seines Vornamens zu vermitteln, wie besorgt er wegen Aiylas Bein war, ohne dass er es vor ihr aussprechen musste.

Jon lächelte ihn strahlend an. »Was gibt's, Mann?« Mit seinen zerzausten Haaren und dem Körperbau eines Rausschmeißers entsprach er überhaupt nicht dem typischen Bild eines Arztes. Wenn er nicht arbeitete, sammelte er Telefonnummern wie andere Leute Briefmarken, ganz anders als Tys Bruder Cole, der sich auch außerhalb der Praxis absolut professionell verhielt. Cole hatte immer gut auf seinen Körper und auf sein Herz geachtet und würde einen One-Night-Stand niemals als etwas Erstrebenswertes betrachten. Aber die beiden ergänzten sich prächtig und ihre gut gehende orthopädische Praxis war der Beweis dafür.

»Hast du einen Moment Zeit, um dir Aiylas Bein anzusehen?«

»Es ist nur überlastet«, erklärte sie.

Jon warf seine Taschen in den Truck und wischte sich die Hände an den Shorts ab. »Klar. Werfen wir mal einen Blick drauf.«

Sie setzten sich an einen der Tische und Jon kniete sich vor Aiyla. Als wäre ein Vorhang gefallen, wurde er vom

Klassenclown zum ernsthaften Arzt.

»Erzähl mal, was los ist«, sagte er zu Aiyla.

Sie krempelte ihre Jogginghose hoch. »Ich bin sicher, dass es nur Überlastung ist. Es hat vor ein paar Wochen beim Skifahren angefangen, wehzutun. Genau hier.« Sie fuhr mit dem Finger über den Bereich knapp über ihrem Knöchel bis zum Schienbein. »Meist ist es ein tief liegender, dumpfer Schmerz.«

Jon rollte das andere Hosenbein hoch und verglich die Beine. »Bist du gestürzt? Bist du mehr Ski gefahren als sonst?«

»Nein«, sagte sie.

»Ist der Schmerz plötzlich aufgetaucht, oder war er schon eine Weile spürbar, aber nicht so, dass du dich wirklich darum gekümmert hättest?«

Aiyla runzelte die Stirn. »Ich glaube, eine Weile kam und ging er. Aber normalerweise hat das Bein nicht so wehgetan wie jetzt.«

Jon untersuchte das verletzte Bein, prüfte die Beweglichkeit, die Gelenke und den Fuß und fragte, ob es wehtat, wenn er dieses oder jenes machte. Er drückte auf verschiedene Punkte, suchte nach empfindlichen Stellen und untersuchte dann das andere Bein. Er stellte ein paar Fragen zu ihrer Familie, und Ty kannte sich gut genug aus, um zu erkennen, dass er ihre Risikofaktoren einschätzte.

»Schwillt das Bein manchmal an?«, fragte Jon.

»Nach den Wettkämpfen ist es etwas angeschwollen.«

»Meine auch«, sagte Jon mit einem beruhigenden Lächeln. »Irgendein ungewöhnlicher Gewichtsverlust oder Müdigkeit?«

»Kein Gewichtsverlust.« Sie sah Ty an und wurde rot. »Und dass ich müde bin, hat nichts mit meinem Bein zu tun.«

Als Jon nicht einmal den Anflug eines Lächelns zeigte, wusste Ty, dass er komplett in den Arztmodus geschaltet hatte.

»Wachst du manchmal von den Schmerzen auf?«, fragte er.

»Na klar«, sagte sie beiläufig. »Geht das nicht allen Sportlern so?«

Ty ergriff ihre Hand. Diese Antwort gefiel ihm überhaupt nicht. »Bist du vor Schmerzen aufgewacht, während wir zusammen waren?«

Sie zuckte mit den Schultern. »Ab und zu, aber ich nehme Ibuprofen und Paracetamol, und dann geht es meist wieder. Guck nicht so besorgt, es geht mir gut.«

Er war sich nicht so sicher. »Was meinst du, Doc?«

»Ich meine, dass wir mitten in den Bergen sind und keine Möglichkeit haben, medizinische Tests durchzuführen oder eine richtige Diagnose zu stellen.« Jon musterte Aiyla scharf. »Als Arzt würde ich dir raten, dass du dich schonst und weitere Tests machen lässt, um auf Nummer sicher zu gehen.«

»Ich werde die restlichen Wettkämpfe nicht ausfallen lassen«, beharrte Aiyla.

»Ich dachte mir, dass du das sagen würdest.« Er warf Ty einen besorgten Blick zu und richtete seine Aufmerksamkeit dann wieder auf Aiyla. »Wenn du die Wanderung und die Klettertour unbedingt mitmachen willst, nimm weiter entzündungshemmende Mittel und Paracetamol. Du kennst bestimmt die PECH-Regel: Pause, Eis, Compression, Hochlagern.«

»Ich habe ein paar chemische Kühlpacks«, sagte Ty. »Aber Aiyla, vielleicht solltest du …«

Sie kniff die Augen zusammen. »Sag nicht, ich soll das Rennen abbrechen.«

Jon stand auf. »Du bist ehrgeizig und das ist bewundernswert. Aber benutz deinen Kopf und hör auf deinen Körper. Wenn es zu schlimm wird, *hör auf*. Kein Rennen ist es wert, dass du dauerhafte Schäden davonträgst. Ich habe ein paar

Kühlpacks, die ich dir geben kann.«

Ty schüttelte ihm die Hand. »Vielen Dank, Alter.«

»Danke für deine Zeit und deinen Rat«, sagte Aiyla.

»Hör zu, Süße, ich weiß, dass du weitermachen willst, auch wenn ich dir davon abrate«, meinte Jon. »Das verstehe ich, wirklich. Aber wir wissen nicht, was mit deinem Bein los ist. Es könnte etwas Simples sein, wie eine Knochenhautreizung. Die kann durch das ständige harte Auftreten beim Laufen entstehen. Es könnte aber auch etwas Ernsteres sein. Was auch immer die Ursache sein mag, das Rennen wird deine Schmerzen mit Sicherheit verschlimmern.«

»Das weiß ich und damit muss ich mich abfinden.« Sie holte tief Luft. »No pain, no gain.«

Jon warf Ty einen vielsagenden Blick zu. »Ja, schon, aber trotzdem solltest du deinen Arzt Röntgenaufnahmen machen lassen, nur um sicherzugehen. Ein MRT wäre noch besser.«

»Wenn es nach dem Rennen immer noch wehtut, gehe ich sofort zu meinem Arzt und hole mir eine Überweisung für ein MRT«, versprach sie und fügte dann schnell hinzu: »Genauer gesagt, wenn ich von der Hochzeit von Tys Schwester zurückkomme.«

»Du bist bei Tempes Hochzeit?«, fragte Jon. »Dann lass mich doch eine komplette Untersuchung machen, während du in Peaceful Harbor bist.«

»Das brauchst du nicht«, sagte sie im selben Moment, in dem Ty erwiderte: »Das wäre toll. Vielen Dank.«

»Ich wäre froh, wenn du das eher früher als später erledigst«, sagte Jon zu Aiyla. Er klang so sehr wie ein strenger Arzt, dass kein Widerspruch möglich war.

»Bist du sicher? Wenn du nach dem Rennen nach Hause kommst, warten doch bestimmt tausend Patienten auf dich.«

»Ich bin Superman«, sagte Jon mit einem Grinsen. »Tausend und eine Patientin ist doch perfekt. Wir brauchen einige Unterlagen von deiner Krankenversicherung, aber darum können wir uns auch später noch kümmern. Bis dahin hat Ty meine Handynummer. Wenn du irgendwas brauchst, ruf mich an.«

Ty atmete erleichtert auf. »Super. Danke, Mann. Dafür werde ich heute nicht versuchen, dich beim Rennen zu schlagen.«

Jon lachte. »Alter, so wie du an Aiyla klebst, bezweifle ich, dass du überhaupt einen Gedanken an dieses Rennen verschwendest.«

Acht

In den ersten Stunden der GPS-geführten Hikingtour waren Ty und Aiyla in einem strammen Tempo marschiert. Vor und hinter ihnen liefen andere Teilnehmer, denn jeder aus der Gruppe, in der sie gestartet waren, hatte seinen eigenen Rhythmus gefunden. Aiyla war überrascht, wie sehr sich die Gruppe mittlerweile verteilt hatte. Sie wollte Ty nicht bremsen. Ihr war klar, dass er normalerweise ganz vorne mitgegangen wäre. So dankbar sie ihm war, so sehr plagte sie ihr schlechtes Gewissen, doch sie konnte nicht leugnen, dass sie es genoss, mehr Zeit mit ihm zu haben. Das Ziel des heutigen Wettkampfes war es, so weit wie möglich in Richtung der Ziellinie zu kommen und dann für die Nacht ein Zelt aufzuschlagen. Morgen ging es weiter zum Gipfel des Berges und ins Ziel, das sich auf dem Gelände von Sterling House befand, wo am übernächsten Tag auch die Preisverleihung stattfinden sollte. Die letzte Nacht des Mad Prix würden sie in dem alten Gasthaus verbringen, und Aiyla freute sich darauf, alle Annehmlichkeiten in unmittelbarer Nähe zu haben, aber eigentlich schlief sie lieber im Freien. Außerdem war aller Luxus dieser Welt nichts im Vergleich zu dem wunderbaren Gefühl, in Tys Armen zu liegen, wo auch immer sie waren.

Am späten Nachmittag brannte die Sonne unerbittlich auf sie nieder und ließ sie langsamer werden, als sie sich einen steilen, felsigen Abhang hinaufmühten, an dem es weder Bäume noch sonst irgendwelchen Schatten gab. Ty und Aiyla tranken abwechselnd aus ihrer Wasserflasche und knabberten an Proteinriegeln. Sie sprachen über die Orte, an die sie im Laufe der Jahre gereist waren, und über die Orte, die sie in Zukunft hoffentlich gemeinsam besuchen würden. Ihr Lebensstil und ihre Träume passten so perfekt zusammen, dass es beängstigend hätte sein können, wenn es nicht so schön wäre. Wolken schwebten über den Bergkämmen wie zerzauste Haarbüschel, die ständig in Bewegung waren. Raubvögel kreisten am Himmel, um plötzlich in die Tiefe zu stoßen, wenn sie ihre nächste Mahlzeit erspähten. Auf dem Gipfel kamen sie in einen Nadelwald aus hoch aufragenden Dreh- und Ponderosakiefern, die eine betörende Mischung aus Erdgeruch und süßem Vanilleduft verströmten. Seite an Seite mit Ty wurde dieses Erlebnis noch wunderbarer. Zwischendurch hatten sie immer wieder *Ich sehe was, was du nicht siehst* gespielt und Ty hatte ihr berichtet, was seine Geschwister zurzeit machten. Wenn er von ihnen sprach, wurde der Ausdruck in seinen Augen ganz ruhig. Sie erkannte diesen Blick wieder. Als er ihr in Saint-Luc zum ersten Mal von seiner Familie erzählt hatte, hatte er auch so ausgesehen. Sie hatte das Gefühl, dass sie ihn auf eine Weise erdeten, wie nur sie es konnten. Das verstand sie gut, ging es ihr doch mit ihrer Schwester und Ms. Farrington genauso.

Während sie hügelan stapften, dachte sie, dass wohl die wenigsten Leute eine ganztägige Wanderung glamourös finden würden. Aber als die Nachmittagssonne sich dem Horizont näherte und kühleren Temperaturen Platz machte, konnte sich Aiyla nichts Schöneres vorstellen. Es gab keinen Ort, an dem sie lieber sein, und keinen Menschen, mit dem sie lieber zusammen sein wollte – trotz des pochenden Schmerzes in ihrem Bein.

Als sie den Kamm des Berges erreichten, gingen sie hintereinander. Rechts und links vom Grat fiel das Gelände steil ab und gab den Blick auf Wälder und blühende Wiesen frei, so weit das Auge reichte.

»Wie geht es deinem Bein?«, fragte er sicherlich zum tausendsten Mal.

»Ganz gut.« Es war ungefähr eine Stunde her, seit sie eine weitere Dosis Schmerztabletten eingenommen hatte. »Ich denke gar nicht darüber nach, wenn du nicht fragst.« Das stimmte nicht ganz, denn zwischendurch flammte der Schmerz auf und brachte sich unerbittlich in Erinnerung. »Lass uns noch mal *Ich sehe was, was du nicht siehst* spielen.«

»Ich sehe was, was du nicht siehst, und das ist rundlich«, sagte Ty hinter ihr.

»Hm, das soll ein Tipp sein? Rundlich?« Sie blickte über die Schulter zurück und er hauchte ihr einen Kuss zu. In ihrem Magen flatterten ganze Schmetterlingsschwärme auf, und sie fragte sich, ob sie sich wohl jemals an dieses Gefühl gewöhnen würde.

»Und man kann es genießen«, fügte er mit einem verschmitzten Lächeln hinzu.

Sie sah sich verwirrt um. »Ist es eine Blume?«

»Nein, es ist schöner als eine Blume.«

»Hm, *rundlich* …« Sie wies über die Wiese auf ein paar Bäume. »Das Wäldchen da drüben?«

»Nein. Eigentlich ist es ein bisschen herzförmig.«

Sie betrachtete die Wolken am Himmel, aber sie waren nicht annähernd herzförmig. »Du musst mir mehr Tipps geben.«

Seine Hand bedeckte ihr Hinterteil und drückte es. Sie wirbelte herum und lächelte, obwohl sie versuchte, ihn finster anzufunkeln. »Mein Hintern? Meinst du das ernst? Der gehört nicht zur Natur.«

Er zog sie an sich und küsste sie fest. »Baby, du bist alles, was ich hier draußen sehe.«

»Wie machst du das?«, fragte sie, obwohl sie wusste, dass er keine Ahnung hatte, was sie meinte. Wie sollte er auch, wo sie doch selbst immer noch Mühe hatte, sich daran zu gewöhnen, dass er bei ihr ganz anders war als anderen Leuten gegenüber? Er zeigte ihr eine Seite von sich, die vermutlich nicht viele Menschen zu Gesicht bekamen. Sicher, was er sagte, kam oft spontan und unüberlegt, aber die Art, wie er es sagte, war anders. Als meinte er jedes einzelne Wort ernst.

Er griff um sie herum und drückte ihren Hintern erneut. »Wie ich das mache? Mit der Hand. Du machst deine Finger krumm und drückst mit dem Daumen.«

Sie lachte, aber mit jeder seiner spielerischen Bemerkungen, mit jeder seiner Gesten schmolz ihr Inneres ein bisschen mehr dahin. »Das meine ich nicht. Wie schaffst du die perfekte Mischung aus *süß* und *heiß* hinzubekommen?« Plötzlich riss sie die Augen auf. »Ich weiß! Du bist *tropical heat*! Du bist wie meine Lieblingsbonbons!«

»Verdammt, ja, das bin ich, Baby. Hast du Hunger?« Er zog die Brauen hoch. »Sollen wir herausfinden, wie oft man lecken muss, bis man an meine cremige Füllung kommt?«

Sie öffnete die Tasche, die sie sich um ihre Taille gebunden hatte, und holte eine Tüte *Tropical Heat Hot Tamales* heraus. »Das bist du. In Zukunft werde ich dich *Hot Tom* nennen. Nein, einfach nur Tom.«

»Erstens kann ich nicht glauben, dass du immer noch so

versessen auf die Dinger bist. Und zweitens, Baby, wenn du mir den Namen von irgendeinem anderen Typen gibst, bekommen wir *ernsthafte* Probleme.«

»Ehrlich?« Das könnte lustig werden. »Dann nenne ich dich also *Tom*. Oder vielleicht *Tommy*. Oder –«

Er packte sie an den Rippen, und sie quietschte vor Vergnügen, als er sie an sich zog und ihre lächelnden Lippen küsste. »Du willst mich Tom nennen?«

»Nein. Aber *Hottie* gefällt mir irgendwie.«

Er zupfte mit den Zähnen an ihrer Unterlippe. »Wie wär's, wenn du mich *Ty* nennst?«

Sie packte sein Hemd und zog ihn nach unten, sodass sie auf Augenhöhe waren. »Wie wär's, wenn ich dich *mein* nenne?«

»Es gibt nichts, was ich lieber möchte.«

Er bedeckte ihren Mund mit seinem und küsste sie langsam und leidenschaftlich, bis sie weiche Knie bekam.

Dann schlang er die Arme um ihre Taille und hielt sie an sich gedrückt, während er ihr in die Augen sah. »Ich verliebe mich immer wieder aufs Neue in dich«, sagte er. »Ich kann schon kaum noch klar denken.«

»Mir geht es auch so. Es ist, als hätte sich nichts geändert und doch ist alles anders.«

»Und besser.«

Noch ein Kuss und dann gingen sie Hand in Hand weiter, nicht ohne sich zwischendurch immer wieder zu küssen. Die Zeit verflog in einem Nebel aus Glück und allmählich wurde das Gelände ebener und die Hitze des Tages wich endgültig einer angenehmen Kühle. Sie gingen noch eine Weile weiter, bevor sie sich einen Schlafplatz für die Nacht aussuchten. Als sie das Zelt aufbauten, sprachen sie nicht viel, aber die Emotionen, die sich zwischen ihnen aufbauten, waren lauter und beredter als

Worte es sein konnten. Alles fühlte sich so richtig und *real* an, dass sie sich kaum daran erinnern konnte, wie ihre Tage ohne Ty verlaufen waren.

In einiger Entfernung stellten andere Wanderer ihre Zelte auf, als wollten sie ihrem und Tys Beispiel folgen. Eigentlich sollte sie wohl ein schlechtes Gewissen haben, weil sie kaum an den Wettkampf dachte, aber sie konnte nicht leugnen, dass das sportliche Ereignis hinter dem gut aussehenden, urwüchsigen Mann, der gerade eine Decke auf dem Boden ausbreitete, zurückgetreten war. Würde sie tatsächlich seine Familie kennenlernen? Das war ein riesiger Schritt. Zu offenbaren, wie sie über die Zukunft dachte, war ein ebenso großer Schritt. Sollte sie nicht eigentlich Angst haben? Oder zumindest nervös sein?

Sie unterzog ihre Gefühle einer genauen Prüfung und stellte fest, dass sie keine Angst hatte und auch nicht nervös war. Über das zu sprechen, was sie wollten, war für sie wie ein selbstverständlicher nächster Schritt, auch wenn sie keine Ahnung hatte, wie sie ihre Zeitpläne koordinieren und Kompromisse schließen sollten. Allein das Wissen, dass er genauso empfand, beruhigte sie jedoch. Sie vertraute darauf, dass sie eine Lösung finden würden.

»Komm her, Schatz. Gönn deinem Bein eine Pause.«

Ty legte ihr den Arm um die Taille und trug sie mehr zu der Decke, als dass er sie führte. Dann kniete er sich hin, um ihre Schuhe aufzuknoten. Sie konnte sich nicht erinnern, dass ihr jemals jemand geholfen hätte, die Schuhe auszuziehen, selbst ihre Mutter nicht, obwohl sie es bestimmt getan hatte, als Aiyla ein kleines Mädchen war. Aber inzwischen war sie kein kleines Mädchen mehr, und es war schon so lange her, dass sie jemandem erlaubt hatte, ihr zu helfen, dass ein kleiner Teil von ihr immer noch Widerstand leisten wollte. Dieser Teil verschwand jedoch schnell, als sie begriff, dass Ty ihr nicht half, weil sie es nicht schaffte, sondern weil er ihr Freund war, der etwas wunderbar Romantisches tat, weil er es wollte. Zu ihrer Überraschung fiel es ihr nun leichter, den Groll loszulassen, den sie seit dem Tod ihrer Mutter gehegt hatte. Zumindest in ihrer Beziehung zu Ty.

Er stellte ihre Schuhe beiseite und begann, ihr schmerzendes Bein sanft zu massieren. Von Dankbarkeit überwältigt schloss sie die Augen. Sie hatte gar nicht gemerkt, wie müde sie war und wie sehr ihr Bein wehtat. Es war wie der emotionale Absturz nach dem Abschlussexamen.

»Das fühlt sich unglaublich an, aber du brauchst dich nicht um mein Bein zu kümmern.« Sie streckte die Hand nach ihm aus. »Du bist doch sicher auch müde.«

Er nahm ihre Hand und drückte einen Kuss darauf. »Mir geht es gut, Baby. Entspann dich. Lass mich noch eine Minute weitermachen. Dann legen wir ein paar Kühlpacks drauf und essen zu Abend.«

Sie formte ein stummes *Danke* mit den Lippen, während er ihr Bein liebkoste. Selbst bei diesen zarten Berührungen spannten sich seine Muskeln an. Er drückte Küsse auf ihr Bein, genau an den Stellen, die sie Jon gezeigt hatte. Der Schatten der Sorge in seinem Blick tat ihr in der Seele weh und ließ gleichzeitig ihr Herz anschwellen.

Er war so vorsichtig bei allem, was er für sie tat. Als er die Kühlpacks hervorholte, bestand er darauf, ihr Bein zu bandagieren, obwohl sie ihm eindringlich versicherte, dass sie es selbst machen konnte.

Als er sich schließlich neben sie setzte, hatte er jede Menge Lebensmittel dabei, außerdem eines seiner Sweatshirts, das er ihr überstreifte, und reichlich leidenschaftliche Küsse.

Er schaltete eine App auf seinem Handy ein, die eine flackernde Kerze auf das Display zauberte, und legte das Telefon neben sie. »Abendessen bei Kerzenlicht für die Frau meines Lebens.«

Zum Glück gab es Ladegeräte mit Solarzellen. »Wer hätte gedacht, dass du so romantisch bist?«

Er fuhr mit den Lippen über ihre und sagte: »Niemand. Vor dir hat dieser Teil von mir gar nicht existiert.«

»Wohin bist du von Saint-Luc aus gefahren?«, fragte Aiyla später am Abend, als sie vor ihrem Zelt lagen und in den Sternenhimmel schauten. »Warst du in Deutschland, so wie du es vorhattest?«

Sie klang so schläfrig, dass Ty am liebsten gar nicht geantwortet hätte. »Ja, kurz, aber ehrlich gesagt konnte ich an nichts anderes denken, als nach Saint-Luc zurückzukehren. Es war hart. Ich bin früher abgereist und gleich nach Hause geflogen. Ich wollte bei meiner Familie sein und herausfinden, was ich tun sollte, nachdem ich mich in eine Frau verliebt hatte, die mich weggeschickt hat.« Sein Gesichtsausdruck wirkte gequält, als er ihr einen Kuss auf die Wange gab.

»Es tut mir leid. Für mich war es auch schwer. Ich habe einige der schlechtesten Bilder meines Lebens gemacht, nachdem du abgereist warst.« Sie kuschelte sich näher an ihn. »Wir dürfen uns nie wieder trennen, sonst geht meine Karriere den Bach runter. Und dann habe ich auch keine Lust mehr auf die Jobs in den Skiresorts, weil sie nur noch Ersatz für die Arbeit sind, die ich eigentlich machen möchte. Das würde nicht gut ausgehen, also machen wir das besser nicht noch einmal.«

Er beugte sich über sie und sah in ihre lächelnden Augen. »Nie wieder. Vielleicht sollten wir eine Reise planen, die für uns beide neu ist und uns an einen ganz besonderen Ort führt. Wir können zusammen Fotos von älteren Menschen *und* von den Regionen machen, die ihr Leben geprägt haben. Ein gemeinsames Projekt.«

»Wir können einen Fotoband mit Bildern von unseren Reisen herausgeben. Das wäre ein Spaß! Wir können diese Reisen um deine Klettertouren herum organisieren, damit du nicht darauf verzichten musst.«

»Und jedes Jahr verbringen wir acht Wochen dort, wo es kalt ist, damit du Ski fahren und als Skilehrerin arbeiten kannst.« Er legte sich neben sie und hielt ihre Hand. »Siehst du, Baby? *Planen. Kompromisse.* Wir schaffen das.«

»Ja, vielleicht. Aber was ist, wenn deine Familie unsere Beziehung nicht akzeptiert?«

»Machst du Witze? Baby, darüber machst du dir doch nicht ernsthaft Sorgen, oder?«

Sie zuckte mit den Schultern. »Du bist in einer tollen Familie aufgewachsen. Du hast fürsorgliche Eltern, die immer noch verheiratet sind, und Geschwister, die jeder für sich fantastische Dinge machen. Bei mir war es ganz anders und ...«

Er stützte sich auf einen Arm, um ihr direkt ins Gesicht sehen zu können. »Ich bin stolz auf meine Familie, aber das einzig *Tolle* an uns ist, dass wir noch nicht verrückt geworden sind. Der Druck, als Braden aufzuwachsen, ist enorm. Meine Eltern haben von uns erwartet, dass wir hart arbeiten, gute Noten nach Hause bringen, ein Instrument lernen und Sport treiben.«

»Das erwarten doch wohl die meisten Eltern von ihren Kindern, oder? Wenn man mal von dem Musikinstrument absieht.«

»Ja, aber meist besteht eine Kindheit aus … ich weiß nicht. Herumtollen? Im Dreck spielen? *Kind* sein. Ich musste als Kind lernen, Verantwortung zu übernehmen, und zwar nicht nur für mich selbst, sondern auch für meine Geschwister. Wir haben uns ständig als Freiwillige gemeldet, haben an jeder Veranstaltung in der Nachbarschaft teilgenommen und sind für jeden in die Bresche gesprungen, der gemobbt wurde. Meine Eltern haben uns eine Menge beigebracht, aber da war *immer* dieser Druck, das Richtige zu tun. Wir konnten nicht einfach rausgehen und Unfug treiben, wie es andere Teenager machen.«

»Das sind keine sonderlich schwierigen Verhältnisse, Ty. Überleg doch mal, wie unterschiedlich wir aufgewachsen sind und wo wir heute stehen. Du bist ein weltbekannter Bergsteiger und Naturfotograf. Du hast Großartiges geleistet. Ich verdiene kaum genug, um die Dinge zu tun, die ich tun *möchte*, und ich kann sie nur tun, weil ich sehr sparsam bin. Wenn ich einen Flug buche, achte ich darauf, dass ich mir den Preis erstatten lassen kann, falls ich krank werde oder nicht reisen kann. Ich könnte nie einfach so irgendwohin fliegen und spontan Tickets kaufen, wie du es für unsere Reise nach Maryland getan hast. Versteh mich nicht falsch: Ich will nicht klagen, ich liebe mein Leben und würde nichts daran ändern. Aber es führt kein Weg daran vorbei: Wir sind völlig unterschiedlich aufgewachsen. Wir hatten nichts, Ty. Gar nichts. Ich arbeite, seit ich zum ersten Mal jemanden überreden konnte, mir ein paar Pennys dafür zu bezahlen, dass ich seinen Garten harke, den Rasen mähe oder auf seine Kinder aufpasse. Als ich in die Middle School kam, war meine Mutter immer schon weg, wenn ich morgens aufstand. Sie hat bei anderen Leuten geputzt und konnte nie bei Wettkämpfen zusehen, an denen ich teilnahm, weil sie arbeiten musste. Ihre *Arbeitgeberin* hat damals meine Skikurse, Sportvereine und meine gesamte Ausrüstung bezahlt, als Gegenleistung dafür, dass ich sie auf ihren Reisen begleite.«

»Ich weiß. Das hast du mir in Saint-Luc schon erzählt. Warum macht es dir jetzt plötzlich Sorgen?«

Sie sah ihn an, als könnte sie nicht glauben, dass er sie nicht verstand. »Weil ich jetzt deine Familie *kennenlernen* werde und wir zusammenbleiben wollen. Ich schäme mich meiner Familie nicht, und es ist auch nicht so, als würde ich mich deiner unwürdig fühlen oder so etwas. Aber was wird deine Familie von einer Frau halten, deren Mutter ihr Geld als Putzfrau verdient hat und deren Schwester Hausfrau ist? Ich will nicht, dass sie denken, ich wäre hinter deinem Geld oder deinem Ruhm oder irgendetwas anderem als deinem Herzen her.«

»Sie werden denken, dass deine Mutter eine fleißige Frau war, die ihren Töchtern die Bedeutung von Liebe und Verantwortung beigebracht und euch beide genug geliebt hat, um sicherzustellen, dass ihr wisst, wie ihr Ziele setzt und euer Leben so lebt, dass ihr eine Chance habt, glücklich zu werden. Du hast mir erzählt, dass deine Schwester sehr gerne Hausfrau ist. Dass sie wie geschaffen ist, Ehefrau und Mutter zu sein. Wie kann *irgendjemand* auf den Gedanken kommen, das sei kein bewundernswertes Leben?«

»Findest du wirklich? Ich meine, *ich* sehe meine Familie so, aber ...«

»Aber natürlich, Baby. Für dich ist deine Familie so anders als meine, aber wir beide sind mit den gleichen Überzeugungen aufgewachsen. Wir hatten vielleicht mehr Geld und mehr Geschwister, aber wir mussten für die Dinge arbeiten, die wir uns kaufen wollten. Und unsere Eltern haben uns beigebracht, Menschen nach dem zu beurteilen, wie sie in ihrem Innern sind und wie sie andere Menschen behandeln. Nicht nach dem, was sie besitzen.«

»Das lässt sich leicht sagen«, erwiderte sie. »Aber stimmt es wirklich, oder ist es nur etwas, das du mich glauben machen willst?«

»Baby, ich weiß, wie unsere Familie auf Außenstehende wirken muss. Die Leute denken, dass Cole und seine Frau Leesa vom Glück gesegnet sind, weil er Arzt ist und sie eine wundervolle kleine Tochter haben. Was die Leute aber nicht wissen, ist, dass Leesa in ihrer Heimatstadt beschuldigt wurde, einen Schüler unsittlich berührt zu haben. Cole hat an sie *geglaubt* und sich von den Anschuldigungen nicht abschrecken lassen – und der Rest der Familie auch nicht. Und mein Bruder Nate? Ich habe dir gesagt, dass er in die Fußstapfen meines Vaters getreten und zur Armee gegangen ist und jetzt eine Bar besitzt. Es gibt doch wohl kaum etwas Besseres, als der Sohn zu sein, von dem dein Vater immer geträumt hat, oder?«

In Saint-Luc hatte er ihr erzählt, dass sein Vater bei einer missglückten Landung nach einer Flugübung so schlimme Verletzungen am linken Bein davongetragen hatte, dass es vom Knie abwärts amputiert werden musste und er aus medizinischen Gründen aus der Armee entlassen wurde. Es war kein Geheimnis, dass sein Vater immer gehofft hatte, einer seiner Söhne würde ebenfalls eine Karriere beim Militär anstreben.

»Nun, was niemand weiß, ist, dass Nate jahrelang damit zu kämpfen hatte, dass er den Krieg überlebt hat, während sein bester Freund – der älteste Bruder von Jewel, seiner Frau – bei einem Einsatz getötet wurde, zu dem Nate ihm den Befehl gegeben hatte. Er hatte sich für ein paar Jahre fast völlig von der Familie abgekapselt, aber wir haben ihn nicht aufgegeben. Und wir waren für Jewel und ihre Familie da, lange bevor Nate und Rick zum Militär gingen. Jewels Familie hatte nur wenig Geld. Ihre Mutter hat nicht viel verdient, aber nichts davon war jemals wichtig. Und wenn Nate für sich entschieden hätte, dass das, was er durchgemacht hat, zu viel war und er fortan seinen Lebensunterhalt als Pizzabote verdienen wollte, würden wir ihn nicht weniger lieben.«

»Es muss schrecklich gewesen sein, all das durchzustehen«, sagte sie.

»Ja, das war es, aber wir waren alle für sie da. Und wenn du auch nur eine Sekunde glaubst, dass sich meine Familie Gedanken macht, was du hast oder nicht hast, dann sieh dir meine Schwester Shannon an. Sie hat mit ihrem Verlobten Steve eine Naturschutzstiftung gegründet, die sie führt, und Steve ist Ranger und Umweltberater. Er ist ein richtiger Einsiedler und sie verdienen kaum etwas und besitzen nicht viel. Sie leben in einem winzigen Holzhaus. Aber sie lieben sich bedingungslos, und das ist alles, was zählt.«

»Sie sind die, die hier in Colorado leben, oder?«

»Ah, du erinnerst dich. Ja, sie leben in Colorado. Der Punkt ist der: Wenn du außer Acht lässt, wie wir unseren Lebensunterhalt verdienen, und dir ansiehst, wie wir leben, dann verstehst du, was ich meine. Ich wohne die meiste Zeit des Jahres in einem Zelt. Statusbewusste Eltern wären davon sicher nicht begeistert. Du glaubst, mein Leben sei etwas Besonderes, aber eigentlich besteige ich Berge, um meinen Lebensunterhalt zu verdienen. Keine große Sache.« Er zuckte die Achseln. »Tatsache ist, dass ich schlicht nicht das Zeug zum Arzt habe. Ich bin zu rastlos, um mich niederzulassen und ein Geschäft zu führen, und zu rebellisch, um Befehle entgegenzunehmen.

Etwas in mir verlangt nach immer neuen Abenteuern. Ich bin der Typ, über den alle den Kopf schütteln. Der, den sie nicht unter Kontrolle bekommen und den sie nicht verstehen. Aber sie lieben mich trotzdem, und sie werden dich aus tausend Gründen lieben, genau wie ich. Meine Familie ist wunderbar, aber keiner von uns ist perfekt, Baby. Ganz sicher nicht.«

Er nahm ihre Hand und sagte: »Du brauchst dir keine Sorgen zu machen, dass jemand deine Familie unfair beurteilt oder deinen Gefühlen für mich misstraut. Was meine Eltern sehen werden, ist der Mensch, der du bist. Sie werden sehen, wie du zu mir bist, wie du mich ansiehst und wie du mich berührst.«

Sie rümpfte die Nase und sagte: »Das mit dem Berühren sollten wir vielleicht weglassen. Ich möchte nicht, dass sie denken, ich wäre wie all die anderen Frauen, mit denen du zusammen warst.«

Er schloss für einen Moment die Augen und wünschte, er hätte schon vor langer Zeit gewusst, dass er Aiyla eines Tages kennenlernen würde. Vielleicht wäre seine Vergangenheit dann nicht so chaotisch geraten.

Als er die Augen wieder öffnete, sah sie ihn ernst an.

»Ich hab es nicht so gemeint, wie es klang«, sagte sie.

»Das weiß ich. Baby, du bist anders als alle Frauen, mit denen ich je zusammen war, und das macht dich zu etwas ganz Besonderem. Meine Eltern haben seit Teenagertagen keine Freundin von mir kennengelernt. Das allein wird die deutlichste Botschaft aussenden. Aber wenn sie hören, was du über das Leben und über deine Familie zu sagen hast, wenn sie dich erleben – deine Abenteuerlust, deinen Humor, deine ganz eigene Fähigkeit, Schönheit in den Dingen und Menschen zu sehen, die andere vielleicht gar nicht wahrnehmen –, werden sie wissen, dass wir perfekt zusammenpassen. Genau wie ich.«

Neun

Der letzte Tag des Rennens war der anstrengendste. Ty und Aiyla wanderten mehrere Meilen zum Fuß eines weiteren steilen Berges, dem letzten großen Hindernis vor der Ziellinie. Sobald sie den Gipfel erreicht hatten, würden sie fast eine Meile felsiges, wenn auch größtenteils flaches Gelände durchqueren müssen, um die Ziellinie zu erreichen. Aiyla sah dem Ende mit gemischten Gefühlen entgegen. Sie wollte nicht, dass ihr Abenteuer endete. Wie damals in Saint-Luc waren sie und Ty sich so nahegekommen, als hätte es die Monate dazwischen gar nicht gegeben. Und hier draußen in der Wildnis fühlte es sich an, als lebten sie in einer eigenen Welt, obwohl sie von Dutzenden von anderen Sportlern und freiwilligen Helfern umgeben waren.

Am liebsten hätte sie noch mehr Zeit allein mit ihm verbracht. Aber das wäre egoistisch gewesen, und sie war keine Egoistin und fand den Gedanken schrecklich, Ty irgendwie einzuschränken. Die Konkurrenten um den Sieg überholten sie jetzt immer schneller, als würde der Geruch der Ziellinie sie anspornen. Aiylas Bein fühlte sich unendlich müde an. Sie waren seit Stunden unterwegs und der Schmerz pochte unerbittlich. Sie konnte keinen einzigen Schritt weitergehen.

Sie rammte den Wanderstab, den Ty ihr aus einem Ast geschnitzt hatte, in den Boden, stützte sich darauf, um ihr Bein zu entlasten, und ließ ihren Rucksack von den Schultern gleiten. »Ty, geh alleine weiter. Ich muss mein Bein ausruhen.«

»Komm, Baby, setz dich.« Er führte sie zu einem Felsbrocken, kniete sich vor sie und schob ihren Rucksack unter ihren Fuß, um das Bein hochzulagern.

»Ty, wirklich. Ich kann den Aufstieg schaffen, aber das wird dauern und ich will dich nicht aufhalten. Du warst großartig. Du bist bei mir geblieben und hast mehr für mich getan, als jeder andere Freund getan hätte. Aber wir sind nicht die Typen, die wie Kletten aneinanderhängen. Du weißt, dass ich nicht böse bin, wenn du weitermachst, und ich weiß, dass du weißt, dass ich den Rest alleine schaffe.«

Er fuhr sich mit einem gereizten Gesichtsausdruck über das Gesicht. Er war so besorgt und fürsorglich.

Sie nahm seine Hand. »Geh. Es geht mir gut.«

»Ich glaube, die Hitze hat dir zugesetzt, Schatz.« Er stellte seine Ausrüstung beiseite und reichte ihr ein Kühlpack, Schmerzmittel und eine Flasche Wasser. Während sie die Tabletten einnahm, aktivierte er den Eisbeutel und befestigte ihn mit einem Verband an ihrem Bein. »Wenn du glaubst, dass ich auch nur einen einzigen Gedanken darauf verschwende, wann ich ins Ziel komme, liegst du vollkommen falsch.«

»Aber, Ty, ich wusste ja nicht, dass du an diesem Rennen teilnehmen würdest. Wenn du nicht hier gewesen wärst, müsste ich auch alleine weitermachen. Ich kann das durchstehen, und du musst nicht verlieren, weil du bei mir bleibst.«

»*Verlieren?*« Er setzte sich neben sie auf den Felsbrocken, stützte die Unterarme auf die Schenkel und rieb sich die Hände. »Vielleicht kapiere ich ja nicht, was du mir sagen willst.

Versuchst du, mich loszuwerden?«

Sie lachte und schüttelte den Kopf. »Nicht so, wie du denkst.«

»Dann versteh mich bitte nicht falsch, aber: Halt die Klappe.« Er legte ihr die Hände auf die Schultern und sah ihr tief in die Augen. »Diesmal bestimme ich, wie es weitergeht. Wir packen unser Schicksal gemeinsam an, also schieb all diese albernen Gedanken über Sieg oder Niederlage beiseite. Kapiert?«

»Ja, ich hab's kapiert.« Sie schlang ihm die Arme um den Hals. »Mich hat's ganz schön erwischt, aber ich finde es immer noch schrecklich, dir ein Klotz am Bein zu sein.«

»Mir fallen viele Möglichkeiten ein, wie du es heute Abend wiedergutmachen kannst, wenn wir in unserem schönen, bequemen Bett im Gasthof sind.« Er berührte ihre Lippen, federleicht wie ein Flüstern. »Und im See.« Er vergrub sein Gesicht an ihrem Hals und küsste sie dort. »Und im Gras.«

Sie schloss die Augen und schwelgte in dem Gefühl seiner warmen Lippen, die über die Kuhle an ihrem Hals fuhren und die Glut anfachten, die er den ganzen Tag mit intimen Berührungen und verstohlenen Blicken geschürt hatte. Er küsste ihre Mundwinkel, ihr Kinn, und schließlich trafen seine Lippen ihre, so unerbittlich wie ein Hurrikan, und sandten Schockwellen durch ihren ganzen Körper.

Seine Hände tasteten sich zu ihren Schultern und Armen. Sie spürte die raue Haut an seinen Fingern, seine festen Handflächen, als sie bis zu ihren Fingerspitzen glitten und sich ihre Hände verschränkten. Er lächelte an ihren Lippen. Oh, wie liebte sie es, wenn er das tat. Es war so … *Ty*. So ein positives, heiteres Gefühl, das Licht über die Wolke ihrer Verletzung breitete. Sie wollte mit ihm genau dort auf dem Boden zwischen den Felsen und Grasbüscheln liegen und ihn küssen, bis es Nacht wurde. Aber sie weigerte sich, der Grund für Ty Bradens schlechtestes Rennen überhaupt zu sein.

Sie zwang sich, sich von ihm zu lösen, und ihr Herz flatterte wie tausend Schmetterlinge. Sie sagte: »Wir müssen klettern.«

»Selbst nach diesem Kuss bist du in Gedanken noch bei dem Rennen?« Ein Lachen glitt von seinen Lippen. »Ich bete dich an, Aiyla Bell. Du haust mich verdammt noch mal aus den Socken.«

»Gut. Dann kriegst du jetzt besser deinen faulen Hintern hoch, damit wir diesen Berg erobern.« Sie biss die Zähne zusammen, als sie den Eisbeutel weglegten und ihr Bein bandagierten. Nach allzu vielen *Bist du sicher, dass du es schaffst?* machten sie sich endlich an den Aufstieg. Jeder Schritt brachte einen schmerzhaften Stich. Trotzdem schlängelte sich Aiyla hartnäckig zwischen rauen Felsen und Zerklüftungen nach oben.

»Brauchst du Hilfe, Schatz?«

Sie schüttelte den Kopf.

»Zum Glück bist du genauso stark, wie du stur bist«, sagte er missbilligend und runzelte die Stirn. Gleichzeitig konnte er einen Anflug von Respekt vor ihrer Leistung nicht unterdrücken. »Du schaffst das, Baby. Und wenn du mich brauchst, bin ich zur Stelle.«

Sie wusste, dass es ihn fast umbrachte, ihr nicht helfen zu können, aber sie musste es alleine schaffen. Schritt für Schritt zwang sie sich weiter, wobei der Wanderstab ebenso hilfreich war wie Tys moralische Unterstützung. Der Anstieg war zu steil, die Sonne zu heiß. Ringsum waren Kletterer zu sehen, die sich vorwärts mühten und dabei so tief gebeugt gingen, als würden sie Unkraut jäten. Ihre Rucksäcke wölbten sich wie Kamelhöcker auf ihren Rücken. Sie riefen einander ermutigende

Worte zu, doch Aiylas Energie reichte gerade aus, um die Zähne zusammenzubeißen. Sie musste all ihre Willenskraft aufbieten, um einen Fuß vor den anderen zu setzen.

»Weiter, Baby«, drängte Ty. »Noch ein Schritt.« In seinem Ton lag allein der Wunsch, ihr Mut zu machen, und seine Worte halfen ihr, sich zu konzentrieren. »Gut so. Stütz dich auf den Stab, Aiyla. Du schaffst das.«

Sie hielt den Wanderstab fest umklammert. *Noch ein Schritt. Ich schaffe das*, wiederholte sie immer wieder wie ein Mantra. Sie würde sich selbst und auch Ty nicht im Stich lassen. Insgeheim stellte sie sich die glühenden Küsse vor, mit denen sie an der Ziellinie belohnt werden würde, und versprach sich selbst, ihr Bein zwei Wochen lang liebevoll zu umhegen, sobald das Rennen vorbei war. Diese Gedanken trieben sie immer weiter den Berg hinauf.

Als der Gipfel in Sicht kam, durchfuhr sie ein Adrenalinstoß, aber ihr Bein tat unerträglich weh, und obwohl sie sich alle Mühe gab, sich nichts anmerken zu lassen, entwich ihr ein Laut voller Schmerz und Frustration.

Ty flehte sie an, ihm ihren Rucksack zu geben, aber sie lehnte ab. Er legte ihr den Arm um die Taille und versuchte, sie zu stützen und ihr Bein zu entlasten, aber es gab ihr das Gefühl, schwach und lächerlich zu wirken. Sie war Sportlerin und eine verdammt gute. Vielleicht spielte sie nicht in derselben Liga wie Ty oder viele andere Teilnehmer des Mad Prix, aber sie würde es auf diesen blöden Gipfel schaffen, und wenn es das Letzte war, was sie tat.

Nach ungefähr einer Stunde, die sich wie eine halbe Ewigkeit anfühlte, erreichte sie den Gipfel und war froh, wieder ebenen Boden unter den Füßen zu haben. Sie war erleichtert, doch ihr Bein ließ sich nicht besänftigen, sondern setzte seinen knochentiefen Verrat fort. Ringsum jubelten die Zuschauer, die die letzte Etappe des Rennens bis zur Ziellinie säumten. In der Ferne war die prachtvolle Hotelanlage zu sehen. Aber der Schmerz war zu groß, und als Ty seine Arme um sie schlang und sie hochhob, protestierte sie nicht, sondern lächelte nur.

»Du hast es geschafft, Babycakes.« Er küsste sie hart. »Du bist unglaublich! Wir sind auf der Zielgeraden.«

Als er sie auf die Füße stellte, flog ein gequälter Schrei von ihren Lippen. Die Angst in Tys Gesicht war so greifbar wie die Tränen der Frustration, die sie nur mühsam unterdrückte. »Mir geht's gut. Alles okay. Mir geht's gut.«

Sofort legte er seinen Arm wieder um ihre Taille und hob sie hoch. »Das kannst du deiner Großmutter erzählen.«

Ty hatte endgültig genug. Er konnte nicht länger so tun, als sei mit Aiyla alles in Ordnung, und er würde nicht zulassen, dass sie ihrem Bein weiteren Schaden zufügte.

»Du kannst mich runterlassen, Ty«, beschwerte sich Aiyla. »Ich kann das Rennen beenden.«

»Ja, ich *könnte* dich runterlassen. Und ich kann dich auch den verdammten Wölfen zum Fraß vorwerfen. Aber weder das eine noch das andere wird passieren. Wenn du dieses Rennen beenden willst, musst du dich damit abfinden, dass du es in meinen Armen tust.«

»Aiyla! Ty!«

Sie drehten sich um und sahen Trixie, die auf dem Boden saß. Jon kniete vor ihr und bandagierte ihren Knöchel. Ty verstärkte seinen Griff um Aiylas Taille und hob sie noch ein

Stück höher. Mit seiner Hüfte als Hebel an ihrem Bauch trug er sie wie ein zusätzliches Bein, während ihre Füße über dem Boden baumelten.

»Ich kann laufen«, beharrte sie.

»Nein.«

»*Ty* –«

»Spar dir deine Worte«, unterbrach er sie und schlängelte sich um die Konkurrenten herum zu Trixie und Jon.

Trixie deutete auf Jon. »Ich habe mir den Fuß verknackst. Wie gut, dass ein Arzt im Haus ist, aber dieser Idiot besteht darauf, dass ich ihn *Dr. Jon* oder *Dr. Butterscotch* nenne und nicht Speed.«

»Nun, Süße, du weißt, dass das nicht stimmt. Ich habe dir doch gesagt, dass du mich *Fifty Shades of Sweet* nennen sollst.« Jon grinste frech und zwinkerte ihr zu.

»Er hat auch gesagt, dass ich ihn *ablecken* darf, falls ich auf Karamellbonbons stehe. Immerhin heißt er nicht umsonst Butterscotch.« Trixie verdrehte die Augen. »Warum hältst du Aiyla wie eine Stoffpuppe?«, fragte sie Ty dann.

»Sie ist verletzt.«

»Mir geht es gut«, wiederholte Aiyla hartnäckig. »Nun ja, einigermaßen«, räumte sie ein. »Ich kann gehen, aber er lässt mich nicht.«

»Gute Idee«, sagte Jon. »Dieses hübsche kleine Mädchen wird von nun an auch nicht mehr gehen.« Er warf Ty einen herausfordernden Blick zu. »Bist du bereit für einen kleinen Wettkampf unter Männern?«

Ty schnaubte. »Ob ich bereit bin? Na klar.«

Jon stand auf. »Stellt eure Rucksäcke zu unseren.«

Er streckte Trixie eine Hand entgegen und half ihr beim Aufstehen, während Ty seinen Rucksack abnahm und Aiyla sanft zu Boden ließ. »Versuch nicht, diesen Fuß zu belasten.« Er legte ihre Hand auf seine Schulter. »Stütz dich auf mich.«

»Seit wann bist du so herrisch?« Sie hielt sich an ihm fest, als er ihr mit ihrem Rucksack half und ihn zu den anderen stellte.

»Seit du dich weigerst, deinem Körper die Ruhe zu gönnen, die er braucht.«

»Was hast du Höhlenmensch jetzt wieder ausgebrütet?«, fragte Trixie Jon.

»Ein Huckepackrennen. Möge der Bessere gewinnen.« Jon drehte Trixie den Rücken zu. »Kletter rauf, Süße.«

»Im Ernst?« Trixie sah Aiyla an.

»Huckepack ist besser, als unter dem Arm getragen zu werden«, sagte Aiyla. »Aber ich warne dich, mein Mann schickt dich glatt auf die Matte«, meinte sie zu Jon gewandt.

»So sehr ich auf *Love is Love* stehe«, erwiderte Jon mit einem wölfischen Grinsen, »wenn ich mich auf irgendeine Matte schicken lasse, dann von dieser heißen Frau und nicht von einem verlotterten Typen wie diesem.«

»Träum ruhig weiter«, sagte Trixie. »Lieber humple ich über die Ziellinie.«

»Kommt nicht in Frage«, sagte Ty und funkelte Jon an. »Und das mit der Matte schlägst du dir besser gleich aus dem Kopf. Meinst du, du kannst dich lange genug benehmen, um sie ins Ziel zu bringen? Oder muss ich dich bis auf die Knochen blamieren und sie beide tragen?«

Jon schnaubte und duckte sich vor Trixie. »Ich schaff das schon. Steig auf Dr. Jon, Schätzchen.«

»Wenn du mir auch nur eine Hand auf den Oberschenkel legst«, warnte ihn Trixie, »werde ich persönlich dafür sorgen, dass du dein liebstes männliches Körperteil mindestens einen Monat lang nicht benutzen kannst.«

Jon zuckte zusammen. Ty und Aiyla lachten.

Als Aiyla auf Tys Rücken kletterte, sagte sie: »Ich darf doch wohl davon ausgehen, dass du mich nach Kräften befummelst, oder?«

»Mannomann, wie sehr ich dich mag, meine Süße.« Er drehte den Kopf, so weit es ging, nach hinten und küsste sie. Jon sprintete davon. »Mist –«

In Sekundenschnelle hatte sich Ty an seine Fersen geheftet. Dann waren sie gleichauf und die Frauen auf ihren Rücken feuerten sie an.

»Du schaffst es!«, rief Aiyla. »Los, Baby, los!«

»Schneller, *Speed*! Zeig ihm, wer der Boss ist!«, brüllte Trixie.

Während sich Aiyla an ihn klammerte, machte Ty einen Satz über einen großen Stein und warf Jon einen Blick zu, der sich gerade unter einem Ast ducken musste, um nicht mit einer Gruppe von Wettkampfteilnehmern zusammenzustoßen.

»Halt dich gut fest, Baby!« Ty beschleunigte sein Tempo.

»Gegen mich kommst du eh nicht an, Braden!«, brüllte Jon aus einiger Entfernung.

Aiylas Hände glitten über Tys Brust, sodass er einen Moment abgelenkt war.

»Wenn du gewinnst, werde ich heute Nacht alles tun, was du willst«, flüsterte sie ihm ins Ohr.

Adrenalin und Lust verschmolzen miteinander, schossen durch seine Adern, und er raste atemlos vorwärts und verlangte sich mehr ab, als er es den ganzen Tag getan hatte. Neben sich hörte er Jons schnelle Schritte, doch er hütete sich, hinzusehen. Hinschauen würde ihn nur bremsen.

Er konzentrierte sich auf die Fahnen, die das Ziel markierten, auf die jubelnde Menge und das Versprechen der

Frau, die er auf dem Rücken trug, als er zwei Schritte vor Jon die Ziellinie überquerte.

Aiyla kreischte begeistert und bedeckte Tys Wangen mit Küssen. Trixie und die Zuschauer jubelten. Jon fluchte leise.

Ty lächelte so breit, dass es schon fast wehtat, doch es war sein Herz, das ihn davon abhielt, Aiyla zu Boden gleiten zu lassen. Er schob sie über seine Hüfte nach vorn und sie schlang die Beine um seine Taille. Als sich ihre Münder in einem feurigen Kuss vereinigten, spürte er: *Dies* war der großartigste Sieg seines Lebens. Der lohnendste, der, an den er sich sein Leben lang erinnern würde, auch wenn er längst vergessen hatte, wie sich die Luft auf den höchsten Berggipfeln anfühlte.

»Ich liebe dich, Baby«, sagte er zwischen zwei Küssen, während Wettkampfteilnehmer an ihnen vorbeihasteten und die Menge johlte und brüllte. »Ich liebe dich so sehr, dass ich nicht einmal …«

»Dann tu es nicht«, sagte sie schnell. »Was immer du nicht tun kannst, ist mir egal. Liebe mich einfach, Ty, weil ich dich liebe. Ich liebe dich seit Saint-Luc.«

Zehn

Der weitläufige Gasthof mit seinen drei Etagen aus Glas, Stein und Zedernholzschindeln und den eleganten Terrassen war umgeben von Wiesen mit Bäumen und Wildblumen. Aiyla und Trixie saßen im Gras am Ufer des herzförmigen Sees und warteten, während Ty und Jon ihr Gepäck holten. Mit seinen malerischen Bergen ringsum war dies der perfekte Ort, um sich nach dem anstrengenden Wettkampf zu erholen.

»Ich kann noch gar nicht fassen, dass wir es geschafft haben. Ein paar Tage in der Wildnis, hunderttausende Dollar für bedürftige Kinder – und wir haben es wirklich geschafft, auch wenn wir nicht mehr so gut zu Fuß sind.« Aiyla atmete tief ein. Der überstandene Wettkampf, das gesammelte Geld und ihre Beziehung zu Ty, all das gab ihr ein wunderbares Gefühl. »Wie ist das mit deinem Knöchel eigentlich passiert? Auf dem letzten Stück zum Gipfel?«

Trixie strich sich das dunkle Haar hinters Ohr und sagte: »Du wirst es nicht glauben. Ich war schon ganz oben, machte einen Schritt und rutschte mit dem Fuß von einem Stein. Ich habe mir den Knöchel verknackst. Und Speed – *Dr. Jon*«, fügte sie spöttisch mit tiefer Stimme hinzu, »war zur Stelle, noch bevor ich auf dem Boden aufschlug. Ich hatte angenommen, dass er lange vor mir durchs Ziel gehen würde, aber wie sich herausstellte, war er sogar noch hinter mir. Er hat die ganze Zeit anderen Teilnehmern geholfen, statt selbst Gas zu geben.«

»Ehrlich? Dann ist dieses Draufgängertum nur Show, oder? Er scheint ein netter Kerl zu sein.«

»Nein, es ist nicht nur Show. Er ist wirklich ein Frauenheld und sehr ehrgeizig, aber außerdem ist er auch ein netter Kerl. Er hat es sogar über die Ziellinie geschafft, ohne ein einziges Mal zu grapschen.« Sie lachte und ihre haselnussbraunen Augen leuchteten auf, dann funkelten sie vor Neugier. »Also, was ist nun mit dir und Ty? Es ist so toll, euch beide zusammen zu sehen. Ich kann mir nicht vorstellen, wie es sein muss, mit einem Mann zusammen zu sein, der die gleichen Dinge mag wie man selbst.«

»Um ehrlich zu sein, habe ich mir nie vorstellen können, mit irgendeinem Mann zusammen zu sein. Ich bin die halbe Zeit unterwegs, mehr auf Reisen als zu Hause. Zum Glück geht es Ty genauso.«

»Manchmal bin ich neidisch, wenn ich an all eure Reisen denke.« Trixie zupfte ein paar Grashalme aus und zerrupfte sie. »Ich wohne in einer kleinen Stadt auf dem Land, in der es vor Cowboys nur so wimmelt. Ich liebe es dort, aber manchmal frage ich mich, wie es wäre, so wie du und Ty zu leben, von einem Abenteuer zum anderen zu reisen und die ganze Welt zu sehen.«

»Oder sie zu fotografieren«, sagte Aiyla. »Ich mache gern Bilder von älteren Menschen. Ich glaube, für mich ist das genauso aufregend wie das Bergsteigen für Ty.«

»Tatsächlich? Dann fotografiert ihr also auch noch beide?« Trixie seufzte. »Nun, das ist wirklich Schicksal. Ich fahre kaum jemals irgendwohin.«

Aiylas Herz machte einen Satz, als Trixie vom *Schicksal* sprach.

»Dafür hast du zu Hause Dutzende von Cowboys. Du brauchst dir nur einen auszusuchen.«

»Nicht wirklich«, sagte Trixie. »Ich helfe meinen Brüdern, die Familienfarm zu führen, und trainiere Pferde. Was man auf dem Land eben so macht. Und manchmal helfe ich meiner Freundin Morgyn in ihrer Modeboutique. Aber ich kenne die Jungs in meiner Heimatstadt schon so lange. Wir haben *zu viel* gemeinsam, wenn du weißt, was ich meine. Fühlst du dich jemals einsam, wenn du von einem Ort zum anderen reist?«

Aiyla sah Ty und Jon ohne ihre Taschen auf sie zukommen und winkte. Einsam? Sie hatte es nie vermisst, einen Mann an ihrer Seite zu haben, bis zu Tys Abreise aus Saint-Luc. Aber das wollte sie Trixie nicht erzählen. »Normalerweise habe ich so viel zu tun, dass ich gar keine Zeit habe, mich einsam zu fühlen. Außerdem habe ich nur eine Schwester, die sechs Jahre älter ist als ich. Also habe ich mich schon als Kind meistens selbst beschäftigt. Ich glaube, ich bin einfach daran gewöhnt.«

»Ich habe jede Menge Brüder und in unserer Stadt kennt jeder jeden. Es ist, als wäre man ständig von einer riesigen Großfamilie umgeben. Ohne sie würde ich mich bestimmt einsam fühlen. Aber vielleicht bringe ich eines Tages den Mut auf, für ein paar Wochen durch die Welt zu reisen.«

»Sieh mal, Ty«, sagte Jon, als sie näher kamen. »Da sitzen die beiden schönsten Frauen in ganz Colorado.«

Trixie fuhr sich mit den Fingern durch die Haare und klimperte mit den Wimpern. »Wo du recht hast, hast du recht. Habt ihr unterwegs unser Gepäck verloren?«

»Wir haben es auf unsere Zimmer bringen lassen. Hey, Schatz.« Ty beugte sich vor, um sich einen Kuss abzuholen.

»Hey, Schatz.« Jon hockte sich neben Trixie und machte Anstalten, sie ebenfalls zu küssen.

Trixie duckte sich blitzschnell weg. »Tut mir leid, aber ich bandle nicht mit meinen Ärzten an.«

»Dann nenn mich doch einfach Speed, Liebling«, erwiderte Jon augenzwinkernd.

»Ich habe mit Jon vereinbart, dass wir heute mit ihm und Trixie zu Abend essen. Ist das okay für dich?«, fragte Ty.

»Moment mal«, unterbrach Trixie und warf Jon einen ärgerlichen Blick zu. »Du gehst also einfach davon aus, dass ich nichts Besseres zu tun habe?«

Jon schlug sich mit beiden Händen auf die Brust und grinste frech. »Etwas Besseres als Jon *Sweet* Butterscotch? Machst du Witze? Das ist einfach nicht möglich.«

»Dass er ganz schön aggressiv sein kann, wusstet ihr schon, oder?«, neckte Ty.

»Aber im Ernst, Trixie«, sagte Jon, »es ist nur ein Abendessen. Es sei denn, du möchtest, dass mehr daraus wird.«

»Hör zu. Wie wär's, wenn du mir hilfst, zu meinem Zimmer zu kommen, damit ich schön warm duschen kann. Du setzt mich *an der Tür* ab und wir treffen uns alle später zum Abendessen.« Trixie kniete sich hin und Jon half ihr auf die Beine.

»An der Tür absetzen, wie?«, grummelte Jon und legte ihr einen Arm um die Taille.

»Es gibt einen Grund, weshalb ich darauf bestehe.« Trixie stützte sich auf ihn und sagte zu Ty und Aiyla gewandt: »Gegen sieben?«

»Klingt gut.« Ty half Aiyla auf die Beine und drehte ihr den Rücken zu. »Steig auf, Babycakes. Lass dich von deinem Märchenprinzen zu unserem Zimmer tragen.«

»Ich möchte mit *ihm* gehen«, sagte Trixie. »Der Mann weiß, wie man einer Frau den Prinzen macht.«

Jon schnaubte höhnisch. »Komm mit auf mein Zimmer, Baby, und ich zeige dir die längste Latte im Zauberwald.«

Trixie schlug ihm auf den Arm. »Du Schwein. Mein Zimmer. Und zwar sofort.«

»Na, das hört sich doch gut an«, kicherte Jon und ging mit ihr los.

»Er ist wirklich ein Spaßvogel«, sagte Aiyla, als sie auf Tys Rücken kletterte. Sie wusste, dass es keinen Zweck hatte, ihm einzureden, dass sie es auch zu Fuß bis zu ihrem Zimmer schaffen würde. »An diese Huckepacktouren könnte ich mich glatt gewöhnen.«

»Das hoffe ich sehr.« Gemeinsam machten sie sich auf den Weg zum Gasthof. »Wie findest du unsere Unterkunft?«

»Die Anlage ist wunderschön. Ich kann es kaum erwarten, das Innere zu erkunden.« Aiyla liebte alte Gemäuer und Antiquitäten. Ihre Schwester neckte sie oft damit, dass sie alles Alte mochte, und prophezeite ihr, dass sie sich wahrscheinlich eines Tages in einen grauhaarigen alten Mann verlieben würde.

»Ich kenne Charlotte Sterling, die Besitzerin, seit meinem ersten Mad Prix. Inzwischen vermietet sie keine Zimmer mehr, aber ihre Eltern waren die ursprünglichen Koordinatoren des Wettkampfs, und ihnen zu Ehren öffnet sie das Gasthaus einmal im Jahr für die Preisverleihung.« Er schob eine schwere Holztür auf und trug Aiyla in einen wunderschönen Raum mit Steinkamin und antiken Möbeln, in dem kleine Gruppen von Leuten zusammenstanden, die sie bereits bei den Rennen und auf den Zeltplätzen gesehen hatte. »Vergangenes Jahr habe ich herausgefunden, dass sie meinen Onkel Hal und meine Cousins aus Weston in Colorado kennt. Hal hat hier geheiratet und die

Hochzeit seines Sohnes Josh letztes Jahr fand auch hier statt.«

»Tja, die Welt ist ein Dorf. Du kannst mich jetzt runterlassen.« Sie glitt an seinem Rücken hinunter, bis ihr rechter Fuß die Hartholzdielen berührte.

Sofort stützte er sie. »Bist du sicher, dass du laufen kannst?«

»Ich glaube schon. Es ist nicht so schlimm wie vorhin, fühlt sich eher an wie richtig schlimmes Zahnweh. Ein tief sitzender Schmerz, der aufflammt und nicht wieder weggeht.«

»Sobald wir in unserem Zimmer sind, kannst du dich ausruhen. Dann wird es hoffentlich besser.«

»In *unserem* Zimmer?« Ihr Puls beschleunigte sich. Sie war davon ausgegangen, dass sie zusammenbleiben würden, doch als er es nun aussprach, wurde es noch realer.

»Ich habe Charlotte gebeten, uns eine der Suiten mit Whirlpool zu geben, damit du dich so richtig entspannen kannst. Hätte ich erst mit dir darüber sprechen sollen?«

Sie zuckte mit den Schultern. Es war wunderbar, dass er sich darum gekümmert hatte.

Er schloss sie in die Arme, und es fühlte sich so gut an, sich an ihn zu schmiegen, dass sie nie wieder wegwollte. »Ich dachte, ich verwöhne mein Mädel eine Weile.«

»Mich verwöhnen? Du weißt doch, von wem du sprichst, oder? Von dem Mädel, das gewohnt ist, alles selbst zu machen?«

Er streifte ihre Lippen mit seinen und sagte: »Ja, und ich bin der Typ, der es nicht gewohnt ist, Dinge für eine ganz besondere Frau zu tun. Das ist Neuland für uns beide. Mal sehen, wie wir mit unseren neuen Rollen zurechtkommen.«

»Oh, Rollenspiele. Das klingt nach einer perfekten Nacht.« Sie gingen zur Treppe und sie sagte: »Du könntest den Poolboy geben. Am liebsten nackt.«

»Und du kannst *die Meine* sein.« Er hob sie mit Schwung

auf seine Arme. »Oh, warte, das ist dann kein Rollenspiel, oder?« Er küsste sie, als er sie die Treppe hinauftrug. »Wie wäre es, wenn ich den Glückspilz spiele und du die bewundernde Freundin, die ich verwöhnen darf?«

»Und das Ganze nackt«, sagte sie und erwiderte seinen Kuss, bis sie bei ihrer Suite angekommen waren.

Im geräumigen Zimmer wartete schon ihr Gepäck auf sie. In einer Nische auf der linken Seite des Zimmers stand ein großes Bett und gleich dahinter sah man eine doppelflügelige Tür, von der aus man in ein großes, mit schimmerndem Marmor ausgelegtes Bad gelangte. Eine brusthohe Steinmauer mit einem doppelseitigen Kamin trennte die luxuriöse Sitzecke mit einem Ledersofa und zwei Ohrensesseln von einem großen Whirlpool, der so in einen Glaserker eingebaut war, dass man einen spektakulären Blick auf die Berge hatte. Wenn das Bett auch noch auf einer Außenterrasse gestanden hätte, wäre das Zimmer für Ty perfekt gewesen. Er liebte es, mit Aiyla im Arm unter den Sternen zu schlafen, eingelullt von den Geräuschen der Natur.

Aiyla ergriff Tys Hand. »So elegant habe ich noch nie übernachtet.«

»Nun, es wird nicht das letzte Mal sein.« Er drehte den Wasserhahn am Whirlpool auf, während sie im Bad war. Er konnte es kaum erwarten, sie zu verwöhnen und ihr zu helfen, sich zu entspannen.

Sie kam mit einem Waschlappen in der Hand zurück, kramte in ihrer Tasche und holte eine hübsche rosa Flasche mit

Waschlotion heraus. Er nahm sie ihr aus der Hand und stellte sie neben die Wanne.

»Für dich ist das Beste gerade gut genug, Baby, also solltest du dich schon mal an solche Orte gewöhnen.«

Sie schlang die Arme um ihn und sagte: »Ich brauche keinen Luxus. Ich brauche nur das: *dich* und *mich* und ein paar Klamotten weniger.«

»Und ich dachte, ich müsste dir beim Einleben helfen.« Er zog ihr das Tanktop über den Kopf und warf es auf den Boden, bevor er ihr einen zärtlichen Kuss gab, der schnell intensiver wurde.

»Du *liebst* mich«, sagte sie an seinen Lippen.

»Und wie, Baby. Ich hätte nie gedacht, dass es möglich ist, jemanden mit jeder Minute mehr zu lieben.«

Er senkte seinen Mund auf ihre warmen, süßen Lippen und küsste sie, während sie sich gegenseitig auszogen und schließlich Hand in Hand in die Wanne stiegen.

»Vorsichtig.« Er half ihr, sich ihm gegenüber zu setzen, hob ihre Beine über seine und zog sie näher an sich. Als er sich zu einem weiteren Kuss vorbeugte, kam er sich wie ein Vielfraß vor und wusste doch, dass er nie genug davon bekommen würde.

Er tauchte den Waschlappen ins Wasser, goss Waschlotion darauf und rieb ihr sanft über Schultern und Brustbein. Ihre Hände glitten von seinen Schultern zu seinen kräftigen Oberarmen, wo sich ihre zarten Finger um den massigen Bizeps legten. Sie biss sich auf die Unterlippe, ihre Muskeln waren angespannt. Beim Duschen auf dem Campingplatz war sie lockerer gewesen, aber das war, nachdem sie sich geliebt hatten und eng umschlungen aufgewacht waren. Er spürte, dass es ihr auf der Zunge lag zu sagen, sie könne sich selbst waschen, und er liebte sie deswegen nur noch mehr.

»Entspann dich«, sagte er leise, während er sie weiter wusch. »Ich pass auf dich auf, Baby.«

Sie atmete tief durch und ließ die Arme ins Wasser sinken.

»Ich wünschte, ich könnte deine Schmerzen lindern«, sagte er, als er mit dem Waschlappen über ihr verletztes Bein fuhr und ihr einen Kuss auf das Knie gab.

»Mir geht es gut. Zwei Wochen ausruhen, kühlen und hochlegen, dann müsste es ausgestanden sein.«

Er ließ den Waschlappen ins Wasser fallen, weil er den Rest ihres Körpers mit den Händen waschen wollte. Sie nahm den Lappen und fuhr ihm damit über Arme und Brust, während er sich Waschlotion in die Handfläche goss und ihre Brüste im sanften Schaum badete. Ihre Brustwarzen richteten sich unter seinen Fingern auf und ein hungriges Geräusch schlüpfte von ihren Lippen. Allein ihre Nähe berauschte ihn, doch zu hören, welche Wirkung seine Berührungen hatten, und zugleich ihre zarten Hände auf seinen Schenkeln zu spüren? Das gab ihm fast den Rest.

»Baby ...«

Er umfasste ihren Hinterkopf und führte ihren Mund zu seinem. Jeder Schlag ihrer Zunge ließ sein Herz heftiger pochen, sein Verlangen heißer werden. Ihre Hände fuhren über seine Bauchmuskeln, und er wiegte seine Hüften und wünschte sich, dass sie – *verdammt, ja*. Sie ballte die Faust um seine Erektion und streichelte ihn so, wie es ihm gefiel, fest und hart. Mit ihrer weichen Handfläche glitt sie langsam über seine Spitze und zündete ein Feuerwerk der Lust in ihm. Er vertiefte den Kuss, wölbte seine Hände um ihre Hüften und hob sie hoch. Sie führte ihn zu ihrer Mitte, und er stöhnte sein alles verzehrendes Glücksgefühl heraus, als ihr Körper ihn willkommen hieß.

So verharrte sie, hielt ihn in ihrem Innern fest umfangen,

während er seine Hand in ihr Haar schob und es genoss, ihre Brüste an seinem Oberkörper und ihre Schenkel um seine Taille zu spüren. Er drückte seine Wange an ihre und sagte: »Beweg dich nicht, Baby. Lass mich dich halten. Ich möchte dich ganz an mir spüren.«

Ihre inneren Muskeln spannten sich um seine harte Länge und er zupfte mit den Zähnen an ihrem Ohrläppchen. »Hm, ganz schön trickreich. Du fühlst dich unglaublich an, Baby.« Er senkte seinen Mund auf ihren Hals, küsste und saugte, bis sie die Fingernägel in seine Arme bohrte und mit den Hüften zu schaukeln begann. Er umklammerte ihren Hintern und hielt sie still. Sie wimmerte.

»Ty«, flehte sie.

»Wenn du meinen Namen so sagst, macht es mich ganz verrückt.«

Er schob seine Hüften vorsichtig vor, noch immer tief in ihr vergraben, umfasste eine Brust und fuhr mit seiner Zunge um ihre Brustwarze. Sie wiegte sich im gleichen Rhythmus wie er und er umschloss den hoch aufgerichteten Nippel mit dem Mund.

Sie packte seinen Kopf und presste ihn an ihre Brust. »Nicht aufhören —«

Sein Lieblingssatz.

Er saugte stärker, schob seine andere Hand von hinten zwischen ihre Pobacken und streichelte die empfindliche Haut dort. Stöhnend krümmte sie sich, und als er sie weiter erkundete, bäumte sich ihr Körper auf. Hastig zog er die Hand zurück, aus Angst, er habe ihre Grenzen verletzt, aber sie führte sie dorthin zurück, wo sie eben noch gewesen war, und legte seinen Mund wieder an ihre Brust.

»Ich sagte doch, du sollst *nicht* aufhören.«

Er nahm *alles* an ihr in Besitz, neckte und knabberte, stieß und rieb. Er schob seinen Finger an dem engen Ring aus Muskeln vorbei und ihr Geschlecht spannte sich um seinen Schaft. Sein Name flog von ihren Lippen – »Ty!« –, als ihr Orgasmus über sie hinwegfegte. Ihr Körper wölbte und wiegte sich und drückte seine Länge so fest, dass er gegen den eigenen Höhepunkt ankämpfen musste, um ihre Freude zu verlängern. Aber sie fühlte sich zu gut an, klang zu erotisch. Hitze wallte an seinem Rücken hinunter, pochte durch sein Innerstes, bis er nur noch an die Frau in seinen Armen denken konnte, die mit jedem Stoß ihrer Hüften mehr von ihm forderte und ihm diese ungeheuren Freuden bereitete. Als sie ihre Zähne in seine Schulter grub, ließ ihn eine Explosion von Empfindungen auf den Höhepunkt der Lust schnellen.

»Aiyla, Baby –«

Er hielt sie fest umklammert, jeder Kuss trieb ihn höher, und ihre Körper übernahmen das Kommando.

Lange, nachdem das letzte Nachbeben verebbt war, blieben sie eng umschlungen sitzen. Ihre Herzen verwoben sich miteinander wie kräftige Wurzeln und verankerten und nährten ihre Liebe mit jedem geflüsterten Versprechen.

Elf

»Lass uns den Gasthof erkunden«, sagte Aiyla am nächsten Morgen zu Ty, als sie ihre Sachen packten. Bis zum Frühstück und zur Siegerehrung war noch eine Stunde Zeit und sie wollte sich ein wenig umsehen. Eigentlich hatte sie es schon gestern tun wollen, nachdem sie mit Trixie und Jon zu Abend gegessen hatten, aber sie war zu müde gewesen. Sie und Ty hatten sich auf dem Balkon auf einen Liegestuhl gekuschelt. Er hatte ihr Bein mit Kissen hochgelagert und sie musste sofort eingeschlafen sein. Als sie um drei Uhr morgens aufgewacht war, weil sie zur Toilette musste, hatte Ty darauf bestanden, sie ins Badezimmer zu tragen. *Du solltest dein Bein schonen. Ich mach das schon.*

»Bist du sicher, dass du den zusätzlichen Fußweg schaffst?«

In der vergangenen Nacht und heute Morgen war er so fürsorglich gewesen. Sie hatten sich geliebt und nach der gemeinsamen Dusche hatte er Aiylas Bein mit einer schmerzstillenden Salbe massiert, bevor er es bandagierte. Sie hatten keine Ahnung, wo Jon die Salbe aufgetrieben hatte, aber es war wirklich nett von ihm gewesen, sie zu besorgen. Tys Berührungen hatten eine heilsame Wirkung; wahrscheinlich war das ein psychologischer Effekt, weil sie sich so nahegekommen waren. Als sie nun ihre Tasche zumachte, wanderten ihre Gedanken zu der Zeit zurück, als ihre Mutter noch lebte. Sie hatte nie über Aiylas und Cherises Vater gesprochen, sondern ihren Töchtern nur gesagt, dass er weggegangen sei. Aiyla hatte ihre Mutter nicht ein einziges Mal zu einem Date gehen sehen, was wahrscheinlich der Grund dafür war, dass so etwas nicht weit oben auf ihrer eigenen Prioritätenliste stand. Cherise dagegen hatte immer schon von einer richtigen Familie geträumt, mit Ehemann und Vater für ihre zukünftigen Kinder. Doch obwohl ihre Schwester glücklich verheiratet war, hatte Aiyla nie das Gefühl gehabt, etwas zu verpassen. Bis Ty kam. Jetzt konnte sie sich ein Leben ohne ihn nicht mehr vorstellen, und sie fragte sich, ob ihre Mutter jemals so geliebt worden war, wie Ty sie liebte.

»Aiyla?«, sagte Ty und riss sie damit aus ihren Gedanken.

»Ja? Entschuldigung. Mir geht es gut. Ich möchte mich gerne umsehen.«

»Du warst einen Moment ganz woanders.« Er kam mit Sorge in den Augen und offenen Armen auf sie zu.

»Ich habe nur an meine Mutter gedacht«, sagte sie, als er sie umarmte. »Wir sind so glücklich, und ich glaube nicht, dass sie jemals so etwas hatte.«

»Aber sie hatte dich und Cherise, Baby.«

»Ich weiß. Vermutlich wusste ich einfach nicht, was ich verpasse, bis ich dich gefunden habe. Und falls sie es nie hatte, ist sie wahrscheinlich auch nicht voller Sehnsucht danach gestorben.«

Er umarmte sie fest, ohne ein Wort zu sagen, und das war genau das, was sie brauchte. Einige Fragen blieben besser unbeantwortet. Es war fast dreizehn Jahre her, seit sie ihre Mutter verloren hatte, und es passierte nicht oft, dass sie sich der Trauer über den Verlust hingab. Stattdessen dachte sie an glücklichere Tage, wenn sie und ihre Schwester am Samstagabend gemeinsam mit ihrer Mutter Filme angesehen und Popcorn gegessen hatten. Sie hatten vielleicht nicht genug Zeit zusammen gehabt, aber die Zeit, die sie hatten, war glücklich gewesen.

Sie wollte nicht in Erinnerungen versinken, daher nahm sie Tys Hand und zog ihn zur Tür. »Lass uns auf Erkundungstour gehen, bevor der Trubel beginnt.«

Sie wanderten die breiten Gänge entlang durch jeden Flügel des weitläufigen Gasthofs, bis sie zu einem Teil kamen, der abgesperrt war. Ty erklärte, dass hier die Hochzeit seines Cousins Josh etwas aus dem Ruder gelaufen sei, nachdem einige Gäste versehentlich mit Marihuana versetzte Brownies gegessen und eines der Zimmer demoliert hatten.

»Das hört sich an, als seien deine Cousins und Cousinen ganz schön wild.«

»*So* wild normalerweise nicht«, sagte er. »Zum Glück hat sich Beau, ein weiterer Cousin, auf die Restaurierung historischer Gebäude spezialisiert. Er renoviert gerade ein Haus auf dem Berg bei uns zu Hause und danach nimmt er sich die Schäden hier vor und erledigt noch ein paar andere Reparaturen für Charlotte. Du solltest sie übrigens kennenlernen.«

Er führte sie eine große Treppe hinunter ins Erdgeschoss. Von dort aus schlängelten sie sich durch ein weiteres Labyrinth von Gängen. Als sie sich einer Doppeltür näherten, drangen eindeutige Geräusche in den Flur. Sie blieben abrupt stehen und sahen sich erschrocken an. Die Tür war nur angelehnt und Ty spähte in den Raum. Aiyla schlug ihm auf den Arm.

»Nicht gucken«, flüsterte sie.

»Das ist ihr *Büro*«, flüsterte er. »Ich will mich nur

vergewissern, dass sich hier kein anderes Paar eingeschlichen hat, um seine geheimen Sexfantasien auszuleben.«

»Und wenn es Charlotte selbst ist?«

Er trat von der Tür zurück. »Ich sehe niemanden.«

Aiyla spähte durch die Öffnung, konnte aber nicht erkennen, woher die Geräusche kamen. Einen knappen Meter von der Tür entfernt stand eine Ledercouch vor einem kunstvoll geschnitzten Holzschreibtisch mit zwei Computerbildschirmen. Der Schreibtisch war übersät mit Zetteln, Notizblöcken und etwas, das wie die Verpackung von Schokoriegeln aussah. Auf einer Anrichte und dem Boden waren leere Wasserflaschen verstreut. Die Jalousien hingen schief und neben einem Bücherregal lag der umgekippte Schreibtischstuhl.

»Ich sehe auch niemand …«

Aus der Mitte des Raumes tauchte urplötzlich eine Frau mit zerzausten dunklen Locken auf. Sie rannte zum Schreibtisch und begann, fieberhaft zu tippen. Die langen Ärmel des Herrenhemdes, das sie trug, flatterten um ihre Hände, während ihre Finger über die Tastatur flogen – und offenbar hatte sie keine Hose an. Aiyla stolperte einen Schritt zurück und stieß mit Ty zusammen.

»Hoppla!«, sagte er viel zu laut.

»Pssst!«

Die Türen wurden aufgerissen und die Frau packte Ty bei der Hand und zog ihn in das Arbeitszimmer. »Gott sei Dank bist du es. Komm rein.« Sie griff nach Aiylas Hand, zerrte sie ebenfalls herein und stupste sie beide um die Couch herum, wo eine aufblasbare Puppe auf dem Boden lag. »Du bist besser Aiyla, sonst habe ich mit diesem gut aussehenden Mann ein Hühnchen zu rupfen.«

»Die bin ich«, erwiderte Aiyla und warf Ty einen

vielsagenden Blick zu. *Wo zum Teufel sind wir hier hineingeraten?* »Tut mir leid, dass wir Sie gestört haben.«

»Stören? Ihr rettet mich. Ich bin übrigens Charlotte.« Sie zeigte auf Ty. »Du, knie dich hin.« Sie packte ihn bei den Schultern und drückte ihn zu Boden. »Gut.« Dann nahm sie Aiyla am Arm und schob sie vor ihn. »Komm, Liebes, du musst dich flach auf den Rücken legen.«

»Ähm …?« Aiyla sah den leise kichernden Ty verwirrt an.

»Sie schreibt erotische Liebesgeschichten«, erklärte er. »C. S. Sterling.«

Aiyla riss die Augen auf. »Du hast *Sexy und sündig* und *Deins, meins und ganz bestimmt nicht unseres* geschrieben?« Sie musste sich zusammenreißen, um Charlotte nicht wie ein hingerissener Fan anzustarren.

»Genau, das habe ich.« Sie wies mit der Hand auf den Boden. »Aber ich muss dieses Buch unbedingt fertig bekommen und kriege die Stellung mit der Puppe einfach nicht richtig hin, also wenn es euch nichts ausmacht?«

»Ich bin ein *Riesenfan* deiner Romane«, sagte Aiyla, während sie sich vor Ty auf den Rücken legte. »Recherchierst du wirklich *jede* Stellung?«

»Du liest erotische Romane?«, fragte Ty stirnrunzelnd.

»Sei froh und dankbar, mein Junge«, sagte Charlotte zu Ty. »Und ja, ich muss jede Stellung ausprobieren. Ich muss mich doch vergewissern, dass die Mechanik stimmt.« Sie reichte Aiyla die Beine der aufblasbaren Puppe. »Kannst du bitte Charlies Oberschenkel nehmen und sie dir über den Kopf halten?«

Aiyla tat, worum sie sie bat. »Charlie?«

»Charlie Hunnam ist die Muse der Woche.« Charlotte drückte Tys Schultern nach unten, bis er sich über Aiylas Becken lehnte. »Stütz dich mit der linken Hand zwischen ihren

Beinen auf, damit du das Gleichgewicht nicht verlierst. Die Idee ist, dass du an Aiyla knabberst, während sie an Charlie knabbert.«

»Hey, hey, hey«, protestierte Ty entschieden. »Hier wird nicht an anderen Männern geknabbert.«

Aiyla lachte.

»Du lachst, aber mit diesem Macho hier ist nicht zu spaßen. Ich bezweifle, dass er ein süßes Mädchen wie dich mit anderen teilen möchte.« Charlotte griff nach Tys rechter Hand und legte sie der Puppe auf den Hintern.

»Charlotte!«, sagte Ty vorwurfsvoll.

»Oh, sei still. Sonst ist Charlie beleidigt.« Charlotte stemmte die Hände in die Hüften und begutachtete ihre Positionen. »Gut. Jetzt bleibt eine Minute so, während ich diese Szene schreibe.«

»Machst du Witze?« Ty schüttelte den Kopf.

»Pst. Du bringst mein Mojo durcheinander.« Charlotte kehrte zum Schreibtisch zurück und wieder flogen ihre Finger über die Tastatur.

In den nächsten vierzig Minuten befolgten sie jede Anweisung, machten sexy Geräusche und nahmen dreimal neue Stellungen ein. Ty stahl sich zwischendurch den einen oder anderen Kuss und riskierte manch eine heimliche Berührung, während Charlotte eifrig tippte.

»Oh, das wird so gut!«, rief Charlotte, die Augen fest auf den Monitor gerichtet.

Ty schob sich über Aiyla, knabberte an ihren Lippen und ließ seinen Körper langsam neben ihren sinken.

»Du bringst sie durcheinander«, flüsterte sie.

»Pst.« Sein Mund streifte ihren, und sie hob den Kopf, um mehr von diesem Kuss einzufangen.

Er schob die Puppe zur Seite, schlang einen Arm um ihren Oberkörper und umfasste ihren Hinterkopf mit dem anderen. Dann küsste er sie, als wären sie die einzigen Menschen auf der Welt. Das Klappern der Tastatur bedeutete, dass Charlotte beschäftigt war, und je länger Ty sie küsste, desto weniger kümmerte es Aiyla, ob dem so war oder nicht.

Sie wusste nicht, wie lange sie dagelegen und geknutscht hatten, aber als Charlotte sagte: »Okay, ihr könnt euch jetzt bewegen«, lösten sich ihre Münder und ließen sie schwindelig vor Verlangen zurück.

Ty half ihr, sich aufzusetzen, ohne seinen lustvollen Blick abzuwenden. Sie konnte kaum atmen.

»Heiliger Bimbam«, sagte Charlotte, als sie um den Schreibtisch herumkam. »Ihr zwei werdet noch mein Arbeitszimmer in Brand setzen.«

»Entschuldigung«, sagten sie wie aus einem Mund.

Tys Lippen verzogen sich zu einem sexy Lächeln. Aiyla tat es nicht leid. Nicht im Geringsten. Und als er sich nach unten beugte, sie auf die Wange küsste und flüsterte: »Lass uns unser Zimmer in Brand setzen«, konnte sie nicht schnell genug auf die Beine kommen.

Charlotte nahm Ty das Versprechen ab, Aiyla ihre E-Mail-Adresse zu geben, damit sie einander schreiben konnten, wenn Ty sie nicht »mit Blicken verschlang«. Dann warf sie die beiden mit der Begründung, sie müsse ihren Abgabetermin einhalten, regelrecht aus dem Büro.

Ty und Aiyla hasteten zurück zu ihrem Zimmer, ohne die Finger voneinander lassen zu können, und schafften es kaum durch die Tür, bevor sie sich gegenseitig die Kleider vom Leib rissen. In einem Gewirr aus Gliedmaßen und gierigen Küssen fielen sie auf das Bett.

»Wenn es dich so dermaßen anmacht«, sagte sie zwischen zwei Küssen, »dann muss ich eine aufblasbare Puppe besorgen.«

Er ergriff ihre Hände, hielt sie über ihrem Kopf fest und sah sie finster an. »Wenn du eine aufblasbare Puppe kaufst, schwöre ich dir, dass du sie bald an einer Schlinge baumeln siehst.«

Seine Eifersucht schmeichelte ihr, doch ihr Herz war so erfüllt von ihm, dass sie nicht die Ursache für irgendeine Art von Verletzung sein wollte, und sei es auch nur im Scherz. Lachend erwiderte sie: »Ich gehöre dir, Ty. Ganz und gar. Ich will keinen anderen Mann, weder aus Plastik noch aus Fleisch und Blut.«

»Ich habe so lange darauf gewartet, das zu hören. Sag es noch einmal.«

»Ich liebe dich. Nur dich.« In seinen Augen sah sie mehr Liebe, als sie jemals für möglich gehalten hatte, und als ihre Lippen und ihre Körper aufeinandertrafen, wiederholte sie die Worte immer wieder, bis sie sicher war, dass er sie auch im Schlaf noch hören würde.

Sie duschten ein weiteres Mal und eilten zur Preisverleihung, die bereits angefangen hatte. Spruchbänder mit den Namen der Sponsoren flatterten im Wind und viele Teilnehmer und Zuschauer hatten sich versammelt. Bunte Fahnen umgaben das improvisierte Podium, auf dem Eric James, der Gründer der Stiftung für intakte Familien, und Parker Collins, der Gründer der Parker-Stiftung für bedürftige Kinder, fotografiert wurden, während ihnen riesige Pappschecks mit den Spendensummen überreicht wurden, die zusammengekommen waren. Hand in

Hand gesellten sich Ty und Aiyla zu den anderen.

»Wo wart ihr denn?«, fragte Trixie. Ihr Knöchel war bandagiert und sie stützte sich auf eine Krücke, auf der der Name des Gasthofs aufgedruckt war. »Ihr habt das Frühstück verpasst.«

»Nein, haben wir nicht.« Ty zwinkerte Aiyla zu und sie errötete.

»Die Preisverleihung für die Einzelsportler habt ihr auch verpasst«, sagte Trixie. »Du hast den ersten Platz im Radrennen gewonnen, Ty.«

»Stattdessen haben sie mir den Preis gegeben«, scherzte Jon und reichte Ty ein blaues Band. »Herzlichen Glückwunsch, Alter.«

»Danke, dass du ihn für mich angenommen hast.«

»Kein Problem.« Jons Blick wurde ernst. In Bruchteilen von Sekunden wurde aus dem Spaßvogel der besorgte Arzt, der seine Aufmerksamkeit auf Aiyla richtete. »Wie geht es deinem Bein, Schätzchen?«

»Heute ist es nicht so schlimm. Danke der Nachfrage.« Sie schmiegte sich an Ty und sagte: »Er hat mein Bein mit viel Liebe verwöhnt.«

»Gut gemacht«, sagte Jon. »Ich habe dir für den späten Freitagnachmittag einen Termin in meiner Praxis reserviert. Kriegst du das hin?«

»Ich will deine Zeit nicht verschwenden«, sagte sie. »Vielleicht sollten wir ein paar Tage abwarten –«

»Wir *können* und *werden* uns am Freitagnachmittag Zeit nehmen«, unterbrach Ty sie bestimmt. Sanfter fügte er hinzu: »Wir sollten ganz sicher gehen, zumal du doch entweder mit mir auf die Klettertour kommst oder wir gemeinsam nach Neuseeland fahren. So oder so müssen wir wissen, was mit deinem Bein los ist.«

»Ich kann es kaum erwarten, mit dir zusammen zu reisen«, sagte sie.

Ihm war klar, dass sie versuchte, das Thema zu wechseln. »Gut. Dann müssen wir dein Bein untersuchen lassen, weil wir große Pläne schmieden.«

»Ja, das tun wir wirklich, nicht wahr?«

»Ich habe darüber nachgedacht.« Er strich ihr eine widerspenstige Haarsträhne hinter das Ohr. Sie sah so hübsch aus, sie strahlte regelrecht. Sie sah … *geliebt* aus. »Neuseeland geht wie lange? Acht oder zehn Wochen, stimmt's?«

»Ungefähr.«

»Aber wenn wir auf die Klettertour gehen, sind es nur vier Wochen. Dann können wir uns etwas Zeit nehmen und deine Schwester und deine Neffen besuchen, die ich unbedingt kennenlernen will.«

»Wirklich?« Sie sah ihn überrascht an.

»Ja. Ich muss doch die Frau treffen, die geholfen hat, meine unglaubliche Freundin großzuziehen, und ihre Jungs brauchen wahrscheinlich dringend ein paar verrückte Abenteuer.« Er beugte sich zu einem Kuss herunter.

»Könntest du dich bitte klonen?«, sagte Trixie. »Aber mach den Klon zu einem Cowboy, okay?«

»Schätzchen, ich hab dir doch gesagt, dass ich bereit bin, Lederchaps anzuziehen.« Jon legte ihr den Arm um die Schulter. »Stell es dir doch nur vor. Du. Ich. Nackt. Auf dem Rücken eines Pferdes.«

Trixie verdrehte die Augen. »Sex auf einem Pferd. Typisch Speed … Du solltest dir so manches von Ty abgucken.«

Ty lachte und erzählte Aiyla weiter, wie er sich ihre künftigen Reisen vorstellte. »Nachdem wir bei deiner Schwester waren, dachte ich, könnten wir nach Portugal zu Ms. F. fahren und ein paar der Dörfer besuchen, die du so gerne sehen willst. Und dort können wir unsere Reise nach Südafrika für Anfang nächsten Jahres planen.«

Aiylas Augen weiteten sich. »Du hast *wirklich* gründlich darüber nachgedacht. Aber das kostet jeden Cent, den ich gespart habe, und noch viel mehr, wenn ich zwischen den Reisen nicht arbeite.«

»Das überlass ruhig mir, Babycakes.« Als sie den Mund aufmachte, um zu protestieren, brachte er sie mit einem Kuss zum Schweigen.

Er nahm sie in die Arme und sagte: »Es gibt Orte, die du besuchen willst. Ich will dich bei mir haben. Das nennt man Kompromiss.«

»Hey, Romeo und Julia«, sagte Jon. »Sie haben euch gerade zu Siegern des Rafting-Wettbewerbs der Paare ernannt. Sorry, Alter, aber dieses Mal kann ich die Medaille nicht für dich annehmen.«

»Danke, das machen wir schon. Komm, Schatz.« Ty nahm Aiylas Hand und sie gingen gemeinsam zum Podium. »Holen wir uns die Medaille für den ersten der vielen Siege, die wir als Paar erringen werden.«

Nachdem sie ihre Medaillen abgeholt und mit den anderen Siegern für Fotos posiert hatten, zogen Trixie und Aiyla ihre Handys hervor und bestanden darauf, eigene Aufnahmen zu machen. Ty bat eine Frau, die in der Nähe stand, sie alle vier zu fotografieren, und danach knipste sie noch ein paar Bilder von

Ty und Aiyla allein. Ty freute sich darauf, Hunderte von Bildern von ihnen beiden zu haben, aufgenommen auf der ganzen Welt. Aiyla und Trixie tauschten Telefonnummern aus, um sich zwischen Tys und Aiylas Reisen zu treffen, und dann umarmten sie sich so oft, dass sich Ty fragte, ob sie jemals aufbrechen würden.

Stunden später bog Ty in Aiylas Wohnanlage ein und parkte vor ihrem Apartmenthaus. Auf dem Heimweg hatte sie eine E-Mail an ihren Kontakt in dem neuseeländischen Skiresort geschickt und erklärt, dass sie doch nicht kommen könne. Außerdem hatte sie ihre Schwester angerufen, um ihr zu sagen, dass sie nach Maryland fuhr. Sie unterhielten sich fast eine Stunde lang, und obwohl Ty versuchte, nicht zu lauschen, freute er sich, als Aiyla zu ihrer Schwester sagte: *Erinnerst du dich an Ty Braden?* Aus dem Kichern und den kryptischen Antworten, die folgten, schloss er, dass sie ihr etwas über ihre gemeinsame Zeit in Saint-Luc erzählt hatte.

Er ging um das Auto herum und half ihr beim Aussteigen. »Sei vorsichtig. Dein Bein ist wahrscheinlich steif.«

»Ja, ein bisschen, aber das geht sicher bald vorbei. Ich sollte dich warnen: Meine Wohnung ist nichts Besonderes.«

»Und *ich* sollte dich daran erinnern« – er fuhr ihr mit der Nasenspitze über die Wange – »dass ich überhaupt keine eigene Wohnung habe.«

»Du meinst in Peaceful Harbor, oder?«, fragte sie, als er ihre Taschen aus dem Kofferraum nahm.

Er schüttelte den Kopf. »Weder in Peaceful Harbor noch sonst irgendwo. Es gab bisher keinen Grund, mir eine zu kaufen. Ich bin eh die meiste Zeit unterwegs.« Er warf sich ihre Taschen über die Schulter und folgte ihr bis zu ihrer Wohnung. Sie humpelte stärker als zuvor, und er war froh, dass Jon sie morgen gründlich untersuchen würde. »Wenn ich zu Hause bin, bin ich gerne mit meiner Familie zusammen, und wenn ich bei ihnen übernachte, schlage ich zwei Fliegen mit einer Klappe. Normalerweise komme ich bei einem meiner Brüder unter, aber jetzt, wo alle meine Geschwister ihren Mann oder ihre Frau fürs Leben gefunden haben, möchte ich ihre Privatsphäre nicht stören. Ich hoffe, es macht dir nichts aus, dass wir bei meinen Eltern schlafen werden.«

»Das verstehe ich. Für mich ist es okay, wenn wir bei deinen Eltern wohnen«, sagte sie, als sie die Tür aufschloss. »Diese Wohnung habe ich schon seit Ewigkeiten. Von hier aus ist es nicht weit zu den Skigebieten, in denen ich früher gearbeitet habe, und der Flughafen ist auch in der Nähe.«

Er trat ein und zog die Tür hinter sich zu. Aiylas Wohnung war klein, aber gemütlich. Ein champagnerfarbenes Sofa mit bunten Kissen stand an der Wand gegenüber der Tür. Der einfache Couchtisch aus Holz war mit Reisemagazinen übersät und auf der Ablage darunter entdeckte er Exemplare einiger ihrer Bücher. Die andere Seite des Raumes nahmen ein Kamin und eine Küchennische ein. Neben dem Kamin befand sich Aiylas Schlafzimmer. Ihre Matratze lag auf dem Boden, bedeckt mit Decken in Erdtönen und einer Fülle bunter Kissen.

Wir sind wirklich füreinander geschaffen.

Er hatte sich als Teenager von seinem Bettgestell getrennt und es nicht einen Moment vermisst.

Als er sich umdrehte, fiel sein Blick auf die Wände hinter ihnen. Fast jeder Zentimeter war mit Fotografien bedeckt – Schwarz-Weiß-Fotos, Farbfotos, Sepia-Fotografien. Sie alle zeigten die Gesichter älterer Menschen. Er stellte ihre Taschen ab, angezogen von der Schönheit und Energie, die von den Bildern ausging.

»Baby« war alles, was er hervorbrachte, während er die Bilder anstarrte. Er kam sich vor wie in einem Museum und wollte jedes Foto berühren, hätte am liebsten jeden der *Menschen* darauf berührt und seine Geschichte gehört. Aiyla hatte ein Auge dafür, den Wesenskern ihrer Motive einzufangen. Er betrachtete ein Foto nach dem anderen und beugte sich dann vor, um sich ein Paar tief liegender Augen unter buschigen Brauen und einer ausgefransten grauen Wollmütze ganz genau anzusehen. Der Mann sah aus wie ein Fischer aus Neuengland. Sein Gesicht war dunkel und gealtert wie abgewetztes Leder, seine Lippen verloren sich in einem dicken, drahtigen weißen Bart. Daneben baumelte an einer Reißzwecke das Schwarz-Weiß-Foto einer Frau mit dunklen Falten über winzigen, zu weit auseinanderstehenden Augen und einem zahnlosen, heiteren Lächeln. Um den langen Hals trug sie mehrere Perlenketten und an ihren lang gezogenen Ohrläppchen waren riesige Scheiben befestigt. Es gab Dutzende Bilder von älteren Männern und Frauen, die ausdruckslos, eindringlich oder gleichmütig in die Linse starrten, als bettelten sie darum, gesehen zu werden. Kleine, runde, müde Augen einer Asiatin blickten unter einem riesigen kegelförmigen Strohhut hervor. Wuschelige schwarze und graue Haarsträhnen umrahmten ihre gespitzten Lippen und die Krähenfüße um ihre Augen. Ihre Wangen wirkten seltsam weich und straff, wie Bergkuppen zwischen Flüssen aus Falten. Ihr fehlten ein Arm und die Hälfte ihres Kiefers. Ty kniff die Augen zusammen, um genauer sehen zu können.

»Sie kam aus Hoi An in Vietnam.«

»Aiyla, diese Fotos sind großartig. Ich habe alle deine Bücher, aber diese Bilder habe ich noch nie gesehen.«

»Das sind meine Lieblingsbilder. Die teile ich nicht mit der

Welt.«

Er drehte sich zu ihr um, und seine Aufmerksamkeit wurde auf ein einzelnes gerahmtes Foto gelenkt, das hinter ihr hing und von anderen Aufnahmen umgeben war, die sie mit bunten Reißnägeln an der Wand befestigt hatte – Fotos von ihnen beiden in Saint-Luc.

Sie zuckte schüchtern die Achseln, während ein süßes Lächeln ihre Lippen umspielte.

Wie gebannt trat er vor die Bilder. Sie hatte eingefangen, wie er im Licht einer Straßenlaterne davonging. Auf seinen Schultern, dem Schal und der Strickmütze lag eine Puderschicht aus Schnee. Um ihn herum schien sich die Welt in einem Wirbel aus Bewegung aufzulösen. Trotz des unscharfen Hintergrunds erkannte er das vielsagende Hängen seiner Schultern, mit dem er an jenem letzten Abend von ihr weggegangen war. Seine Brust zog sich bei der Erinnerung daran schmerzhaft zusammen. Es hatte so wehgetan, sie zu verlassen, ohne zu wissen, ob er sie jemals wiedersehen würde. Er betrachtete die Fotos, die sie um das gerahmte Bild herum aufgehängt hatte. *Glücklichere* Bilder. Bilder von zwei verliebten Menschen, die sich in Wintermänteln und Handschuhen umarmen, sein Arm mit der Kamera ausgestreckt. Ihre Stimme wehte durch seinen Geist: *Mach eins mit meinem Handy!* Unter diesem Bild hingen weitere aus Saint-Luc. Wie sie sich beide unter eine Decke kuschelten und einander in die Augen sahen, während der Schnee auf sie herabrieselte, als wolle er sie segnen. Sie hatte eine rote Mütze auf, er eine schwarze. Es gab Bilder, auf denen sie die Zunge herausstreckten oder Grimassen schnitten. Und eines zeigte sie, wie sie sich gerade küssten.

Emotionen überschwemmten ihn. Er breitete die Arme aus und sie schmiegte sich an ihn.

»Macht mich das zu einem Stalker?«, fragte sie.

Er brachte nicht einmal ein Lachen zustande. Er konnte nur ihr Kinn anheben und sie küssen. »Du warst immer schon mein, wie ich immer schon dein war.«

Zwölf

Fliegen hatte Aiyla noch nie etwas ausgemacht, doch das bevorstehende Zusammentreffen mit Tys Familie machte sie nervös und außerdem war sie nach dem anstrengenden Sportevent erschöpft. Auch ihr Bein schmerzte wieder stärker, egal wie sie auf ihrem Sitz herumrutschte und versuchte, eine angenehme Position zu finden.

»Komm her, Baby.« Ty zog sie auf seinen Schoß.

»Ich kann hier nicht sitzen«, sagte sie und kam sich ein wenig albern vor.

Er ignorierte ihre Bemerkung, hob ihre Beine über die Armlehne und legte liebevoll und beschützend die Arme um Aiyla, so wie er hundert andere zärtliche, fürsorgliche Dinge getan hatte, seit sie sich wiedergetroffen hatten. Er stöpselte einen Kopfhörer in sein Handy und schob ein Ende in ihr Ohr, das andere in sein eigenes.

»Besser so?« Er drückte ihr einen Kuss auf die Lippen, und schon schwand ihre leichte Verlegenheit und machte dem Gefühl Platz, *genau* dort zu sein, wo sie hingehörte. »Ich pass auf dich auf«, versicherte er ihr. »Mach die Augen zu und versuch, dich auszuruhen.«

Sie musste sofort eingeschlafen sein, denn als er sie weckte, war es Zeit, auf ihren eigenen Sitz zurückzuklettern und den Sicherheitsgurt für die Landung anzulegen. Warum wusste er besser als sie selbst, was sie brauchte? Und seit wann *brauchte* sie jemanden?

Ty hielt ihre Hand, als er zum Haus seiner Eltern fuhr, und als sie wieder begann, nervös herumzurutschen, hob er ihre Hand an die Lippen und küsste sie. In diesem Moment wurde ihr klar, dass es kein Zeichen von Schwäche war, wenn sie sich von Ty beruhigen, umsorgen und lieben ließ. Es war ein Zeichen für das große Vertrauen, das sie ihm entgegenbrachte.

»Alles okay?« Er parkte vor einem riesigen viktorianischen Haus mit üppigen Holzverzierungen am Giebel und einer Veranda, die sich über die ganze Hausbreite erstreckte. Der Rasen war perfekt gepflegt. Wunderschöne Gartenbeete säumten den Weg bis zur Haustür. Das Haus sah solide und sicher aus, genau wie Ty.

Trotzdem krampfte sich ihr Magen zusammen. »Ja, alles okay.«

Ty beugte sich zu ihr, legte ihr die Hand in den Nacken und zog sie näher zu sich heran. »Ich liebe dich. *Sie* werden dich lieben.«

Er presste seine Lippen auf ihre und löste sich dann von ihr, um gleich darauf für einen weiteren Kuss zurückzukehren. Er saß fast auf der Mittelkonsole, um sie so fest wie möglich an sich drücken zu können. Hungrige Laute drangen aus seiner Kehle, als sich seine Hände in ihre Haare schoben und ihre Nervosität in Hitze und Erregung verwandelten. Ob sie einfach hier sitzenbleiben und sich bis zum Morgen küssen konnten?

Plötzlich klopfte es am Fenster und Aiyla zuckte zusammen. Ty stöhnte auf und funkelte eine hübsche Brünette an, die durch die Scheibe spähte. Aiyla erkannte sie als Tys jüngere

Schwester Shannon, denn in Saint-Luc hatte er ihr Bilder von seiner Familie gezeigt. Shannon hatte Tys schelmische Augen und ein strahlendes Lächeln. Hinter ihr stand ein großer, gut aussehender Mann mit braunen Haaren, die ebenso zerzaust aussahen wie die von Ty. *Das muss Steve sein.*

Die Tür ging auf und Shannon beugte sich in den Wagen. »Meine Güte, Ty. Lass das arme Mädchen atmen, okay? Hallo, du musst Aiyla sein. Ich bin Shannon, Tys Schwester.« Sie tätschelte dem Mann die Hand und sagte: »Das ist mein Verlobter, Grizz, aber die meisten Leute nennen ihn Steve.«

»Hallo«, sagte Steve mit einem freundlichen Lächeln.

»Hallo«, sagte Aiyla. »Nett, euch kennenzulernen.«

»Hey, Schwesterherz. Hey, Steve.« Ty stahl sich einen weiteren Kuss von Aiyla und senkte die Stimme. »Ich habe vergessen, dir zu sagen, dass sie auch hier wohnen.«

»Das ist okay. Ich möchte deine ganze Familie kennenlernen.«

Shannon packte Aiylas Hand und half ihr aus dem Wagen. »Ich habe gehört, du hast Probleme mit deinem Bein. Und trotzdem hast du es beim Wettkampf allen gezeigt!«

»Dass ich es allen gezeigt habe, kann ich nicht behaupten, aber dein Bruder ist unglaublich. Ohne ihn hätte ich aufgeben müssen.«

»Lass dich nicht täuschen. *Aufgeben* gehört einfach nicht zu ihrem Wortschatz. Sie hat sich von mir nur helfen lassen, weil ich sie gezwungen habe.« Ty ging um das Auto herum und zog Steve in eine kumpelhafte Umarmung. »Wir haben den Rafting-Wettbewerb der Paare gewonnen.«

»Das ist großartig.« Shannon legte Aiyla einen Arm um die Taille und sagte: »Du kannst dich auf dem Weg ins Haus auf mich stützen und mir alles darüber erzählen, wie du und Ty euch in Saint-Luc kennengelernt habt.«

»Shan«, sagte Ty warnend.

Shannon lachte. »Falls er glaubt, dass ich nicht neugierig bin, wenn er zum ersten Mal eine Frau mit nach Hause bringt, dann hat er sich getäuscht.«

Aiylas Nervosität kehrte zurück, aber Shannons freundliche, offene Art gefiel ihr sehr. Sie warf Ty einen Blick über die Schulter zu und er schickte ihr einen Luftkuss. Steve und er folgten den Frauen mit dem Gepäck zum Haus.

Als sie die Stufen zur Veranda hinaufstiegen, öffnete sich die Haustür und ein dunkelhaariger Mann trat heraus. Er hielt sich sehr gerade und starrte mit ernsten dunklen Augen auf sie herab. Eine Frau mit wilden blonden Locken folgte ihm. Sie stieß einen kleinen Freudenschrei aus, was ein Lächeln auf das Gesicht des Mannes zauberte und seine strengen Züge milder aussehen ließ.

»Da seid ihr ja!« Die Frau streckte die Arme aus und umarmte Aiyla so fest, wie Aiylas eigene Mutter es getan hätte. »Wie wunderbar, dich kennenzulernen. Ich bin Maisy, Tys Mutter, und das ist Ace, Tys Vater.«

Sein Vater umarmte sie herzlich. »Willkommen in unserem Haus, Liebes.«

»Danke, dass ich hierbleiben und so spontan bei der Hochzeit eurer Tochter dabei sein darf.«

»Wir freuen uns so, dass es geklappt hat«, sagte Maisy und nahm Ty in die Arme.

»Hi, Mom.« Ty küsste sie auf die Wange. »Tut mir leid, dass es so spät geworden ist.«

»Ach, Baby, uns würde es auch nichts ausmachen, wenn es drei Uhr morgens wäre. Hauptsache, du bist wohlbehalten zu Hause angekommen und hast die schöne Aiyla mitgebracht.«

Maisy legte ihren Arm um Aiyla und begleitete sie ins Haus, während Ty seinen Vater begrüßte. Sie betraten ein gemütliches Wohnzimmer mit zwei großen Sofas, bequemen Sesseln und einer Mischung aus den unterschiedlichsten Kunstwerken und hübschen Wolldecken. Auf dem reich verzierten Kaminsims stand eine Reihe gerahmter Familienfotos und auf der anderen Seite des Raumes eröffneten Glastüren den Blick auf das Meer. Alles – der herzliche Empfang seiner Familie, das friedliche, anheimelnde Zimmer und die herrliche Aussicht – raubte Aiyla den Atem.

»Hast du Hunger?«, fragte Maisy. »Oder Durst? Musst du dein Bein hochlegen?«

»Danke, mir geht es gut. Wissen alle über mein Bein Bescheid?«, fragte sie und erkannte im selben Moment, wie nah sich Tys Familie war. Natürlich wussten sie alle Bescheid.

»Ich habe Ty gesagt, dass ich dich gerne einladen würde, morgen mit mir und den Mädchen loszuziehen. Wir gehen shoppen, essen zu Mittag und lassen uns für die Hochzeit die Nägel machen. Ty sagte, es hinge davon ab, ob dein Bein wehtut.« Maisy sah sie fragend an. »Ich hoffe, das ist okay, Süße. Er wollte nur auf dich aufpassen.«

Maisy hatte sie schon in ihre Pläne einbezogen, bevor sie sie überhaupt kennengelernt hatte? Aiyla wurde es warm ums Herz. »Das ist völlig okay. Ich war nur neugierig.«

»Falls Ty dich nicht vorgewarnt hat, solltest du wissen, dass es in diesem Haus keine Geheimnisse gibt«, sagte Shannon. »An dem Tag, als Ty von seiner Reise nach Saint-Luc zurückkam, wusste ich, dass etwas anders war. *Er* war anders. Und natürlich musste ich herausfinden, was los war.«

»Und es dann allen erzählen?« Ty schüttelte den Kopf.

»Na ja, klar.« Shannon verdrehte die Augen. »Es war, als

hättest du einen Teil von dir zurückgelassen und wüsstest nicht, wie du ohne ihn auskommen solltest.«

Ty rieb seine Nase an Aiylas Nacken und sagte: »Ich habe einen Teil von mir bei dir gelassen. Sie hat recht, Baby. Mit einem halben Herzen kann ein Mann nicht funktionieren.«

Sie wusste, dass sie vor seiner Familie nicht verheimlichen konnte, was sie für ihn empfand. Es gab keine höfliche Maske, hinter der sie sich verstecken konnte, nicht, wenn er so romantische Dinge sagte und ihr das Gefühl gab, etwas ganz Besonderes zu sein.

»Alle haben sich Sorgen um dich gemacht«, erklärte Shannon. »Ich war allerdings die Einzige, die hartnäckig genug nachgebohrt hat, um herauszufinden, was passiert war.«

Aiyla fragte sich, wie es wohl sein mochte, wenn sich so viele Menschen Sorgen um einen machten und nicht lockerließen, bis sie wussten, was los war.

Steve streckte die Hand nach Shannon aus und sagte: »Vielleicht solltest du nicht alle Familiengeheimnisse auf einmal ausplaudern, Butterfly. Jetzt, wo Ty endlich eine Freundin hat, wollen wir sie doch nicht gleich in die Flucht schlagen.«

Butterfly. Das war so süß. Warum nannte er sie wohl so?

»Und das von dem Einsiedler, der in seinem Leben mehr Bäume als Frauen umarmt hat?« Ty stupste Steves Ellbogen an.

»Ich liebe meinen Waldschrat«, sagte Shannon.

Maisy lächelte Ace an. »Es ist schön, die Kinder so glücklich zu sehen, nicht wahr?«

»Ja, das ist es, Schatz. Aber ich fürchte, es ist höchste Zeit, dass ich alter Mann schlafen gehe.« Er umarmte einen nach dem anderen und sagte jedem ein paar freundliche Worte.

Als er bei Aiyla ankam, legte er ihr beide Hände auf die Schultern und sah sie eindringlich an. »Wir freuen uns, dass du hier bist. Und du sollst wissen, dass unser Haus dein Haus ist. Schlaf aus, plündere den Kühlschrank, geh an den Strand. Du kannst machen, was du willst, aber wir haben eine feste Regel.«

Aiyla straffte die Schultern und wappnete sich gegen das, was nun kommen würde. Wahrscheinlich wollte er nicht, dass Ty und sie im selben Zimmer schliefen. *So muss es sein, einen Vater zu haben.*

Aces Lippen kräuselten sich zu einem Lächeln, und in diesem Lächeln erkannte sie Ty, wie er in dreißig Jahren aussehen würde: attraktiv, stark und liebenswert.

»Dad ...?« Ty warf seinem Vater einen fragenden Blick zu und trat näher an Aiyla heran.

»Beruhige dich, mein Junge.« Er legte Ty eine Hand auf die Schulter und sein Blick ging zwischen den beiden hin und her. »Möchtest du Aiyla sagen, wie diese Regel lautet?«

»Ich weiß nur«, sagte Shannon, »dass du nicht versuchen solltest, dich um Mitternacht rauszuschleichen, wenn Nate unten am Strand Gitarre spielt, weil er dich verpfeift.«

Alle lachten.

Ty verschränkte seine Finger mit Aiylas und nickte ihr zu, als wollte er sagen: *Mach dir keine Sorgen, Baby. Ich pass auf dich auf.*

»Komm schon, Ace«, sagte Maisy sanft. »Die Kinder wollen wahrscheinlich ins Bett.«

»Jedenfalls weiß ich, dass *ich* ins Bett möchte.« Ty warf Aiyla einen Blick zu, dass ihre Wangen brannten.

Sein Vater sah ihn streng an. »Unsere Regel ist einfach. Wenn du eine Stunde oder einen Tag, ein Jahr oder zehn Jahre lang Teil dieser Familie warst, bist du hier immer willkommen.«

Sie atmete erleichtert auf und Ty legte ihr den Arm um die Taille und zog sie an sich. »Willkommen in meinem Leben,

Babycakes.«

Der Raum war angefüllt mit warmer, wohliger Liebe, in die sie sich am liebsten für den Rest ihrer Tage eingekuschelt hätte. Sie dachte an die Zeit, die sie mit ihrer Mutter und ihrer Schwester verbracht hatte, bevor ihre Mutter krank geworden war. In diesem Moment fehlte sie ihr sehr, und plötzlich erkannte sie, dass sie es vermisste, Teil einer Familie zu sein. Sie sah ihre Schwester und ihre Neffen viel zu selten und nahm sich vor, das in Zukunft zu ändern.

Ohne zu zögern und ohne die geringste Verlegenheit legte sie Ty die Arme um den Hals und sagte: »Ich glaube, hier wird es mir gefallen.«

Dreizehn

Ty wachte auf, als sich die Terrassentür leise öffnete. An seiner Seite schlief Aiyla tief und fest unter einem Berg von Decken. Die Sonne ging gerade auf und malte das erste Morgenlicht an den Himmel. Maisy trat nach draußen. Sie sah hübsch aus in ihrer Jeans und der bunten Bluse. Darüber trug sie eine dünne Strickjacke, und die morgendliche Brise zauste ihre dichten Locken, als sie sich auf einen Liegestuhl neben ihrem Nachtlager sinken ließ und Ty einen Schluck aus ihrer Kaffeetasse anbot.

Er schüttelte den Kopf und flüsterte: »Nein danke.«

Nachdenklich betrachtete sie die schlafende Aiyla, und dann sah sie Ty so an, wie sie es bei allen seinen Geschwistern getan hatte, als sie sich verliebt hatten. In ihrem Gesicht spiegelten sich mütterliche Erleichterung und Freude. »Ich kann es kaum fassen, dass du das arme Mädchen überredet hast, hier draußen zu schlafen.«

»Hab ich nicht«, gab er leise zurück. »Unter dem Sternenhimmel zu schlafen ist irgendwie unser Ding.«

»Euer *Ding*«, sagte seine Mutter. »Du kannst dir nicht vorstellen, wie gut es tut, dich so etwas im Zusammenhang mit einer ganz besonderen Frau sagen zu hören.« Ihr Blick wanderte wieder zu Aiyla. »Sie ist wirklich süß, Ty. Und du sagst, sie hat ihre Mutter verloren? Es gibt nur noch sie und ihre Schwester?«

Traurigkeit stieg in ihm auf. »Früher war es so. Jetzt hat sie mich.«

»Sie sieht dich an, als seist du der Himmel auf Erden. Bitte tu ihr nicht weh.«

Seine Arme schlossen sich besitzergreifend um Aiyla. »Das würde ich nie tun, Mom. Endlich verstehe ich, warum sich Sam so verändert hat, seit er mit Faith zusammen ist, und warum Shannon bei Steve in Colorado geblieben ist, obwohl sie nie von zu Hause wegwollte. Ich würde alles für Aiyla tun.«

Maisy nippte an ihrem Kaffee und blickte auf das Wasser hinaus. Ein kleines Lächeln umspielte ihre Lippen, aber ihre Brauen zogen sich zusammen.

Es kam selten vor, dass seine Mutter mit ihrer Meinung hinterm Berg hielt, doch nun saß sie so lange schweigend da, dass er schließlich fragte: »Willst du denn gar nichts dazu sagen?«

Sie sah ihn abwägend an und sagte: »Unser abenteuerlustigstes Kind hat seine große Liebe gefunden. Ich möchte es nicht beschreien.«

»Da gibt es nichts zu beschreien, Mom.« Er drückte Aiyla einen Kuss aufs Haar. »Es ist Schicksal.«

»Ich dachte, du glaubst, dass wir unser eigenes Schicksal schaffen.«

»Früher habe ich das gedacht, aber wie willst du die Tatsache erklären, dass Aiyla und ich uns nach so vielen Monaten ohne einen Anruf oder eine E-Mail wiedergetroffen haben?«

»Herzen finden eine Möglichkeit, sich über die weiteste Entfernung hinweg zu verständigen. Aber es braucht die stärkste

Liebe, um sie auch zu hören. Ich schätze, so kann man es erklären.« Sie stellte ihre Tasse auf den Boden und lehnte sich zurück. »Dein Vater und ich haben früher auch hier draußen geschlafen.«

»Ja, daran erinnere ich mich.« Als Junge war er morgens oft aufgewacht und hatte das Haus nach seinen Eltern abgesucht, weil er hungrig war oder sich langweilte. Meist entdeckte er sie dann hier draußen auf der Terrasse, ebenso aneinandergeschmiegt wie er und Aiyla jetzt. An diese Zeit hatte er so lange nicht mehr gedacht. Jetzt fragte er sich, ob die Liebe seiner Eltern zur Natur dazu beigetragen hatte, seine eigene zu nähren.

»Du bist immer als Erster aufgestanden. Du kamst raus, hast dich zu unserer Liege geschlichen und dich vorsichtig in die Armbeuge deines Vaters gekuschelt, als wolltest du uns nicht wecken.«

»Ehrlich?«

Sie lächelte. »Als kleiner Junge warst du der reinste Wirbelwind, mein Schatz. Du hast ein oder zwei Minuten bei uns gelegen und dann angefangen, über all die Dinge zu schwatzen, die du den Tag über tun wolltest. Meist endete es damit, dass du mit deinem Vater an den Strand gegangen oder mit dem Boot hinausgefahren bist, bevor die anderen aufgewacht sind.«

»Das sind meine liebsten Erinnerungen. Vielleicht können wir alle mit dem Boot rausfahren, solange wir hier sind.«

»Deinem Vater würde das gefallen, da bin ich mir sicher.« Sie trank ihren Kaffee aus und stand auf. »Und wo ich gerade von ihm spreche: Ich muss ihn wecken gehen. Er hilft Nash heute bei den Vorbereitungen für die Hochzeit, zusammen mit deinen Brüdern. Ich kann kaum glauben, dass mein kleines Mädchen morgen heiratet. Mir kommt es vor, als seien sie und

Nash schon immer zusammen.«

»Das werden sie.« Ty ergriff ihre Hand. »Wenn Aiylas Bein nicht zu sehr schmerzt und sie mit euch shoppen geht, helfe ich Dad und den anderen. Aber wenn ihr Bein nicht mitspielt, würde ich gerne bei ihr bleiben. Wäre das okay für dich?«

»Warum sollte das nicht okay für mich sein? Das ist der Beweis, dass wir als Eltern etwas richtig gemacht haben. Du machst dir wirklich Sorgen um sie, oder?«

»Ja«, sagte er leise.

»Jon ist ein großartiger Arzt. Ich bin mir sicher, dass er ihr helfen kann, was auch immer ihr fehlt.«

»Ja, das weiß ich.« Er vertraute Jon, und vermutlich hatte Aiyla recht und der Schmerz zeigte nur eine Überlastung an. Das hinderte ihn jedoch nicht daran, sich Sorgen zu machen. Das war eine neue Erfahrung für ihn. Natürlich hatte er sich in der Vergangenheit um seine Familie und enge Freunde gesorgt, aber er war noch nie verliebt gewesen und staunte über die Tiefe seiner Gefühle. Es kam ihm vor, als hätte er seinen Eltern im Laufe der Jahre einigen Kummer gemacht. Als seine Mutter seine Schulter berührte, bedeckte er ihre Hand mit seiner.

»Mom, es tut mir leid, dass ich dir und Dad früher solche Sorgen bereitet habe.«

»Meinst du wirklich, diese Zeiten seien endgültig vorbei?« Sie kicherte und tätschelte seine Schulter. »Warte, bis du eigene Kinder hast. Die Sorge hört nie auf, Schatz, und das ist gut so. Es bedeutet, dass du sie liebst. Versuch, noch ein wenig zu schlafen. Wir haben alle einen anstrengenden Tag vor uns.«

An Schlaf war jedoch nicht mehr zu denken. Kaum war seine Mutter im Haus verschwunden, hatte sich der Rest der Familie auf der Terrasse versammelt. Inzwischen waren fast drei Stunden vergangen, und Ty und Cole waren damit beschäftigt, weiße Stoffbahnen an den Türen des Stalls zu drapieren, der in Nashs Garten am Teich stand. Die Hochzeit sollte im Freien stattfinden und der urwüchsige Stall bot eine schöne Kulisse. Sam und Nate standen auf Leitern und hängten Einmachgläser mit bunten Solarlichtern in die Bäume. Nash hatte einen wunderschönen hölzernen Altar gebaut, der mit einem aufwendigen Muster aus Noten und Tieren verziert war. Tempest und Nash spielten beide Gitarre und Phillip liebte Tiere. Auf ihrem Grundstück hielten sie Hühner, Ziegen und etwa ein Dutzend Katzen. Die Schnitzereien waren perfekt und der Altar am Teich sah hinreißend aus.

Nash und Phillip umwickelten die Säulen mit Lichterketten. Vater und Sohn trugen Ledergürtel und rote Baseballmützen. Bei ihrem Anblick musste Ty lächeln und dachte an all die Jahre, die er und seine Brüder damit verbracht hatten, hinter ihrem Vater herzulaufen und ihm im Garten und mit dem Boot zu helfen. Als sie älter waren, sprangen sie im Mr. B ein, der Mikrobrauerei, die ihre Eltern aufgebaut hatten.

Viel hatte sich nicht geändert.

Tys gesamte Familie war zum Frühstück erschienen, sodass Aiyla Gelegenheit hatte, alle seine Geschwister und deren Partner kennenzulernen. Cole und Nate wirkten ernster als Ty und Sam, die sich gegenseitig im Witzereißen überboten. Und Tempest schien wie Cherise eine umsichtige, wachsame ältere Schwester zu sein. In der malerischen Stadt am Meer kannte offenbar jeder jeden, wie Aiyla nach und nach herausfand. Faith, Sams Verlobte, arbeitete als Arztassistentin in der Praxis von Cole und Jon. Sie und Cole hatten sich den Tag freigenommen, um ihn mit der Familie zu verbringen und bei den Hochzeitsvorbereitungen zu helfen. Nates Frau Jewel hatte drei jüngere Geschwister, und ihr Bruder arbeitete bei Sam, der Abenteuerurlaube und Raftingtouren organisierte. Peaceful Harbor war größer als ihre eigene Heimatstadt, aber alles schien eng miteinander verflochten. Aiyla gefiel dieses Gefühl von Gemeinschaft, und sie mochte es auch, wie offen Tys Geschwister ihren Liebsten ihre Zuneigung zeigten. Am Frühstückstisch war ihr aufgefallen, dass die Liebespaare einander immer wieder über die Hand strichen, sich verstohlene Blicke zuwarfen oder einen raschen Kuss stibitzten. Sie war schon so lange auf sich allein gestellt, dass sie sich fragte, wie es sich wohl anfühlen mochte, Teil einer so großen, liebevollen Familie zu sein. Am Nachmittag sollte sie am eigenen Leib erfahren, wie wunderbar es sein konnte.

Nachdem sie den größten Teil des Vormittags von einem Laden zum anderen gezogen waren, aßen Aiyla, Maisy und die anderen Frauen in einem Café zu Mittag. Sie beschlossen, das gute Wetter auszunutzen und die drei Blocks zum Nagelstudio zu Fuß zu gehen. Aiyla genoss es, mit ihnen zusammen zu sein. Alle benahmen sich eher wie Schwestern und nicht wie Schwägerinnen, Schwiegertöchter und Freundinnen. Wenn Cherise sie doch nur kennenlernen könnte. Sie würde mit allen gut auskommen und sicher ausführlich von ihren Söhnen Danny, der vier Jahre alt war, und dem zweijährigen David erzählen. Vor allem bei Leesa, die nicht aufhörte, von ihrer kleinen Avery zu schwärmen, und Tempest, die von Phillip ganz begeistert war, würde sie damit auf offene Ohren stoßen.

»Ich kann es noch gar nicht fassen, dass ich morgen *heirate*«, wiederholte Tempest zum tausendsten Mal. Aufgeregt fuhr sie mit der Hand über ihren hübschen Sommerrock und sagte: »Und erst mein Hochzeitskleid!«

Shannon faltete die Hände unter dem Kinn, klapperte mit den Wimpern und sagte: »Es ist umwerfend, märchenhaft und romantisch!«

Tempest verdrehte die Augen. »Ich habe doch wohl allen Grund, aufgeregt zu sein. Wart's nur ab. Wenn ihr heiratet, wird es dir genauso gehen – und dann ziehe ich dich auf.«

Ty hatte Aiyla erzählt, Tempest sei wie der Wind. *Sie kann dich beruhigen oder aufrütteln, mit derselben mühelosen Leichtigkeit. Und sie schreibt Lieder, die deine Seele zum Schmelzen bringen.* Aiyla konnte gut verstehen, warum er sie so sah. Sie wirkte umsichtig und unkompliziert, aber sie ließ sich von niemandem etwas vormachen.

Shannon legte Tempest einen Arm um die Schulter. »Darauf freue ich mich schon. Außerdem mache ich dir gar keine Vorwürfe. Jilly und Jax haben das perfekte Kleid für dich gezaubert.«

Maisy erklärte Aiyla, dass die Zwillinge Jillian und Jax ihre Cousins aus der Nachbarstadt Pleasant Hill waren. Sie waren Modedesigner und besaßen jeder einen eigenen Laden, wobei sich Jax auf Brautkleider spezialisiert hatte und Jillian Kleider für jeden Anlass anbot.

»Ty hat mir von seinem Cousin Beau erzählt, und beim Mad Prix habe ich Tys Freundin Trixie getroffen, die erzählte, sie würde bei einem weiteren Cousin von ihm arbeiten«, sagte Aiyla. »Nick hieß er, glaube ich. Gehören sie zur selben Familie?«

»Ja, sie sind auch eine große Familie, so wie wir«, erklärte Shannon. »Auf der Hochzeit wirst du sie alle kennenlernen. Nur Zev und Graham sind gerade irgendwo in der Welt unterwegs und schaffen es nicht, rechtzeitig zurückzukommen.«

Aiyla hatte Mühe, den Überblick über all die Cousinen und Cousins zu behalten. Sie überlegte, wann Ty den Namen Graham erwähnt hatte, doch dann fiel ihr ein, dass Graham bei ihrer geplanten Klettertour dabei sein würde.

»Trixie ist doch einfach hinreißend, nicht wahr?«, fügte Shannon hinzu. »Ich will sie unbedingt mit jemandem verkuppeln. Sie steht auf meiner Liste.«

»Stehen auf dieser Liste nicht alle Singlefrauen, die du kennst?«, neckte Jewel sie. »Shannon hätte am liebsten, dass *alle* verliebt sind.«

»Nagel mich nicht drauf fest, aber ich glaube, Jon ist in Trixie verliebt«, sagte Aiyla.

»Jon Butterscotch ist in alle verliebt«, sagte Faith. »Eigentlich sollte ich das wohl nicht sagen, weil er einer meiner Chefs ist, und Gott sei Dank ist er in der Praxis ganz anders. Aber als Sam und ich mit ihm auf einen Drink im Whiskey Bro's waren, hätte ich schwören können, dass er Dixie Whiskey am liebsten ins Hinterzimmer geschleift hätte. Dieser Mann *liebt* Frauen.«

»Er verkostet nur«, sagte Maisy, als sie an der Ecke ankamen und warteten, dass die Ampel auf Grün sprang, damit sie die Straße überqueren konnten.

»Das klingt irgendwie schmutzig«, sagte Leesa und Jewel lachte.

»Ich mag ja inzwischen Großmutter sein, aber ich bin immer noch eine Frau.« Maisy bückte sich, kitzelte Avery am Fuß und erntete ein strahlendes Lächeln von dem Baby. »Manche Menschen finden schon früh ihren Seelenverwandten, andere müssen warten, bis das Universum sie zusammenbringt. Ihr werdet schon sehen: Jon wird zur Ruhe kommen, wenn die richtige Frau sein Interesse weckt. So ist es immer.«

Die Ampel wurde grün und sie gingen über die Straße.

»Vielleicht sollten wir uns das Nagelstudio sparen und uns an den Strand legen, bis ich den warmen Schokoladenkuchen verdaut habe.« Shannon hielt sich den Bauch.

»Am Strand liegen? Da bin ich sofort dabei«, sagte Aiyla.

»Oh nein, das bist du nicht«, sagte Jewel und hakte sich bei Aiyla unter. Sie war eine zierliche Blondine, die wusste, wie man die Dinge in die Hand nahm. »Aus *der* Nummer kommst du nicht raus.«

Aiyla hatte gestanden, dass sie noch nie eine Maniküre oder Pediküre gehabt hatte. Sie hatte ganz kurze Nägel und ging nicht gerade pfleglich mit ihren Händen und Füßen um. »Ich versuche ja gar nicht, da rauszukommen, aber meine Nägel sind nicht so schön lang wie eure.«

Sie streckte ihre Hand aus und Maisy ergriff sie und drückte sie sanft. »Es kommt nicht auf die Länge der Nägel an, Süße, sondern darauf, wie du sie benutzt.«

»Mom!«, sagte Tempest vorwurfsvoll.

»Also wirklich, Tempe. Meinst du, ich wüsste nicht, wie man einen Mann liebt? Was glaubst du wohl, wie dein Vater und ich es geschafft haben, so lange verheiratet zu sein?«

Tempest zog die Nase kraus. »Das will ich alles gar nicht über dich wissen.«

»Ich wollte es dir auch gar nicht erzählen. Auf jeden Fall freue ich mich, dass wir bei Aiylas erster Mani-Pedi dabei sind«, sagte Maisy. »Jeder muss sich ab und zu ein wenig verwöhnen lassen. Und glaub mir, auch mein Bergsteigersohn muss gelegentlich diskret daran erinnert werden, dass hinter dieser starken, fähigen Frau eine Dame steckt, die es verdient, auch wie eine behandelt zu werden.«

»Er behandelt mich besser, als es je zuvor jemand getan hat«, sagte Aiyla. »Du hast ihn gut erzogen.«

»Danke«, sagte Maisy und legte kurz die Hand an den Kinderwagen, den Leesa schob. »Wir haben uns mit all unseren Babys große Mühe gegeben, und ich hoffe, wir haben gute Arbeit geleistet.« Sie sah Tempest an und fügte hinzu: »Weil meine *Babys* jetzt selbst Babys großziehen.«

Tempest lächelte. »Ich bete Phillip an.«

»Cole ist der beste Vater der Welt«, sagte Leesa stolz.

»Wie bitte?« Tempest schüttelte den Kopf. »Nicht, dass ich meinen Bruder nicht für einen großartigen Vater halten würde, aber mein Nash weiß wirklich, wie man Kinder großzieht. Meint ihr nicht?«

»Oh Gott, *ja*«, sagte Leesa entschuldigend. »Ich meinte nur —«

Tempest nahm sie in den Arm. »Sie sind beide wunderbare Väter. Wir haben großes Glück.« Ihr Blick wanderte von einer ihrer Begleiterinnen zur anderen. »Eigentlich haben wir alle großes Glück. Die Frage ist nur: Wer sorgt für Moms nächste Enkelkinder?«

»Steve und ich sind noch nicht mal verheiratet«, betonte Shannon.

»Nun, wir auch nicht«, sagte Faith, »aber wir überlegen, gleich nach unserer Hochzeit eine Familie zu gründen.«

»Super, viel Glück«, sagte Jewel. »Ich habe meinen Bruder und meine Schwestern mehr oder weniger allein großgezogen. Ich möchte ein bisschen mehr Zeit, um Nate zu genießen, bevor ich ans Kinderkriegen denke.«

Aiyla spitzte die Ohren. »Ich bin ebenfalls von meiner großen Schwester aufgezogen worden.«

»Tatsächlich? Hat deine Mutter auch eine Million Stunden

gearbeitet?«, fragte Jewel.

»Ja, hat sie, aber sie ist gestorben, als ich fünfzehn war.« Selbst nach mehr als einem Jahrzehnt traf sie die Trauer wie ein Keulenschlag, wenn sie an den Verlust ihrer Mutter dachte. Sie konnte über das Leben ihrer Mutter sprechen, ohne von Traurigkeit überwältigt zu werden, doch wenn sie ihren Tod erwähnte, hatte sie immer noch das Gefühl, Sand zu schlucken. Sie versuchte, die Trauer zu vertreiben und sich stattdessen auf ihre Schwester zu konzentrieren. »Meine Schwester Cherise war einundzwanzig und frisch verheiratet. Sie und ihr Ehemann Caleb sind zu mir in das Haus unserer Mutter gezogen, damit ich weiter zur Highschool gehen konnte.«

»Das tut mir so leid«, sagte Tempest. »Aber ich bin froh, dass deine Schwester für dich da war. Gab es noch andere Familienmitglieder, die euch geholfen haben?«

»Nein. Meinen Vater habe ich nie gekannt. Aber meine Mutter war Haushälterin und eine ihrer Arbeitgeberinnen, Ms. Farrington, die ich immer unsere gute Fee nenne, hat den Umzug von Cherise und Caleb bezahlt. Ms. F. hat jahrelang meine sportlichen Aktivitäten finanziert. Als Gegenleistung habe ich sie in den Schulferien und über den Sommer auf ihren Reisen begleitet. Sie hat mir das Fotografieren beigebracht und mich in die Welt des Reisens eingeführt.«

»Du bist mit ihr herumgereist?«, fragte Jewel. »Da hast du aber wirklich Glück gehabt.«

»Ja, ich hatte ziemlich viel Glück. Ms. F. war nie verheiratet und hat keine Kinder. Sie war schon Ende siebzig, als ich anfing, mit ihr zu reisen. Nach dem Tod meiner Mutter habe ich neben der Schule gearbeitet, wann immer ich konnte, und mit sechzehn habe ich mein letztes Jahr im Fach Englisch in der Sommerschule absolviert, meinen Abschluss gemacht und dann mit Ms. F.s Hilfe einen Vollzeitjob in einem Skiresort gefunden. Durch sie habe ich Besitzer von Resorts auf der ganzen Welt kennengelernt, die mich gerne bei sich arbeiten lassen, wenn ich in ihrer Nähe bin und Fotos mache. Wie ich schon sagte, sie war unsere gute Fee. Aber es war Cherise, die nachts da war, wenn ich mich in den Schlaf geweint habe, und die dafür gesorgt hat, dass ich trotz allem funktionierte und zur Schule ging. Meiner Schwester habe ich es zu verdanken, dass ich nicht den Verstand verloren habe.«

Maisy legte Aiyla die Hand auf die Schulter. »Deine Mutter wäre stolz auf euch. Es tut mir sehr leid, dass du sie verloren hast.«

»Vielen Dank. Ich stelle mir gerne vor, dass sie stolz wäre. Cherise hat jetzt zwei wunderbare Söhne und sie ist eine großartige Mutter.«

»Und auch du bist eine unglaubliche Frau, Liebes«, sagte Maisy. »Ty hat uns deine Bildbände gezeigt, als Shannon vor ein paar Monaten ausgeplaudert hat, dass Ty dich kennengelernt hat. Du bist eine begabte Fotografin und ich habe meinen Sohn noch nie glücklicher gesehen. Allein dafür werde ich immer dankbar sein.«

Sie zog Aiyla in ihre Arme, und ehe Aiyla sich's versah, umarmten die anderen Frauen sie ebenfalls.

»Ich habe vor ein paar Jahren meinen Vater verloren«, sagte Leesa. »Ich glaube nicht, dass unsere Eltern uns jemals wirklich verlassen. Ich bin sicher, deine Mutter ist im Geiste bei dir.«

»Und jetzt hast du auch unsere Mutter.« Tempest lächelte Maisy zu, die zustimmend nickte.

»Und du hast Sam und mich«, sagte Faith.

»Du hast uns alle«, fügte Shannon hinzu. »Und wir sind verdammt großartig, wenn mir diese Bemerkung erlaubt ist.«

Aiyla stiegen Tränen in die Augen. Es war lange her, dass sie das Gefühl gehabt hatte, zu einem anderen Ort als ihrer eigenen einsamen Welt zu gehören. Sie hatte gedacht, Tys Liebe sei ein Geschenk, aber jetzt wurde ihr klar, dass das, was er über seine Familie gesagt hatte, tatsächlich stimmte. Sie hatte ihre Vergangenheit vor ihnen ausgebreitet und trotzdem hatten sie sie mit offenen Armen empfangen.

»Ich habe meinen Vater und meinen älteren Bruder verloren«, sagte Jewel. »Wenn du jemals ein offenes Ohr oder eine Schulter zum Ausweinen brauchst, bin ich da.« Sie sah die anderen an und fügte hinzu: »Und diese verrückten Hühner? Die reden nicht nur, sondern meinen auch, was sie sagen. Wie wir alle.«

Aiyla machte den Mund auf, um sich zu bedanken, und eine Träne rollte ihr über die Wange. Verlegen wandte sie sich ab und wischte sie weg. »Danke«, brachte sie mühsam hervor, und als die anderen sie erneut in den Arm nahmen, ließen sich die Tränen nicht mehr aufhalten.

Ihr Handy vibrierte und sie war dankbar für die Ablenkung. Sie zog es aus ihrer Tasche und ihr übervolles Herz pochte heftig, als sie Tys Namen auf dem Display sah. Sie waren erst ein paar Stunden getrennt, aber sie vermisste ihn bereits. Sie öffnete die Nachricht und trotz ihrer Tränen musste sie lachen. Rasch drehte sie das Display so, dass die anderen das Bild sehen konnten, das Ty ihr geschickt hatte. Es zeigte Ace und Phillip, die beide in weiße Seidentogas gehüllt in die Kamera strahlten.

»Oh, oh. Papa Ace macht wieder seine Späße«, sagte Leesa lachend.

»Kann es sein, dass meine Hochzeitsdekoration mit Grasflecken übersät sein wird?«, sagte Tempe.

»Beruhige dich, Liebes«, sagte Maisy. »Nash würde das

niemals zulassen. Wahrscheinlich sind das Reststücke.«

Maisy hatte so viele Kosenamen für sie alle, und Aiyla wunderte es nicht mehr, dass Ty seine Liebe ebenfalls auf diese Weise zeigte.

»Wenn wir mit unseren Nägeln fertig sind, können wir vorbeischauen und den Stoff auf Flecken untersuchen«, bot Faith an. »Und dann bringen wir alles in Ordnung, was die Jungs vermasseln.«

Shannon beugte sich näher zu Aiyla und flüsterte: »Falls du irgendwelche Zweifel hattest: Jungs kommen immer nach ihren Vätern. Siehst du, was für ein Glück du hast?«

Glück war genau das Wort, das ihr dazu einfiel.

Vierzehn

»Bist du nervös?«, fragte Ty, als er am Freitagnachmittag mit Aiyla die Schmerzklinik von Peaceful Harbor betrat. Er hatte sich riesig gefreut, als die Frauen nach ihrem Besuch im Nagelstudio gekommen waren, um nach ihnen zu sehen. Wenn er einige Stunden ohne Aiyla verbringen musste, vermisste er sie, so sehr er die Zeit mit den Jungs auch genossen hatte.

»Wegen des Termins bei Jon?«, fragte sie. »Überhaupt nicht. Weißt du, wenn es etwas Schlimmes wäre, würde der Schmerz nicht kommen und gehen. Außerdem könnte ich nicht mit Ibuprofen und Paracetamol dagegenhalten. Wenn du nicht darauf bestanden hättest und Jon nicht so verdammt nett gewesen wäre, hätte ich eine Woche abgewartet, wie es sich entwickelt, und dann einen Termin bei meinem Arzt gemacht.«

»Das wäre mit unserer Klettertour ganz schön knapp geworden.« Er drückte den Knopf für den Aufzug und küsste sie sanft. »Danke, dass du meine Sorge ernst nimmst.«

»Es ist das Mindeste, was ich tun kann. Schließlich hast mich über die Ziellinie getragen.«

Der Aufzug kam, und als sich die Tür hinter ihnen schloss, stellte sich Aiyla auf die Zehenspitzen und gab ihm einen Kuss. »Ich hab dich heute vermisst.«

»Nicht halb so sehr, wie ich dich vermisst habe.« Er senkte seine Lippen auf ihre und küsste sie zärtlich und vorsichtig. Wenn er sie so leidenschaftlich küssen würde, wie er wollte, wäre seine Erektion kaum zu übersehen, wenn sie aus dem Aufzug stiegen, und Jon hätte einen Heidenspaß.

Die Aufzugtüren öffneten sich, und als sie den Flur betraten, sagte er: »Morgen ist Familientag, also werde ich dich heute Abend entführen.«

»Das klingt *vielversprechend*.«

»In diesen knappen Kaki-Shorts siehst du heiß aus, aber ich wette, auf dem Boden wirken sie noch viel verführerischer.« Er öffnete die Tür zur Praxis und gab ihr einen Klaps auf den Hintern, als sie eintrat.

»Ich dachte, wenn ich Shorts trage, würde Jon nicht darauf bestehen, dass ich bei der Untersuchung einen dieser Papierkittel anziehe.« Sie senkte die Stimme, als sie sich der Anmeldung näherten. »Ich hasse diese Dinger.«

Brandy, die zierliche Brünette, die seit ein paar Jahren für Cole und Jon arbeitete, begrüßte sie mit einem eifrigen Lächeln. »Hi, Ty.«

»Hi, Brandy, wie geht's? Das ist meine Freundin Aiyla Bell. Sie hat einen Termin um vier.«

»Ja, Dr. Butterscotch sagte, dass ihr kommen würdet.« Sie reichte Aiyla ein Klemmbrett und einen Stift. »Füllen Sie bitte diesen Fragebogen aus, dann können Sie gleich zu ihm rein.«

Aiyla beantwortete die Fragen und kramte die nötigen Unterlagen hervor. Wenige Minuten später wurden sie in einen Untersuchungsraum geführt. Obwohl sie gesagt hatte, dass sie nicht aufgeregt sei, fiel Ty auf, dass sie nervös den Saum ihrer Shorts befingerte.

Er griff nach ihrer Hand und sagte: »Kein Papierkittel. Muss an diesen sexy Shorts liegen.«

»Vielleicht liegt es eher daran, dass du der Frau, die uns hergebracht hat, gesagt hast, wir bräuchten keinen.«

»Ja, kann sein.«

Es klopfte an der Tür und gleich darauf steckte Jon den Kopf ins Untersuchungszimmer. Er hielt sich die Augen mit der Hand zu. »Man hat mir gesagt, dass ihr zwei hier drinnen seid. Ihr treibt doch nichts Unanständiges, oder?«

»Leider nein«, sagte Ty.

Jon wies mit dem Daumen über die Schulter. »Soll ich später wiederkommen?«

Ty kicherte, als Jon eintrat und ihm die Hand schüttelte. Mit seinem Hemd, der Krawatte und dem ordentlich gebürsteten Haar wirkte er durch und durch professionell. Er zog sich einen Stuhl zum Schreibtisch und deutete auf die Stühle neben dem Untersuchungstisch. Von diesem Moment an war ihr Sportkumpel *Speed* verschwunden und Jon, der Arzt, übernahm das Ruder.

»Setzt euch doch, während wir Aiylas Krankengeschichte durchgehen. Danach untersuche ich sie.« Er sah ihre Unterlagen durch und stellte eine Reihe von Routinefragen. Sein Gesichtsausdruck wurde weicher, als er sagte: »Wie ich sehe, hatte deine Mutter Bauchspeicheldrüsenkrebs? Gibt es in der Familie noch andere Krebserkrankungen?«

Krebs? Tys Herz krampfte sich zusammen und er griff nach Aiylas Hand. »Ich dachte, deine Mutter ist an einer Staphylokokken-Infektion gestorben.«

»Ist sie auch.« Die Traurigkeit in Aiylas Augen war fast mit Händen zu greifen. »Die Infektion war die Folge eines Eingriffs, der wegen des Krebses vorgenommen wurde.« Sie richtete ihren Blick auf Jon und sagte: »Niemand in meiner Familie hatte

Krebs. Nur meine Mutter. Allerdings kenne ich meinen Vater nicht, daher habe ich keine Ahnung von seiner Krankengeschichte.«

Jon nickte.

Ein schrecklicher Gedanke blitzte Ty durch den Kopf. »Ist das erblich? Bauchspeicheldrüsenkrebs?«

»Man nimmt an, dass etwa zehn Prozent der Pankreaskrebserkrankungen mit genetischen Faktoren zusammenhängen«, erklärte Jon. »Das bedeutet, dass eine vererbte Genmutation von den Eltern an die Kinder weitergegeben werden kann. Obwohl nicht bekannt ist, dass diese genetischen Voraussetzungen unmittelbar mit dem Bauchspeicheldrüsenkrebs zusammenhängen, können sie das Risiko erhöhen, daran zu erkranken.«

Aiyla drückte seine Hand und sagte: »Ty, ich bin hier, weil mein *Bein* wehtut, nicht wegen Verdauungsproblemen. Glaub mir, wenn ich auch nur eine Sekunde lang gedacht hätte, ich hätte Krebs, wäre ich auf der Stelle zum Arzt gegangen. Ich habe meine Mutter sterben sehen. Ich würde kein Risiko eingehen.«

Er hätte alles darum gegeben, in die Vergangenheit reisen und bei ihr sein zu können, als sie ihre Mutter verloren hatte, um ihr zu helfen, die Last dieses Schmerzes zu tragen. »Ich weiß, Baby. Ich will es nur verstehen, das ist alles.«

Jon stellte ihr weitere Fragen. Einiges hatte er schon erfahren, als er sie in Colorado untersucht hatte. *Wann haben die Schmerzen angefangen? Sind sie ständig da? Wachst du nachts davon auf?* Ty hatte das Gefühl, dass Jon ihre Antworten mit denen vom letzten Mal verglich, so wie er selbst. Einige Fragen waren neu. *Hattest du in letzter Zeit Fieber? Hautausschläge? Gewichtsverlust? Müdigkeit? Veränderungen im Schlafrhythmus?* Sie beantwortete alles mit Nein.

»Okay, Aiyla.« Jon stand auf. »Dann hüpf doch bitte auf den Untersuchungstisch, damit wir uns dieses Bein mal ansehen können.«

Er nahm sich Zeit, begutachtete und betastete ihre Beine, Knie und Gelenke und prüfte ihren Bewegungsradius. Er unterzog sie einer ganzen Reihe von Übungen und erklärte, dass Rückenschmerzen auch auf die Beine ausstrahlen und ein unausgewogener Gang ebenfalls Probleme verursachen könnte. Er ließ sie auf dem Flur auf und ab gehen.

Bei jeder neuen Untersuchung hielt Ty den Atem an, und als sie in das Sprechzimmer zurückkehrten, hielt er es nicht länger aus. Er versuchte, seine Angst wegzuschieben, und fragte so ruhig wie möglich: »Was meinst du, Doc?«

»Schwer zu sagen. Es könnte tatsächlich nur eine Überbeanspruchung sein, wie Aiyla dachte. Aber du hast erwähnt, dass ihr in zwei Wochen eine Klettertour machen wollt. Ich schicke dich lieber zum MRT in die Radiologie, damit wir alle Eventualitäten abdecken. Dann wissen wir, woran wir sind. Am Montagmorgen müssten die Ergebnisse da sein, und wenn ihr wollt, kann euch Brandy am Montag gleich als Erste für die Besprechung einschieben.«

»Ja, bitte«, sagte Ty.

»Okay. Montagmorgen um acht Uhr. Bis dahin«, sagte er zu Aiyla, »nimmst du weiterhin Ibuprofen und Paracetamol. Du sagtest, das hilft dir, oder?«

»Ja, es scheint zu helfen.«

»Dann mach damit weiter, nach Bedarf.« Jon schrieb eine Überweisung zum MRT und schickte sie in die Praxis des Radiologen, das sich im selben Gebäude befand. »Und wenn du etwas Anstrengendes machst, denk daran: kühlen, hochlegen, ausruhen.«

»Sie wird nichts Anstrengendes machen«, sagte Ty bestimmt.

Jon nickte und fragte Aiyla, wie lange sie in der Stadt bleiben würde.

Sie sah Ty an. »Darüber haben wir noch gar nicht gesprochen. Ein paar Tage vielleicht?«

»So lange, bis sie geheilt ist.« Ty legte ihr den Arm um die Schulter und zog sie an sich. »Einverstanden?«

Sie lächelte und sagte: »Ich glaube nicht, dass ich eine Wahl habe.«

Als das MRT fertig war, war es fast sieben Uhr. Sie kauften ein paar Energieriegel in einem Lebensmittelmarkt und fuhren dann weiter zum Haus von Tys Eltern, bevor sie zu ihrem besonderen Date aufbrachen. Nachdem sie ein Sweatshirt übergezogen und ihre Tabletten genommen hatte, ging Aiyla zu Ty in die Einfahrt, der gerade eine Kühltasche in einen alten Jeep stellte.

»Wo kommt das alles her?« Sie warf einen Blick auf den Rücksitz, auf dem eine Kameratasche, Decken und Handtücher lagen.

»Aus der Garage. Der Wagen gehört meinem Vater. Wir brauchen einen Allradantrieb, um zu dem Ort zu gelangen, zu dem wir wollen.«

Er öffnete die Tür und sie stieg ein. »Das hört sich spannend an. Wohin fahren wir?«

»Zu einem meiner Lieblingsplätze. Meinst du, dass du fünf Minuten zu Fuß gehen kannst?«

»Ich könnte eine ganze Stunde zu Fuß gehen.«

Er fuhr ihr mit den Händen über die Beine und beugte sich näher zu ihr. Seine Augen schimmerten dunkel und verführerisch. »Mein mutiges, starkes Mädchen. Ich habe Abendessen dabei, aber wir könnten es überspringen und gleich zum Nachtisch übergehen.«

Seine warmen Lippen lagen auf ihren und er drückte ihre Schenkel und brachte ihren Körper zum Glühen. Als sich ihre Münder lösten, glitt das Wort »Nachtisch« von ihren Lippen, und er lachte leise in sich hinein.

Der Wind wehte ihr die Haare ins Gesicht, als sie durch die kleine Stadt fuhren, vorbei an Einkaufszentren und Wohngebieten, die allmählich Wiesen und Feldern wichen. Schließlich kam die Bar in Sicht, die Faith erwähnt hatte: das Whiskey Bro's. Die Fenster des einfachen Schuppens waren verdunkelt und auf dem Parkplatz standen Motorräder und Trucks. Sie konnte sich nicht vorstellen, dass Faith auch nur einen einzigen Fuß in solch ein zwielichtiges Etablissement setzen würde, was sie nur noch neugieriger machte.

»Das ist die Bar, in der Faith mit Sam war. Sie hat heute Mittag davon erzählt«, sagte sie, als sie vorbeifuhren. »Wir sollten da mal reingehen.«

»Magst du Biker-Treffs?«

»Ich war noch nie in einem, aber Faith war dort, also kann es nicht so schlimm sein, oder?«

»Wir kennen die Besitzer. Sie sind sehr nett. Aber es ist definitiv eine Biker-Bar. Wenn du Angst vor langhaarigen, tätowierten Typen hast, die aussehen, als könnten sie dir den Kopf abreißen und jeden Moment ausrasten, solltest du dich lieber fernhalten.«

Sie konnte nicht anders: Sie musste ihn einfach aufziehen.

Er war so süß, wenn er eifersüchtig war. »Ich mag heiße Biker.«

Seine Augen verengten sich und sie beugte sich über den Sitz und küsste ihn. »Ich mach doch nur Spaß. Ich würde gerne hingehen, aber wegen des Abenteuers, nicht wegen der Typen.« Sie legte ihm die Hand auf den Oberschenkel und strich mit den Fingerspitzen über seinen Schritt. »Der einzige Typ, den ich will, ist hier.«

Er führte ihre Hand auf seine wachsende Erektion. »Ich bin dein, Baby. Es gibt nichts, was ich nicht für dich tun würde, sogar mit dir in diese Bar gehen. Aber wenn jemand mein Mädchen anfasst, könnte es sein, dass du mich aus dem Gefängnis holen musst.«

»Mein großer, böser Braden-Mann ist ganz schön besitzergreifend.«

Er hob ihre Hand und küsste sie, dann legte er sie wieder zwischen seine Beine und warf ihr einen hungrigen Blick zu. »Pass auf, Süße, jetzt wird's holprig.«

Er bog auf eine steile Bergstraße ein, die von üppigen Pflanzen und hohen, drohend aufragenden Bäumen gesäumt war, durch die nur wenig Mondlicht drang. Der Jeep rumpelte über das unebene Gelände. Schließlich verengte sich die Straße, sodass nur noch ausgefahrene Fahrrillen übrig waren. Ty steuerte den Wagen vorsichtig zwischen den Bäumen zu beiden Seiten des Weges hindurch.

»Das fühlt sich an, als wären wir falsch abgebogen und würden gleich in einem Film wie *Wrong Turn* landen.«

»In Peaceful Harbor kann man nicht falsch abbiegen.«

Nach ungefähr einer Meile erreichten sie eine Lichtung. Ty fuhr durch hohes Gras, der Strahl der Scheinwerfer hüpfte über das steinige Gelände. Er stellte den Motor ab. Außer Laubfröschen und Grillen waren nur das Rascheln der Blätter im leisen Wind und die Tiere zu hören, die über den Waldboden huschten. Blaugraues Mondlicht verlieh allem einen unwirklichen Schimmer. Die ersten ängstlichen und aufregenden Momente, die sie immer erlebte, wenn sie unbekanntes Terrain betrat, ließen Aiylas Puls schneller werden.

»Jetzt weiß ich, warum du deine Kamera mitgebracht hast«, sagte sie. »Es ist herrlich hier.«

»Das ist erst der Anfang.« Er stieg aus dem Jeep und stopfte die Decken und Handtücher in einen Rucksack, den sie vorher gar nicht bemerkt hatte.

Er hängte sich seine Kameratasche quer über die Brust und wuchtete den Rucksack auf die Schultern, bevor er sich die Kühltasche griff. Während sie ihn beobachtete, wie er alles für ihren gemeinsamen Abend vorbereitete, erinnerte sie sich an die Traurigkeit und Sorge in seinem Blick, als er gehört hatte, wie ihre Mutter gestorben war. Sie schuldete ihm eine Erklärung, aber er hatte nicht darauf gedrängt, als hätte er gewusst, dass sie all das nicht in Jons Beisein erzählen wollte. Und jetzt stand er vor ihr, das Haar hing ihm in die Augen und seine breiten Schultern trugen das Gewicht des romantischen Abends, den er als Überraschung für sie organisiert hatte.

Er sah rau und männlich aus, und als er nach ihrer Hand griff, sie an sich zog und seine Lippen ihre berührten, wusste sie, dass es nicht sein Äußeres war, das ihr Herz hüpfen ließ. Es war *alles* an ihm. Vielleicht waren es die Gefühle, die die Zeit mit seiner Familie und ihre herzliche Offenheit bei ihr ausgelöst hatten, vielleicht die Fürsorglichkeit, mit der er sich um ihr Wohlergehen kümmerte, oder vielleicht war sie einfach zu verliebt in ihn, um es nicht auszusprechen.

Was auch immer der Grund war, ihre Emotionen quollen über. »Ich habe nie darüber nachgedacht, was ich mir von einem Freund wünsche, aber wenn ich es getan hätte, würdest du alles übertreffen, was ich mir hätte erträumen können. Ich liebe dich, Ty, und ich bin dir dankbar, dass du mir während des Wettkampfes geholfen und mich zu Jon begleitet hast und deine Familie mit mir teilst.« Sie sah zum Sternenhimmel auf. »Und heute Nacht …« Als sich ihre Blicke wieder trafen, lächelte er. »Ich möchte nur, dass du das alles weißt.«

Sein Arm legte sich um ihre Taille und er sagte: »Ich weiß. Vor dir hatte ich keine Ahnung, was Liebe ist. Aber jetzt weiß ich, dass es bedeutet, dass der andere immer da ist. Du bist in jedem meiner Gedanken, bei allem, was ich tue, bei allem, das ich mir erhoffe. Unsere Sterne sind zusammengeprallt, Baby, und das Universum wartet darauf, dass wir es erkunden.«

»Dann lassen wir es nicht länger warten.«

Fünfzehn

Ty und Aiyla gingen durch den Wald und stießen auf eine stillgelegte Bahntrasse. Die alten hölzernen Eisenbahnschwellen waren von Büschen, stacheligen Gräsern und Wildblumen überwuchert.

»Hier ist es wunderschön«, sagte sie, während sie neben den Gleisen entlanggingen.

»Als ich in der Middle School zu wild und übermütig wurde, ist mein Vater mit mir hier in den Bergen gewandert. Wahrscheinlich wäre ich nicht so wild und übermütig gewesen, wenn ich dich damals schon gekannt hätte.«

»Wahrscheinlich hättest du an mir gehangen wie eine Klette, bis ich in Tys *Harem* gelandet wäre und mir am Ende einen anderen Typ hätte suchen müssen, mit dem ich auf Abenteuertouren gehen kann. Und du hättest dumm aus der Wäsche geguckt.«

»Mädchen, du weißt ja gar nicht, *wie* falsch du liegst.« Er zog sie an sich und küsste sie. »Wenn du damals meine Freundin gewesen wärst, hätte ich dich niemals gehen lassen.«

»Der Gedanke gefällt mir. Erzähl mir mehr über den *wilden* Ty. Dein Vater hat dich hierher gebracht?«

»Ja, und als ich älter wurde, kam ich hierher, wenn ich

meine Ruhe haben wollte. Es gibt noch eine andere Stelle, die Cole mir gezeigt hat, bevor er aufs College gegangen ist, draußen am Fluss. Dorthin hat er sich zurückgezogen, wenn er allein sein wollte. Aber das hier war *meins*. Da hinten ist ein kleiner Fluss. Den wollte ich dir zeigen. Ich habe dort meine ersten Aufnahmen gemacht.«

»Wie alt warst du damals?«

»Vierzehn. Ich werde nie vergessen, wie mir meine Eltern meine erste Kamera geschenkt haben. Ich hatte mir keine gewünscht, aber ich habe stundenlang in *National Geographic* geblättert. Ich weiß noch, dass ich das Gefühl hatte, die Bilder darin seien lebendig. Ich wollte in sie hineinkriechen und alles anfassen, wie bei den Fotos, die du machst. Ich möchte die Menschen kennenlernen und ihre Geschichten hören. Als mein Vater mir diese Kamera gab, war es, als hätte er eine Tür aufgestoßen. An diesem Nachmittag schnappte ich mir mein Fahrrad und kam direkt hierher. Hier habe ich mich in die Fotografie verliebt.«

»Du bist den ganzen Weg mit dem Fahrrad gefahren? Mit vierzehn hätte mir meine Mutter das nicht erlaubt.«

»Sie hat dich ohne sie reisen lassen.«

»Ja, mit der Frau, für die sie gearbeitet und der sie vertraut hat.«

»Na ja, um ehrlich zu sein, wussten meine Eltern nichts von meinen Ausflügen, bis ich die Bilder entwickelt hatte. Und dann war der Teufel los.«

Sie lachte. »So sind Eltern wohl.«

Blumen wichen Grasbüscheln und die Erde unter ihren Füßen fühlte sich weicher an. Ohne die grüne Pflanzendecke trat der Verfall der Eisenbahnschwellen überdeutlich zutage.

Ty legte Aiyla eine Hand auf den Rücken und zeigte nach

vorne, wo sich die verformten Gleise über ein wackliges Gerüst wanden. »Alles, was ich wollte, war, *das* hier durch die Linse der Kamera zu sehen.«

»Wow!«, sagte sie. Das Mondlicht schimmerte wie flüssiges Silber auf der Wasseroberfläche und bildete einen spannenden Kontrast zu dem rostigen Schienengewirr. »Das ist schön und schrecklich zugleich.«

»Nicht wahr? Dafür riskiert man als Kind doch gerne Hausarrest.« Er stellte die Taschen und die Kühltasche auf dem Boden ab, zog die Decke hervor und breitete sie aus. Dann gab er ihr seine Kamera. »Willst du ein paar Aufnahmen machen?«

»Und ob!«

Sie spähte durch den Sucher, aber es war nicht der Kontrast zwischen den zerstörten Gleisen und der Ruhe des Wassers, der sie interessierte. Sie konzentrierte sich auf Ty, der die malerische Aussicht bewunderte. Er hatte sein Haar nach hinten gestrichen, sodass sein schönes Gesicht noch besser zu sehen war. Seine dichten dunklen Brauen betonten die Intensität seiner Augen. Sie umrundete ihn langsam, machte ein Bild nach dem anderen und hielt seinen überraschten Gesichtsausdruck fest – und den lustvollen Blick, der sogleich an seine Stelle trat.

Er trat näher und streckte die Hand nach ihr aus, doch sie wich aus, ohne mit dem Fotografieren aufzuhören. Als er seine Arme um ihre Taille schlang, hob sie den Blick und entdeckte ein Haus auf dem Hügel hinter ihnen.

»Ty, da ist ein Haus.«

Vorsichtig schob er die Kamera beiseite und küsste Aiyla. »Mm-hm.«

Er küsste sie auf den Hals, als sie die Kamera hob, durch die Linse spähte und versuchte, das Haus heranzuzoomen.

»Wer wohnt da?«

»Niemand«, sagte er und knabberte weiter an ihr, als wollte er sie zum Abendessen verspeisen. »Das ist das Haus, das Beau renoviert. Es stand lange leer, bevor er es gekauft hat.«

»Da brennt Licht.«

»Das wird Beau sein«, sagte er und küsste sie auf den Hals. »Und das hier bin ich –«

»Lass uns hingehen«, sagte sie aufgeregt und kletterte den Hügel hinauf.

»Warum musste ich mich in eine Frau verlieben, die alte Dinge liebt?«, seufzte er, legte ihr eine Hand auf den unteren Rücken und half ihr, die Anhöhe zu erklimmen.

»Weil du dich mit einer Frau langweilen würdest, bei der du immer schon im Voraus weißt, was sie als Nächstes tut. Und außerdem ist dir doch wohl klar, dass ich deine Küsse liebe und mich später revanchieren werde.« Sie drückte ihm einen Kuss auf die Lippen. »*Versprochen.*«

Als sie sich dem Haus näherten, beschleunigte sich ihr Puls beim Anblick des einzigartigen und dringend liebebedürftigen Gebäudes. »Oh mein Gott, sieh doch nur! Die Veranda führt um das ganze Haus herum. Und die Fenster! Kannst du dir vorstellen, wie wundervoll die Aussicht auf das Wasser sein muss?«

»Aber ja«, sagte er lachend. »Von dieser Veranda aus habe ich Tausende von Aufnahmen gemacht. Die Aussicht ist wirklich spektakulär.«

Sie umrundeten das kleine einstöckige Gebäude und bewunderten die Veranda, die das Haus auf allen vier Seiten umschloss. Der Farbanstrich und die Holzverkleidung waren verwittert, an manchen Stellen fehlten Holzschindeln. Das lehmfarbene, kegelförmige Dach war über der Haustür zusammengesackt und mehrere große Panoramafenster waren gesprungen oder mit Brettern vernagelt. Die alten Holzpfeiler, die das Verandadach stützten, ruhten auf Ziegelsockeln.

»Jepp, Beau ist hier.« Ty wies auf einen glänzenden schwarzen Truck, der vor der Tür parkte.

Aiyla reichte Ty die Kamera. »Ich muss einfach einen Blick hineinwerfen. Meinst du, er lässt uns rein?« Sie spähte durch ein Fenster. »Da ist er! Ich kann ihn sehen.«

Beau musste sie gehört haben, denn sein grimmiger Blick wandte sich direkt zum Fenster.

Sie sprang zurück. »Oje. Er hat mich gesehen und er sieht nicht gerade glücklich aus.«

Die Haustür ging auf und ein großer Mann kam heraus. Sein Gesichtsausdruck wirkte angespannt. Er musterte Aiyla mit ernstem Blick. Sie hob nervös die Hand. »Hallo.«

»Hallo, Beau, wie geht's?« Ty trat auf die Veranda und ein überraschtes Lächeln ließ die Miene seines Cousins sanfter wirken.

»Hallo, Ty. Was treibst du denn hier draußen?«

»Ich habe meiner Freundin Aiyla die alten Bahngleise gezeigt. Da hat sie gesehen, dass bei dir Licht brennt, und war neugierig. Aiyla, das ist Beau. Beau, Aiyla.«

Beau nickte ihr zu. »Freut mich, dich kennenzulernen.«

»Gleichfalls. Tut mir leid, dass ich durch dein Fenster gelinst habe.«

»Nein, tut es nicht«, sagte Beau ungerührt.

Ty lachte. »Er hat dich durchschaut, Baby.«

Ihre Nervosität legte sich und sie musste lächeln. Beaus direkte Art gefiel ihr. »Ertappt. Ich habe ein Faible für alte Häuser.«

»Und für Bergsteiger, wie man sieht«, sagte Beau. »Kommt rein und seht euch um.«

»Was machst du um diese Uhrzeit noch hier?«, fragte Ty, als sie eintraten.

Beau sah auf sein staubiges Hemd und seine Jeans hinunter und spreizte die Hände. »Ich habe die Küche entkernt, bin aber gerade mit dem Aufräumen fertig geworden und wollte für heute Schluss machen.« Er warf einen Blick in den Garten. »Seid ihr den ganzen Weg gelaufen?«

»Wir sind hintenrum gegangen, an den Gleisen entlang«, antwortete Ty.

Aiyla stand im Eingangsbereich und spürte, wie sie von einer Welle der Wehmut erfasst wurde. Das Haus, in dem sie aufgewachsen war, war ebenfalls von Wäldern umgeben gewesen. Es hatte ungefähr die gleiche Größe gehabt, mit ähnlich abgenutzten Holzböden, hohen Decken und dunklen Deckenleisten. Anders als in ihrem Zuhause gab es hier Säulen, die die Diele von den beiden kleinen Räumen auf beiden Seiten des Hauses optisch trennten. Wie oft hatte sie ihrer Mutter in den Ohren gelegen, die Zwischenwände einzureißen. Es war ein Familienwitz geworden: Wann immer Aiyla oder Cherise irgendeine Veränderung am Haus vorschlugen, sagte ihre Mutter: *Wir sollten das mit Sledgehammer-Sally besprechen* – so nannte sie sie dann immer.

Lächelnd bewunderte sie den Raum zu ihrer Rechten mit seinen beiden großen Fenstern, unter denen eine Sitzbank eingelassen war, und einem eingebauten Bücherregal in der Ecke. Sie stellte sich vor, wie sie es sich inmitten von kuscheligen Kissen auf der Bank gemütlich machte und zusah, wie im Frühjahr der Regen gegen die Scheiben prasselte und im Winter der Schnee fiel.

»Viel kann man noch nicht sehen«, sagte Beau.

»Machst du Witze?«, sagte sie. »Dieses Haus hat eine ganz

eigene Persönlichkeit. Das Haus, in dem ich aufgewachsen bin, hatte ungefähr dieselbe Größe, aber weder eine so fantastische Veranda noch den spektakulären Blick auf einen Fluss. Aber wir hatten die Wälder ringsum, und ich habe wunderbare Erinnerungen daran, wie ich als Kind dort gespielt habe.«

Ty nahm ihre Hand und sie gingen gemeinsam ins Wohnzimmer. Der Boden war mit Planen bedeckt und überall lagen Werkzeuge herum, aber trotz des Chaos konnte sie sich vorstellen, wie schön das Haus eines Tages sein würde. Durch die großen Fenster blickte man auf den kleinen Fluss und rechts stand ein alter gemauerter Kamin zwischen zwei kleineren Zimmern, bei denen es sich wahrscheinlich um Schlafzimmer handelte. Dem Kamin gegenüber befand sich der Küchenbereich.

»Es ist herrlich«, sagte sie und sah sich begeistert um. »Könnt ihr euch hier eine komplette Wand aus Glastüren vorstellen? Die Dachsparren könnte man freilegen. Die steinerne Kaminumrandung ließe sich auf der Wand fortsetzen und vielleicht kann man noch ein paar Bücherregale einbauen. Und das Dach über der Veranda wäre ein perfekter Schlafplatz.« Sie stellte sich vor, wie sie mit Ty auf der Veranda saß und zusah, wie die Sonne über dem Fluss aufging.

»Eine Schlafveranda?«, sagte Beau. »Auf die Idee bin ich noch gar nicht gekommen.«

»Tatsächlich? Wenn ich könnte, würde ich am liebsten immer im Freien schlafen. Und bei dieser Aussicht und dem Rauschen des Wassers? Viele Leute bezahlen eine Menge Geld für Geräte, die solche Soundeffekte erzeugen, wie du sie hier vor der Haustür hast.«

»Das wäre ein großartiges Verkaufsargument«, sagte Beau. »Ich will das Haus verticken. Bist du Architektin? Oder

Inneneinrichterin?«

»Nein, aber ich liebe alte Häuser.« Sie spürte Tys Blick auf sich, während sie sich weiter umsah. »Die offene Küche ist wunderbar. Bitte sag mir, dass du sie nicht abtrennen willst. Das ist so gemütlich und einladend.«

»Baby.« Ty schüttelte lächelnd den Kopf. »Beau macht das schon eine ganze Weile. Ich denke, er weiß, was sich am besten verkaufen lässt.«

»Oh mein Gott, bitte entschuldige«, sagte sie. »Ich will dir nicht sagen, wie du deinen Job machen sollst. Ich finde es nur alles so aufregend.«

»Keine Bange. Ich werde die Küche nicht abtrennen. Wenn man Besuch hat, ist es viel schöner, wenn die Küche zum Wohnraum hin geöffnet ist.« Beau ging zu den Fenstern und sah nach draußen. »Und deine Idee mit dem Schlafplatz im Freien gefällt mir.«

»Ehrlich?« Sie trat zu ihm ans Fenster. »Ich hab mal eine Schlafveranda gesehen, mit offenen Torbögen, ohne Trennwände oder so, nur mit einem Moskitonetz über dem Bett. Das war so hübsch.«

Gemeinsam gingen sie durch das ganze Haus und überlegten, wie man es einrichten könnte. Ty schlug vor, Strahler an den Rändern der Decke anzubringen, wenn Beau die Dachsparren freilegte, und Aiyla stellte sich vor, wie romantisch das nachts aussehen würde. Als sie ihre Besichtigungstour beendet hatten, bedankte sich Aiyla bei Beau.

»Keine Ursache. Unser Brainstorming hat Spaß gemacht. Ty, planst du nach wie vor die Klettertour mit Graham?«

»Ganz sicher. Aiyla kommt mit«, sagte Ty. »Graham wird ein paar Tage vor unserer Abreise wieder in der Stadt sein. Wir sollten versuchen, alle zum Abendessen zusammenzutrommeln, bevor wir uns auf den Weg machen.«

»Das wäre großartig. Apropos auf den Weg machen, ich muss los«, sagte Beau. »Zev meldet sich heute Abend über Skype, und ich möchte ihn erwischen, bevor er wieder abtaucht.«

»Zev ist Beaus jüngerer Bruder«, erklärte Ty. »Er ist Schatzsucher und reist sogar noch mehr als wir.«

»Im Ernst?«, fragte sie. »Schatzsucher? Also Piratenschätze und solche Sachen? Was für ein cooler Job.«

»Cool, ja, aber nicht sonderlich einträglich. Ich glaube, er ernährt sich nur von Beeren und Flechten«, sagte Beau, als sie nach draußen gingen und er zusperrte. »Ich bin froh, dass ich Gelegenheit hatte, dich kennenzulernen, Aiyla.« Er wischte sich den Staub vom Hemd und umarmte sie. »Sag mir Bescheid wegen des Abendessens. Wenn ihr von eurem Trip zurück seid, bin ich in Colorado, um Sterling House zu renovieren.«

»Wir waren gerade zum Mad Prix dort. Es ist ein wunderschönes altes Haus«, sagte Aiyla.

»Ja, wenn ich mit ihm fertig bin«, sagte Beau. »Ich muss den Aufräumdienst übernehmen, nachdem unsere Cousins das Haus verwüstet haben.«

Sie unterhielten sich noch ein paar Minuten, und als Beau gegangen war, standen Aiyla und Ty auf der hinteren Veranda und blickten auf den Fluss hinaus. Es war ein warmer Abend, eine leichte Brise wehte und das Wasser sah einladend aus.

»Hast du Hunger?«, fragte Ty.

»Eigentlich nicht.« Sie trat von der Veranda und zog ihr Sweatshirt aus. »Gibt es hier noch andere Häuser?«

Er folgte ihr den Hügel hinunter. »Nein, hier wohnt meilenweit keine Menschenseele.«

»Also … sind wir völlig alleine?«

»Soweit ich weiß, ja.«

»Dann lass uns baden!« Sie humpelte weiter den Abhang hinunter, zog ihr T-Shirt aus und warf es Ty lachend zu.

»Baden –« Ihr T-Shirt traf ihn mitten ins Gesicht und gleich darauf landete ihr BH auf dem Boden.

Sie zog ihre Stiefel aus und zerrte an ihren Socken. »Komm schon!«, rief sie und zog Shorts und Slip aus. Erst als sie sich zu Ty umdrehte, fiel ihr auf, dass er sie durch die Linse der Kamera betrachtete. Sofort bedeckte sie ihren Körper mit den Armen. »Wage es nicht!« Sie drehte sich um und rannte ins Wasser.

»Aiyla, warte!«

Sie tastete sich auf Zehenspitzen durch knöcheltiefes Wasser. »Beeil dich!« In der Flussmitte musste sie feststellen, dass ihr das Wasser nur bis zu den Waden reichte.

Ty krümmte sich vor Lachen.

»Wusstest du, dass es so flach ist?«, schrie sie.

»Ich hab ja versucht, es dir zu sagen.«

Sie verschränkte die Arme vor der Brust. »Ty!«

Er zog sein Hemd aus und legte die Kamera darauf ab, entledigte sich seiner Schuhe und Socken und streifte Jeans und Slip ab.

Junge, er sieht so scharf aus. »Kommst du auch rein?«

Splitterfasernackt und breit grinsend kam Ty ins Wasser. Der begehrliche Ausdruck in seinen Augen war nicht zu übersehen. »Allerdings, ich komme rein, also solltest du besser bereit sein.«

»Wofür?« Sie trat einen Schritt zurück, und ihr Puls beschleunigte sich, als er sich näherte.

»Für deinen *Mann.*«

Er streckte die Hände nach ihr aus und sie lief kreischend davon und spritzte sie beide nass. Er packte sie an der Taille und zog sie an sich.

»So leicht entwischst du mir nicht, mein süßes *nacktes* Mädchen.«

Sie schlang ihm die Arme um den Nacken, spürte seine harte Länge an ihrem Bauch und sofort stand ihr ganzer Körper in Flammen. »Entwischen ist das Letzte, was ich will.«

Ty senkte seinen Mund auf Aiylas und küsste sie, bis sie sich auf die Zehen stellte und versuchte, ihn wie einen Berg zu erklimmen. Er hob sie in die Arme und lächelte an ihren Lippen, während er sie zum Ufer trug. Im Haus war er in eine Art Trance verfallen, als er sah, wie sie mit leuchtenden Augen von einem Raum zum anderen ging, vom Zuhause ihrer Kindertage erzählte und sich ausmalte, was sie alles ändern würde. An ein eigenes Heim hatte er bisher keinen Gedanken verschwendet, aber nun konnte er sich vorstellen, mit Aiyla Wurzeln zu schlagen, ein Zuhause zu haben, in das er zurückkehren und das er sein Eigen nennen konnte. Und als sie mit diesem frechen, sexy Lächeln zum Wasser humpelte, war er stumm vor Liebe.

»Du hast mich reingelegt«, sagte sie glücklich, als er sie auf die Decke legte.

»Nein, Baby. Ich war viel zu sehr damit beschäftigt, deinen Anblick zu *genießen*, um dich reinzulegen.«

Sie lag unter ihm und Wassertropfen schimmerten auf ihrer Haut, als er ihre Schultern und ihre Brust mit Küssen bedeckte. Er genoss es, wie ihr Atem mit jedem Kuss heftiger wurde. Inzwischen kannte er die Stellen, die ihr das größte Vergnügen bereiteten, die sie reizten und ihre Begierde anfachten. Als er mit der Zunge erst um ihre Brustwarzen, dann über die Spitzen fuhr und jede schöne Brust mit geöffneten Lippen küsste und liebkoste, wand sie sich und gab diese sexy Laute von sich, die so bedürftig klangen und ihn fast um den Verstand brachten. Er glitt mit dem Mund über die Rundungen ihres Körpers, versenkte die Zähne in ihrer Hüfte, strich mit der Zunge über die Stelle zwischen ihren Beinen und schmeckte ihre Süße.

»*Ty*«, flehte sie. Ihre Finger krallten sich in sein Haar und ihre Hüften wiegten sich an seinem Mund.

Er wollte, dass sie vor Verlangen außer sich war. Er arbeitete sich am Oberschenkel ihres verletzten Beines entlang, bedeckte jeden Zentimeter ihrer köstlichen Haut mit Küssen, bis hinunter zum Schienbein. Sein Herz schmerzte, als er daran dachte, wie traurig sie ausgesehen hatte, als sie von der Krankheit ihrer Mutter sprach. Er griff nach ihrer Hand, weil er sich noch enger mit ihr verbunden fühlen wollte, und hielt sie fest, als er eine Spur vom Schienbein bis zum Knöchel küsste. Er schmeckte das Wasser des Flusses, doch die Liebe, die er für sie empfand, überstrahlte alles. Als er sich an ihrem anderen Bein hochküsste, zog ihn der Duft ihrer Erregung unwiderstehlich an. Er umschmeichelte ihr geschwollenes Geschlecht mit der Zunge, bis es nass glänzte und sie um mehr bettelte. Er öffnete ihre Schenkel weiter und drückte sie in den Boden, während er sie gierig verschlang, seine Zunge erst tief hineinstieß und dann mit federleichten Strichen ihre empfindlichsten Nerven zum Glühen brachte. Sie krümmte sich stöhnend und stemmte die Fersen in den Boden. Er rieb mit den Fingern über ihr Geschlecht, bevor er sie tief in ihre Mitte tauchte und die Stelle suchte, die sie dazu brachte, die Hände zu Fäusten zu ballen. Mit seinen Lippen, mit seiner Hand verwöhnte er sie, bis ihr Körper erbebte und zuckte und sie unartikulierte, sündige Laute ausstieß, die allein ihm schon fast den Rest gaben.

»Brauche dich«, stieß er hervor, überwältigt von Verlangen und Liebe.

Er schob sich auf sie und fühlte ihre schlüpfrige Hitze an der Spitze seiner Erektion. Er drückte sie an sich, wollte spüren, wie ihr Herz an seinem schlug, wenn ihre Münder und ihre Körper miteinander verschmolzen. Jeder Stoß seiner Hüften entlockte ihr ein Stöhnen und ließ sie ihre Fingernägel noch fester in seine Haut bohren. Hitze und Begierde durchströmten ihn, und er krallte seine Hände in ihre Haare und riss seinen Mund von ihrem los, weil er sie unbedingt sehen musste. Er wollte sehen, was ihre Liebe mit ihr machte. Und es war alles da, in ihren geröteten Wangen, ihrem heftig gehenden Atem und der verführerischen Mischung aus betörender Verführerin und süßer, liebevoller Frau, die zu ihm aufblickte.

Er suchte nach Worten, um die Tiefe seiner Gefühle auszudrücken, doch in seinem Kopf wirbelte alles durcheinander wie bei einem Tornado, und so waren es nur zwei Worte, die er hervorbrachte: »Für immer.«

Als ihre Münder aufeinanderprallten und ihre Körper die Regie übernahmen, gaben sie sich der Macht ihrer Liebe hin, und als sie den Gipfel der Leidenschaft erklommen, wusste er, dass Worte niemals genug sein würden.

Später lagen sie zusammen, Aiylas gesättigter Körper schmiegte sich an seine Seite. Mit den Fingern zeichnete sie gedankenverloren Kreise auf seine Brust. »Hier gefällt es mir«, sagte sie. »Es erinnert mich an zu Hause und an meine Mutter.«

»Das freut mich, Baby. Darf ich dich etwas über sie fragen? Wenn du nicht willst, kann ich das verstehen.«

Sie lehnte das Kinn an seine Brust und ihre Augen waren

wieder voller Traurigkeit. »Es tut mir leid, dass ich dir nicht von ihrer Krankheit erzählt habe. Aus irgendeinem Grund macht es mich weniger traurig zu sagen, dass sie an einer Staphylokokken-Infektion gestorben ist, als über die Krankheit zu sprechen. Es war die Infektion, die sie getötet hat, doch wenn die es nicht gewesen wäre, dann hätte der Krebs sie umgebracht.«

Er rollte sich auf die Seite und hielt sie fest. »Macht es dir Angst? Jon glaubt offenbar, dass du nicht zwangsläufig an Krebs erkranken wirst, selbst wenn du das mutierte Gen geerbt haben solltest.«

»Nein, ich habe keine Angst. Die Ärzte haben Cherise und mir das alles erklärt. Sie hat sehr gelitten und der Krebs hat sich so schnell ausgebreitet. Es ist etwas, an das ich nicht gerne denke, es macht mich einfach traurig, darüber zu sprechen, das ist alles.«

»Das verstehe ich. Ich habe gesehen, was der Verlust seines besten Freundes und die Trauer mit Nate gemacht haben. Sie kann dich innerlich aufzehren, wenn du sie in dich hineinfrisst, und dich zerreißen, wenn du sie rauslässt. Aber mit Liebe und Unterstützung lassen sich all diese zerbrochenen Teile wieder so zusammenfügen, dass sie sich nicht mehr wie Scherben anfühlen. Wir müssen nicht darüber reden, wie du deine Mutter verloren hast, aber wenn du es willst, bin ich für dich da. Und wenn du zusammenbrichst und weinst oder dich über die Welt ärgerst, brauchst du dir wegen der Scherben keine Sorgen zu machen. Ich werde jedes einzelne Stückchen aufheben und es so lange hegen und pflegen, bis du wieder ganz bist.«

Sechzehn

Der Samstag erwachte mit Sonnenschein und jeder Menge Liebe in der Luft. Es war der perfekte Tag für Tempests und Nashs Fest im Boho-Style, einer Mischung aus Hochzeit und Picknick. Am Teich lagen Decken in leuchtenden Farben und darauf verstreut große, kunterbunt zusammengewürfelte Kissen, die Tempest und die anderen Frauen in den letzten Wochen gekauft hatten. Auf jeder Decke standen Gedecke, ein prall gefüllter Picknickkorb und ein kleines Tablett, das Nash aus recycelten Materialien hergestellt hatte, mit einem wunderschönen Blumengesteck. In den Bäumen und um das Dach des Altars hatten sie riesige Papierblumen aufgehängt. Am Altar standen Nash und Phillip, beide in hellgrauen Leinenhosen und kurzärmeligen weißen Hemden mit Hosenträgern. Nash hatte allerdings eine lange Hose an, während Phillip Shorts trug.

Nash spielte Gitarre und sang gemeinsam mit Phillip »I Choose You« von Sara Bareilles. So verkündeten sie aller Welt, wie sie sich für Tempest entschieden hatten und dass nun alles gut war. Tys Mutter hatte ihm erzählt, dass Nash und Phillip seit dem Tag geprobt hatten, als Nash um Tempests Hand angehalten hatte.

Tempest und Ace standen unter den Seidenbehängen in der Stalltür. Ty schlich sich unauffällig an und schoss Fotos, wie die beiden über den von Rosenblättern gesäumten Weg zum Altar gingen.

Während Nash davon sang, dass sein ganzes Herz Tempest gehörte, richtete Ty die Linse auf Aiyla. Sie sah wunderschön aus in ihrem kurzen lavendelfarbenen Kleid und den Riemchensandalen, die ihre langen Beine zur Geltung brachten. Sie hatten die Nacht am Fluss verbracht und waren mit der Sonne aufgewacht. Nachdem sie durch das kühle Wasser gewatet waren und ein paar Bilder gemacht hatten, wollte Aiyla unbedingt noch einmal einen Blick durch die Fenster von Beaus Haus werfen, und Ty hatte ihre Begeisterung mit der Kamera festgehalten.

Cole stupste ihn an, deutete auf Tempest und ihren Vater und erinnerte ihn daran, dass er sich auf die falsche schöne Frau konzentrierte. Aiyla schickte ihm einen Luftkuss und er formte ein stummes *Ich liebe dich* mit den Lippen. Dann trat er schnell zur Seite, um seinen Vater zu fotografieren, der Tempest auf die Wange küsste, während er ihre Hand in Nashs legte. Tempest hatte Tränen in den Augen, doch das strahlende Lächeln, das so typisch für sie war, rührte Ty in seinem Innersten. Er freute sich für seine Schwester und ebenso für Nash und Phillip. In wenigen Augenblicken hatte Tempest eine neue Familie, einen neuen Namen. Ein neues Für-immer-und-ewig.

Als sie und Nash ihr Ehegelübde sprachen, machte Ty weitere Fotos und hielt den Moment fest, in dem Phillip ihnen in all seiner Lockenpracht die schwarze Samtschachtel mit den Ringen hinhielt.

»Zieh ihr den Ring an, Daddy! Mach sie zu meiner Mommy«, sagte er laut und alle lachten, außer Tempest, der

Freudentränen übers Gesicht rannen.

Ty fotografierte Nashs Mutter und ihren neuen Freund, die sich an den Händen hielten, seine Cousine Jillian und ihren Zwillingsbruder Jax und den Rest der Familie, die der Zeremonie alle mehr oder weniger gerührt zusahen. Selbst Jons Augen glitzerten verdächtig. Schließlich fing Ty den Moment ein, in dem Tempest und Nash zu Mann und Frau erklärt wurden, und den innigen Kuss, der so lange dauerte, dass alle riefen: »Habt ihr kein Zuhause?«

Phillip drängte sich zwischen sie und streckte Tempest die Arme entgegen. »Jetzt bin ich dran, Mama!«

Tempest hob ihn hoch, drückte ihn an sich und küsste ihn. »Ich liebe dich, Süßer.«

»Ich liebe dich auch, Mama.«

Nash küsste sie beide. »Mein süßer Engel, meine Frau. Ich bete dich an.«

Ty hielt die Küsse mit der Kamera fest, und als er den Stolz in der Stimme seines Schwagers hörte, entbrannte etwas in ihm. Er ließ die Kamera sinken und sah seine wunderschöne Aiyla an. Die Liebe seines Lebens. Sie hob den Kopf und ihre Blicke trafen sich. Während die Hochzeitsgesellschaft jubelte und alle dem glücklichen Paar gratulierten, ging Ty über den Rasen auf sie zu. Sein Herz schlug so heftig, dass sie sicher spürte, wie es zwischen ihnen pochte, als er ihre Hand nahm und sagte: »Ich will das mit dir.«

Sie runzelte die Stirn. »Was denn? Eine kleine Farm mit einem Teich?«

»Nein, eine *Hochzeit*«, sagte er und war ebenso überrascht wie sie.

Ihre Augen weiteten sich.

»Ich will nie wieder von dir getrennt sein. Ich will, dass wir immer füreinander da sind. In guten wie in schlechten Zeiten. Heirate mich, Aiyla. Sei meine Braut, meine Frau, meine Liebe für immer und ewig.«

Tränen liefen ihr über die Wangen. »Ty …?«

Er sah eine Vielzahl an Emotionen über ihr Gesicht huschen, die eine wachsende Gewissheit spiegelten, dass dies hier richtig war. Dass *sie* richtig waren. »Es ist Schicksal, Baby. Du weißt, dass es Schicksal ist. Wir sind die gleichen abenteuerlustigen, weltoffenen, unaufhaltsamen besten Freunde, die wir in Saint-Luc waren. Man sagt, dass die Liebe mit der Entfernung wächst. Ich sage: Zum Teufel damit. Wir hatten genug Entfernung und genug Zeit, um unsere Liebe wachsen zu lassen. Ich will diese Liebe, eine unverrückbare, alles verzehrende Liebe für immer und ewig. Ich möchte dich lieben und dein Leben so wundervoll machen, dass du keine Sekunde unseres Zusammenlebens bereust.«

»Ty, du sollst Fotos machen, Mann«, sagte Nate, der mit großen Schritten auf die beiden zukam. Er warf einen Blick auf Aiylas Tränen und sah Ty finster an. »Verdammt noch mal, was hast du getan?«

»Ihr einen Heiratsantrag gemacht«, sagte Ty besorgt, ohne Aiyla aus den Augen zu lassen. Sie lächelte durch ihre Tränen hindurch, während er sie atemlos anstarrte und betete, dass sie Ja sagen würde.

»Heilige Scheiße«, murmelte Nash.

Ty musste ihn nicht ansehen – er konnte den Blick unmöglich von seiner zukünftigen Braut wenden –, um zu wissen, dass Nate lächelte.

»Baby?«, fragte Ty ängstlich.

Mit tränenüberströmtem Gesicht nickte sie. »Ja. Natürlich, ja!«, sagte sie.

Sie warf sich in seine Arme, und er wirbelte sie herum und küsste sie, während ihre Worte in seinen Gedanken widerhallten. *Ja. Natürlich, ja!*

»Ich liebe dich, Babycakes«, sagte er. »Ich habe dich vom ersten Augenblick an geliebt.«

»Du solltest fotografieren, keine Heiratsanträge machen«, sagte sie übermütig. »Ich liebe dich so sehr, aber du wirst nie wieder einen Fotoauftrag bekommen.«

»Oh, ich glaube, das ist kein Problem. Du hast Ja gesagt. Das war also mein erster und letzter Heiratsantrag.«

Er küsste sie noch einmal, und als er sie auf die Füße stellte, fiel ihm auf, dass der Jubel und die Glückwünsche, die um sie herum erklangen, nicht mehr Tempest und Nash galten, sondern ihnen.

Den Rest des Nachmittags schwebte Aiyla wie auf Wolken. Nate schnappte sich die Kamera und machte Fotos von ihr und Ty und dann von allen anderen, von denen er behauptete, dass Ty sie aus den Augen verloren hatte. Ty und sie schickten Trixie und Cherise Selfies mit der Überschrift »Wir sind verlobt!«, worauf lange Telefonate mit Glückwünschen folgten. Als aus dem Nachmittag früher Abend wurde und sich die Aufregung des Tages legte, schlich sich Aiyla davon und rief Ms. F. an, um ihr die frohe Botschaft zu überbringen. Die alte Dame war begeistert, noch begeisterter war sie jedoch, als Aiyla ihr versprach, dass sie sie in ein paar Monaten besuchen würden.

Nach dem Gespräch mit Ms. F. kehrte Aiyla zu der Party zurück. Maisy und die anderen Frauen hatten es sich auf den

Decken bequem gemacht und plauderten. Tempest saß neben ihrer Mutter und lächelte, so wie sie schon den ganzen Tag lächelte. Ihr Kleid war genauso märchenhaft, wie sie es beschrieben hatte. Jillian und Jax wussten offenbar genau, was sie taten. Aus alter Spitze und Seidenröcken hatten sie ein zartes, schimmerndes Kleid mit flatternden Stoffschichten gezaubert, das perfekt zum Thema der Hochzeit passte. Die hoch angesetzte Taille war mit Mondsteinperlen im Retrostil bestickt und die Spaghettiträger aus feiner Spitze betonten Tempests natürliche Weiblichkeit. Ihr langes blondes Haar hatte sie mit einer schlichten Seidenschleife an der Seite zusammengenommen und Zweige von Schleierkraut hineingesteckt. Sie sah glücklich und wunderschön aus.

Maisy strich Tempest eine Haarsträhne hinters Ohr und drückte ihre Hand. Es gab nichts Schöneres als die Liebe zwischen Mutter und Tochter, und als Aiyla die beiden beobachtete, überschwemmte sie eine Woge der Traurigkeit. Als sie sich abwandte, fiel ihr Blick auf Ty, der vor Phillip kniete und ihm zeigte, wie man einen Kranz aus Löwenzahnblüten wand. Ihr Herz war so voll, dass ihr wieder die Tränen in die Augen stiegen.

»Oh, nein, du bleibst jetzt hier.« Shannon nahm sie bei der Hand und führte sie zu der Decke, auf der die Frauen saßen. »Mit meinem Bruder steht dir noch das ganze Leben bevor. Jetzt haben wir etwas Wichtiges zu besprechen.«

Kaum hatte sich Aiyla gesetzt, griff Maisy nach ihrer Hand. »Herzlichen Glückwunsch noch einmal, Liebes. Tys Heiratsantrag verschlägt mir immer noch die Sprache.«

»So geht es mir auch«, gestand Aiyla. »Es war wirklich völlig unerwartet.«

»Ich glaube, die meisten Heiratsanträge kommen überraschend. Wenn es Liebe ist, *weißt* du es einfach.« Maisy sah quer über den Rasen zu Ace hinüber und sagte: »Vielleicht sieht man es nicht auf den ersten Blick, aber Ty ist seinem Vater sehr ähnlich. Ich weiß, Ace wirkt ruhig, cool und gelassen. Aber wenn er sich etwas in den Kopf gesetzt hat, weiß er genau, was er braucht, was er will und was er tun muss. Mit Ty ist es genauso. Ich weiß, dass manche Leute denken, er sei impulsiv –«

»Er ist nicht impulsiv, Mom«, sagte Shannon. »Er ist extrem. Das ist ein gewaltiger Unterschied.«

Maisy lachte leise. »Ja, meine süße, impulsive Tochter, die ich über alles liebe. Wenn du mich hättest ausreden lassen, hätte ich dir erklären können, was ich meine. Shannon ist spontan. Sie hat keine Angst davor, schnelle Entscheidungen zu treffen, und lässt sich dabei von ihrem Herzen leiten. Und das liebe ich an ihr. Tempe«, sagte sie und warf ihrer Tochter einen Blick zu, »ist vorsichtiger und wägt bei jeder Kleinigkeit die möglichen Konsequenzen ab. Aber wenn sie eine Entscheidung trifft, ist sie sich so sicher, wie man es nur sein kann. Und Ty ist eine Mischung aus beidem. *Extrem* ist genau das richtige Wort, um ihn zu beschreiben. Er ist intensiv und macht keine halben Sachen. Als er sich in dich verliebt hat, hast du ihn zum Besseren verändert. Er ist fokussierter und motivierter als je zuvor. Und dieser Heiratsantrag war seine Art, der Welt – seiner Familie – zu sagen, dass du jetzt sein Universum bist, sein Ein und Alles.«

Falls Aiyla sich Sorgen gemacht hatte, dass seine Familie ein Problem damit haben könnte, dass Ty so schnell oder ausgerechnet bei Tempests Hochzeit um ihre Hand angehalten hatte, dann waren all diese Sorgen in dem Moment verflogen, als Maisy sie in die Arme nahm und ihr wieder die Tränen in die Augen stiegen.

»Schatz«, sagte Maisy, »wir wollen euch wegen des Hochzeitstermins keinesfalls drängen, aber ihr sollt wissen, dass wir gerne dorthin kommen, wo deine Schwester lebt, wenn ihr die Feier lieber in ihrer Nähe abhalten wollt. Oder wir holen ihre Familie nach Peaceful Harbor. Wir möchten nur nicht, dass ihr euch von unserem verrückten Clan unter Druck gesetzt fühlt, hier zu heiraten.«

»Vielen Dank. So weit sind wir noch gar nicht. Im Moment schweben wir einfach nur auf Wolke Sieben.«

»Nun, wenn du wieder mit beiden Beinen auf der Erde gelandet bist, hoffe ich, dass du mich und Jax dein Hochzeitskleid machen lässt!«, mischte sich Jillian ein. Tys zierliche Cousine mit ihren burgunderfarbenen Haaren sprühte geradezu vor Energie. Sie war das genaue Gegenteil ihres muskulösen, blonden, zurückhaltenden Zwillings Jax. »Natürlich kostenlos. Es wird unser Hochzeitsgeschenk für dich und Ty.«

»Oh mein Gott. Wirklich?« Sie sah die anderen Frauen an, die alle nickten. »Das kann ich natürlich nicht ablehnen. Vielen Dank.«

Sofort begann eine lebhafte Diskussion über Brautkleider. *Brautkleider!* Würde sie wirklich heiraten? Während die anderen durcheinanderredeten, sah Aiyla Ty auf sie zukommen. Sofort schnellte ihr Puls in die Höhe. In seiner dunklen Hose und dem Button-down-Hemd sah er so gut aus, doch trotzdem hätte sie ihm am liebsten die Kleider vom Leib gerissen. Sie spürte, wie ihre Wangen brannten, und wandte den Blick von ihrem hinreißenden Verlobten zu seinen Brüdern und Nash, die ihn begleiteten. Sam hielt eine Gitarre in jeder Hand.

Ihr Verlobter. Das hörte sich wundervoll an.

Ace und Steve näherten sich von der anderen Seite des Gartens.

»Wir sind umzingelt«, sagte Maisy. »Was ist los?«

»Wir haben endlich herausgefunden, warum du und Dad uns ein Instrument habt lernen lassen.« Sam reichte Ty eine Gitarre, und die beiden begannen, »Amazed« von Lonestar zu spielen.

Während die beiden Männer für die Liebe ihres Lebens sangen, kamen Tys Cousins und der Rest von Familie und Freunden hinzu. Nash nahm Phillip auf den Arm und stimmte in den Gesang ein.

Aiyla ging das Herz auf angesichts dieser Liebesbekundung. Als Ty vom Duft ihrer Haut und dem Geschmack ihrer Küsse schwärmte, spielte es keine Rolle, dass die anderen Männer den gleichen Text sangen. Sie wusste, dass er jedes Wort nur an sie richtete.

Schließlich schloss Ty sie in die Arme und sagte: »Ich liebe dich.«

Beau und Nick nahmen Ty und Sam die Gitarren ab.

»Tanzt mit euren Angebeteten«, sagte Beau. »Wir sorgen für die Musik.«

Die beiden stimmten einen Countrysong an, den Aiyla nicht kannte, aber das kümmerte sie nicht. Sie war in Tys Armen, sein Herz schlug an ihrem, und als er ihr tief in die Augen sah, war es, als würde alles andere ringsum verschwinden.

Siebzehn

Der Sonntag verflog in einem bunten Durcheinander unterschiedlichster Aktivitäten. Während Nash und Tempest in den Flitterwochen waren, kümmerten sich Maisy und Ace um Phillip, und der kleine Kerl war schon im Morgengrauen auf den Beinen. Zusammen mit Papa Ace hatte er bei sich zu Hause die Tiere gefüttert, und als sie zurückkamen, machten sie Pfannkuchen für alle. Ty hatte eine Segeltour vorgeschlagen, und einige Stunden später, als die Nachmittagssonne auf sie herab strahlte, stand er zwischen seinem Vater und Steve bei der Bootskajüte, in der seine Mutter und Phillip auf der Suche nach Obst verschwunden waren. Ty beobachtete Aiyla, die sich mit Shannon auf Deck sonnte. Seine Gedanken wanderten zurück zum vergangenen Abend. Nachdem er um Aiylas Hand angehalten hatte, hatte Sam ihm von einem Juwelier namens Sterling Silver erzählt, der Schmuck nach den Wünschen seiner Kunden anfertigte und dabei ihre Persönlichkeit und ihr Leben in sein Design einbezog. Während Aiyla am Morgen unter der Dusche stand, hatte er Sterling angerufen und mit ihm besprochen, wie Aiylas Ring aussehen sollte. Normalerweise nahm sich Sterling mehrere Wochen Zeit, um die Leute kennenzulernen, für die er den Schmuck herstellte, aber Ty hatte bereits eine genaue Vorstellung, was er wollte. Er konnte es kaum erwarten, Aiyla einen Ring an den Finger zu stecken und ihr auf diese Weise zu zeigen, dass sie nie wieder alleine sein würde.

Aiylas Lachen riss ihn aus seinen Träumereien. Sie sah frisch aus wie die Sommersonne. Es gab keinen schöneren Anblick als seine bezaubernde Verlobte in ihrem knappen himmelblauen Bikini mit Punkten. Ihr Haar war wie ein Schleier um ihren Kopf ausgebreitet und auf ihren hübschen Lippen lag der süße Hauch eines Lächelns.

»Wenn du sie weiter so anstarrst, brennt sich ihr Bild in dein Gehirn«, sagte Maisy, die gerade mit Phillip aus der Kajüte kam. Sie hatte ihr blondes Haar zu einem dicken Pferdeschwanz zusammengebunden und Phillips dunklen lockigen Schopf zauste der Wind.

»Wer will Onkel Tys Gehirn verbwennen?«, fragte Phillip und biss in einen Apfel. Er sah Maisy so ernst an, wie nur kleine Jungen es können. Mit dem R hatte er noch seine Probleme.

Maisy setzte sich und zog Phillip auf ihren Schoß. »Niemand will Onkel Tys Gehirn verbrennen. Ich habe ihn nur geärgert, weil er Aiyla anstarrt. Onkel Ty findet sie wunderschön.«

»So macht es mein Daddy auch mit meiner Mom«, sagte Phillip. »Manchmal, wenn Mommy Gitarre spielt, muss ich das mit meinem Dad machen, damit er mich hört.« Er drückte seine kleine Nase gegen Maisys und sagte: »*Dann* hört er mich.«

Ty lachte. »Wenn du älter bist, wirst du lernen, dass Frauen seltsame Kräfte haben. Sie können deine Welt verändern.«

»Da hast du recht«, sagte Steve und warf Shannon einen dankbaren Blick zu. »Shannon hat mein Leben so viel besser gemacht. *Lauter* und *komplizierter*, aber definitiv *besser*.«

»Shannon ist schon eine Marke«, sagte Ty. »Ich bin froh, dass sie und Aiyla sich so gut verstehen. Aber vielleicht sollte ich lieber einschreiten, bevor meine Schwester schreckliche Lügen über mich verbreitet.«

»Man darf nicht lügen«, sagte Phillip streng. »Lügen ist schlimm.«

»Da hast du recht, Kumpel.« Ty kniete sich vor ihn und sog seine neugierigen braunen Augen und seine reine Unschuld in sich auf. »Siehst du das Mädchen da unten?«

Phillip sah zu Shannon und Aiyla hinüber. »Das sind *zwei* Mädchen.«

Maisy klopfte ihm anerkennend auf die Schulter. »Stimmt genau, du Schlaumeier.«

»Aiyla wird bald deine Tante sein.« Als Ty diese Worte aussprach, wurde es ihm noch wärmer ums Herz und seine Gedanken schweiften zu Aiylas Neffen. Plötzlich wurde sein Wunsch, sie kennenzulernen, noch drängender. Er war mit vielen Cousins und Geschwistern aufgewachsen und wollte das auch für Phillip und, wie ihm jetzt klar wurde, für seine und Aiylas Kinder.

Die Erkenntnis traf ihn mit solcher Wucht, dass er einen Moment lang nicht mehr wusste, was er hatte sagen wollen.

»Kann ich auch bei deiner Hochzeit die Winge tragen?«, fragte Phillip und holte Ty zurück in die Wirklichkeit.

»Weißt du was, Kumpel? Es gibt da noch zwei andere kleine Jungs, die vielleicht auch helfen wollen. Ich denke, wir werden für euch alle drei etwas zu tun finden.« Er stand auf. Der Gedanke, eine Familie zu gründen, ließ ihn nicht los. Nicht sofort und vielleicht auch nicht in den nächsten Jahren, zumal sie so viele Reisepläne hatten. Aber irgendwann wollte er ganz sicher eine Familie mit Aiyla.

Steve legte ihm einen Arm um die Schulter und sagte: »Komm, wir sprengen die Junggesellinnenparty. Ich muss ein bisschen mit meinem Mädel rummachen.«

»He, Alter, sie ist immer noch meine Schwester«, sagte Ty, als sie zu Aiyla und Shannon gingen.

»Und sie ist fast meine Frau.«

Ty hörte den Stolz in Steves Stimme. Genau so fühlte er sich, wenn er an seine Hochzeit mit Aiyla dachte.

Aiyla hörte, wie sich Ty und Steve unterhielten, und ihr Puls schoss in die Höhe. Shannons Finger berührten ihre, als wollte sie sagen: *Pst, da sind sie.* Sie hatte Shannon erzählt, wie sie Ty kennengelernt hatte, wie sein Lächeln und seine sexy und frechen Kommentare sie angezogen und wie seine schönen, schelmischen Augen sie für die nächsten fünf Tage gefangen gehalten hatten. Shannon hatte zahllose Fragen gestellt und so hatte Aiyla jeden glücklichen Moment in Saint-Luc noch einmal erleben können. Im Gegenzug erzählte Shannon, wie es bei ihr und Steve gefunkt hatte. Sie hatten sich jahrelang gekannt und sie war immer schon in ihn verknallt gewesen. Aiyla wünschte, sie hätte Ty nicht erst vor ein paar Monaten kennengelernt. Wie wundervoll musste es sein, so viel gemeinsame Geschichte zu haben und zu sehen, wie er sich im Laufe der Jahre veränderte. Andererseits war sie nicht sicher, ob sie in jungen Jahren tatsächlich beste Freunde geworden wären und ob so eine Freundschaft zu dem hätte gewachsen können, was sie jetzt hatten. Vielleicht hatte er sich erst die Hörner abstoßen müssen, bevor er bereit war, alles für ihre Beziehung zu geben.

Sie blinzelte zu Ty hoch, als er sich auf Händen und Knien über sie schob. Sein Haar war zerzaust und fiel ihm in die Augen, seine sonnengebräunte Haut schimmerte und betonte seine athletischen Arme. Er betrachtete sie mit einem derart verschmitzten Blick, dass man sich leicht vorstellen konnte, wie er als wilder Teenager gewesen sein musste. Sie hätte sich in jedem Alter in ihn verliebt. Als er ihr nun in die Augen sah, verliebte sie sich noch mehr in ihn – auch als sie sich der prekären Lage bewusst wurde, in der er sie gefangen hielt.

»Ty«, sagte sie leise. »Deine Eltern sind da hinten.«

»Stimmt. Und ich bin genau hier.« Er streifte ihren Mund mit den Lippen. »Welche Lügen erzählt Shannon über mich?«

»Also bitte!«, sagte Shannon. »Das gehört zum Girl Code.« Sie setzte sich auf und reichte Steve die Flasche mit der Sonnencreme. »Würde es dir etwas ausmachen, meinen Rücken einzureiben?«

»Baby, ich würde dich jederzeit überall einreiben.« Steve beugte sich zu einem Kuss vor.

»Lieber Himmel, Johnson«, sagte Ty. »Sie ist meine Schwester, okay?«

Aiyla lachte. Wie mochte es wohl sein, einen Bruder mit einem Beschützerinstinkt wie Ty zu haben? Sie hatte das Gefühl, dass sie wahrscheinlich so ähnlich wie Shannon gewesen wäre: stark und wild entschlossen, ihre Eigenständigkeit zu verteidigen. Aber Shannon konnte Aiyla nichts vormachen. Sie verdrehte zwar die Augen und machte bissige Bemerkungen, doch es war offensichtlich, dass sie ihre älteren Geschwister anbetete.

Sie sah zu Shannon und Steve hinüber, der seiner Verlobten den Rücken eincremte. Die beiden wollten am nächsten Tag in aller Frühe aufbrechen und Aiyla würde sie vermissen. Shannon kam ihr vor wie eine Schwester. Zum Glück lebten sie nur eine knappe Stunde von ihrer Wohnung in Colorado entfernt, und sie tröstete sich damit, dass sie sich gegenseitig besuchen konnten, wenn sie da war.

Wenn wir da sind.

Steve beugte sich vor und flüsterte Shannon etwas ins Ohr, das sie zum Lachen brachte. Dann sagte er zu Ty: »Das mit dem *Girl Code* war ganz ernst gemeint. Ich hab Shannon und meine Schwester Jade neulich erwischt, als sie sich im Flüsterton am Telefon unterhielten, und keine von beiden plaudert irgendetwas aus.«

Tys Augen verengten sich. »Ist das wahr?«

»Das mit dem Girl Code?« Aiyla genoss es, ihn aufzuziehen. »Gibt es denn nicht auch einen Boy Code?«

Ty sah Steve an. Der zuckte nur mit den Schultern.

»Kann sein.« Ty sah plötzlich verwirrt aus. »Aber nicht, wenn es um etwas Wichtiges geht.«

»Ah, verstehe«, sagte sie nur und schloss die Augen. Sie wusste, dass ihr Schweigen ihn wahnsinnig machte.

Er kitzelte sie an den Rippen, und sie quietschte und versuchte vergeblich, seine Hände wegzuschieben und seinen Angriffen zu entkommen. Er lachte jetzt auch, und als er sagte: »Wir sollten keine Geheimnisse haben, frag Phillip, der kann es dir genau sagen«, brachen auch Shannon und Steve in Gelächter aus.

»Warum willst du unbedingt wissen, was ich ihr erzählt habe?«, fragte Shannon, als Ty Aiyla in die Arme nahm.

»Weil du dafür bekannt bist, schreckliche Lügen zu erzählen, die mich in Schwierigkeiten bringen.« Er sah sie mit ernstem Blick an und setzte hinzu: »Ich sage nur: geklauter

Schokoriegel. Muss ich noch deutlicher werden?«

»Damals war ich acht Jahre alt!«, erwiderte Shannon schnippisch. Sie sah Aiyla an und sagte: »Ich hab im Supermarkt einen Schokoriegel gestohlen und behauptet, er sei es gewesen.«

Aiyla lachte. »War der Schokoriegel wenigstens lecker? Hat es sich gelohnt, dafür Tys Zorn heraufzubeschwören?«

»Ich hab sie nicht verhauen oder so«, sagte Ty. »Ich habe die Strafe auf mich genommen, denn so ist das bei uns. Wir beschützen einander.«

Shannons Blick wurde weicher. »Warum in alles in der Welt glaubst du dann, dass ich irgendetwas sagen würde, das zwischen Aiyla und dich kommen könnte? Ich *mag* sie. Keine Ahnung, wie du eine so tolle Frau abkriegen konntest.«

Ty stürzte sich auf Shannon, als wollte er sie kitzeln, und sie versteckte sich schnell hinter Steve.

Steve streckte die Arme zur Seite und bildete so eine Schutzmauer um seine Verlobte. Er funkelte Ty an. »Du weißt, dass ich dich geradewegs ins Wasser schmeiße.«

»Ach, red keinen Quatsch. Dich erledige ich doch mit links.« Ty strich Aiyla das Haar aus dem Gesicht und schob es ihr hinter die Ohren. »Warum ich so ein Theater mache, fragt sie? Endlich halte ich die Frau meiner Träume im Arm und würde es nicht überleben, sie noch einmal zu verlieren.«

Aiyla schmolz auf der Stelle dahin. Sie war überrascht, dass sie nicht über den Bootsrand rann und ins Wasser tropfte. »Solange mir niemand erzählt, dass du ein Serienmörder bist, kann nichts, was irgendjemand jemals über dich sagen könnte, meine Meinung über uns ändern.«

»Nun, da fällt mir ein …«, setze Shannon an, und Ty sprang auf und jagte Shannon über das Deck, während ihre Eltern riefen, dass sie vorsichtig sein sollten.

Aiyla und Steve sahen lachend zu. Shannon schlug einen Haken, doch Ty packte sie um die Taille und klemmte sie sich unter den Arm wie einen Football, während sie wild mit den Beinen zappelte. »Was ich noch zum *Männercode* sagen wollte.« Er nickte Steve zu, der sich zu Aiyla umdrehte.

Aiyla bemerkte zu spät, was vorging, und wollte entwischen, aber Steve war zu schnell und packte sie um die Taille. Sie schlug mit Armen und Beinen um sich, doch es half nicht.

»Wag es nicht!«, warnte Shannon, als Ty sie über die Seite des Bootes baumeln ließ.

Auch Steve hob seine Beute über die Reling. Aiyla klammerte sich an seine Arme. »Nein, bitte, Steve, *nicht*.«

»Grizz!«, brüllte Shannon. »Rette mich!«

»Das ist der Männercode, Baby«, erwiderte Steve ungerührt.

»Eins. Zwei.« Ty holte Schwung und hob Shannon über die Bootskante. Steve tat es ihm nach und beide Frauen kreischten. »Drei!«

Aiyla und Shannon schrien auf, als ihre Füße auf den Bohlen des Decks landeten. Aiyla sah nach unten und konnte nicht fassen, dass sie nicht im Wasser gelandet war. Im nächsten Moment hatte Ty die Arme um sie geschlungen – Shannon lag in Steves Armen – und küsste sie. Seine Eltern und Phillip feuerten sie an.

»Der Girl Code bedeutet, dass ihr Geheimnisse habt. Der Männercode bedeutet, dass man die Frau beschützt, die man liebt.«

»Oh, Ty.«

»Aber das ist nur der halbe Männercode, Baby. Wenn du untergehst, gehe ich auch unter.« Mit Aiyla in den Armen machte er einen Satz und sprang. Aus den Augenwinkeln sah sie, dass Steve mit Shannon dasselbe tat, und dann klatschten sie und Ty auch schon ins Wasser.

Mit aller Kraft schwamm sie dem Sonnenlicht entgegen, aber das wäre gar nicht nötig gewesen. Tys starke Arme und Beine trugen sie beide bis an die Oberfläche. Sie schnappte nach Luft und klammerte sich an ihn, während sie verzweifelt mit den Beinen paddelte.

»Ich hätte ertrinken können!«

»Nein, hättest du nicht. Ich hab dich festgehalten, Babycakes. Ich hätte dich nie im Leben losgelassen.«

»Und wenn es hier Haie gibt?«

»Dann hätte ich dafür gesorgt, dass sie mich zuerst fressen.« Er küsste sie und sie begannen zu sinken. Ein panischer Laut drang aus ihrer Kehle und sofort löste er seine Lippen von ihren und brachte sie wieder an die Oberfläche. »Ich pass auf dich auf, Baby. Immer.«

Achtzehn

»Ich verschiebe die Reise«, sagte Ty am Montagmorgen, als er und Aiyla in Jons Sprechzimmer warteten.

Der Schmerz in Aiylas Bein hatte nicht nachgelassen. Sie hatte gehofft, dass die Erschöpfung in ihrem verletzten Bein nach dem anstrengenden Wettkampf verschwinden würde, doch es ermüdete immer noch schneller als das rechte – und sie hatte den Fehler gemacht, das Ty gegenüber zu erwähnen.

»Nein, das wirst du *nicht* tun. Wir haben vereinbart, dass keiner von uns auf etwas verzichtet, und ich werde verdammt noch mal nicht diejenige sein, die diese Vereinbarung bricht. Du wirst diese Reise *auf jeden Fall* unternehmen. Ich begleite dich dann bei der nächsten.« Ihr Magen krampfte sich zusammen. Wie sollte sie Ty nur überreden, seine Pläne nicht ihretwegen zu ändern? Sie wollte keineswegs die Freundin – *Verlobte* – sein, die ihn von irgendetwas abhielt. Das würde auf lange Sicht nur dazu führen, dass er es ihr verübelte.

»Graham und ich haben diese Reise schon mal gemacht. Es ist also nicht so, als würde ich etwas Aufregendes verpassen.«

Frustriert atmete sie laut aus. »Es ist wirklich lieb von dir, dass du die Reise absagen willst, aber tu es bitte nicht.«

»Guten Morgen«, sagte Jon, als er das Sprechzimmer betrat.

»Wie geht es den frisch Verlobten?« Seine Worte klangen fröhlich, aber sein Gesichtsausdruck war ernst, als er sich hinter seinen Schreibtisch setzte.

Ty nahm Aiylas Hand. »Uns geht's prima, danke.«

»Das ist schön«, sagte er mit einem gezwungenen Lächeln. »Ich habe die Ergebnisse des MRT.« Sein Blick ging zwischen ihr und Ty hin und her. »Aiyla, in deinem Schienbein sieht man eine verdächtige Masse und ich würde gerne weitere Tests durchführen.«

»Verdächtige …?«, sagte Aiyla verwirrt. »Wie Arthritis oder so?«

Ty drückte ihre Hand. »Arthritis ist nichts Verdächtiges. Jon?«

Jon sah erst Ty an, dann Aiyla und schließlich sagte er: »In deiner proximalen Tibia befindet sich eine Läsion in der Größe einer Erdbeere. Ich denke, wir können nicht ausschließen, dass es sich um ein Sarkom handelt.«

Sarkom. Das Wort hallte immer lauter durch ihren Kopf.

»Was ist das?«, fragte Ty.

Krebs. Sie konnte es nicht sagen. Sie brachte das Wort nicht über die Lippen, denn wenn sie es aussprach, würde es Realität werden. Also biss sie die Zähne zusammen und kämpfte gegen die Tränen an. Sie hatte das Gefühl, in tiefem, dunklem Wasser versunken zu sein und ihren Weg an die Oberfläche zu suchen, ohne einen Lichtstrahl, ohne einen einzigen Anhaltspunkt. *Es ist kein Krebs. Es ist kein Krebs.* Sie zitterte und bebte. *Verdammt,* sie würde nicht zulassen, dass sie aus Angst vor einem einzigen verfluchten Wort schwieg.

»Krebs.« Voller Hass presste sie das Wort hervor, im selben Moment, in dem Jon sagte: »Knochenkrebs.«

»Knochenkrebs?« Ty legte den Arm um sie. Der Unglaube

und die Angst in seiner Stimme waren so real wie der Druck seiner Hand. »Wie kann das sein? Sie ist nicht krank. Das ergibt keinen Sinn.«

Sie versuchte, sich auf seinen Griff um ihre Schulter zu konzentrieren, auf seinen Duft und darauf, wie er sein Bein an ihres presste – alles, nur nicht auf die Stimme in ihrem Kopf, die wieder und wieder flehte: *Nein, Gott, bitte nein.*

»Es tut mir leid«, sagte Jon. »Sarkome sind relativ selten. Sie entstehen in Knochen und Bindegewebe und werden in den meisten Fällen durch Zufall gefunden, wenn man nach anderen Ursachen für Schmerzen sucht. Ich würde gerne Blutuntersuchungen und eine Biopsie durchführen, damit wir genau wissen, womit wir es zu tun haben.«

»Eine Biopsie?«, fragte Ty und drückte ihre Hand noch fester. »Was passiert bei einer Biopsie?«

Während Jon ihm den ambulanten Eingriff erklärte, bekam Aiyla nur Bruchstücke mit: *örtliche Betäubung ... Nadel ... nicht länger als zehn Minuten ... Fluoroskopie ...* Ihr Herz hämmerte gegen die Rippen, und die Angst überschwemmte sie mit einer derartigen Wucht, dass sie kaum atmen konnte. »Können wir sie jetzt machen? Die Biopsie? Jetzt sofort?«

»Aiyla, willst du dir das nicht noch einmal durch den Kopf gehen lassen?«, fragte Ty.

»Nein. Er hat gerade gesagt, dass ich eine Biopsie brauche. Du vertraust ihm, oder?« Tränen stiegen ihr in die Augen und sie zitterte am ganzen Körper, aber sie weigerte sich, den Tränen freien Lauf zu lassen. Jon hatte sich geirrt. Sie war sich ganz sicher. Sie joggte und schwamm und fuhr Ski und Rad. Sie hatte keinen Krebs.

»Ja, natürlich«, sagte Ty, »aber ...«

»Dann möchte ich es hinter mich bringen.« Die Traurigkeit

und Angst in Tys Augen hätten ihr fast den Rest gegeben, aber sie durfte nicht die Fassung verlieren. Sie musste das durchstehen und beweisen, dass es kein Krebs war. *Krebs?* In ihrem Kopf drehte sich alles, bis ihr übel wurde und sie Angst bekam. Sie wollte weglaufen, so weit und so schnell sie konnte. Um der Panik zu entkommen, damit all das verschwand. Sie drückte ihren linken Fuß auf den Boden und hasste den Schmerz, der sofort aufflammte. Ihr Körper hatte sie betrogen. *Vor dem Schicksal kannst du nicht weglaufen.*

Eine Träne lief ihr über die Wange und sie wandte sich von Ty ab und wischte sie mit dem Finger weg. Jon schob ihr eine Schachtel Taschentücher über den Schreibtisch. Sie ignorierte sie, weigerte sich, nachzugeben und schwach zu sein, und zwang sich, die übrigen Tränen in Schach zu halten.

»Ich möchte es sofort machen. Bitte«, sagte sie und stemmte sich gegen die Angst, die sie verzehrte.

»Das dachte ich mir schon«, sagte Jon. »Ich habe mir den Vormittag freigehalten. Unser Operationszentrum befindet sich direkt im Erdgeschoss, wir können es dort machen. Wie ich bereits sagte, handelt es sich um ein ambulantes Verfahren. Danach wirst du Schmerzen haben, aber dagegen reichen die üblichen Schmerzmittel.«

»Operationszentrum?«, fragte Ty.

»Wir führen keine Operation durch, sondern eine Vakuum-biopsie. Ich brauche ein CT, um sicherzugehen, dass ich den richtigen Bereich biopsiere. Sonst könnte ich es hier in meinem Sprechzimmer machen.«

»Und die Ergebnisse?«, fragte sie. »Wie schnell sind die da?«

»Ich spreche mit der Pathologie und sage ihnen, dass es eilig ist«, versicherte Jon ihr. »Ich hoffe, spätestens heute Abend wissen wir mehr.«

Von dem, was Jon über das Verfahren und die Nachsorge sagte, bekam Aiyla kein einziges Wort mit. Wie ferngesteuert verließ sie das Büro und ließ sich von Ty zum Operationszentrum bringen. Sie fühlte sich vollkommen losgelöst von der Situation, als würde sie jemand anderem widerfahren, außerhalb ihrer Kontrolle. Mechanisch erledigte sie die nötigen Formalitäten, beantwortete die notwendigen Fragen und zog sich einen Papierkittel über. Der Kittel, den sie so sehr verabscheute, schien nun das geringste ihrer Probleme zu sein. Sie merkte, dass Ty die ganze Zeit beruhigend auf sie einredete, aber sie nahm nichts davon auf. Im Geiste war sie ganz woanders, so wie damals, als ihre Mutter an der Schwelle zum Tode stand. Es war die einzige Möglichkeit, die alles verzehrende Angst zu überstehen, die auf der Lauer lag, wie ein Bösewicht, der nur darauf wartete, sie mit Haut und Haaren zu verschlingen.

Krankenschwestern kamen herein und sagten zu Ty, es sei so weit. *Es ist so weit.* Wie unheilvoll es klang.

Sie kämpfte darum, stark zu bleiben, für Ty, für sich selbst. Für Cherise. *Oh Gott, Cherise.*

Sie konnte keinen Krebs haben. Ihre Schwester konnte sie nicht auch noch verlieren. Ty nahm sie in die Arme und küsste sie, und als er sich umdrehte, um den Raum zu verlassen, fühlte sie sich, als würde ihr das Herz herausgerissen.

»Ty –« Wie ein verzweifelter Aufschrei flog sein Name von ihren Lippen. Im nächsten Atemzug war er bei ihr und hielt sie fest.

»Ich bin bei dir, Baby.« Tränen stiegen ihm in die Augen, doch er biss die Zähne zusammen und blinzelte sie weg. »Alles wird gut. Ich bin hier. Wir müssen es nicht jetzt machen, wenn du noch Zeit brauchst. Wir können Jon bitten, den Termin zu verschieben.«

Sie klammerte sich an ihn und weigerte sich, die Tränen fließen zu lassen. »Nein. Ich muss es sofort machen. Aber ich brauche *das*.« Sie schlang die Arme um ihn und spürte, wie sein Herz sicher und beständig an ihrem schlug.

»Es tut mir leid, Aiyla«, sagte die Krankenschwester, »aber wir müssen jetzt in den Behandlungsraum.«

Ty nahm ihr Gesicht zwischen seine warmen Hände und sah sie mit einem Blick voller Stärke und Liebe an. »Wir schaffen das, Babycakes. Es gibt nichts, womit wir nicht zurechtkommen.«

»Es ist kein Krebs«, sagte sie nachdrücklich und betete stumm, dass sie recht hatte. Als sie ihm nachsah, wie er aus dem Raum ging, strömten Tränen über ihre Wangen.

Ty ging ruhelos auf und ab. Schmerz und Wut fochten in seinem Innern einen unerbittlichen Kampf aus. Er wollte mit Aiyla im Behandlungsraum sein, ihr Angst und Schmerz nehmen, sich an ihrer Stelle dieser Prozedur unterziehen. Damit sich dieser ganze Albtraum in Nichts auflöste. Er ließ sich auf einen Stuhl sinken, stützte die Ellbogen auf die Knie und legte den Kopf in die Hände. Er fühlte sich so hilflos, war so frustriert und so voller Angst, dass er keinen klaren Gedanken fassen konnte. Als er eine Hand auf seinem Rücken spürte, sah er auf. Beim Anblick seines ältesten Bruders Cole stiegen ihm wieder die Tränen in die Augen.

»Ach, verdammt«, stieß Ty hervor und stand auf. Sein Bruder umarmte ihn.

»Was ist los? Ich habe euch nach eurem Termin gesucht,

und Brandy sagte, ihr seid hier.« Cole blickte ihn forschend an, und Ty wusste, dass sein Bruder all den Schmerz und die Angst in seinen Augen sah.

»Aiyla lässt eine Biopsie an ihrem Bein machen.« Der Schmerz hieb seine scharfen Krallen in seine Brust. »Im MRT sieht man eine verdächtige Masse. Jon sagte, er könne nicht ausschließen, dass es Krebs ist.«

»Großer Gott, Ty.« Cole schloss ihn wieder in die Arme. »Es tut mir leid.«

Sie setzten sich, und Ty berichtete, was Jon ihnen erklärt hatte: die Größe des Fremdkörpers, wie es Aiyla nach dem Eingriff gehen würde. »Er sagte, er tut alles, um die Ergebnisse noch heute zu bekommen, aber ich weiß einfach nicht, was ich tun soll.« Er starrte auf die Türen, hinter denen die Behandlungsräume lagen. »Ich möchte bei ihr sein. Ich möchte derjenige sein, der auf diesem verdammten Tisch liegt. Stattdessen sitze ich hier und bete, dass das MRT irgendwie fehlerhaft war, dass das alles ein großer Irrtum ist. Dabei weiß ich, dass das reines Wunschdenken ist. Cole, sie ist meine ganze Welt. Was kann ich tun, um ihr zu helfen?«

»Genau das, was du gerade tust«, sagte Cole mitfühlend. »Für sie da sein.«

»Es gibt nichts, was mich von ihr losreißen könnte.«

»Ich weiß«, sagte Cole. »Wie geht es ihr?«

Ty war zu aufgewühlt, um noch länger still zu sitzen, und sprang wieder auf. »Sie ist so verdammt stark, aber sie hat ihre Mutter an Krebs verloren – sie muss vollkommen außer sich sein vor Angst. Ich werde jede einzelne Sekunde für sie da sein. Ich werde ihr Fels in der Brandung sein. Aber verdammt noch mal ...« Es schnürte ihm die Kehle zu.

»Dr. Braden?«, rief die Dame an der Anmeldung und Cole

sah hinüber. »Brandy ist am Apparat. Sie sagt, dass oben zwei Patienten auf Sie warten.«

»Vielen Dank. Ich gehe gleich hoch.« Cole legte Ty die Hände auf die Schultern, so wie es ihr Vater unzählige Male getan hatte, und sein mitfühlender Blick war ebenso beruhigend wie besorgniserregend. »Hör zu. Wenn es wirklich Knochenkrebs ist, seid ihr hier in den besten Händen. Jon ist Spezialist, er ist orthopädischer Onkologe. Sobald er die Ergebnisse hat, wissen wir, woran wir sind. Auch wenn wir eine Familie sind, behandeln wir alle Patienteninformationen vertraulich. Ihr müsst Jon sagen, dass er mit mir darüber sprechen darf, damit ich für euch beide da sein kann, aber nur, wenn Aiyla das will. Ich komme nach der Arbeit bei Mom vorbei, aber wenn du oder Aiyla mich braucht, schick mir eine Nachricht, dann bin ich sofort da, verstanden?«

»Danke, das weiß ich zu schätzen, aber komm lieber nicht zu Mom, bevor ich mit Aiyla geredet habe. Ich weiß nicht, ob sie die Familie sehen oder reden oder … ach, verdammt, Cole. Krebs? Das hatte ich überhaupt nicht auf dem Radar.«

»Das hat man nie.« Cole umarmte ihn zum Abschied. »Du bist nicht allein, Ty, und Aiyla auch nicht. Absolut nicht. Grüß sie herzlich von mir, und lass mich wissen, was Jon sagt.«

Als Cole gegangen war, breitete sich ein Gefühl von Einsamkeit in ihm aus, obwohl er wusste, dass sein Bruder für sie da sein würde. Und er wusste, dass die Angst, die Aiyla empfand, noch viel schlimmer sein musste als seine.

Nach einer Wartezeit, die Ty wie eine halbe Ewigkeit vorkam, trat Jon endlich durch die Doppeltür. Ty ging hastig zu ihm und versuchte, seinen Gesichtsausdruck zu deuten, doch sein Freund gab nichts zu erkennen außer der Vorsicht und Professionalität eines Mannes, der so etwas jeden Tag machte.

»Sie hat sich tapfer gehalten«, versicherte Jon ihm. »Gerade zieht sie sich um und dann kannst du sie nach Hause bringen. Sie wird ein oder zwei Tage Schmerzen haben, und obwohl wir ihr keine Beruhigungsmittel gegeben haben, wird sie wahrscheinlich vom emotionalen Stress der Situation erschöpft sein.«

»Verstehe, okay. Alles klar. Kannst du mir sonst noch etwas sagen?« *Zum Beispiel, dass sie keinen Krebs hat?*

Jon schüttelte den Kopf. »Noch nicht. Später weiß ich hoffentlich mehr.«

»Danke, dass du sie so schnell eingeschoben hast und wegen der Ergebnisse Druck machst. Kann ich zu ihr?«

»Ja. Ich muss zu meinen anderen Patienten, aber die Schwester kann dir zeigen, wo sie ist. Ich rufe Aiyla an, sobald ich etwas weiß. Und, Ty, es tut mir wirklich leid, dass sie das durchmachen muss. Sie ist wirklich ein Schatz und war so mutig bei dem Eingriff.«

»Danke.« Ty stürmte durch die Türen und die Schwester brachte ihn zu Aiyla.

Sie saß zusammengesunken auf einem Untersuchungstisch, die Finger fest um den Rand gekrallt. Sie trug wieder ihre normale Kleidung und hatte einen Verband am Bein. Als sie den Blick hob und ihn voller Angst ansah, bohrte sich der Schmerz wie ein Dolch in seine Brust. Er ging zu ihr, trat vorsichtig zwischen ihre Beine und schloss sie in die Arme.

»Ich bin hier, mein schönes, mutiges Mädchen. Ich bin hier und bleibe immer bei dir.«

Er wollte sie einhüllen, ihren Schmerz und ihre Sorgen verjagen und sie für alle Ewigkeit vor allem Schlimmen schützen.

Sie schmiegte die Wange an seinen Hals, und ihre Tränen

rannen über seine Haut und sagten ihm alles, was sie nicht sagen konnte. Mit einer Hand auf ihrem Rücken und der anderen an ihrem Kopf hielt er sie in einer endlosen Umarmung umfangen.

Neunzehn

Im Operationszentrum hielt Ty Aiyla in den Armen, bis die Krankenschwester hereinkam und ihnen sagte, dass sie das Zimmer brauchten. Aiyla wäre am liebsten für immer dort in der Geborgenheit und Liebe seiner Umarmung geblieben. Sie stand nach wie vor unter Schock und begleitete Ty wie ferngesteuert zum Jeep, stieg ein und schnallte sich an. Das erschreckte sie, doch was sie noch mehr erschreckte, war der Blick in Tys Augen. Er versuchte, stark zu sein, aber sie kannte ihn inzwischen gut genug, um die Fassade zu durchschauen und die Angst zu sehen, die er niederzuringen versuchte.

»Lass uns zum Haus meiner Eltern fahren und einen Film gucken oder so was«, sagte Ty, als er auf den Fahrersitz des Jeeps kletterte.

Sie nahm sich fest vor, die medizinische Situation nicht an sich heranzulassen – den Eingriff, die drohende Diagnose, alles, was damit zusammenhing. Sie musste stark bleiben, sonst würde sie den Verstand verlieren. Während des Eingriffs hatte sie schreckliche Angst gehabt, doch der Gedanke an den Fluss hatte sie beruhigt. Sie dachte an die friedliche, sanfte Brise und die Schönheit der verbogenen Schienen. Mit geschlossenen Augen hatte sie sich vorgestellt, wie sich das Wasser um ihre Zehen kräuselte, hatte an die Woge der Liebe gedacht, als Ty sich nackt ausgezogen und versucht hatte, sie einzufangen. Und als der Druck während des Eingriffs unangenehm wurde, war sie in die Erinnerung an ihr Liebesspiel am Ufer eingetaucht. Sie hatten diesen kleinen Fluss zu ihrem gemeinsamen Ort gemacht, und jetzt wollte sie nur in ihrer eigenen Welt sein, nicht in der der anderen.

»Würde es dir etwas ausmachen, wenn wir nicht zu deinen Eltern fahren? Ich liebe deine Familie, bin mir aber nicht sicher, ob ich mich im Moment auf irgendjemanden oder irgendetwas konzentrieren kann. Ich brauche Zeit mit dir alleine, um das alles zu verarbeiten.«

»Was immer du willst, Schatz. Hast du Hunger? Möchtest du etwas essen oder einfach nach einem Ort Ausschau halten, wo wir allein sind?«

Sie warf einen Blick in den hinteren Teil des Jeeps, wo die Decken und Handtücher durcheinander lagen. »Können wir irgendwo Energieriegel und vielleicht etwas Saft kaufen? Etwas Einfaches, Schnelles, und dann zum Fluss fahren?«

Eine halbe Stunde später hielt Ty an den Bahngleisen und bestand darauf, Aiyla zum Wasser zu tragen. Er drückte sie an seinen warmen Körper, während sie ihre Snacks und die Decke in der Hand hielt. Am Wasser war es genauso schön, wie sie es in Erinnerung hatte. Ty stellte sie vorsichtig auf die Füße und breitete die Decke aus. Sie sprachen nicht, aber es war kein bedrückendes Schweigen, sondern genau das, was sie brauchte. Und als sie auf dem Rücken lag und Ty die Arme um sie schlang, den Kopf auf ihre Brust legte und ab und zu einen Kuss auf ihr Brustbein drückte, war es auch das, was sie brauchte.

Er war, was sie brauchte.

Seine Liebe, seine Kraft, sein wortloses Verstehen.

Sie fuhr ihm mit den Fingern durchs Haar und schloss die Augen. Wie von selbst schlugen ihre Gedanken einen dunklen *Was-wäre-wenn*-Pfad ein. *Was, wenn ich wirklich Krebs habe?* Die Erinnerung an den Kampf, den ihre Mutter gegen die Krankheit ausgefochten hatte, brach über sie herein. Sie atmete tief durch und versuchte, die Bilder zu verscheuchen, doch sie schlugen über ihr zusammen, eins nach dem anderen.

»Babycakes?« Ty hob den Kopf und sah auf sie hinunter. »Was ist?«

Sie wandte das Gesicht ab und kniff die Augen zusammen, als könnte sie die Tränen auf diese Weise aufhalten.

Sanft drehte er ihr Kinn zurück und presste seine Lippen auf ihre Stirn und Wangen. »Es ist okay, Süße. Zusammen können wir mit allem fertigwerden.«

Unter ihren geschlossenen Lidern quollen Tränen hervor. »Ich habe solche Angst«, schluchzte sie. »Ich habe das Gefühl, als bekäme ich keine Luft.«

Er nahm sie in die Arme und hielt sie fest. »Ich weiß, Baby. Ich habe auch Angst, aber wir schaffen das. Alles.«

»Was ist, wenn es Krebs ist?« *Oh Gott! Bitte lass es nicht Krebs sein.*

»Dann werden wir uns damit auseinandersetzen.«

»Du weißt nicht«, sagte sie schluchzend, »wie erbarmungslos und schrecklich Krebs ist.«

Er hielt sie noch fester und küsste sie immer wieder auf die Wange. »Für uns ist nichts zu schwer.«

»Ich habe meine Mutter sterben sehen!«, rief sie und klammerte sich an ihn, als könnte er sie vor dem Kummer schützen, der mit jeder Erinnerung auf sie niederprasselte. »Chemo, Bestrahlung. Es war schrecklich. Ihr war schlecht und sie war so schwach und gebrechlich und ...« Sie vergrub ihr

Gesicht an seinem Hals. »Ich habe Angst, Ty. Ich habe solche Angst, dass ich weglaufen und immer weiterlaufen will, bis ich nicht mehr kann.«

»Bis du nicht mehr kannst?« Mit Tränen in den Augen sah er sie an. »Baby …? Wenn du läufst, laufe ich mit. Ich werde dich verdammt noch mal tragen.«

Trotz ihrer Tränen musste sie lachen. »Ich meine nicht, dass ich von dir weglaufen will. Ich will vor dem weglaufen, was da in meinem Bein ist.«

Er wischte ihre Tränen ab und küsste sie sanft. »Wir laufen nicht davon. Wir setzen uns damit auseinander. Wir besiegen es. Wir schauen nach vorn. *Zusammen.*«

Sie versuchte, den Kloß in ihrer Kehle herunterzuschlucken, aber es war unmöglich. Panik grub sich in ihr Herz wie ein Speer, und sie schloss die Augen, konzentrierte sich auf das, was er gesagt hatte, und versuchte, die Kontrolle über ihre Gefühle wiederzugewinnen. Sie zitterte und sie war müde. *So verdammt müde.* Angst nagte an ihr, ließ sie nicht zur Ruhe kommen und raubte ihr die letzte Energie. Sie schaute in Tys liebevolle Augen und wusste, dass sie bei ihm all ihre Schutzwälle niederreißen konnte.

Tränenüberströmt und mit wehem Herzen sank sie schluchzend an seine Brust. Sein Körper hielt sie umfangen wie ein Schutzschild. Er strich ihr das Haar aus dem Gesicht und küsste sie zärtlich auf die Wange.

»Ja, wein ruhig, meine Süße. *Atme*, Baby. Lass alles raus.«

Sie sog einen Atemzug nach dem anderen ein, bis ihr Schluchzen nachließ und schließlich nur noch Tys süßes Flüstern zu hören war, das sie in den Schlaf wiegte.

Aiyla schlief einige Stunden. Bisweilen war ihr Schlaf unruhig und sie zuckte und wimmerte leise. Dann strich ihr Ty sachte mit der Hand über den Rücken, flüsterte ihr beruhigende Worte ins Ohr und küsste sie sanft. Träumte sie von dem Eingriff oder vom Tod ihrer Mutter? Hatte sie Schmerzen? Noch nie hatte er eine Liebe erlebt, die so intensiv war, dass er die Schmerzen des anderen mitfühlte. Und jetzt war es, als gäbe es keine Trennung zwischen ihnen. Was ihr wehtat, tat auch ihm weh. Wenn sie lächelte, lächelte auch er. Er war froh über diese Gefühle, aber sie waren nicht fair. Lieber würde *er* die Schmerzen an ihrer Stelle ertragen.

Als die Sonne des späten Nachmittags unterging und mit ihr die Hitze des Tages verschwand, presste er seine Lippen auf ihre Stirn, schloss die Augen und betete mit jeder Faser seines Wesens, dass alles gut werden würde.

»Mm.« Auf ihren Lippen spielte ein süßes Lächeln, als sie ihn durch den schläfrigen Nebel hindurch anblinzelte. »Tut mir leid. Ich wollte nicht einschlafen.«

»Du hast es gebraucht. Wie geht es deinem Bein?«

»Tut weh. Wie spät ist es?« Sie setzte sich auf, während er auf seinem Handy nach der Uhrzeit sah.

»Fast fünf. Wir sollten zum Jeep zurückgehen, damit du deine Schmerzmittel nehmen kannst.«

Sie sammelten ihre Sachen zusammen, und er trug Aiyla auf dem Weg zurück, den sie gekommen waren. »Bis wir heiraten, mache ich das mit links. Dich über die Schwelle zu tragen, wird ein Kinderspiel sein.«

»Es sei denn, ich fange vor lauter Stress an, mich mit

Kuchen vollzustopfen«, sagte sie im Spaß.

Verdammt, es war so schön, sie lächeln zu sehen.

»Du könntest hundert Pfund zulegen und ich würde dich immer noch lieben *und* dich tragen.«

Als sie den Berg hinunterfuhren, nahm Aiyla ihre Schmerztabletten. »Danke, dass du heute bei mir bist. Und dafür, dass ich wie ein Baby heulen und dir einfach wegnicken durfte.«

Er lachte. »Ich liebe dich, Baby —«

Ihr Telefon klingelte, und Angst blitzte in ihren Augen auf, als hätte jemand eine Glühbirne eingeschaltet. Der Anblick traf ihn bis ins Mark. Er hielt am Straßenrand, nahm ihre Hand in seine und schenkte ihr seine volle Aufmerksamkeit. »Es ist okay, Baby. Du bist nicht allein. Ich bin bei dir.«

Ihre Hand zitterte, als sie das Handy ans Ohr hob. »Hallo?« *Jon* formten ihre Lippen.

Ty schlug das Herz bis zum Hals.

»Es tut weh, aber es geht«, sagte sie mit wackliger Stimme.

Immer, wenn sie schwieg, um Jon zuzuhören, brandete Panik in Ty auf.

»Ja«, sagte sie leise. »Wann?«

Aiyla biss sich auf die Unterlippe und Ty wurde das Herz schwer. Er spannte die Kiefer an, betete um das Beste und fürchtete das Schlimmste.

»Okay, danke.« Tränen standen in ihren Augen, als sie das Gespräch beendete. »Wir müssen sofort in die Praxis.«

Ty zog sie an sich, doch sie wand sich aus seiner Umarmung. »Sofort, Ty. Tut mir leid, aber er wartet auf uns, und wenn du mich umarmst, klappe ich zusammen.«

»Okay, Schatz.« Er bog von dem holprigen Waldweg auf die Straße ein. Seine Gedanken wirbelten durcheinander. »Was hat er gesagt?«

»Nur, dass er die Ergebnisse hat. Aber wenn die gut wären, hätte er es mir gesagt, oder? Er würde nicht warten, bis wir in der Praxis sind.«

Sie sah ihn mit so hoffnungsvolle Augen an, dass er Mühe hatte, zu antworten. »Das wissen wir nicht«, sagte er. »Vielleicht will er die weitere Behandlung mit uns durchsprechen. Versuche, nicht zu spekulieren und die Dinge im Kopf vorwegzunehmen. Mach dir keine Gedanken darum, Aiyla. Nicht jetzt. Noch nicht und hoffentlich nie.«

Sie nickte gedankenverloren.

Als sie bei der Praxis ankamen, half Ty ihr aus dem Jeep und drückte sie an sich. »Egal, was passiert, ich bin für dich da, Aiyla. Hörst du?«

Sie blinzelte einige Male, schluckte und bemühte sich offensichtlich, ihre Gefühle unter Kontrolle zu halten. Dann nickte sie stumm.

Er nahm ihr Gesicht in beide Hände und sah ihr in die sorgenvollen Augen. »Ich liebe dich, Baby. *Bedingungslos.*«

Seine Lippen legten sich sanft auf ihre, aber sein Herz war zu voll, seine Liebe für sie zu intensiv, um sie mit einem flüchtigen Kuss abzuspeisen. Er vertiefte ihn, drängte all seine Ängste in den Hintergrund und gab ihr einen Kuss, der keinen Zweifel an der Macht seiner Gefühle ließ. All seine Kraft und positive Energie flossen in ihre Verbindung, und er hoffte, dass sie sie aufsaugen würde.

Er legte ihr die Hand in den Nacken und löste sich langsam von ihr. »Alles okay, Schatz?«

»Jetzt schon«, sagte sie atemlos.

Er hielt sie an sich gedrückt, als sie zu Jons Sprechzimmer gingen. Mit jedem Schritt wuchs seine Sorge. Sie wurden direkt zu Jon geführt, und als sie eintraten, lief er ruhelos am Fenster auf und ab und sein Gesichtsausdruck war für Ty wie ein Schlag in die Magengrube. Jeder Muskel in seinem Körper spannte sich an. Aiyla drückte sich noch enger an seine Seite, als wollte sie zum Schutz in ihn hineinkriechen. Er verstärkte seinen Griff um ihre Taille. Jetzt war er derjenige, der am liebsten weggelaufen wäre, der sie auf den Arm nehmen und wegtragen wollte, damit sie das, was Jon ihnen zu sagen hatte, nicht hören mussten.

»Ty, Aiyla, danke, dass ihr gekommen seid.« Jon wies auf die Stühle gegenüber von seinem Schreibtisch. Sein Blick war entschuldigend, sein Ton zu professionell.

Nein, verdammt noch mal. Ty fühlte Übelkeit aufsteigen. Er setzte sich auf einen Stuhl, zog Aiyla auf seinen Schoß und legte die Arme um sie. Er hoffte inständig, dass er Jons Miene falsch deutete – und wusste doch, dass er den Schlag auffangen und Aiyla beschützen musste, wenn seine schlimmsten Befürchtungen wahr wurden.

Jon setzte sich auf den Stuhl neben ihnen, und sein Blick sandte eine stumme Botschaft an Ty, die zu sagen schien: *Wappne dich.* Er spürte Aiylas Herz viel zu schnell schlagen, und die Angst in ihren Augen sagte ihm, dass sie diesen Blick ebenfalls bemerkt hatte. Im Bruchteil einer Sekunde brach etwas Dunkles und Urtümliches aus den Tiefen seiner Seele hervor. *Hass.* Er brodelte in seinem Blut und brachte ihn dazu, dass er Jon am liebsten k. o. geschlagen hätte, um ihn zum Schweigen zu bringen, bevor er ein weiteres Wort sagen konnte. Dieser Hass war falsch, er wusste, dass er den Falschen ins Visier nahm, aber die Dunkelheit fraß ihn auf. Es gab kein Entkommen. Er bemühte sich, diese Emotionen zu verdrängen, doch sie lauerten direkt unter der Oberfläche.

»Aiyla, was ich dir zu sagen habe, lässt sich nicht beschönigen, daher werde ich es gar nicht versuchen. Die Biopsie hat bestätigt, dass du an einem Chondrosarkom leidest, einer Art von Knochenkrebs, der sich in Knorpelzellen entwickelt. Es ist der zweithäufigste Typ des primären Knochentumors. Ich hoffe, wir haben ihn so früh gefunden, dass er noch nicht gestreut hat.«

Ty war wie vor den Kopf gestoßen. Aus Aiylas Gesicht war alle Farbe gewichen, ihre Unterlippe zitterte, und Tränen stiegen ihr in die Augen, was Tys Augen ebenfalls feucht werden ließ. Doch er kämpfte entschlossen gegen die Tränen an. Er würde nicht zusammenklappen, wenn Aiyla ihn am meisten brauchte. *Chondro-Drecks-Sarkom?* Keine Krankheit würde ihm Aiyla entreißen. Sie würden es mit diesem Hurensohn aufnehmen, mit allen Mitteln.

Er drückte ihr einen Kuss auf die Schläfe. »Es ist okay, Baby. Wir werden dagegen ankämpfen.«

Sie presste die Lippen aufeinander und nickte, sichtlich bemüht, nicht zusammenzubrechen. Der Hass in Ty wuchs und nun richtete er sich auf die Krankheit statt auf den Überbringer der Nachricht. Er zwang sich, dem Krebs eine Form zu geben, mit der er etwas anfangen und die er besiegen konnte, wie den schlimmsten verdammten Berg der Welt. Wenn er sich das so vorstellte, konnte er sich auf das Ziel konzentrieren – die Krankheit in Grund und Boden zu stampfen – und darauf, sich einen praktikablen Angriffsplan zurechtzulegen.

»Was ist der nächste Schritt, Jon?«, fragte er. »Wie gehen wir dagegen an?«

»Als Erstes müssen wir einen PET-Scan machen, um festzustellen, ob sich die Krankheit ausgebreitet hat und in welchem Stadium sie ist. Sobald wir diese Informationen haben, Aiyla, musst du entscheiden, ob du hier oder woanders behandelt werden willst. Dann können wir den nächsten Schritt planen.«

Ty sah Aiyla an, die völlig verstört wirkte. »Möchtest du zurück nach Colorado? Wir können es dort machen. Oder in Oregon bei deiner Schwester, oder hier. Wo immer du willst, ich bin bei dir.«

Eine Träne lief ihr über die Wange. »Das kann ich Cherise nicht antun. Sie hat zwei kleine Kinder und sie braucht nicht auch noch …« Schluchzend verstummte sie.

»Schsch. Es ist okay.« Er umarmte sie. »Es ist okay. Willst du es hier machen?«

»Du musst dich nicht jetzt entscheiden«, sagte Jon. »Es ist alles ein bisschen viel auf einmal. Wenn du dich dafür entscheidest, dich hier behandeln zu lassen, würde ich gerne ein Treffen mit einem multidisziplinären Team organisieren, mit einem führenden Onkologen und einem Radiologen. Dann können wir besprechen, welche Behandlungsoptionen in Frage kommen.«

»Aber du bist orthopädischer Onkologe. Wozu brauchen wir einen weiteren Onkologen?« Ty konnte es nicht fassen, dass sie über Onkologen und Krebsbehandlungen sprachen.

»Wir haben es mit einer komplizierten Krankheit zu tun, und je nachdem, was die CT-Untersuchung ergibt, sollten wir sicherstellen, dass wir alles in Betracht ziehen.« An Aiyla gewandt sagte Jon: »Du brauchst so viele Informationen wie möglich, bevor du dich für eine Behandlung entscheidest. Falls der Krebs gestreut hat, muss ein medizinischer Onkologe die Chemotherapie überwachen und die Nebenwirkungen behandeln. Vielleicht willst du auch mit einem Psychologen oder Sozialarbeiter sprechen, um die emotionalen Auswirkungen der Diagnose zu bewältigen.«

Falls der Krebs gestreut hat. Diese Worte trafen Ty mit der

Wucht einer Kanonenkugel, hämmerten sich in seinen Kopf und bohrten die erbarmungslose Realität in sein Herz.

»Danke«, sagte Aiyla leise und fügte dann mit kräftigerer Stimme hinzu: »Können wir den PET-Scan gleich machen? Ich muss wissen, was in meinem Körper los ist.«

»Erst muss alles mit deiner Krankenversicherung geklärt werden, das kann einige Zeit in Anspruch nehmen«, erklärte Jon. »Sobald die Untersuchung bewilligt ist, blocken wir den nächsten freien Termin für dich. Es kann allerdings ein oder zwei Wochen dauern, bis die Formalitäten erledigt sind.«

Ty wusste rein gar nichts über diese Krebsart, aber ihm war klar, dass jeder Krebs eine tickende Zeitbombe war, und wollte nicht abwarten, bis ihr Lebenslicht fast heruntergebrannt war. »Wir zahlen bar. Besorg ihr so bald wie möglich einen Termin. Was es auch immer kosten mag, du weißt, dass ich dafür aufkomme. Ich will nicht, dass Aiyla sich länger Sorgen macht als unbedingt nötig.«

Sie schüttelte den Kopf. »Ty, ich kann das nicht bezahlen …«

»Aber ich kann«, versicherte er ihr. »Jetzt ist nicht der richtige Zeitpunkt für falschen Stolz, Baby. Lass es uns angehen, damit wir wissen, woran wir sind.«

»Aiyla?«, fragte Jon. »Das musst du entscheiden.«

Sie runzelte die Stirn, und Ty hatte einen Augenblick lang Angst, dass sie ihm widersprechen könnte. Als sie nickte und »Okay« sagte, fiel ihm ein Stein vom Herzen. Ein Hindernis weniger.

Jon gab ihnen mehrere Broschüren über den Umgang mit Krebs im Allgemeinen und über das Chondrosarkom im Besonderen. »Ich rate euch dringend, nicht zu viel im Internet zu lesen. Da findet man viele Fehlinformationen, die mehr schaden als nützen.«

»Ich weiß«, sagte sie leise. »Die Erfahrung haben wir gemacht, als meine Mutter krank war.«

»Noch etwas: Bei dieser Art und Größe von Tumoren treten häufig pathologische Frakturen auf, da die Krankheit den Knochen schwächt. Tatsächlich werden viele Tumoren wie deiner nur zufällig gefunden, weil wir glauben, wir hätten es mit einer Fraktur zu tun. Jetzt, wo wir wissen, was es ist, siehst du dich besonders vor, okay? Und, Aiyla, ich bin einer von ein paar hundert Ärzten, die sich auf Sarkome spezialisiert haben. Du bist bei mir in guten Händen, aber wenn du dich woanders behandeln lassen willst, suche ich dir einen Spezialisten, der ebenso gute Arbeit leistet.«

»Danke«, sagte Ty.

»Habt ihr noch Fragen, bevor ich den PET-Scan organisiere?«

Aiyla schüttelte den Kopf. »Später bestimmt, aber jetzt will ich nur diesen Test machen, damit wir wissen …« Ihre Stimme verklang, ihre Sorgen hingen unausgesprochenen in der Stille.

»Ich rufe in der Radiologie an und sehe, was ich machen kann«, sagte Jon. »Ginge es auch sehr früh oder spät am Tag, wenn das die einzige Möglichkeit ist, dir schnell einen Termin zu besorgen?«

»Ja«, sagte Aiyla.

»Okay. Ich melde mich bei dir, sobald ich einen Termin habe, und in der Zwischenzeit hat Ty meine Handynummer. Wenn ihr Fragen habt, könnt ihr mich jederzeit anrufen.«

»Danke.« Aiyla stand auf. Unter ihren Augen zeigten sich plötzlich dunkle Ringe, und sie war so blass, dass Ty Angst hatte, sie könnte ohnmächtig werden. Er legte den Arm um sie. »Ich weiß, dass du mit Tys Bruder und Faith zusammenarbeitest, aber kannst du ihnen bitte nichts sagen, bis die Ergebnisse des Tests da sind und wir Zeit zum Nachdenken hatten? Ich möchte keine Fragen beantworten müssen, bevor ich alles weiß, was ich wissen muss.«

Verdammt. Ty hatte vergessen, ihr zu sagen, dass er Cole getroffen hatte. »Aiyla, Cole weiß von der Biopsie. Nach unserem Termin hat er uns gesucht, und Brandy hat ihm gesagt, dass wir im Operationszentrum sind. Er wusste nichts von dem Eingriff, als er dort ankam, aber ich habe es ihm erzählt. Es tut mir leid. Er wird sich Sorgen machen, wenn ich ihm nicht Bescheid sage.«

»Können wir ihn bitten, deiner Familie nichts zu sagen?«, fragte sie.

»Ja, natürlich.«

»Aiyla«, sagte Jon, »ich würde niemals ohne dein Einverständnis irgendwelche Informationen weitergeben, aber wenn du willst, dass ich Cole alles erkläre und ihm erläutere, wie du dich fühlst, kann ich das tun, bevor er heute Feierabend macht.«

Sie sah Ty mit flehendem Blick an. »Willst du selbst mit ihm reden? Ich fürchte, ich schaffe es nicht.«

Ty wollte mit seinem Bruder sprechen, aber noch mehr wollte er für Aiyla da sein. »Warum überlassen wir das nicht Jon? Ich will bei dir bleiben.«

Ein schwaches Lächeln kräuselte ihre Lippen. »Vielen Dank.«

»Ich kümmere mich darum«, sagte Jon. »Und wenn ihr nichts dagegen habt, möchte ich den Arzt für einen Augenblick beiseitelegen und in den Freundemodus schalten.« Er richtete sich auf, und sein Blick wurde weicher, als er Aiylas Hand nahm. »Es tut mir so leid, dass du das durchmachen musst, aber du hast einen verdammt guten Mann an deiner Seite, und ich werde dafür sorgen, dass du die bestmögliche Behandlung erhältst. Wenn du irgendetwas brauchst, wenn du Fragen hast, lass es mich wissen. Und sobald wir die vollständige Diagnose haben und du willst, dass ich mit deiner Familie spreche, mache ich das gerne.«

Er umarmte sie, und Ty hörte Aiyla schniefen, als sie sich bei ihm bedankte.

Jon legte Ty die Hand auf die Schulter und sagte: »Ich bin für euch da, Kumpel. Wir werden kämpfen, mit Zähnen und Klauen.«

Verdammt, das werden wir.

Zwanzig

Am Montagabend saß Aiyla am Strand hinter Tys Elternhaus und lauschte dem Rauschen der Wellen und Phillips süßem Kichern. Maisy und Ace grillten in ihrem Garten am Lagerfeuer, während der Kleine in der Nähe spielte. Ty lief ein paar Meter von Aiyla entfernt auf und ab und sprach mit seinem Cousin Graham, um die Klettertour abzusagen. Sie hatte nicht einmal versucht, ihn davon abzubringen. Sie hatte ein schlechtes Gewissen, weil sie ihn so dringend brauchte. War es egoistisch, Ty nicht den Laufpass zu geben, angesichts einer Krankheit, an der sie vielleicht sterben würde? Sollte sie es ihm leichter machen? Ihn wegstoßen? In ihrem Herzen wusste sie, dass sie das nie im Leben fertigbringen würde, aber sie war so verängstigt und verwirrt und so voller Schmerz, dass sie kaum einen klaren Gedanken fassen konnte. Jon hatte angerufen, kurz nachdem sie sich von ihm verabschiedet hatten. Er hatte ein paar Beziehungen spielen lassen und ihr einen PET-Scan-Termin für Donnerstagmorgen organisiert. Bis sie die Ergebnisse dieser Untersuchung hatten, musste sie die schreckliche Ungewissheit aushalten.

Ty schickte ihr einen Luftkuss, und sie dachte an das, was ihr erst vor ein paar Tagen durch den Kopf gegangen war. Wie sexy er war und was für ein Glück sie gehabt hatten, einander zu begegnen. Wie das Schicksal seine magischen Fäden gesponnen hatte. Sie hatten Glück, das Schicksal meinte es gut mit ihnen. An diese Überzeugung klammerte sie sich nun mit aller Macht. Stimmte es denn etwa nicht? Es gab Milliarden von Menschen auf der Welt, und sie und Ty waren zur selben Zeit am selben Ort gelandet. Und das gleich *zweimal*. Doch so sehr sie sich auch bemühte, diese einfachen, leichteren Gedanken festzuhalten – *die Gedanken einer siebenundzwanzigjährigen Frau, die keinen Krebs hat* –, zerstoben sie jedes Mal, wenn sie versuchte, sie zu erhaschen. Gab es überhaupt noch eine Welt ohne die Sorgen, die in ihrem Kopf herumwirbelten? Seit sie von ihrer Diagnose erfahren hatten, war da nur diese alles erdrückende Angst.

Ty beendete das Telefonat, und als er auf sie zukam, schlug ihr Herz schneller, doch es war der rasende Puls sorgenvoller Liebe. Er streckte seine langen Beine neben ihr aus und legte einen Arm um ihre Schulter.

»Wie geht es meinem schönen Mädchen?« Seine Lippen streiften ihre, und sie spürte, dass er lächelte.

Ihr Magen flatterte, während sie reglos dasaß. Sie brauchte die Bestätigung, dass sie immer noch die Frau war, in die er sich verliebt hatte. Immer noch fähig zu den gleichen Emotionen, immer noch stark. Sie musste sichergehen, dass die Diagnose sie nicht zu etwas Geringerem gemacht hatte.

»Alles okay?«

»Mhm.« Sie hatten nicht viel geredet, seit sie die Praxis verlassen hatten. Sie konnte nicht. Jedes Mal, wenn sie es versuchte, schnürte es ihr die Kehle zu.

»Soll ich dir die Füße massieren?«, bot er an.

Sie schüttelte den Kopf. »Soll ich dir deine massieren?«

»Nein, aber ich habe ein anderes Körperteil, das Aufmerksamkeit braucht.« Seine Lippen huschten über ihre und dann sagte er: »Mein Herz muss wissen, dass es dir gut geht, Baby. Ich verstehe, dass du nicht reden willst, aber ich muss wissen, was in deinem Kopf vorgeht.«

»Ich bin okay.« Sie schlang ihm die Arme um den Hals und kroch auf seinen Schoß. »Glaub bloß nicht, dass ich ein armes, hilfloses Ding bin, das gerettet werden muss. Das ist nämlich nicht der Grund, weshalb ich das tue.«

»Natürlich nicht. Du rettest *mich* vor einem gebrochenen Herzen.«

Lächelnd küsste sie ihn. Sie glaubte an Tys Liebe zu ihr und war dankbar dafür. Aber ihr war auch klar, dass sich sein Leben ihretwegen wahrscheinlich dramatisch ändern würde, und damit hatte sie ein Problem. Wer wusste schon, wie viel Zeit ihr noch blieb, wenn der Krebs gestreut hatte? Und wie würde diese Zeit aussehen? Und wenn er nicht gestreut hatte, musste sie sicherlich Eingriffe und Behandlungen über sich ergehen lassen. Wie man es auch drehte und wendete: Ihretwegen war sein sorgloses, unstetes Leben von einer Sekunde auf die andere zu Ende.

»Ich liebe dich so sehr, Ty. Mir geht es nicht gut, aber das weißt du. Ich kann nur noch nicht darüber reden. Ich habe zu viel Angst. Aber du sollst wissen, dass du nicht …«

»Nicht, Aiyla«, unterbrach er sie ärgerlich, die Nasenflügel gebläht vor Zorn. »Mach diese Krankheit nicht größer als unsere Liebe. Das ist sie nicht und kann es niemals sein. Und sie wird mich *nie* verjagen. Verstehst du?«

Die Tränen, die sie den ganzen Abend zurückgehalten hatte, liefen ihr nun über das Gesicht. Sie nickte stumm, ihr Herz war so voll, dass sie kein Wort hervorbrachte.

Er schob seine Hände in ihre Haare und sah ihr geradewegs in die Augen. Sein Blick war tränenfeucht. »Du glaubst an das Schicksal, erinnerst du dich?«

Als sie nickte, fuhr er fort: »Früher habe ich *nicht* daran geglaubt, und ich konnte nicht verstehen, warum du es tust, nachdem du deine Mutter so früh verloren hast. Für mich ergab das keinen Sinn. Aber du sagtest mir, das Schicksal sei größer als alles andere, stärker als der Wille *jedes* Menschen. Du sagtest, das Schicksal habe dir deine Mutter genommen und nichts hätte es aufhalten können. Aber das Schicksal habe dich auch zu Ms. F. geführt und Cherise und ihren Ehemann zusammengebracht. Also darfst du jetzt nicht anfangen, am Schicksal zu zweifeln, denn der Wettkampf, meine liebe Aiyla Lillian Bald-schon-Braden, war Schicksal. Dass Jon daran teilgenommen hat? Schicksal. Dass ich dich gedrängt habe, den Termin bei ihm zu machen? Schicksal.«

Jedes Mal, wenn er *Schicksal* sagte, krallten sich seine Finger fester in ihr Haar. »Das Universum konfrontiert dich nicht mit all dem, nur um es dir wieder zu entreißen. Dir *das* zu entreißen –«

Sein Mund prallte auf ihren und ihr ganzer Körper atmete seine Liebe, seine Stärke, seine Zuversicht ein. Tief in ihr erwachte das Verlangen, breitete sich in ihrer Brust und ihren Gliedern aus und knüpfte ein festes Band zwischen ihnen. Alle Gefühle, die verschüttet unter Angst und Trauer lagen, bahnten sich einen Weg an die Oberfläche. Das war *wirklich. Unzerstörbar.* Das war wahre, Wir-gehen-zusammen-durchs-Feuer-*Liebe.*

»Schick mich nicht weg«, forderte er. »Nicht jetzt. Niemals.«

»Das werde ich nicht und es tut mir leid …«

Ihre Worte gingen an seinen gierigen Lippen verloren. Sie küssten sich fieberhaft und flüsterten immer wieder »Ich liebe dich« und andere süße Worte der Verbundenheit.

Sie aßen mit Phillip und Tys Eltern auf der Terrasse zu Abend. Ty wollte nicht, dass Aiyla beim Abräumen half, also saß sie auf der Hintertreppe und hörte Phillip zu, der ihr von seinen Ziegen Big und Little erzählte.

»Wenn man das Tor nicht zumacht, muss Dad ganz lange hinter den Ziegen herlaufen, und das mag er nicht. Mama sagt, dass es gut ist, wenn die Ziegen frei herumlaufen können, aber Daddy meint, dass sie nur sehen will, wie er hinter ihnen herrennt.« Mit einem schelmischen Lächeln sagte er: »Du solltest keine Ziegen in dein Haus lassen. Sie kacken *überall*hin und sie fressen die Vorhänge, und dann jagt Mom sie nach draußen und Papa muss wieder hinterherlaufen. Soll ich dir von meinen Hühnern erzählen?«

»Ja, unbedingt.« Während Phillip ihr berichtete, wie man Hühner füttert und nachsieht, ob sie Eier gelegt haben, stellte sie sich vor, wie viel Spaß sie auf ihrer kleinen Farm haben mussten. Für einen Moment vergaß sie sogar ihre Sorgen, doch als Phillip mit seiner Geschichte fertig war, tauchten sie in der Stille wieder auf. Es war seltsam, sich über Ziegen und Hühner zu unterhalten, während eine Krankheit in ihr wütete. Zum Glück hatte Ty sie nicht gedrängt, seiner Familie zu erzählen, was los war. Stattdessen hatten sie ihnen gesagt, sie sei gefallen und habe sich das Bein aufgeschürft. Sie hasste es, zu lügen, aber es war besser, als zusammenzubrechen und ihnen dann keine Details liefern zu können, die sie mit Sicherheit erfahren wollten. Details, die sie selbst *nicht* kennen wollte, nämlich, ob der Krebs gestreut hatte und ob ihr Leben auf einmal ein Ablaufdatum hatte.

Sie blickte auf das Wasser hinaus und schob diese Sorgen so weit wie möglich weg. Dadurch schuf sie jedoch nur Platz für andere beängstigende Gedanken wie die Frage, was das alles für Ty bedeutete.

»Wer möchte etwas naschen?« Ty trat mit einem Teller mit Leckereien ins Freie.

Der Schatten der Traurigkeit in seinen Augen war ein untrügliches Zeichen dafür, dass etwas nicht stimmte. Hatte seine Familie etwas gemerkt? Sie versuchte, das schlechte Gewissen zu vertreiben, das Hand in Hand mit dem Wissen kam, dass sie der Grund für seine Traurigkeit war, doch in ihrem Innern war kein Platz mehr, um irgendetwas zu verdrängen.

Ty legte ihr eine Hand auf die Schulter und hockte sich neben sie. »Willst du mit ans Feuer kommen und S'Mores machen?«

»Oh ja, bitte!«, rief Phillip.

»Steig auf, Kumpel.« Ty klopfte sich auf den Oberschenkel und Phillip kletterte in seine Arme. »Komm mit, Schatz.«

Aiyla hatte keinen Appetit, aber sie stand trotzdem auf und folgte ihnen zu den Decken, die am Lagerfeuer ausgebreitet waren. Dabei versuchte sie nach wie vor, ihre immer wieder aufflammenden Schuldgefühle wegzuschieben, obwohl sie wusste, dass Ty nicht wollte, dass sie ein schlechtes Gewissen hatte. In ihrem Bein pochte unablässig ein dumpfer Schmerz, aber das Wissen, dass es Krebs war, machte ihn nebensächlich.

Maisy und Ace gesellten sich ein paar Minuten später zu ihnen und beteiligten sich an den Vorbereitungen für die süßen Leckerbissen. Ty legte Cracker, Schokoriegel und eine Tüte mit

Marshmallows bereit, während Phillip und Ace in den Wald am Rand des Grundstücks gingen, um Zweige zu suchen, auf denen sie die Marshmallows rösten wollten. Neben dem kleinen Phillip sah Ace noch größer und stattlicher aus. Er hockte sich neben seinen Enkel und zeigte auf etwas im Wald.

»Die beiden sind so zauberhaft, nicht wahr?« Maisy setzte sich neben Aiyla. Sie brachte den Duft von Mutterliebe mit.

Es war ein Duft, der Aiyla schrecklich fehlte. Sie fragte sich, wem sich ihre Mutter anvertraut hatte, als sie von ihrer Krebsdiagnose erfuhr. Ms. F. hatte ihr gesagt, dass ihre Mutter sie schon früh eingeweiht hatte, aber war sie in dem Moment, in dem man es ihr gesagt hatte, allein gewesen? Hatte sie jemanden gehabt, eine Schulter zum Anlehnen? Aiyla hatte einen Kloß im Hals. Was würde sie nicht darum geben, ein letztes Mal in ihren Armen zu sein und das Gefühl von Liebe und Sicherheit zu spüren, das nur eine Mutter vermitteln konnte.

»Ich erinnere mich, als der Mann an deiner Seite in Phillips Alter war«, sagte Maisy und holte Aiyla in die Gegenwart zurück. Maisy blickte zu Ty, der über den Rasen zu Ace und Phillip ging. »Früher hat er die Schokoriegel einfach so verschlungen, ohne Marshmallows oder Cracker.«

»Ich weiß. Er hat es mir erzählt, als wir in Saint-Luc waren.« Sie erinnerte sich an einen verschneiten Abend, als sie mit einer Gruppe von Freunden, die sie aus dem Skiresort kannte, am Lagerfeuer gesessen hatten. In Decken gekuschelt, hatten sie Kindheitserinnerungen ausgetauscht. Sie hatte Ty von Filmabenden erzählt und davon, wie sie am Wochenende mit ihrer Mutter im Garten gearbeitet hatte, und er berichtete von Segeltouren, Lagerfeuern und Streitereien mit seinen Geschwistern.

Aiyla lächelte bei der Erinnerung und sagte: »Er sagte, die

Marshmallows hätten sie abgelöst.«

Maisy griff in die Tasche ihres Pullovers und zog eine Packung Reese's Peanut Butter Cups hervor. »Und du musst diejenige gewesen sein, die ihn auf die Idee gebracht hat, S'Mores mit denen hier zu machen.«

Aiyla warf einen Blick auf die orangefarbene Verpackung. Die Vorstellung, dass Ty seiner Mutter von diesem ganz besonderen Abend berichtet hatte, berührte sie mehr, als es sollte. »Wie seltsam, dass er dir davon erzählt hat.«

»Hat er nicht. Aber als er aus der Schweiz zurückkehrte, kam er damit an, als wir am Lagerfeuer saßen.« Sie reichte Aiyla die Packung und sagte: »Männer sind Gewohnheitstiere, und es sind die kleinen Veränderungen, die am meisten aussagen. Die Veränderungen, von denen sie glauben, dass sie niemandem auffallen, wie Süßigkeiten am Lagerfeuer. Zwei davon hat er gerade in der Tasche. Mütter merken solche Dinge.«

Aiyla wusste nicht, ob Maisy ihr auf diese Weise zeigen wollte, dass ihr aufgefallen war, dass mit Ty etwas nicht stimmte, aber es war ihr eigentlich auch egal. Sie verspürte plötzlich das Bedürfnis, Tys Mutter ihr Geheimnis anzuvertrauen. War es selbstsüchtig, sie in diesen Strudel aus Sorgen und Angst hineinzuziehen? Maisy würde sich natürlich Sorgen um sie machen, und um Ty. Aber war das nicht das, was Mütter taten? Sich um ihre Kinder sorgen? Wie schon so oft an diesem Tag stiegen ihr Tränen in die Augen, und wieder versuchte sie, sie zurückzuhalten, doch als sie Ty mit Ace und Phillip am Waldrand sah, keimte eine neue Sorge auf. Was, wenn sie nach den Krebsbehandlungen keine Kinder mehr bekommen konnte? Sie wusste, dass sich Ty eine große Familie wünschte, darüber hatten sie in Saint-Luc gesprochen. Und selbst, wenn sie nicht darüber geredet hätten, sprach die Art, wie er Phillip ansah und wie er seine Geschwister liebte, eine eindeutige Sprache.

»Maisy«, sagte sie mit zitternder Stimme.

Maisy warf einen Blick zu ihr und ihr Lächeln verschwand augenblicklich. »Was ist los, Süße?«

»Ich habe …« Sie schluckte schwer, wischte sich die Tränen aus den Augen und zwang sich, die Worte auszusprechen. »Ich habe Krebs.« Sie holte mühsam Luft und dann ließ sich ihr Geständnis nicht länger aufhalten. »Ich bin nicht hingefallen und habe auch keine Schürfwunde am Bein. Ich hatte eine Biopsie.«

»Oh, meine Süße.« Maisy nahm sie in die Arme und strich ihr das Haar über die Schulter, so wie Aiylas Mutter es auch immer gemacht hatte, wenn sie sie umarmte. »Es ist okay. Lass alles raus, Schatz.«

Die Freundlichkeit in ihrer Stimme ließ Aiyla nur noch heftiger weinen. »Es tut mir leid, dass wir euch angelogen haben. Es war meine Schuld, nicht Tys. Ich konnte nicht …«

»Ist schon gut, Liebes, mach dir deswegen keine Sorgen.« Maisy drückte sie noch fester an sich.

Aus den Augenwinkeln sah Aiyla, dass Ty mit Phillip zum Wasser hinunterging. Wahrscheinlich ahnte er, dass sie seiner Mutter alles erzählt hatte, und wollte nicht, dass der Kleine sie weinen sah. Sie löste sich aus Maisys warmer Umarmung und vermisste sie sofort. Sie wischte sich die Augen.

»Es tut mir leid. Ich wollte nicht losheulen oder dir meine Sorgen aufzwingen.«

»Oh, Liebes. Ich wusste, dass etwas nicht stimmt, aber ich wusste auch, dass ihr es uns sagen würdet, wenn ihr so weit seid.« Das Mitgefühl in ihrem Blick löste einen weiteren Tränenstrom aus und wieder schloss Maisy sie in die Arme.

»Wein ruhig, Liebes, lass alles raus.«

Maisy hielt sie lange fest, und Aiyla hatte nicht das Gefühl, ihr lästig zu sein. Im Gegenteil: Sie fühlte sich ... *geliebt. Geborgen.*

Als Aiyla sich schließlich so weit beruhigt hatte, dass sie sich aus der Sicherheit ihrer Umarmung lösen konnte, lächelte Maisy und griff nach ihrer Hand.

»Willst du darüber reden?«

Ihr Verstand schrie: *Nein!,* aber ihr Kopf nickte wie von selbst. »Ich habe schreckliche Angst und ich möchte Ty nicht das Leben schwer machen oder meiner Schwester Sorgen bereiten«, sagte sie mit einem Schluchzen. Sie zwang sich, weiterzusprechen. »Wir wissen noch nichts Genaues. Nur, dass ich einen Tumor in meinem Schienbeinknochen habe.« Ihre Stimme versagte. »Am Donnerstagmorgen habe ich einen Termin für einen PET-Scan, dann erfahren wir mehr.« Unter Tränen brachte sie hervor: »Ich fühle mich, als würde ich auf Skiern einen endlosen Hang hinunterfahren und dabei immer schneller werden.« Mühsam holte sie Luft. Sie konnte kaum atmen, aber sie musste es loswerden, bevor es sie zerriss. »Ein Teil von mir möchte die Ziellinie erreichen und die Ergebnisse des PET-Scans erfahren, damit ich weiß, was mich erwartet. Aber dann sehe ich meine Mutter vor mir« – wimmernd kniff sie die Augen zusammen, als die Erinnerung sie überrollte – »und was sie durchgemacht hat. Die ganze Zeit suche ich nach einem verborgenen Pfad, auf dem ich diese Ziellinie umgehen kann.«

»Ach, Schätzchen.« Maisy nahm sie wieder in die Arme.

»Ich weiß nicht, wo ich mich behandeln lassen soll oder wie ich es meiner Schwester sage. Es tut mir so leid«, rief sie. »Ich sollte dich nicht damit belasten. Es ist nur ... ich habe Ty mit

Phillip gesehen und« – sie holte hastig Luft – »selbst, wenn der Krebs dank einer Gnade Gottes nicht gestreut hat, muss ich alle möglichen Behandlungen über mich ergehen lassen. Und dann kann ich vielleicht keine Kinder bekommen. Und dann ...« Der Rest ging in einem Schluchzen unter, doch ihre Angst war zu groß, als dass sie sie hätte zurückhalten können. »Ty« war alles, was sie hervorbrachte.

Maisy ließ sie behutsam los und nahm ihre Hände. »Diese Krankheit ändert nichts. Ty liebt dich, und es gibt viele andere Möglichkeiten, eine Familie zu gründen. Und mach dir keine Sorgen, dass du mich belastest: Schatz, ich bin Mutter von sechs Kindern *und* von all ihren Partnern. Einschließlich *dir*.« Sie strich Aiyla eine Strähne hinters Ohr. »Dafür sind wir Mütter da, dass wir zuhören und den Menschen, die wir lieben, in schwierigen Zeiten helfen und uns in guten Zeiten mit ihnen freuen. Weißt du, was das bedeutet?«

Aiyla senkte den Blick, während ihr Tränen über die Wangen liefen.

Maisy hob Aiylas Kinn und lächelte sie warm an. »Das bedeutet, wir werden das durchstehen. Wir alle. Und dann freuen wir uns gemeinsam.«

»Aber was ist, wenn ...?« *Wenn ich nicht überlebe?* »Was wäre, wenn ...?« Sie brachte die Worte nicht über die Lippen.

»Daran denken wir gar nicht«, sagte Maisy bestimmt. »Wir vertrauen darauf, dass alles gut wird. Und wo immer du dich behandeln lassen willst: Du weißt, dass du hier willkommen bist, egal, wie lange es dauert. Und falls du dich entscheidest, nach Hause zurückzugehen, wirst du jede Menge Bradens um dich haben, denn wenn – oder *falls* – die anderen erst einmal erfahren, was los ist, wirst du mehr Liebe und Unterstützung erfahren, als du jemals für möglich gehalten hast.«

Es tat so gut, Maisy alles zu erzählen, dass Aiyla umso heftiger weinte – und sich dabei unendlich erleichtert fühlte. »Ich werde es den anderen erzählen, wenn wir die Untersuchungsergebnisse haben. Aber du kannst es Ace sagen, wenn du möchtest.«

»Danke. Möchtest du, dass ich dich zu deinem Termin am Donnerstag begleite?«, fragte Maisy.

»Nein, es ist okay.« Sie warf Ty einen Blick zu, der sie mit besorgter Miene beobachtete. »Aber vielleicht braucht Ty deine Unterstützung. Macht es dir auch bestimmt nichts aus? Er ist so stark für mich, aber ...«

»Ty ist so stark wie die Berge, auf die er klettert, aber er ist auch ein Mensch. Ich werde da sein, Schatz. Mach dir keine Sorgen. Ich werde auf ihn aufpassen, während er auf dich aufpasst. Dafür ist eine Familie da.«

Einundzwanzig

Nach einer schlaflosen Nacht lag Ty wach, lange bevor die Sonne am Donnerstagmorgen aufging. Er drückte Aiyla, die auf seiner Brust schlief, einen Kuss auf die Stirn. Sie sah so friedlich aus. Das Wissen, dass eine Krankheit sie vergiftete, brach ihm das Herz. Sie war die süßeste und stärkste Frau, die er kannte, und hatte es nicht verdient, dass ihr das Leben so übel mitspielte. Er kochte innerlich vor Wut. Diese Wut war in den letzten Tagen sein ständiger Begleiter geworden und er hatte es aufgegeben, dagegen anzukämpfen. Er sollte der Mann sein, auf den Aiyla zählen konnte, der sie vor *allem* beschützte, doch gegen diese Krankheit war er machtlos. Er konnte sie nicht aus ihrem Körper reißen und so lange draufschlagen, bis sie verschwand. Und wenn die Wut schon jedes Mal in ihm aufloderte, sobald er daran dachte, war die Situation für Aiyla wahrscheinlich zehnmal schlimmer, obwohl sie immer noch nicht darüber reden wollte.

Erst wenn wir wissen, ob er gestreut hat.

Die letzten beiden Tage hatten sie versucht, nicht zu viel nachzudenken oder sich allzu große Sorgen zu machen. Weder das eine noch das andere war ihnen gelungen, aber seine Mutter hatte sich alle Mühe gegeben, sie abzulenken. Am Dienstag hatten sie und Aiyla mit Phillip Cupcakes gebacken, und Ty hatte die Gelegenheit genutzt, ein paar Dinge zu erledigen und Cole zu besuchen. Eigentlich hatte er sich von ihm Antworten auf seine Fragen erhofft, doch als er seinem Bruder gegenüberstand, brach alles in ihm zusammen und die Wut, die sich tagelang aufgestaut hatte, platzte heraus. Er war so wütend auf die Welt und so traurig und verletzt, dass er endlich alles rauslassen musste. Zum Glück hatte Cole verstanden, was mit ihm los war. Er hatte Ty in den Fitnessraum in ihrem Gebäude geschleppt und ihn auf einen Sandsack einprügeln lassen, bevor er ihm seine starke, sichere Schulter zum Ausweinen bot.

Gestern waren Ty und Aiyla mit einem Kanu in das versteckte Waldgebiet am Fluss gefahren, das Cole seinem Bruder gezeigt hatte, bevor er aufs College gegangen war. In dieser friedlichen Oase hatten sie den Tag verbracht, bis sie kurz vor Sonnenuntergang zurückruderten und zum Abendessen ins Tap It, Nates Restaurant, gingen.

Nun strich er wieder mit den Lippen über ihre Stirn und flüsterte: »Ich liebe dich.«

Sie lagen in seinem alten Kinderzimmer, in das er noch nie eine Frau mitgenommen hatte, und es fühlte sich an, als gehörte Aiyla hierhin, als sei es ihr gemeinsames Zimmer, ihre Matratze auf dem Boden.

»Ist schon Freitag?«, fragte sie schläfrig.

Er küsste sie noch einmal und wusste, dass sie wirklich sagen wollte: *Können wir den Donnerstag auslassen und so tun, als sei alles in Ordnung?*

»Fast«, antwortete er.

»Ich habe geträumt, wir wären mit dem Auto unterwegs, aber wir hatten kein Ziel. Wir fuhren einfach immer weiter und ich war so glücklich.«

Wie sehr wünschte er, dass sie auf der Stelle in den Wagen steigen und die Krankheit hinter sich lassen könnten.

»Wir werden mit dem Auto verreisen, Baby.« Er zog ihren warmen, nackten Körper auf seinen, fuhr mit den Händen über ihre Hüften und wölbte die Handflächen um ihren schönen Hintern. »Wir werden kreuz und quer durch die Weltgeschichte fliegen. Wir werden mit dem Boot unterwegs sein und wandern und überall dort Ski fahren, wo Schnee liegt.« Daran glaubte er mit jeder Faser seines Herzens. Er wollte sich nichts anderes vorstellen, als dass Aiyla an seiner Seite war. Immer.

Sie hauchte ihm einen Kuss auf die Lippen und mit einer einzigen schwungvollen Bewegung hatte er sie unter sich geschoben und weidete sich an ihrem melodischen Lachen, das er so liebte. Er verschränkte seine Finger mit ihren und spreizte ihre Beine mit den Knien. Ihre Augen wurden dunkler und seine Gefühle brachen aus ihm hervor.

»Womit habe ich das unglaubliche Glück verdient, dich zu finden?«, fragte er.

Ihre Augen füllten sich mit Tränen. Das passierte in letzter Zeit oft, und er hütete sich, zu fragen, ob alles okay sei – das war es nicht – und warum sie weinte – das wusste er sowieso. »Ich *habe* Glück, Baby, wage es bloß nicht, daran zu zweifeln. In guten wie in schlechten Tagen, in Gesundheit und Krankheit, gehöre ich zu dir und du zu mir.«

Sie lachte und eine Träne rann ihr über die Wange. »Noch sind wir nicht verheiratet.«

»Wir sind in der Welt der Bradens, erinnerst du dich nicht?« Er zupfte mit den Zähnen an ihrem Hals und sagte: »Uns wirst du nie wieder los. Ich habe einen Cousin, der Trauungen durchführen darf, und wenn er hier leben würde, würde ich dich auf der Stelle zu ihm zerren und dich heiraten.«

»Wir haben noch nicht mal eine Heiratslizenz.«

Oh, Mist. »Das habe ich glatt vergessen. Also, erster Halt nach deinem Termin: Stadtverwaltung, Büro für Heiratslizenzen.«

Sie lachte und er sagte: »Glaubst du, ich mache Witze?«

Als er seine Lippen auf ihre senkte, legte sie ihm die Hand auf die Brust und stoppte ihn. »Ty, ich habe darüber nachgedacht, wo die Behandlung durchgeführt werden soll.«

Nachdem sie in den letzten Tagen weder über die bevorstehende Untersuchung noch über die Situation hatte sprechen wollen, die sie gerade durchlebten, war er überrascht, wie ruhig und gefasst ihre Stimme klang. »Du weißt, dass ich da sein werde, wo immer du hingehen willst.«

»Das weiß ich. Zu Hause kenne ich keinen der Ärzte, die in Frage kommen, und ich möchte meine Schwester und ihre Familie nicht diesem Druck aussetzen. Außerdem glaube ich, dass du genauso viel Unterstützung brauchen wirst wie ich. Deshalb ist es wahrscheinlich am besten, wenn wir es hier machen lassen. Oder meinst du, es ist eine zu große Belastung für deine Familie?«

In seiner Brust zog sich alles zusammen. Er war froh, dass sie hierbleiben wollte, wo seine Familie ihnen zur Seite stehen konnte. »Ich glaube, alle werden froh sein, dass wir hier sind.«

»Okay.« Sie schlang den Arm um seinen Hals und zog ihn an sich. »Und jetzt liebe mich, bis ich an nichts anderes mehr denken kann als an dich.«

Die erste Berührung ihrer Lippen war wie ein Stromstoß und durchflutete ihn mit Verlangen. Er drückte sie an sich, entschlossen, ihre traurigen Gedanken auszulöschen. Ihre Körper rieben gierig aneinander und er wollte mehr von ihr spüren, streichelte ihre Haare, ihre Schultern, ihre Brüste. Ihre

Haut war warm und weich und so verdammt sexy. Seine Lippen legten eine Feuerspur von einer ihrer lustvollen Stellen zur anderen, von den Spitzen ihrer aufgerichteten Brustwarzen bis hinunter zu der empfindlichen Haut rings um ihren Bauchnabel. Sie duftete wie der Sonnenaufgang, frisch und einladend, und er genoss es, sie zu verwöhnen, bis sie sich unter seinen Küssen wand und stöhnte. Ihre Hüften wölbten sich ihm entgegen, als er mit der Zunge über die warme Haut zwischen ihrem Geschlecht und ihrem Oberschenkel strich. Sie zitterte am ganzen Körper und ihr Atem ging stoßweise.

Sie krallte die Finger in seine Haare und drängte sich an seine Lippen. »Liebe mich«, flehte sie.

»Immer«, flüsterte er und senkte seinen Mund auf die Süße zwischen ihren Beinen.

Als er sie mit Händen und Mund liebkoste, packte sie sein Haar fester und ihre Hüften erwiderten jeden Stoß seiner Zunge. Er trieb sie bis an den Rand der Erlösung, ihre Schenkel angewinkelt, ihr Körper zitternd. Ohne sein aufreizendes Fingerspiel zu unterbrechen, schob er sich über sie und bedeckte ihre Brust mit den Lippen. Sie bäumte sich auf und ein lang gezogenes, leises Stöhnen drang aus ihrer Kehle. Sie packte seine Arme und grub die Fingernägel in seine Haut, als sich ihre Mitte fest und heiß um seine Finger spannte. Ihre sündigen Laute hüllten sie beide ein, durchtränkten seine Haut und vollführten einen irrwitzigen Tanz in seinem Innern, bis er kurz davor war, den Verstand zu verlieren.

»Brauch dich –« Er fing ihren Mund in einem Kuss ein und drang im gleichen Moment mit einem einzigen Stoß seiner Hüften tief in sie ein. »Ich liebe dich«, keuchte er zwischen heißen Küssen, während sie gegenseitig ihre Münder plünderten und ihre Körper in einen hektischen Rhythmus fanden.

»Ty …«, rief sie, als sie in tausend Stücke zersprang.

Er hielt sie auf dem Höhepunkt, verlangsamte das Tempo und jagte sie gemeinsam immer höher, bis sie kaum noch atmeten und sein Körper von Kopf bis Fuß unter Strom zu stehen schien. Ihre Finger bohrten sich in seine Haut, ihr Innerstes war um seinen Schaft geballt und mit jedem seelenheißen Atemzug füllte er seine Lunge mit ihrer Liebe. Er schob seine Hände unter ihren Hintern, hob ihn an und stieß noch tiefer, noch härter und immer rascher in sie. Sie krallten sich aneinander, küssten und bissen sich. In ihm loderte das Feuer mit jedem Stoß wilder und gleißender und raubte ihm den Atem, bis sein Orgasmus mit unvorstellbarer Wucht über ihn hereinbrach und sie beide in die Wolken katapultierte.

Ermattet sanken sie in die Kissen zurück, und als er sie in die Arme nahm, war sein Herz voller Liebe und voller Qual. Wahrscheinlich hielt er sie viel zu fest, doch er brauchte diese Verbundenheit so sehr, dass er es nicht fertigbrachte, seinen Griff zu lockern.

»Ich liebe dich, Ty«, flüsterte sie erschöpft und voller Liebe. »Lass mich nicht los, okay? Auch wenn ich einschlafe.«

Er presste seinen Mund auf die Lippen dieser tapferen, starken Frau, die nicht darüber reden wollte, was sie gerade durchmachten. Wusste sie nicht, dass diese Worte – *Lass mich nicht los* – ihm mehr sagten, als ein Gespräch es jemals könnte?

Später am Vormittag saß Ty im Wartezimmer und starrte aus dem Fenster, während Aiyla irgendwo in den Tiefen des Gebäudes die alles entscheidende Untersuchung über sich ergehen ließ. Es war seltsam, zu sehen, wie der Alltag außerhalb ihrer kleinen Angstblase weiterging, während ihr Leben von den Ergebnissen eines einzigen Tests abhing. Neben Tys Mutter wartete eine schwangere Frau auf eine Ultraschalluntersuchung. Er hatte sie sagen hören, dass sie Zwillinge erwartete. Würde Aiyla je die Möglichkeit haben, ein Baby zu bekommen? In Saint-Luc hatten sie darüber gesprochen, dass sie sich beide vorstellen konnten, Kinder zu haben, und er hatte ihr erzählt, dass er sich eine große Familie wünschte. Hätte er das doch bloß nicht gesagt! Wenn sie keine Kinder mehr bekommen konnte, könnten sie welche adoptieren oder einfach ihr Leben zu zweit verbringen. Er würde alles tun, was sie wollte, wenn sie nur heil aus dieser Sache herauskamen, aber er wusste, dass sich Aiyla mit Schuldgefühlen plagen würde, wenn sie keine eigenen Kinder haben konnten. Die Zukunft hielt so viele Ungewissheiten bereit, dass er Mühe hatte, sich auf das zu konzentrieren, was er tatsächlich steuern konnte.

Seine Mutter legte ihm die Hand auf den Rücken und riss ihn damit aus seinen Gedanken. Es war eine sanfte Berührung, eine Berührung, die zwei Dinge gleichzeitig ausdrückte: *Ich will dich nicht erschrecken* und *Ich liebe dich*, eine Berührung, die ihm so vertraut war, die sich jetzt, gepaart mit der Sorge in ihren Augen, jedoch ganz anders anfühlte als sonst.

War denn jetzt nicht alles anders?

Selbst die Luft, die sie atmeten, fühlte sich anders an. Sie war wie ein Segen – und er hatte sie sein ganzes Leben lang für selbstverständlich gehalten.

Die Dinge, die er sich erarbeitet hatte, erschienen ihm nun banal und unwichtig. Für Aiylas Gesundheit würde er alles hergeben, ohne mit der Wimper zu zucken. Verdammt, er würde sein eigenes Leben hergeben, um ihres zu retten.

»Schatz?« Mit einem kleinen Lächeln auf den Lippen strich ihm seine Mutter die Haare aus den Augen. Gestern Abend hatte sie Aiyla gefragt, ob es in Ordnung sei, wenn sie seinem Vater von der heutigen Untersuchung erzählte. Natürlich war Aiyla damit einverstanden gewesen, doch sie wusste es auch zu schätzen, dass Maisy vorher gefragt hatte. »Ich bin es gewohnt, dass du dich in deiner eigenen Welt verlierst, und ich möchte mich nicht aufdrängen, aber du siehst so traurig und hilflos aus. Kann ich irgendetwas für dich tun?«

Als sie sich vor der Untersuchung von Aiyla verabschiedet hatten, hatte er das Gefühl gehabt, sie alleinzulassen. Er wusste nicht, wie er es schaffen sollte, sich umzudrehen und zu gehen, aber seine Mutter hatte ihm sachte die Hand auf die Schulter gelegt und ihn geführt. So wie sie ihm gezeigt hatte, wie man als Baby die ersten Schritte macht, wie man als junger Erwachsener lernt und wie man an sich selbst glaubt. So wie sie ihm gezeigt hatte, wie man mit seinem ganzen Wesen liebt. Sein Leben war wundervoll, und alles hatte mit seinen Eltern begonnen, die immer bedingungslos für ihn da gewesen waren. Aiyla hatte ihre Mutter verloren, aber jetzt hatte sie *ihn* – und seine Eltern. Und alle anderen in ihrer Gemeinschaft, deren Leben sie berührt hatte.

Vor zwei Wochen hatte er noch geglaubt, die Welt läge ihm zu Füßen. Was er nicht erkannt hatte, war, dass diese Welt nicht die war, auf die es ankam.

Ty blinzelte die Tränen weg, die ihm in die Augen stiegen, und sagte: »Ich bin nicht traurig und hilflos, Mom. Ich habe Angst und weiß nicht, wohin das alles führt, aber ich bin nicht traurig und hilflos. Ich glaube, ich sehe das Leben viel klarer als je zuvor.«

Zweiundzwanzig

Am Freitagmorgen saßen Ty und Aiyla auf der hinteren Veranda des Hauses, das Beau gerade renovierte, und sahen zu, wie die Sonne aufging. Sie hatten sich etwas Obst, Wasser und Blaubeermuffins eingepackt, die Aiyla, Maisy und Leesa am Abend zuvor gebacken hatten, während Ty, Cole und Ace mit Phillip und der kleinen Avery gespielt hatten. Falls Leesa von Aiylas Diagnose wusste, hatte sie sich nichts anmerken lassen. Ty hatte gesagt, dass sich Cole wahrscheinlich an sein Versprechen gehalten hatte, vorerst niemandem davon zu erzählen. Aiyla schwankte zwischen Dankbarkeit, dass er sich so korrekt verhielt, und einem schlechten Gewissen, weil sie ihn zwang, etwas vor seiner Frau zu verheimlichen. Allerdings war er es als Arzt gewohnt, vieles für sich zu behalten, also fiel es ihm vermutlich nicht so schwer.

Sie ließen die Beine über den Rand der Veranda baumeln. Die kühle Brise auf der Anhöhe kitzelte Aiylas nackte Füße. Es war so friedlich, neben dem Mann zu sitzen, den sie liebte, und zuzuhören, wie die Welt erwachte, dass sie sich fast einreden konnte, der Schmerz in ihrem Bein sei völlig harmlos. *Fast.* Als sie gestern in der Maschine gelegen hatte, die ihren Körper mit ihren Strahlen abtastete, hatte sich etwas in ihr verändert.

Während das Gerät pingte und klopfte, hatte sie vor ihrem inneren Auge ihre Mutter gesehen, gesund und lächelnd und so geschäftig, wie sie es früher immer gewesen war. Sie hatte das überwältigende Gefühl, dass ihre Mutter bei ihr war und versuchte, sie von ihren Sorgen abzulenken. Was das bedeutete, verstand sie nicht, aber nach der Untersuchung fühlte sie sich ruhiger als in den Tagen zuvor.

Sie legte ihre Fingerspitzen auf Tys und sagte: »Hättest du es jemals für möglich gehalten, dass du eine Frau findest, die Sonnenaufgänge ebenso liebt wie du?«

»Vor dir hätte ich nicht mal daran gedacht, eine Frau zu finden, mit der ich mein Leben verbringen will. Ich habe weder gesucht, noch hatte ich Sehnsucht, noch habe ich mich gefragt, ob ich sie finden würde.«

Sie lehnte den Kopf an seine Schulter und dachte an die Sonnenaufgänge, die sie in Saint-Luc, in Colorado und hier in Peaceful Harbor gesehen hatten. »Ich glaube, Sonnenaufgänge sind unser Ding.«

»Wir haben so viele *Dinge*, Baby. Wir haben gerade erst angefangen, sie zu erkunden.«

Ty sprang auf und schob sich zwischen ihre Beine. Das Dämmerlicht tanzte in seinen Augen, genauso wie auf dem plätschernden Fluss am Fuß des Hügels. Seine rauen Hände strichen über die Außenseite ihrer Beine, von den Knöcheln bis zu den Knien und wieder zurück. Mit einem vielsagenden Lächeln legte er die Hände um ihre Fersen, hob ihr linkes Bein an und küsste sich hoch bis zu ihrem Oberschenkel. Dann tat er dasselbe mit dem rechten. »Ich liebe deine Beine, Aiyla Bell, und deine hübschen, kleinen Füße.«

Sie lachte und sagte: »Das ist gut. Andere hab ich nämlich nicht.«

Er fuhr mit den Fingern federleicht über ihre Schenkel, sodass sich ein wohliger Schauer nach dem anderen ausbreitete. Dann nahm er ihre Hand in seine und drückte ihr einen Kuss auf den Handrücken. »Ich liebe deine Hände, süße Babycakes.«

Sie streckte die Arme nach ihm aus, und er legte seine Hände um ihre Hüften und zog sie nach vorne, sodass ihre Nasen aneinanderstießen.

»Ich liebe dein Gesicht, meine Schöne.« Er küsste sie zärtlich und fuhr fort: »Ich liebe deine Küsse. Ich liebe deine Augen, deine Stimme, dein Lachen.«

Tränen stiegen ihr in die Augen, wie so oft in letzter Zeit, aber diesmal waren es Tränen des Glücks. Tränen der Wahrheit, weil sie wusste, dass er jedes einzelne Wort genau so meinte, wie er es sagte.

»Ich liebe deine Abenteuerlust«, sagte sie aufrichtig. »Und den schwelenden Blick in deinen Augen, wenn du schmusen willst. Und dieses jungenhafte Lächeln, das aufblitzt, wenn du erst einmal das Terrain sondierst.«

»Weiter«, sagte er grinsend und sie lachte.

»Ich liebe deinen Humor. Und deine Arme.« Sie fuhr mit den Händen über die glatte Wölbung seiner Muskeln, über seine breiten Schultern und nahm schließlich sein attraktives Gesicht in beide Hände. »Und dieser Mund? Ganz schön talentiert.«

Er wackelte mit den Brauen.

»Aber was ich am meisten liebe, sitzt hier.« Sie bedeckte sein Herz mit ihrer Hand. »Ich liebe es, dass du nicht weggelaufen bist, als es schwierig wurde, und dass du stark genug für uns beide bist« – Tränen rannen ihr über die Wangen und ihre Worte gingen fast in einem Schluchzen unter – »weil ich nicht glaube, dass ich es ohne dich schaffen würde.«

»Das wirst du auch nie müssen«, versprach er. »Ich möchte jeden Sonnenaufgang, jeden Sonnenuntergang mit dir erleben. Ich will alles, Baby.« Gestern hatten sie tatsächlich eine Heiratslizenz beantragt, wie er vorgeschlagen hatte. Sie waren ihrem Für-immer-und-ewig einen Schritt näher.

Aber wie lange war dieses Für-immer-und-ewig? Der Gedanke kam ohne Vorwarnung, und sie hasste ihn, versuchte, ihn wegzuschieben, musste ihn aber dennoch aussprechen. »Ich auch, selbst wenn wir vielleicht nur noch wenige haben –«

Ihre Stimme versagte. Sie schluchzte auf, und Ty drückte sie an sich und hielt sie so fest, dass sie kaum Luft bekam. »Wir haben noch eine *Million* übrig. Hörst du?«

»Aber das wissen wir nicht«, rief sie. Die Wahrheit ließ sich nicht zurückhalten.

Er löste sich von ihr, und die Mischung aus Zorn und Trauer in seiner Miene spiegelte den Widerstreit, der sich in seinem Innern abspielte. Er nahm ihr Gesicht in seine Hände und seine Tränen tropften auf ihre Wangen. »Sprich nicht mehr davon, dass wir vielleicht nicht mehr viele haben, okay? So denken wir nicht.«

»Ich will auch gar nicht so denken. Lass nicht zu, dass ich es tue, Ty. Hilf mir, damit aufzuhören.« Sie fand es schrecklich, dass sie offenbar ihre eigenen Gedanken nicht unter Kontrolle bekam, aber sie vertraute Ty. Sie hatte keine Angst, dass er sich auf dem Fuße umdrehen und davonlaufen würde oder dass er sie für schwach hielt, weil sie ihm ehrlich sagte, was in ihr vorging. Er war ihr Anker. Ihr sicherer Hafen. Er war ihr Ein und Alles.

»Ich helfe dir, Baby.« Er wischte sich die Tränen ab und küsste sie sanft. »Wir gehen diesen Weg zusammen, Schritt für Schritt.«

Er umarmte sie und hielt sie fest, bis sie sich beruhigt hatte. Dann hob er ihr Kinn an und sie spürte, wie sich ein Lächeln auf ihre Lippen legte. Sie konnte von Glück sagen, wenn er bei ihrer Achterbahnfahrt der Gefühle kein Schleudertrauma bekam. Aber er erwiderte ihr Lächeln. Er hätte ihr sagen können, dass sie sich zusammenreißen sollte, aber so war er nicht. Sein Lächeln spiegelte sich in seinen Augen. Es war ein magisches Lächeln. Ein Lächeln, das sie an Wunder glauben ließ.

Dann veränderte sich sein Lächeln kaum merklich, wurde ein wenig übermütig, ein wenig kokett, mit einem Hauch von Überraschung, als sei sie ein Geschenk – das beste Geschenk, das er jemals bekommen hatte. Ihr Puls beschleunigte sich.

»Willst du ein Foto machen?«, fragte sie im Scherz. »Das hält länger.«

Er schüttelte den Kopf. »Dein wunderschönes Gesicht ist in mein Gedächtnis eingebrannt. Ich brauche kein Foto. Von jetzt an werde ich jeden Morgen beim Aufwachen als Erstes dieses kecke Lächeln und diese sexy Augen sehen.«

Er zog etwas aus seiner Tasche und nahm ihre linke Hand in seine. »Ich liebe dich, Aiyla Lillian Babycakes Bell, und ich kann es kaum erwarten, dich zu meiner Frau zu machen.«

Er ließ einen atemberaubenden Ring auf ihren Finger gleiten, bei dessen Anblick es ihr den Atem verschlug. Zwei Diamantreihen kreuzten sich in der Mitte des Rings und funkelten in der Morgensonne. Mit ihnen verflochten waren zwei in sich gedrehte roségoldene Bänder in einem schlichten und eleganten Design, das *sie beide* nicht besser hätte einfangen können.

»Ty …? Wann hast du …?«

»Ich habe ihn für dich anfertigen lassen und gestern abgeholt, als ihr gebacken habt.« Er hob ihre Hand. »Die Diamanten stehen dafür, wie sich unsere Wege gekreuzt haben, einmal in Saint-Luc und einmal in Colorado. Die roségoldenen Bänder symbolisieren die Ewigkeit, weil ich weiß, dass wir für immer zusammen sein werden. Und unsere Trauringe werden so gestaltet sein, dass sie deinen Verlobungsring auf beiden Seiten umschließen können, als Zeichen dafür, dass wir füreinander geschaffen sind.«

»Schicksal«, flüsterte sie.

»Genau, Schicksal. Und mein Verlobungsgeschenk für dich, meine Süße, ist dieses Haus mit einer Schlafveranda und all den Details, die du mit Beau besprochen hast.«

Sie schnappte nach Luft. »Das Haus? Aber du sagtest doch, dass du kein Haus willst.«

Er schlang die Arme um sie und lächelte so breit, dass es wehtun musste. »Ich sagte, dass ich bisher nicht eingesehen habe, weshalb ich mir eins kaufen sollte. Aber jetzt habe ich dich, Baby. Wir brauchen unseren eigenen Ort, wo wir zusammen wohnen können. Als du dieses Haus gesehen hast, hast du heller gestrahlt als die Sonne. Jetzt haben wir ein Zuhause, was immer auch passieren mag. Egal, ob du dich einer Behandlung unterziehen musst oder nur zwischen zwei Reisen den Sonnenaufgang sehen willst: In ein paar Wochen wird dies unser Heim sein.«

Aiyla war viel zu überwältigt, um auch nur ein einziges Wort hervorzubringen. Sie stellte sich auf die Zehenspitzen, und er hob sie in seine Arme und küsste sie so, als wollte er sie nie wieder loslassen – und in ihrem Herzen wusste sie, dass er das niemals tun würde.

Ty war dankbar für viele Dinge in seinem Leben, aber einem Vierjährigen hinterherzujagen hatte eigentlich nicht dazugehört – bis jetzt. Das Warten auf die Ergebnisse von Aiylas Untersuchung war nervenaufreibend, und Phillips unerschöpfliche Energie bot die perfekte Ablenkung. Ty, Aiyla und seine Eltern hatten den neugierigen Jungen zum Angeln ans Flussufer mitgenommen. Als Tempest Phillip zum ersten Mal begegnet war, hatte er kaum gesprochen, doch seitdem hatte er sich sehr verändert. Er stellte eine Frage nach der anderen und begeisterte sich für alles, was mit Tieren zu tun hatte, und so hatten sie die letzten Stunden damit verbracht, Würmer auszugraben und auf seinen Haken zu spießen – und ihn zu trösten, weil der Wurm dabei sein Leben ließ –, Schmetterlingen nachzulaufen und nach Fröschen zu suchen.

Ty stand am Wasser und hielt Phillips Angelrute aus Plastik fest, während Granny Maisy und Phillip Steine für sein neuestes Unterfangen sammelten: eine Burg aus Erde, Steinen und Gras. Die Fantasie des Jungen war grenzenlos. Sie hatten Tys Kamera mitgebracht und Aiyla hockte ein paar Meter entfernt auf dem Boden und schoss ein Bild nach dem anderen.

Er fragte sich, was ihr Künstlerinnenauge sah, wenn sie durch die Linse schaute. Wo waren ihre Gedanken? Fragte sie sich wie er vor einigen Tagen, ob sie jemals Kinder haben würden? Oder konnte sie die Sorgen für einen Moment beiseiteschieben?

Er wünschte ihr von ganzem Herzen ein paar Augenblicke Ruhe.

Als sie die Kamera sinken ließ und er das nachdenkliche

Lächeln auf ihrem schönen Gesicht sah, hatte er das Gefühl, dass sein Wunsch erfüllt worden war. Er seufzte erleichtert. Sie sah zu ihm herüber, ertappte ihn dabei, wie er sie anstarrte, und schenkte ihm ein Lächeln, das nur für ihn bestimmt war. Verdammt, wie sehr er dieses Lächeln liebte.

Sie kam humpelnd auf ihn zu, ein Anblick, der ihm unendlich wehtat. Sie schonte ihr krankes Bein mehr als vorher, aber ihr Lächeln verblasste nicht, als sie an seine Seite trat. »Kann ich mir dein Handy ausleihen? Ich will gerne für Nash und Tempe ein Video von Phillip machen, aber nicht mit meinem Handy, falls Jon anruft.«

»Du kannst alles von mir haben«, sagte er und reichte ihr sein Telefon. Bei ihrer Fürsorglichkeit gegenüber seiner Schwester wurde ihm warm ums Herz.

»Da hast du aber eine beeindruckende Rute«, neckte sie und wies auf die Angel.

»Du weißt ja: Es kommt nicht auf die Größe der Rute an, sondern darauf, wie man sie einsetzt.« Als er sich zu einem Kuss hinunterbeugte, spürte er einen Ruck an der Angelschnur. »Vielleicht lohnt es sich, das Video sofort zu machen«, sagte er rasch und rief dann: »Flip, komm her! Du hast einen Fisch an der Leine.«

Aiyla trat einen Schritt zurück und nahm Phillip auf, wie er angerannt kam.

»Ehrlich?«, schrie er. »Angeln ist toll! Komm, Granny Maisy! Ich fange einen Fisch!«

»Hoppla, Kumpel, immer mit der Ruhe.« Ty streckte eine Hand aus, damit der Junge nicht geradewegs ins Wasser lief. Dann hockte er sich neben ihn. »Okay, du musst dich konzentrieren, Kumpel, damit du den Fisch nicht verschreckst.«

»Konzentrieren kann ich mich, das hat Papa Ace mir

beigebracht. Pass auf.« Er zog die Brauen zusammen und presste die Lippen aufeinander, sodass alle lachten.

»Prima, genau so. Jetzt nimmst du die Angel, und wenn du einen Ruck spürst, spulst du ein Stück Schnur ab.« Ty warf Aiyla einen Blick zu, die über das ganze Gesicht lächelte, während sie ihnen durch die Handykamera zusah. Sie kam näher und ging in die Hocke, um Phillip besser einfangen zu können.

Phillip kam ganz nah an das Display. »Hallo? Hallo? Hallo?«

»Ich mache ein Video für deine Mommy und deinen Daddy«, sagte Aiyla.

»Guckt mal!«, rief er in Richtung Telefon. »Ich fange einen Fisch!« Seine Angel bog sich und er kreischte. »Onkel Ty! Hilfe!«

Ty legte von hinten die Arme um Phillip und half ihm, den Fisch einzuholen. »So ist es richtig, Kumpel, immer schön langsam und gleichmäßig.«

Maisy lachte. »Ich will unbedingt eine Kopie von diesem Video.«

»Ich auch«, sagte Aiyla.

Phillips Kopf wirbelte zur Kamera herum und traf Ty an der Wange. Er brüllte: »Pass auf, Mom! Pass auf, Dad!«

Ty wusste nicht, ob er lachen oder die Aufmerksamkeit des kleinen Mannes wieder auf das Wasser lenken sollte. Sein Vater nahm ihm die Entscheidung ab, indem er zu ihnen trat. Seine Anwesenheit reichte aus, um Phillip zu beruhigen.

»Okay, mein Junge. Es ist an der Zeit, sich auf diesen Fisch zu konzentrieren«, sagte sein Vater in dem autoritären Ton, den er sich aus seiner Militärzeit bewahrt hatte.

»Okay, Papa Ace.«

Während Phillip Aces Anweisungen folgte, die Angel anhob

und den Fisch heranholte, legte Ty einen Arm um Aiyla und küsste sie auf die Wange. »Ich liebe dich«, sagte er sicher zum tausendsten Mal an diesem Tag. Seit er ihr von dem Haus erzählt hatte, konnte er einfach nicht aufhören, es zu sagen. Zu wissen, dass sie wirklich ein gemeinsames Leben aufbauen würden, gab ihm Hoffnung und ließ seine Liebe in unerwartete Höhen schnellen.

Sie spitzte die Lippen, und er küsste sie in demselben Moment, in dem Phillip den Fisch aus dem Wasser zog und alle jubelten.

Phillip warf einen Blick auf den Fisch und schrie: »Er ist verletzt! Papa Ace! Rette ihn! Er muss genäht werden!«

Aiyla schaltete das Video aus, während Ace und Ty versuchten, ihn zu trösten. »Ist es das erste Mal, dass er angelt?«, fragte sie Maisy.

»Nein, er hat schon oft Fische gefangen. Aber er hat ein weiches Herz und jedes Mal, wenn er den Haken im Fischmaul sieht, weint er.« Sie legte Ty eine Hand auf die Schulter und sagte: »In Phillips Alter hatte Ty kein Problem damit, wenn wir einen Fisch gefangen haben, aber er fing immer an zu weinen, wenn er sah, wie wir ihn ausnahmen.«

»Ach«, sagte Aiyla. »Das ist aber traurig.«

»So habe ich es nie gesehen«, sagte Maisy. »Die beiden haben eben ein großes Herz und das ist gut. Es gibt genug Menschen auf der Welt, die sich keinen Deut um die Natur scheren. Ich wette, deine Mutter wusste auch ein paar Geheimnisse über dich zu erzählen.«

Aiyla wurde rot und sagte: »Ich habe immer geweint, wenn ich einen Schmetterling sah, weil es bedeutete, dass es keine Raupe mehr gab.«

»Siehst du? Großherzige Menschen finden immer zueinander.« Maisy zwinkerte ihr zu und streckte Phillip, der inzwischen aufgehört hatte zu weinen, die Hand entgegen. »Sollen wir anfangen, deine Burg zu bauen, kleiner Mann?«

Phillip nickte, nahm ihre Hand und streckte dann die andere Hand nach Aiyla aus. »Kommst du auch?«

»Ja, sehr gerne.«

Ty beobachtete, wie sie zu dem Steinhaufen gingen, den sie gesammelt hatten, und nahm sich vor, Aiylas Geschichte mit den Raupen und den Schmetterlingen nicht zu vergessen. »Stimmt es, was Mom erzählt hat?«, fragte er seinen Vater.

»Deine Mutter hat in ihrem ganzen Leben noch nie gelogen«, sagte Ace.

»Ich kann mich nicht erinnern, dass ich das Ausnehmen von Fischen so schlimm fand.«

»Das musst du auch nicht. Dafür sind Mütter da.« Er reichte Ty die Plastikangel. »Komm, wir fangen noch was zum Abendessen. Vielleicht können wir noch ein paar Tränen hervorlocken.«

Ty lachte. »Du bist gemein.«

Sein Vater hob eine Braue und sagte: »Ich meinte deine, nicht die von Phillip.«

Ein Handy klingelte, und Tys Magen krampfte sich zusammen, als er Aiylas Stimme hörte. »Hi, Jon. Ja. Einen Moment.«

Sie sah zu ihm herüber und die Angst in ihren Augen ließ Ty losrennen. Er führte sie von seiner Mutter und Phillip weg und spürte dabei die sorgenvollen Blicke seiner Eltern in seinem Rücken. »Es ist okay, Baby. Was auch immer es ist, wir werden es schaffen.«

Ihre Augen glitzerten bereits tränenfeucht, als sie das Telefon ans Ohr hob und sagte: »Tut mir leid. Da bin ich wieder.«

Schweigend hörte sie Jon zu. Die Sekunden vergingen wie tickende Zeitbomben. Als sie Tys Arm packte, zitterte sie von Kopf bis Fuß, während ihr die Tränen über das Gesicht strömten. Er drückte sie an sich, verfluchte im Stillen das Universum und versuchte mit aller Kraft, seine eigenen Tränen zurückzuhalten, als sie mit heiserer Stimme sagte: »Ja. Ich verstehe. Vielen Dank.«

Ihre Hand sackte kraftlos herab und sie fiel auf die Knie. Er ging neben ihr in die Hocke und drückte sie an sich. Beide weinten. »Es ist okay«, beruhigte er sie, obwohl sein Herz in abertausend Scherben zersprang. »Wir schaffen das.«

Aiyla sah ihn an und ihr Lächeln verwirrte ihn. »Er hat nicht gestreut.« Sie schluchzte. »Er ist nur in meinem *Bein*, Ty.«

Es dauerte einige Sekunden, bis er begriff, was sie da gesagt hatte, und als sie hinzufügte: »Wir haben ihn frühzeitig entdeckt«, wurde ihr Schluchzen für einen Moment von einer Woge der Erleichterung übertönt.

»Baby!«, sagte er zwischen dankbaren Küssen. »Oh, *Baby*.«

Sie weinten und küssten sich, umarmten einander und lachten und weinten noch mehr.

»Das habe ich *dir* zu verdanken«, sagte sie unter Tränen. »Du hast darauf bestanden, dass ich mich untersuchen lasse. Du hast mich gerettet.«

»Nein, Baby. Das Schicksal hat uns beide gerettet.«

Dreiundzwanzig

Später am Abend, nachdem sie Tys Eltern die Neuigkeiten mitgeteilt und Phillip erklärt hatten, dass ihre Tränen Freudentränen waren, rief Aiyla den Onkologen Dr. Whiskey an, den Jon ihr empfohlen hatte, und vereinbarte einen Termin. Jon hatte bereits Kontakt mit ihm aufgenommen und so wurde sie für die kommende Woche eingeschoben. Sie war froh über Jons Beziehungen, denn das Wissen, dass der Krebs nicht gestreut hatte, ließ ihr jede Minute bis zum Beginn der Behandlung wie russisches Roulette erscheinen.

Die Zeit verflog in einer Wolke der Erleichterung, aber die Dunkelheit verschwand nie ganz. Aiyla hatte immer noch Krebs und sie hatten einen langen Weg vor sich. Sie mussten sich überlegen, wie sie damit umgingen, und dann natürlich die Behandlung selbst überstehen.

Aiyla ging im Garten von Tys Eltern auf und ab und redete – *und weinte* – mit ihrer Schwester, während sie ihr erzählte, was los war.

Es war schrecklich, die beängstigenden Einzelheiten vor Cherise auszubreiten, doch nachdem sie zwischendurch so heftig weinen musste, dass sie kein Wort mehr hervorbrachte, fühlte sich Aiyla auf merkwürdige Weise besser. Sie war nie eine

Geheimniskrämerin gewesen, und nun wusste sie auch wieder, warum. Mit Geheimnissen umzugehen, war schwieriger, als der Wahrheit ins Gesicht zu sehen. Sie zogen sie in die Tiefe wie Treibsand.

Sobald sie sich wieder so weit gesammelt hatten, dass Aiyla sprechen konnte, ohne erneut in Tränen auszubrechen, sagte sie: »Es tut mir leid, dass ich es dir nicht früher erzählt habe, aber zuerst wollte ich dich nicht damit behelligen, und nach der Biopsie konnte ich nichts sagen, bevor ich nicht wusste, wie weit die Krankheit fortgeschritten ist.«

»Ich bin ein bisschen sauer deswegen«, sagte Cherise mit einem zittrigen Lachen. »Schließlich bin ich deine Schwester. Ich hätte die Wartezeit *mit* dir aushalten und mit dir durchleiden sollen. Aber ich verstehe es, und es ist lieb von dir, dass du mich schonen wolltest. Aber wenn du so etwas jemals wieder tust, werde ich …«

Aiyla musste lächeln. Ihre Schwester würde nie sagen, dass sie sie umbringen würde, und durchprügeln konnte sie sie auch nicht, obwohl ihr sicher manchmal danach zumute war.

»Mir keine von deinen berühmten Kokoskeksen geben?«, schlug Aiyla vor.

»Ja, genau!« Cherise seufzte. »Ich liebe dich, Aiyla, und ich sollte jetzt bei dir sein. Ich weiß nicht, wie du das aushältst.«

»Wie du an meinem Weinkrampf eben sehen konntest, bin ich ganz schön durcheinander. Aber Ty ist wundervoll, Cherise. Du wirst ihn mögen. Er lässt mich keine Minute alleine, und ich habe es ihm zu verdanken, dass wir die Krankheit in einem frühen Stadium entdeckt haben.«

»*Ihm* schicke ich ganz sicher eine Wagenladung Kekse –«

Sie verstummte, und Aiyla wusste, dass ihre Schwester wieder weinte. Sie wollte Cherise beruhigen, daher erzählte sie ihr, was als Nächstes geplant war. »Ich glaube, es ist die richtige Entscheidung, dass ich mich hier behandeln lasse. Ich möchte nicht, dass sich deine Jungs um mich sorgen, und du kannst den Stress nicht gebrauchen, von einem Arzttermin zum anderen zu hetzen. Wir wissen ja nur zu gut, wie das ist. Erinnerst du dich, wie schrecklich es war? Du und deine Kinder müsstet einen hohen Preis dafür zahlen. Du darfst dich nicht überfordern, sie brauchen dich als geduldige Mutter, nicht als gestresstes Nervenbündel.«

»Aber du bist meine *Schwester*«, sagte Cherise leise. »Ich muss auch für dich da sein.«

»Das weiß ich, und ich bin dir dankbar, dass du so denkst. Aber du bist auch *meine* Schwester, und du warst mein Fels in der Brandung, als Mom krank wurde und starb. Du warst mehr für mich da, als ich mir jemals hätte träumen lassen. Jetzt ist es Zeit für dich, für deine Jungs da zu sein. Wir holen euch nach Peaceful Harbor, sobald wir wissen, wie es weitergeht.« Sie hatte keine Ahnung, wie es kam, dass sie plötzlich so sachlich sein konnte. Vielleicht lag es daran, dass sie für Cherise stark sein wollte, oder daran, dass die Erleichterung ihr die Kraft gab, die sie brauchte. Was auch immer der Grund sein mochte, sie war froh darüber, weil sie Cherise nicht noch mehr aufregen wollte.

»Nächste Woche habe ich einen Termin bei einem Onkologen, und dann wird sich mein Arzt mit diesem Onkologen und einem Radiologen zusammensetzen, um über die Behandlungsmöglichkeiten zu beraten. Danach sprechen wir mit ihm durch, wie es weitergeht. Sobald wir das hinter uns haben, wird es einfacher. Dann wissen wir, was uns bevorsteht.«

Ein Schluchzen war die einzige Antwort.

»Cher, alles wird gut.«

»Du weißt, dass wir nicht *sicher* sein können«, sagte Cherise.

»Wir hoffen und beten und ...«

Tys tröstliche Worte gingen Aiyla durch den Kopf. »So denken wir nicht, okay? Wir können nicht so denken. Wir müssen daran glauben, dass wir die Krankheit besiegen können. Ich bin nicht Mom, Cherise. Der Krebs wurde früh genug entdeckt. Er ist nirgendwo sonst in meinem Körper, nur in meinem Bein.«

Cherise seufzte. »Ich wünschte, es hätte mich erwischt, nicht dich.«

»Nein, Cherise. Das darfst du nicht sagen. *Niemals.* Deine Kinder brauchen dich. Caleb braucht dich.«

»Und *wir* brauchen *dich*.«

Sie redeten, bis sie keine Tränen mehr hatten. Dann fragte Aiyla nach ihren Neffen und erzählte ihrer Schwester von Tys Familie und von dem Abend, als Ty um ihre Hand angehalten hatte. Sie sprachen über das Haus, das Ty für sie kaufte, was sich immer noch so surreal anfühlte, dass sie es kaum glauben konnte, und als sie ihren schönen Ring betrachtete, erzählte sie ihr auch davon. Nach vielen »Ich hab dich lieb« und dem Versprechen, Cherise sofort Bescheid zu sagen, wenn sich etwas Neues ergab, verabschiedeten sie sich.

Aiyla ging zurück zum Haus. Sie fühlte sich besser, weil sie nun nichts mehr verbergen musste, und traurig, weil sie wusste, dass Cherise nun alles ihrem Mann erzählen und noch mehr weinen würde.

Ty und seine Eltern unterhielten sich auf der Terrasse. Phillip war nach dem aufregenden Tag völlig erledigt eingeschlafen, kaum dass er gebadet hatte. Als Aiyla über den Rasen auf sie zuging, fiel ihr auf, dass sich die letzten Wochen wie Monate angefühlt hatten. Vor zwei Wochen war ihre größte Sorge gewesen, bei dem Sportevent gut abzuschneiden. Jetzt hatte sie eine Krankheit, für die bei solchen Veranstaltungen Geld gesammelt wurde. Die Frage *Warum ich?* war ihr bisher nicht in den Sinn gekommen und sie stellte sie auch jetzt nicht. Der Verlust ihrer Mutter hatte sie gelehrt, dass solche Fragen reine Energieverschwendung waren. Ty sprang auf und breitete die Arme aus, und als sie sich an ihn schmiegte, wusste sie, dass das Warum nicht halb so wichtig war wie die Zukunft.

»Wie geht es Cherise?«, fragte Ty.

»Den Umständen entsprechend. Sie würde gerne herkommen, aber ich habe ihr gesagt, dass sie lieber noch ein paar Wochen warten soll, bis wir wissen, woran wir sind.« Ty hatte angeboten, Cherise und ihrer Familie gleich für den nächsten Tag Flüge zu buchen, aber Aiyla war es ernst mit dem, was sie zu ihrer Schwester gesagt hatte. Sie hatte Ty an ihrer Seite, da musste sie nicht auch noch Cherises Leben auf den Kopf stellen.

Er sank auf einen Stuhl und zog sie auf seinen Schoß. »Und wie geht es meinem Mädchen?«

Sie warf einen Blick auf seine Eltern, die nebeneinander auf dem Liegestuhl lagen, und lenkte ihre Aufmerksamkeit dann wieder auf ihn. »Den Umständen entsprechend«, wiederholte sie aufrichtig. »Ich bin so dankbar, dass ihr alle da seid.«

Ty küsste sie sanft und Maisy sagte: »Und wir sind dankbar, dass du da bist, Liebes.«

»Ihr habt bestimmt im Traum nicht damit gerechnet, dass Tys Freundin mit so einem Haufen Probleme daherkommt.«

Ty warf ihr einen strengen Blick zu.

»Das ist kein Haufen Probleme«, sagte Maisy. »Das ist das *Leben.* Als ich Ace heiratete, dachten wir, er würde bis zur Rente beim Militär bleiben. Wir hatten unser ganzes Leben geplant, waren bereit, dorthin zu ziehen, wohin uns die Armee schickt, und Kinder großzuziehen, die wissen, was es bedeutet, neue

Freunde zu finden und die Welt zu bereisen.«

Ace küsste Maisy auf die Schläfe, so wie Ty es oft bei Aiyla machte, und sagte: »Als ich mein Bein verlor, wusste ich nicht, was ich tun sollte und wo wir leben würden. Das war eine schwere Zeit. Ich war frisch verheiratet, ein Baby war unterwegs, und plötzlich musste ich wieder bei null anfangen, ohne einen Plan B. Ich hatte mir vorgestellt, dass ich Maisys strahlender Held sein würde, aber dann stellte sich heraus, dass sie meine Heldin war.«

Aiyla hatte ganz vergessen, dass er eine Beinprothese hatte. Was musste ihm alles durch den Kopf gegangen sein, als er merkte, dass sein Sprung ein böses Ende nehmen würde. »Das muss euch beiden große Angst gemacht haben.«

»In diesen ersten Monaten haben wir viel gelernt«, sagte Ace. »Die Reha ging über viele Wochen und war sehr anstrengend, und in dieser Zeit schmiedete meine wundervolle Frau Pläne, von denen ich nicht die geringste Ahnung hatte.«

Maisy tätschelte ihm lächelnd die Brust. »Du wusstest, was ich vorhatte, nur warst du viel zu beschäftigt, um es zu realisieren. Aces Bruder, Clint – du hast ihn bei der Hochzeit kennengelernt, er ist der Vater von Beaus und Tys anderen Cousins – hatte sich in Pleasant Hill niedergelassen, der Nachbarstadt. Mir war klar, dass Ace seine Familie in der Nähe brauchte.«

»Ihr war auch klar, dass ich ohne eine Beschäftigung verrückt werden würde«, sagte Ace. »Als wir Peaceful Harbor sahen, mit dem Meer und den Bergen und der Familie um die Ecke, da wussten wir, dass wir hier unsere Zelte aufschlagen würden. Es war perfekt, und Maisys Fähigkeit, sich in die Zukunft vorzutasten, hat alles noch besser gemacht.«

»Was meinst du damit?«, fragte Ty.

»Dass die Mikrobrauerei die Idee deiner Mutter war«, sagte Ace stolz.

Ty starrte ihn verblüfft an: »Davon wusste ich ja gar nichts.«

»Deine Mutter ist ja auch nicht der Typ, der mit seinen Leistungen hausieren geht. Es war Anfang der Achtzigerjahre, und zum ersten Mal seit der Prohibition durfte eine Brauerei nicht nur ihr Bier in einer eigenen Bar auf dem Firmengelände verkaufen, sondern auch Essen servieren. Innerhalb eines Jahres gab es mehr als achtzig Brauereien und die größten – Anheuser-Busch, Miller, Coors und die anderen großen Namen – kontrollierten mehr als neunzig Prozent der US-amerikanischen Bierproduktion. Der Gedanke, es mit denen aufzunehmen, hat mir eine Höllenangst gemacht. Schließlich musste ich eine Familie ernähren.« Er setzte sich etwas aufrechter hin und räusperte sich. »Aber genauso wie Maisy während meiner Rehabilitation für mich da war und an mich geglaubt hat, hat sie auch daran geglaubt, dass wir es schaffen würden, ein erfolgreiches Unternehmen aufzubauen, das sich an den Bedürfnissen der Leute orientiert. Es waren Maisys Stärke und Überzeugung und ihre Beharrlichkeit, die das alles möglich gemacht haben.«

Von so viel Liebe umgeben zu sein, half Aiyla, sich weniger auf das zu konzentrieren, was sie und Ty gerade durchlebten, und machte ihr stärker bewusst, dass es vieles gab, worauf sie sich freuen konnten.

Maisys Blick war weich, als sie sagte: »Erstens warst du immer und wirst immer mein Held sein. Und zweitens hatte ich zwar jede Menge Ideen, aber die Umsetzung konnten wir nur zusammen schaffen. Und oft genug musstest du meinen Enthusiasmus bremsen. Wir sind ein Team, Ace, und zwar ein verdammt gutes.« Sie sah Ty und Aiyla an und sagte:

»Tragödien können uns unterkriegen oder stärker machen. Ich bete diesen Mann an, seit wir uns zum ersten Mal begegnet sind. Und ja, es gibt Tage, an denen ich ihn auf den Mond schießen könnte, aber diese Tage sind selten und sie machen die anderen umso schöner.«

Vierundzwanzig

In den folgenden zwölf Tagen durchlebte Aiyla ein Gefühlschaos. Meist schaffte sie es, sich zusammenzureißen, aber es gab Zeiten, in denen Traurigkeit oder Wut sie verzehrten. Sie und Ty weinten viel und redeten noch mehr. Sie hatten ihre Heiratslizenz abgeholt und sich mit dem Onkologen getroffen, der auch ein Freund der Bradens war, was den Termin vergleichsweise angenehm machte. Dann hatten sie Tys Geschwistern Paar für Paar gesagt, was los war, und jedes Mal mit ihnen zusammen geweint. Shannon hatten sie über FaceTime Bescheid gegeben, und mit Tempest und Nash wollten sie erst sprechen, wenn die beiden aus ihren Flitterwochen zurückkehrten. Die Unterstützung durch Tys Familie kannte keine Grenzen und Faith, Leesa, Jewel und Maisy waren ein Geschenk des Himmels. Sie luden Aiyla zum Mittagessen ein, gingen mit ihr shoppen und behandelten sie so, als sei alles wie immer. Der Beschützerinstinkt von Tys Brüdern war ihr gegenüber ebenso ausgeprägt wie Tys, aber Ty versicherte ihr, dass sie sich nicht anders verhalten würden, wenn sie keinen Krebs hätte. Nach zwei Wochen im Kreise seiner Familie wusste sie, dass das stimmte.

Trixie hatte ihr ein paar Nachrichten aufs Handy geschickt,

um den Kontakt zu halten, und schließlich hatte Aiyla sie angerufen und erzählt, was sie gerade durchlebte. Sie vergossen wahre Sturzbäche an Tränen, und Aiyla bat Trixie, nach Peaceful Harbor zu kommen, wenn sie mit der Krebsbehandlung begann, um Ty ein wenig von allem abzulenken. Sie wusste, dass Ty keinen Moment von ihrer Seite weichen würde, aber ihr war auch klar, dass er ab und zu eine Pause brauchen würde. Zu guter Letzt hatte sie Ms. F. angerufen, was wieder eine Tränenflut zur Folge hatte.

Jetzt saßen sie und Ty Jon gegenüber, der ihnen von seinem Treffen mit Dr. Whiskey und dem Radiologen berichtete und erklärte, dass sie Krebs im Stadium IIA habe, der Tumor einen mittleren Differenzierungsgrad aufweise und in der Knochenrinde eingeschlossen sei.

»Das Chondrosarkom spricht nicht gut auf eine Chemo- oder Strahlentherapie an. Die besten Ergebnisse erzielt man mit einer Operation«, erklärte Jon. »Gliedmaßenerhaltende Operationen sind sehr effektiv. Wir entfernen den Tumor und erhalten dabei so viele Sehnen, Nerven und Blutgefäße wie möglich, damit die Funktion des Beines nicht beeinträchtigt wird.«

»Ihr wollt einen Teil meines *Knochens* herausschneiden?« In Aiylas Brust zog sich alles zusammen. »Was ist, wenn ihr nicht den ganzen Krebs erwischt?«

»Ich bin zuversichtlich, dass wir den gesamten Tumor entfernen können. Bei dieser Operation entfernen wir nicht nur den betroffenen Bereich des Knochens und ersetzen ihn durch eine Prothese«, erklärte Jon. »Wir entfernen auch einen breiten Rand um den Tumor, um alle Krebszellen zu beseitigen. Wenn es richtig gemacht wird, solltest du nach der Operation krebsfrei sein.«

»Also keine Chemotherapie? Keine Bestrahlung?«, fragte sie. Sie wusste nicht, ob sie erleichtert oder beunruhigt sein sollte.

»Nein«, sagte Jon.

Ty drückte ihr die Hand und fragte: »Und der Heilungsprozess? Wie müssen wir uns den vorstellen?«

Während Jon über die Zeit nach der Operation und die anschließende Physiotherapie sprach, analysierte sie im Geiste, was er gerade gesagt hatte. *Wir entfernen auch einen breiten Rand um den Tumor, um alle Krebszellen zu beseitigen. Wenn es richtig gemacht wird, solltest du nach der Operation krebsfrei sein.* Aber was, wenn die Operation *nicht* richtig durchgeführt wurde? Was, wenn sie etwas übersahen? Würde der Krebs wiederkommen? Das Wort, von dem sie geglaubt hatte, dass sie es nach dem Tod ihrer Mutter nie wieder benutzen würde, schoss ihr durch den Kopf: *Lebensfreude.* Wie belastbar würde ihr Bein sein? Würde sie Ski fahren können? Klettern? Laufen? Sollte all das überhaupt noch eine Rolle spielen, solange sie am Leben war?

»Moment«, platzte sie heraus. Panik stieg in ihr auf. »Es tut mir leid, aber ich habe ein paar Fragen.«

»Natürlich«, sagte Jon.

»Was ist, wenn der Rand um den Tumor nicht ausreicht? Kommt der Krebs dann zurück? Wie belastbar wird mein Bein sein? Werde ich die Dinge tun können, die ich jetzt tue? Skifahren? Laufen? Klettern? Und was ist mit Komplikationen? Infektionen? Wie befestigt man eine Knochenprothese in meinem Bein? Und wird sie sich bei all den Aktivitäten, die ich jetzt mache, irgendwann abnutzen?« Ihre Fragen kamen maschinengewehrartig, und sie hörte erst auf, als Ty seinen Arm um sie legte.

»Langsam, Baby. Lass Jon diese Fragen beantworten und

dann fragen wir den Rest, okay?«

»Tut mir leid«, sagte sie.

»Aiyla, das sind alles sehr gute Fragen, und einige lassen sich gar nicht so leicht beantworten, weil jeder Fall anders ist. Vorausgesetzt, alles verheilt gut und ohne Komplikationen, sollte dein Bein sehr stabil sein. Wie aktiv du sein kannst, hängt ganz von dir ab. Tägliche Aktivitäten dürften kein Problem darstellen und viele Patienten pflegen nach einer solchen Operation einen sehr aktiven Lebensstil. Du bist jung, sportlich und in guter körperlicher Verfassung. Du bringst ideale Voraussetzungen mit und das hilft natürlich beim Heilungsprozess.«

Mit jedem seiner sorgfältig formulierten Sätze nahm ihre Angst zu.

»Aber deine Bedenken sind nicht unbegründet«, fügte Jon hinzu. »Wenn alles gut geht, wirst du wahrscheinlich eine ganze Weile lang problemlos alles machen können, was dir Spaß macht. Aber wie bei jeder Hardware können sich die Teile lockern und eine Anpassung erfordern, und jeder Eingriff birgt die Gefahr, dass du noch mehr Knochenmaterial einbüßt. Es kann aber auch alles glatt laufen, das lässt sich nicht vorhersehen. Und ja, es gibt natürlich auch Fälle, in denen es nicht optimal läuft. Die Gefahr, dass Nerven und Blutgefäße beschädigt werden, ist nicht von der Hand zu weisen, aber das kommt selten vor und ich werde sehr genau darauf achten, dass das nicht passiert. Bei jeder Operation besteht die Möglichkeit einer Infektion oder von Komplikationen, aber unser Team wird alles daransetzen, das zu vermeiden. Viele Patienten ziehen übrigens aus rein kosmetischen Gründen die gliedmaßenerhaltende Operation der Beinprothese vor.«

»Mir ist es egal, wie mein Bein aussieht«, sagte sie mit zitternder Stimme. »Ich möchte, dass diese Krankheit aus meinem Körper *verschwindet*, und ich möchte die besten Chancen haben, weiterhin die Dinge zu tun, die ich liebe.« Bei der Frage, die ihr immer wieder durch den Kopf ging, wallte erneut Angst in ihr auf. Sie atmete tief durch und sagte: »Was sind die Vor- und Nachteile einer Amputation?«

»*Amputation?*« Ty sah sie an, als wäre sie verrückt. »Er sagte doch gerade, er könnte dein Bein retten.«

»Ja, mit tausend möglichen Komplikationen und der Gefahr, dass ich auf lange Sicht nicht mit dir klettern, Ski fahren oder laufen kann. Ich *möchte* diese Dinge tun, Ty.« Kaum hatte sie die Worte ausgesprochen, wurde ihr klar, wie *verzweifelt* sie sich wünschte, all das weiterhin tun zu können. Sie sehnte sich danach, das Leben zu führen, das sie sich so hart erarbeitet hatte. »Es tut mir leid. Die Vorstellung, mein Bein zu verlieren, ist schrecklich, aber auf die Dinge zu verzichten, die wir lieben, wäre noch schrecklicher.«

Ty beugte sich zu ihr. »Ich unterstütze dich, wie immer du dich entscheidest. Es ist dein Körper. Aber du darfst nicht denken, dass ich dich verlassen würde, wenn du diese Dinge nicht tun könntest.«

»Das ist mir gar nicht in den Sinn gekommen. So wie ich das sehe, wird der Krebs mich so oder so aus der Bahn werfen, und wenn wir ihn loswerden, möchte ich sicher sein, dass er so weg ist, wie er nur weg sein kann. Und ich will keinesfalls riskieren, dass das Ergebnis nur aus *kosmetischen* Gründen nicht optimal ist. Ich will mich auf unser Leben, auf unsere Hochzeit und auf all die Dinge freuen, die wir gemeinsam tun wollen. Ich möchte kein Bein, das durch unvorhergesehene Komplikationen nur eingeschränkt funktioniert.«

»Für eine Sportlerin wie dich sind das nachvollziehbare Argumente«, sagte Jon. »Einige Patienten entschließen sich zu einer Amputation, weil sie dann eine größere Bandbreite an Bewegungsmöglichkeiten haben und weniger Komplikationen befürchten müssen. Andere ziehen die gliedmaßenerhaltende Methode vor, weil sie finden, dass es besser aussieht und weil die Handhabung einfacher ist. Es ist nicht nur eine medizinische Entscheidung, sondern auch eine des Lebensstils.«

»Die Handhabung ist einfacher?«, fragte Ty. »Weil man dann keine Prothese anlegen und abnehmen muss?«

»Genau. Und dann gibt es noch andere Dinge zu beachten, wie die Kosten für die Prothese und die Physiotherapie. Man muss erst lernen, mit einer Beinprothese zu laufen, außerdem können Hautirritationen auftreten und die Prothese muss täglich gereinigt und gewartet werden. Und wie du von deinem Vater weißt, muss man eine Prothese abnehmen, um schwimmen zu gehen –«

»Verringert es die Chance, dass der Krebs zurückkommt?«, fragte Ty.

Aiyla hielt den Atem an.

»Die letztendliche Sicherheit, die du gerne haben möchtest, kann ich dir nicht bieten, Ty. Es gibt keine Garantien, wenn es um Krebs geht. Ob das Risiko eines erneuten Auftretens bei einer Amputation geringer ist? Du entfernst mehr von dem Bereich um den Tumor, also sagt die Logik: ja.«

Aiyla atmete laut aus. »Dann ist es das, was ich will.«

»Du weißt, dass es keine Garantie ist«, wiederholte Jon.

»Ja, aber es hört sich so an, als würde ein breiterer Sicherheitsabstand im Endeffekt weniger Risiken bergen. Und ich müsste in Zukunft keine Anpassungen oder andere Operationen über mich ergehen lassen, um ein künstliches Teil in meinem Körper auszubessern.«

»Wir müssten oberhalb des Knies amputieren und

angesichts deiner sportlichen Aktivitäten wäre eine Prothese sinnvoll. Sie bietet dir die größtmögliche Funktionalität, sodass du weiterhin die Dinge tun könntest, die dir Spaß machen. Und sie birgt das geringste Risiko künftiger Komplikationen, sobald du dich von der Amputation selbst erholt hast. Wenn du so vorgehen möchtest, stelle ich den Kontakt zu dem Prothetiker und der Abteilung für Physiotherapie und Reha her, sodass die Vorbereitungen anlaufen können. Allerdings durchleben Amputierte auch eine ganze Reihe von Emotionen, die du dir jetzt vielleicht gar nicht vorstellen kannst. Du solltest dich mit einem Psychologen unterhalten, um sicherzustellen, dass du bestens vorbereitet bist. Ich kann dir ein paar gute Leute nennen, mit denen du sprechen kannst.«

»Und mit Ace«, sagte sie mehr zu sich selbst.

»Ich würde auch gerne mit einem Therapeuten sprechen«, sagte Ty. »Mit dir oder ohne dich, wie du willst. Ich möchte wissen, wie ich dich am besten unterstützen kann.«

Zum ersten Mal, seit sie Jons Sprechzimmer betreten hatten, liefen ihr Tränen über die Wangen. »Vielen Dank. So beängstigend es auch sein mag: Ich halte es für die richtige Entscheidung.«

Als sie sich von Jon verabschiedeten, war Ty in Gedanken immer noch mit Aiylas Entscheidung beschäftigt. Es musste sie so viel Kraft gekostet haben, sich aktiv an diesem Gespräch zu beteiligen. Als Jon das Wort »Operation« erwähnte, hatte sich Tys Magen zusammengekrampft. Dass sie als diejenige, an der diese Operation durchgeführt werden sollte, all das aufnehmen konnte, was Jon ihr sagte, fand er bemerkenswert. Sie war dabei, eine mutige – und *radikale* – Entscheidung zu treffen. Aber Aiyla war nun mal eine Frau, für die Scheitern nicht in Frage kam, die sich meist weigerte, Hilfe anzunehmen und die als junges Mädchen den Verlust ihrer Mutter überlebt hatte. Seit dem Tag, als er sie kennengelernt hatte, kam sie ihm außergewöhnlich vor, und sein Respekt für sie war seitdem nur noch größer geworden.

»Bist du sicher, dass du damit einverstanden bist?«, fragte sie auf dem Weg zu ihrem Wagen.

»Ich?«, sagte er überrascht. »Du fragst, ob *ich* damit einverstanden bin?«

»Mir ist gerade klargeworden, dass ich bei unserem Gespräch mit Jon nur daran gedacht habe, was *ich* will oder brauche. Ich hätte dich fragen sollen, ob du mit meiner Entscheidung leben kannst.«

Als Ty sie nun in die Arme nahm, war sein Herz so voller Liebe, dass ihm das Sprechen schwerfiel. »Baby, ich bin mit allem einverstanden, was dich von dieser Krankheit befreit. Wir haben einen langen Weg vor uns, und ich werde dich bei jedem Schritt begleiten und lieben, welche Richtung du auch immer einschlägst.«

Sie lächelte, und er senkte seine Lippen auf ihre und küsste sie, bis sie mit ihm zu verschmelzen schien – und dann küsste er sie noch einmal, einfach, weil er es so dringend brauchte.

»Ich liebe dich«, sagte er und umarmte sie. »Daran wird sich nichts ändern, nur weil du ein Bein weniger hast.«

»Du musst so viel auf einmal verarbeiten.«

»Nein, Baby. *Wir* müssen so viel verarbeiten. Aber *so viel* ist nicht *zu viel*. Wir sind ein Team und das wird sich nie ändern.« Er sah ihr in die Augen und suchte nach Anzeichen dafür, dass sie dem Zusammenbruch nahe war, aber sie wirkte gefestigter als in den Tagen zuvor. »Möchtest du irgendwohin gehen und reden?«

Sie schob einen Finger in den Hosenbund seiner Shorts und sagte: »Wenn wir irgendwohin gehen, wo wir allein sind, ist Reden das Letzte, was ich tun möchte.« Sie drückte ihm einen Kuss mitten auf die Brust und sagte: »Ich hätte gerne Zeit allein mit dir. Aber bevor wir uns ineinander verlieren, möchte ich mit deinem Vater darüber sprechen, wie es nach seinem Unfall war. Würde dir das etwas ausmachen?«

»Überhaupt nicht. Aber Aiyla, warum bist du so gefasst? Du hast gerade eine monumentale, beängstigende Entscheidung getroffen. Solltest du nicht weinen oder deine Schwester anrufen oder so? Du machst mir Sorgen.«

»Es ist seltsam, ich weiß, aber jetzt haben wir endlich Antworten, und das ist wirklich ein gutes Gefühl, egal wie beängstigend es ist. Bis heute kam mir der Krebs wie ein Monster vor, das uns gefangen hält. Wir konnten nicht entkommen, weil er in mir ist und wir nicht wussten, wie wir ihn rausbekommen sollten. Jetzt haben wir einen Plan und wir sind auch nicht allein. Jon hat ein Team von Fachleuten zusammengetrommelt und scheint sehr um unser Wohl bemüht. Ich meine, er hätte der Amputation einfach zustimmen können, aber er wollte, dass ich zuerst mit einem Psychologen rede. Selbst wenn er sich nur nach allen Seiten absichern will, scheint er uns mit allen nötigen Informationen versorgen zu wollen und die beste Lösung für uns zu suchen.«

»Das tut er, Schatz. Er sichert sich nicht nur ab. Jon ist einer der Besten auf seinem Gebiet.«

»Dann ist es richtig, dass ich meinem Instinkt gefolgt bin. Ich bin mir sicher, dass ich irgendwann wieder zusammenklappen werde, aber jetzt bin ich erleichtert und froh über meine Entscheidung. Und auch wenn ich nicht in Tränen aufgelöst bin: Es ist keine leichte Entscheidung. Da mache ich mir nichts vor. Deshalb möchte ich mit deinem Vater sprechen. Wenn uns jemand sagen kann, wie es sein wird, dann er.«

»Wir sprechen mit ihm, aber danach gehörst du ganz *mir*. Ich möchte, dass du das hübsche Kleid anziehst, das du zur Hochzeit meiner Schwester getragen hast, und dann führe ich dich zum Abendessen aus, vielleicht etwas Wein …«

»Mr. Braden, wollen Sie etwa versuchen, mich zu verführen?«, fragte sie kokett.

Er zog sie an sich und küsste sie leidenschaftlich. »Ich glaube, das muss ich gar nicht *versuchen*.«

Eine Stunde später saßen sie mit Tys Vater auf der Terrasse des Mr. B. mit Blick auf den Jachthafen und aßen zu Mittag.

»Ich war damals natürlich in einer ganz anderen Situation«, sagte er bedächtig. Sein Blick war ernst wie immer, er hatte die Schultern gestrafft und hielt sich kerzengrade, sodass man ihm seine Ausbildung beim Militär gleich ansah. Ty erkannte dieselben Eigenschaften bei seinem Bruder Nate. »Mein Körper hatte entsetzliche Verletzungen abbekommen, und sie haben mit zwei Operationen versucht, mein Bein zu retten. Aber es ist nie richtig verheilt, dann kam eine Entzündung und schließlich war die Amputation unumgänglich. Mein Heilungsprozess verlief ganz anders als der, der dir bevorsteht. Abgesehen davon gibt es einige Dinge, die meiner Meinung nach alle Amputierten erleben.« Er warf Ty einen gequälten Blick zu. »Seid ihr sicher, dass ihr wirklich die ungeschminkte Wahrheit hören wollt? Wenn man über eine Sache allzu genau Bescheid weiß, kann sie im Kopf größer werden, als sie tatsächlich ist.«

»Ich bin mir sicher«, sagte Aiyla rasch. »Ich stehe vor einer

Entscheidung, die mein Leben verändern wird, und möchte so gut vorbereitet sein wie möglich.«

Ace nahm ihre Hand zwischen seine und betrachtete sie mit einem warmen Lächeln. »Du bist eine starke, zupackende Frau, Aiyla, aber das allein wird dir nicht helfen, den Verlust eines Körperteils zu akzeptieren und auf gesunde Weise nach vorn zu schauen. Es wird Zeiten geben, in denen du Phantomschmerzen spürst oder dich an einem Bein kratzen willst, das gar nicht mehr da ist. Kinder werden dich anstarren, weil sie versuchen, sich einen Reim auf das zu machen, was sie da sehen, und du musst dir überlegen, wie du damit umgehst. Und du musst damit rechnen, dass du dein Bein *vermisst* und immer wieder daran zweifelst, ob es die richtige Entscheidung war.«

»Während des Heilungsprozesses werden mir sicher Zweifel kommen. Jon meinte, es würde ziemlich schmerzhaft werden.«

Mitleid flackerte in Aces Augen auf, während sich Tys Magen zusammenkrampfte.

»Ja, du wirst Schmerzen haben, aber dagegen werden dir die Ärzte ihre Mixturen verabreichen. Das emotionale Trauma in den Griff zu bekommen, wird wahrscheinlich schwieriger sein.« Er warf Ty einen Blick zu und sah dann wieder Aiyla an. »Nach der Operation wirst du die Unterstützung deines Ärzteteams brauchen, aber noch wichtiger sind das Verständnis und die Unterstützung der Menschen, die dich lieben. Sie können nicht sehen, was du fühlst, wovor du Angst hast oder welche Dämonen dich nachts heimsuchen. Du verlierst nicht nur ein Bein und einen Fuß, Aiyla. Diese Operation definiert dein Selbstbild neu. Du musst dich an ein neues Ich und ein neues Leben gewöhnen. Schuhe, Hosen, Kleider zu kaufen, die zu diesem Selbstbild passen, kann sich als Problem erweisen. Und obwohl es hervorragende, naturgetreue Prothesen gibt, wirst du dich damit in Shorts oder einem Rock vielleicht nicht wohlfühlen. Du musst dein Bein jeden Morgen *anlegen*, und manchmal muss ich meins abnehmen, wenn ich zu lange gesessen habe und es wehtut. Nicht immer kann ich mich dabei zurückziehen. Es kann jederzeit und überall passieren, zum Beispiel im Flugzeug. Das ist dir möglicherweise peinlich. Außerdem weißt du nie, wie die Leute um dich herum reagieren. Vielleicht gefällt es dir nicht, anderen unangenehm zu sein.«

»Über manche dieser Dinge habe ich noch gar nicht nachgedacht, aber ich kann ehrlich sagen, dass ich, seit ich mit Jon gesprochen habe, noch fester entschlossen bin, diese Krankheit komplett aus meinem Körper herauszuholen, und ich denke, das ist die beste Möglichkeit. Wenn es bedeutet, dass ich anders aussehe oder mich an andere Abläufe gewöhnen muss, dann ist es eben so. Ich möchte mir nicht für den Rest meines Lebens Sorgen machen müssen, dass er nicht alles erwischt hat. Ich weiß, dass Jon ein guter Chirurg ist, aber eine Amputation scheint mir sicherer zu sein. Ist es dir peinlich, dein Bein in aller Öffentlichkeit abzunehmen?« Sie wartete Aces Antwort nicht ab, sondern fuhr fort: »Vielleicht kann ich nur so reden, weil ich noch nicht in der Situation bin, aber ich habe das Gefühl, dass es ein Teil von mir sein wird. So wie manche Menschen ohne Arme oder Beine oder mit anderen Behinderungen geboren werden. Wenn es jemandem unangenehm ist, dass ich meine Prothese abnehmen muss, ist das doch sein Problem und nicht meins, oder?« Ihre Stimme wurde schriller und Ty griff nach ihrer Hand. »Ich meine das ernst, Ty«, sagte sie heftig.

»Sie hat recht«, sagte Ace zu Ty. »Aber das zu wissen, wird es nicht einfacher machen. Ich kann dir eins versichern: Du wirst auf die Probe gestellt werden – dein Selbstvertrauen, deine

Fähigkeit, die andere Wange hinzuhalten. Es ist *schwer*, Aiyla. Du verlierst ein Stück von dir und bist dir wahrscheinlich gar nicht im Klaren darüber, dass es mit etwas zusammenhängt, von dem wir alle nicht zugeben mögen, dass wir es überhaupt haben. Mit deinem *Ego*.«

Sie schluckte mühsam und runzelte die Stirn. »Du hast recht. Das kann ich nicht leugnen. Trotzdem: Das Risiko, dass sie etwas übersehen, möchte ich einfach nicht eingehen. Und ich weiß, dass ich viel mehr Hilfe brauchen werde, als ich es bisher gewohnt bin, und das bedeutet zusätzlichen Druck für Ty und wird unsere Beziehung belasten. Ich habe darüber nachgedacht …«

»Wir kommen mit allem zurecht, Aiyla«, beruhigte Ty sie. »Darüber musst du dir wirklich keine Sorgen machen.«

»Ich denke aber, wir *sollten* uns darüber Sorgen machen«, entgegnete sie. »Ich weiß, dass es mich frustrieren wird, nicht allein klarzukommen, und wahrscheinlich werden auch die Schmerzen schlimm werden und ich werde mich fragen, ob es für *uns* die falsche Entscheidung war, auch wenn ich weiß, dass du mich voll und ganz unterstützt. Es gibt so viel zu bedenken. Was ich nicht weiß, ist, wie ich damit umgehen werde. Vielleicht bin ich gereizt und schreie dich an oder sage Sachen, die ich gar nicht meine.«

Ty lachte. »Baby, ich rechne fest damit. Weißt du, dass Leesa bei der Geburt von Avery zu Cole gesagt hat, dass sie ihn hasst, weil er sie geschwängert hat?«

»Das ist etwas anders. Das ist in ein paar Stunden vorbei und sie bekommen etwas für ihre Mühen: ihre kleine Tochter. Unsere Situation dauert nicht nur ein paar Stunden, sie ist für immer und wir verlieren mein Bein. Du hast gehört, was Jon gesagt hat. Wir werden *monatelang* mit dem Heilungsprozess und mit Physiotherapie zu tun haben. Vielleicht sogar ein ganzes Jahr.«

»Sie hat recht, Ty«, sagte Ace. »Es wird nicht einfach werden, und du kannst nicht darauf zählen, dass deine Liebe genug ist. Selbst die Liebe braucht manchmal eine Schulter zum Anlehnen. Ihr könnt euch darauf verlassen, dass unsere Familie euch beisteht und wir alle für euch da sind. Aber ich habe eine Idee, wie ihr euch für die Zeiten rüsten könnt, in denen ihr trotz allem an eurer Kraft zweifelt. Wir nennen es das *Ich-liebe-dich-wirklich*-Kästchen. Nach meinem Unfall hat deine Mutter ein solches Kästchen für mich gepackt. Oder vielleicht sollte ich sagen, dass sie es für sich selbst gepackt hat, denn diese Monate waren für uns beide nicht leicht.«

Ty und Aiyla tauschten einen neugierigen Blick.

»Es ist eigentlich ganz einfach und uns hat es die Ehe gerettet. Ihr schreibt euch gegenseitig Liebesbriefe, jetzt, in der Zeit vor der Operation. Wenn ihr nicht mehr weiterwisst und euch streitet – oder, wie ich es gerne nenne, richtig Dampf ablasst«, sagte er lächelnd, »dann zieht ihr euch jeder in ein Zimmer zurück und lest, was ihr einander geschrieben habt. Erinnert euch daran, warum ihr euch für den anderen entschieden habt und was ihr an ihm liebt. Füllt dieses Kästchen mit Erinnerungen und Hoffnung. Und, Aiyla, vielleicht möchtest du dir selbst einen Brief schreiben und erklären, warum du diesen Weg gewählt hast. Wenn dir später Zweifel kommen, wäre ein solcher Brief sicher hilfreich.«

»Das ist eine großartige Idee«, sagte Aiyla. »Aber dein Unfall kam aus heiterem Himmel. Hattest du vorsorglich Liebesbriefe an Maisy geschrieben?«

»Ja, ich hatte ihr wohl einige geschrieben, aber meine Frau wusste genug, um die Briefe für uns beide zu verfassen. Sie schrieb Liebesbriefe an mich und stellte dann Listen mit all den Dingen zusammen, von denen ich ihr gesagt hatte, dass ich sie an ihr liebe. Sie füllte unser Kästchen mit Erinnerungen an unsere glücklichsten Zeiten und legte auch eine Flasche Wasser und eine Flasche Wein dazu. Das Wasser war für die Zeit der Rehabilitation gedacht, als ich keinen Alkohol trinken durfte. Der Wein war für die Zeit danach, als ich geheilt war. Über die Jahre haben wir dieses Kästchen immer wieder neu gefüllt.«

»Das ist so romantisch«, sagte Aiyla. »Eine eingebaute Auszeit. Das finde ich wunderbar.«

»Es ist großartig, Dad. Wissen die anderen davon?«

»Nein, mein Junge, das tun sie nicht. Manche Paare haben härtere Prüfungen vor sich als andere. Was dir und Aiyla bevorsteht, erfordert schweres Geschütz. Den anderen reicht ihre eigene Munition.«

Fünfundzwanzig

Später am Nachmittag rief Aiyla Cherise an und erzählte ihr, was sie beschlossen hatte. Sie hatte erwartet, dass sich ihre Schwester mit ihrem Plan schwertun würde, doch zu ihrer Überraschung war Cherise der Ansicht, dass sie richtig entschieden hatte. Ihre Unterstützung bestärkte Aiyla in ihrer Absicht. Als sie sich für ihr Abendessen mit Ty umzog, nahm sie sich Zeit für die Dinge, die sie sonst selten tat, wie Make-up aufzutragen und ihren Haaren ein wenig zusätzlichen Schwung zu geben. Sie hatte nur ein einziges Kleid von zu Hause mitgebracht, ein einfaches lavendelfarbenes Minikleid im Empirestil. Aber nachdem sie es an dem Tag getragen hatte, als Ty um ihre Hand anhielt, würde es auf ewig ihr Lieblingskleid sein, auch weil er ihr mindestens hundertmal gesagt hatte, wie schön sie darin aussah.

Als sie in ihre Sandalen schlüpfte, durchfuhr sie ein trauriger Stich. Sie setzte sich auf das Bett und betrachtete ihren linken Fuß und das Bein wie zum ersten Mal. Ty liebte ihre Beine, und sie verstand, warum. Sie waren lang, und weil sie so sportlich war, waren sie schlank und … *hübsch*. Es war seltsam, den eigenen Körper so anzusehen und darüber nachzudenken, ob ihre Beine und Füße attraktiv waren. Doch jetzt, wo sie wusste, dass die Tage ihres linken Beines gezählt waren, empfand sie ein Gefühl des Friedens dabei, seine Schönheit anzuerkennen. Ace hatte recht. Sie würde ihr Bein vermissen, und zwar nicht nur seine Funktionalität.

Sie nahm sich vor, mit dem Psychologen darüber zu sprechen, und beschloss dann, ihre Sorgen für ein paar Stunden so gut sie konnte beiseitezulegen. Heute Abend wollte sie nichts weiter sein als eine Frau, die mit ihrem unglaublich heißen Verlobten ausging.

Als sie die Treppe hinunterging, hörte sie Tys Stimme. Er stand im Eingangsbereich und sprach mit Phillip. An seinem schwarzen, kurzärmeligen Hemd waren die drei obersten Knöpfe geöffnet und er hatte seine Bartstoppeln gestutzt und gerade genug stehenlassen, dass es wie ein Fünf-Uhr-Schatten aussah. Sie stellte sich vor, wie die Barthaare über ihre Brust, ihren Hals und ihre Oberschenkel streiften. Als ihr Ty am Fuß der Treppe entgegenkam, glitt sein Blick über ihren Körper und schickte einen Hitzestrahl an genau die richtigen Stellen.

»Siehst du diese Frau, Flip?« Sein hungriger Blick verzehrte sie. »Sie ist deine zukünftige Tante und meine zukünftige Frau, die hübscheste Frau der Welt.«

»Daddy sagt, Mommy sei die hübscheste.«

Aiyla lachte und fragte sich, was Ty mit diesem kleinen Goldklumpen von einer Bemerkung anfangen würde.

»Dann denke ich, sie müssen sich diesen Titel teilen.« Ty streckte Aiyla eine Hand entgegen, und als sie ihre Hand in seine legte, zog er sie mit Schwung an sich und sagte: »Mach die Augen zu, Flip. Ich werde Aiyla jetzt einen dicken, sündigen Kuss geben.«

Phillip rannte lachend in die Küche. »Granny Maisy! Ty und Aiyla küssen sich schon wieder!«

»Wie theatralisch du bist«, neckte sie.

»Ich sage nur die Wahrheit.«

Er beugte sie in seinen Armen nach hinten und gab ihr einen Kuss, der ihr fast den Verstand raubte und sie atemlos zurückließ. Dann schenkte er ihr ein verschmitztes Lächeln. »Kommen Sie, schöne Frau. Wir wollten doch fein essen gehen.«

Ob es wohl unhöflich wäre, wenn sie ihn stattdessen nach oben in sein Zimmer zerrte?

Er beugte sich vor und sagte mit leiser, verführerischer Stimme: »Wenn du mich weiter so ansiehst, riskierst du jede Menge Ärger.«

»Ich mag Ärger«, flüsterte sie.

Er knabberte an ihren Lippen und sagte: »Und ich *liebe* dich. Komm, lass uns sehen, wo wir Ärger machen können, ohne von unschuldigen Kinderaugen beobachtet zu werden.«

Am Jachthafen war ein Teil des Piers mit hübschen gelben Lichtern geschmückt. Durch das offene Fenster drang Musik und eine Handvoll Leute bewegte sich im Takt.

»Was ist da unten los?«, fragte Aiyla.

»Es ist der Tanzabend für Senioren, der einmal im Monat stattfindet.«

»Ist das ein Altersheim?«

Er lachte leise. »Nein, aber im Sommer bringen Freiwillige die Bewohner von Harbor House, einer Einrichtung für betreutes Wohnen, zum Tanzen und Abendessen zum Pier.«

»Oh, wie wunderbar! Können wir uns das ansehen? *Bitte?*«

Ty bog zum Jachthafen ab und parkte am Pier, wo ungefähr zwanzig Paare unter den Lichterketten tanzten. »Ich habe mich früher öfter freiwillig als Begleiter gemeldet.«

»Jetzt möchte ich es erst recht sehen. Können wir

hingehen?«

»Sicher.« Er parkte das Auto und kam um den Wagen herum, um ihr herauszuhelfen.

Als er sie auf die Beine stellte, mischte sich sein Duft mit der salzigen Seeluft. Allmählich fühlte sich diese Mischung an wie *zu Hause*.

Hand in Hand gingen sie zum Pier, wo einige ältere Paare zu Big-Band-Musik tanzten. Sie hielten einander so, wie sie es in alten Filmen gesehen hatte: Die Männer hatten eine Hand auf den unteren Rücken der Tanzpartnerin gelegt, während die andere ihre Hand hielt. Dabei hielten sie einen züchtigen Abstand voneinander. Ty deutete auf ein Paar auf der anderen Seite des Piers. Die Frau konnte kaum größer als eins fünfzig sein, und der spindeldürre Mann, mit dem sie tanzte, überragte sie nur um ein paar Zentimeter. Er hatte einen leichten Buckel und in der sanften Brise stand ihm das wuschelige weiße Haar zu Berge. Im Gegensatz zu den anderen Tänzern hielten die Frau in ihrem Kleid mit Paisleymuster und den weißen Orthopädieschuhen und der Mann keinen Abstand, sondern sein schmächtiger Körper schmiegte sich an ihren beachtlichen Busen.

»Das sind die Gesichter, für die ich lebe und die ich einfach fotografieren *muss*. Sieh doch nur, wie vorsichtig sie sich bewegen, wie sehr sie sich aufeinander konzentrieren. Wenn du in ihrem Alter bist, weißt du vermutlich, wie kostbar solche Abende sind. Ich wünschte, ich hätte meine Kamera dabei«, sagte Aiyla, während sie Ty in die Richtung der beiden alten Leute zog. »Können wir tanzen?«

Ty zuckte die Achseln. »Warum nicht?«

Aiyla spürte die positive Energie, die von den Paaren ausging, als sie sich mit ihnen zur Musik bewegten. Ty legte seine Arme um ihre Taille und sie schob sie an die richtige Stelle und ließ ein wenig Abstand zwischen ihnen.

»Meinst du das ernst?«

»Wir wollen doch nicht wegen schlechten Betragens rausgeworfen werden, oder?« Als sie seinen leicht genervten Gesichtsausdruck sah, musste sie lächeln. »Sieh dich um. Fragst du dich nicht, ob die Tanzpaare wirklich zusammen sind? Oder sind sie nur Freunde? Vielleicht haben sie sich heute Abend erst kennengelernt.«

Seine Hand wanderte zu ihrem Hinterteil. »Siehst du die beiden da drüben? Die Dame mit den weißen Haaren, die mit dem alten Rosby tanzt? Man munkelt, dass sie schon oft miteinander erwischt worden sind.«

»Das denkst du dir nur aus.« Sie schob seine Hand hoch an ihre Taille, doch sie glitt sofort wieder zurück zu ihrem Hintern.

»Das geht schon seit Jahren so.«

»Tatsächlich? Warum heiraten sie nicht einfach?« Sie warf dem Paar einen Blick zu. Der stämmige Mann schlurfte mehr, als dass er tanzte, ein breiter Gürtel hielt seine ausgebeulte Hose fast unter den Achselhöhlen, und sein Hemd war bis oben hin zugeknöpft.

»Weil der alte Rosby auch mit Caroline Keller rummacht.« Er wies mit dem Kopf zu einer Frau, deren Kleid an den Strümpfen haftete.

»Oh nein!«, flüsterte sie. »Das ist ja schrecklich. Woher weißt du das?«

»Weil ich früher ehrenamtlich in Harbor House gearbeitet habe. Ehrlich, der Mann futtert wahrscheinlich Viagra wie andere Leute Süßigkeiten.«

Sie tanzten zu ein paar Songs, während Ty ihr erzählte, welche Paare er noch aus seiner Zeit als freiwilliger Helfer kannte. Sie lachten und redeten, und Ty versuchte immer wieder, seine Hand wandern zu lassen. Der leichte Sommerwind umwehte sie, und als ihr Magen knurrte, fiel ihr ein, dass es für ihre Reservierung fürs Abendessen nun vermutlich zu spät war.

»Oh nein, Ty. Du hast Pläne fürs Abendessen gemacht und ich habe alles durcheinandergebracht.«

»Das hier macht viel mehr Spaß, als in einem Restaurant zu sitzen.« Er wies auf einen langen Tisch, auf dem ein Büffet aufgebaut war. »*Es ist angerichtet.*«

»Du hörst dich an wie ein professioneller Partycrasher.« Sie folgte ihm zum Büffet und beide nahmen sich von den Leckerbissen. »Wir sollten für unser Essen bezahlen.«

»Oh nein, das ist nicht nötig«, sagte eine ältere Dame mit graublauen Augen und rosigen Wangen, die sich zu ihnen gesellte. »Hier ist jeder willkommen.« Sie blinzelte Ty an und ihre Augen weiteten sich überrascht. »Na so was, Ty Braden? Dich habe ich seit der Weihnachtsparade nicht mehr gesehen.«

»Hallo, Millicent.« Er beugte sich vor und gab ihr einen Kuss auf die Wange. »Darf ich dir meine Verlobte vorstellen? Dies ist Aiyla Bell, die bald Aiyla Braden heißen wird.«

Oh, wie wundervoll das klang! »Freut mich, Sie kennenzulernen.«

»Ebenfalls. Du wirst also heiraten? Deine Eltern müssen überglücklich sein.«

»Sind sie«, sagte er. »Entschuldige, dass wir einfach so reingeschneit sind.«

Millicent winkte ab. »Ach was. Aber du musst mit mir tanzen.«

Er lachte und sein süßes Lächeln wärmte Aiyla bis hinunter zu den Zehen.

»Es wäre mir ein Vergnügen. Aiyla, kannst du mich einen Moment entbehren?«

»Aber ja.« Sie sah zu, wie er Millicent den Arm anbot und mit ihr tanzte, ihr seine volle Aufmerksamkeit schenkte und lebhaft mit ihr plauderte, wie ein perfekter Gentleman.

»Wie ich sehe, hat man Sie wegen Millie sitzenlassen«, sagte der alte Schürzenjäger Rosby zu ihr. Er hatte freundliche Augen und ein Lächeln, das man als liebenswürdig oder kokett auffassen konnte.

Oder vielleicht bildete sie sich das nur ein, nachdem Ty ihr so viel über den alten Mann erzählt hatte.

»Bei Millie müssen Sie sich vorsehen«, riet er ihr. »Sie schnappt Ihnen Ihren Mann direkt vor der Nase weg.«

»Danke für den Hinweis. Ich vertraue Ty, aber ich werde sie nicht aus den Augen lassen.«

Er zwackte mit den Brauen und sagte: »Vertrauen Sie mir?«

Fast hätte sie laut losgelacht. »Sollte ich?«

»Tanzen Sie mit mir und dann entscheiden Sie.« Er streckte ihr eine Hand hin, und als sie sie nahm, führte er sie zu den übrigen Tanzpaaren und hielt sie so, wie er die andere Frau gehalten hatte. »Ich heiße Ralph. Und Sie?«

»Aiyla.«

»*Aiyla*, das ist wirklich ein hübscher Name und selten hier in der Gegend. Meine Urenkelin heißt auch so. Wissen Sie, was der Name bedeutet?«

»Meine Mutter sagte, dass er ›Mondlicht‹ bedeutet. Ich wurde drei Minuten nach Mitternacht geboren.«

»Ihre Mutter hatte recht, aber ich weiß, dass er auch ›schöne Frau, die eine starke Kämpferin ist und in die man sich leicht verlieben kann‹ bedeutet.«

»Haben Sie sich das nur ausgedacht?«, fragte sie.

»Nein. Es ist ein türkischer Name. Ich war neunundfünfzig Jahre lang mit der schönsten Frau verheiratet, die man sich vorstellen kann. Sie war Türkin und hieß Dilara, was so viel wie ›Liebhaberin‹ bedeutet. Sie war eine erstaunliche Liebhaberin«, sagte er mit einem Hauch von Sehnsucht. »Bevor ich in den Ruhestand ging, war ich Sprachwissenschaftler und hatte immer schon eine Vorliebe für Namen. Ich kann Ihnen die Bedeutung fast aller Namen nennen.«

Sie warf Ty einen Blick zu und fragte: »Was bedeutet der Name Ty?«

»Diesen Namen gibt es eigentlich nicht. Meist handelt es sich dabei um eine Abkürzung von Namen wie Tyler, was so viel bedeutet wie ›ein Mann, der Kacheln anbringt‹ oder Tyson, was auf einen Mann mit feurigem Temperament hinweist. Ist Ty der vollständige Name Ihres Verehrers?«

»Ja, es ist sein Vorname. Einfach *Ty*.«

Der alte Mann musterte Ty prüfend. Im selben Moment sah Ty sich um, und der Blick, den er Aiyla zuwarf, war warm und sanft wie eine Liebkosung. Ein liebevolles Lächeln umspielte seine Lippen.

»Es tut mir leid, dass ich Ihnen keine Bedeutung nennen kann, aber ich würde sagen, dass an diesem Mann nichts einfach ist.«

Ich denke, da haben Sie recht.

Als das Lied endete, kam Ty direkt zu Aiyla und legte besitzergreifend den Arm um sie. Er streckte Ralph die Hand entgegen.

Ralph schüttelte sie und sagte: »Ralph Rosby. Danke, dass Sie Ihren Schatz mit mir geteilt haben.«

»Danke, dass Sie mit ihr getanzt haben«, sagte Ty augenzwinkernd. »Sie erinnern sich nicht an mich, oder?«

Ralph beugte sich vor und sah ihn lange und eindringlich an. »Nein, ich glaube nicht.«

»Ty Braden. Ich habe vor ungefähr zehn Jahren ehrenamtlich in Harbor House gearbeitet.«

»Dort kommen und gehen so viele Leute. Tut mir wirklich leid, aber mit achtundachtzig ist mein Gehirn nicht mehr das, was es mal war. Vielen Dank für den Tanz, Miss Aiyla. Also …« Er rieb sich die Hände und musterte die Damen, die plaudernd am Geländer standen. »Welche dieser Schönheiten soll ich heute Abend beglücken?«, sagte er und ging mit einem Augenzwinkern davon.

Aiyla und Ty lachten.

Schließlich aßen sie zu Abend und fielen sich gleich darauf wieder in die Arme, um sich erneut unter die Tänzer zu mischen. Irgendwann gab Aiyla den Versuch auf, Ty auf Abstand zu halten, und genoss die sinnliche Nähe seines Körpers und die Art, wie er ihr immer wieder einen Kuss auf die Schultern hauchte und ihr verführerische Andeutungen ins Ohr flüsterte. Seine Hände lagen weit unten auf ihrem Rücken, und wenn er mit dem Finger über den Ansatz ihres Hinterteils fuhr, erschauderte sie vor gespannter Erwartung. Sie lehnte den Kopf an seine Brust und lauschte seinem Herzschlag. Ihre Gedanken schwebten im Glück.

Die Musik wurde leiser und Aiyla schloss die Augen und versuchte, an jeder Note festzuhalten. Sie wollte nicht aufhören zu tanzen, wollte sich nicht aus Tys Umarmung lösen. Sie wollte nicht, dass dieser Abend zu Ende ging.

»Meine Damen und Herren, darf ich um Ihre Aufmerksamkeit bitten?«, rief Millie.

Aiyla löste sich aus Tys Armen, aber er hielt sie zurück und sah ihr tief in die Augen.

»Ich will mehr davon«, sagte er hitzig. »Ich möchte eines Tages mit dir auf unserer Veranda tanzen und hierher kommen, wenn wir alt und runzelig sind und junge Paare uns ansehen und sich fragen, wie lange wir schon verliebt sind.«

Ihr Herz schwoll an und eine Woge des Glücks durchflutete sie. »Das will ich auch.«

Mitten in ihrem Kuss ertönte Millies Stimme.

»Heute feiern Earl und Jane ihren fünfundsiebzigsten Hochzeitstag.« Millie deutete auf das Paar, das ebenso eng getanzt hatte wie Ty und Aiyla. Earl nahm Janes Gesicht in beide Hände, so wie Ty es immer bei Aiyla tat, und zog seine Frau wortlos in einen Kuss, in dem weit mehr als Leidenschaft steckte. Es war ein Kuss, der von jahrelanger Freundschaft und unerschütterlicher Liebe sprach, und als er einen Arm um sie legte und sie noch fester an sich drückte, klatschten alle Beifall.

Aiyla nahm sich vor, diesen Augenblick nie zu vergessen, und malte sich aus, wie Ty sie so küssen würde, wenn sie beide alt waren.

»Eines Tages sind wir an ihrer Stelle.« Ty zog sie näher an sich. »Nächstes Mal bringen wir eine Kamera mit.«

»Du hast mitbekommen, dass ich das Bild gerade innerlich abgespeichert habe?« Die Übereinstimmung zwischen ihnen war fast unheimlich. So sehr sie den Abend auch genoss – und sie wünschte tatsächlich, sie hätte ihre Kamera dabei –, sehnte sie sich doch danach, in seinen Armen zu liegen, ihn zu küssen und zu berühren und ihn zu lieben.

»Ich habe es in deinen Augen gesehen.«

Sie trat ganz dicht an ihn heran, stellte sich auf die Zehenspitzen und küsste ihn erneut. »Und was siehst du sonst noch?«

Als Antwort bekam sie in einen weiteren Kuss und einen

verstohlenen Druck seiner Hüften. *Oh ja!* Sie war sich vage bewusst, dass Millie Kuchen herumreichte und über die Ehe sprach, aber alles, was Aiyla wollte, hielt sie in diesem Augenblick in ihren Armen.

»Bring mich weg hier«, sagte sie. »An einen Ort, wo wir *allein* sind.«

Ty half Aiyla auf das Boot seiner Familie und küsste sie, als er sie auf die Füße stellte. Seine Hände fuhren über ihre Hüften und umklammerten ihren Hintern, so wie er es sich schon den ganzen Abend gewünscht hatte.

»Unten«, sagte er zwischen zwei hungrigen Küssen und zog sie zur Kajüte.

Er stieg die Treppe hinunter, konnte jedoch nicht abwarten, bis sie ihm gefolgt war, und so hob er sie herunter und nahm sofort ihren Mund in Besitz, während sie an seinem Hemd zerrte, dass die Knöpfe abflogen. Hastig stolperten sie in die Schlafkabine. Kaum hatte Ty die Tür hinter ihnen zugeworfen, prallen ihre Lippen aufeinander. In fiebriger Eile streiften sie die Schuhe ab, er zog ihr das Kleid über den Kopf und schleuderte es zu Boden. *Allmächtiger,* endlich war sie nackt, bis auf einen sexy Spitzenstring. Ein gepresster Laut drang aus seiner Kehle, als er sich gierig an ihrem Anblick weidete und sich die restlichen Kleider vom Leib zerrte.

Sie hakte ihre Daumen in die feinen Spitzenbänder an ihren Hüften, stieg dann aus ihrem Höschen und ließ es an einem Finger kreisen. Mit einem verheißungsvollen Blick warf sie es quer durch den Raum und winkte ihn mit gekrümmtem Finger zu sich. Noch nie hatte er etwas so Verführerisches gesehen wie Aiyla in diesem Moment. Mit einer raschen Bewegung sank sie in die Knie, schlang ihre Finger um seine hochgereckte Länge, senkte ihren herrlich heißen, feuchten Mund auf seinen Schaft und streichelte ihn langsam, während ihn ihre Lippen fest umschlossen hielten. Seine Sinne taumelten wild durcheinander, als sie schneller wurde und ihre Hände geschickt um seine Hoden wölbte, dass ihm das Kinn auf die Brust fiel und er sich an der Tür abstützen musste, um nicht umzusinken.

»Oh Gott, Baby«, keuchte er.

Mit den Fingern der anderen Hand packte er ihre Haare, während sie noch immer vor ihm kniete und nun die Zunge genüsslich erst über seine Hoden und dann über seinen Schaft gleiten ließ, bis alles in ihm Funken sprühte. Er packte sie grob und legte sie aufs Bett, wie besessen von der Begierde, die eine feurige Spur von seinen Lenden bis zu seinem Mund brannte. Er schob ihre Beine auseinander, und ihr listiges Grinsen sagte ihm, dass sie dasselbe fühlte wie er.

»Liebe mich als gäbe es kein Morgen«, forderte sie ihn auf und umklammerte seine Arme, als er in sie stieß.

Ein Feuerwerk aus Lust explodierte in seinem Inneren. Seine Küsse nahmen von ihr Besitz, ihre Körper schlugen in wildem Rhythmus gegeneinander. Stöhnend erwiderte sie jeden seiner Stöße und raubte ihm fast den verdammten Verstand. Schließlich ließ er von ihren Lippen ab und senkte den Mund auf ihre Brust. Mit quälender Langsamkeit zog er sich aus ihrer feuchten Hitze zurück, bis nur noch die Spitze seiner Erektion in ihre sengende Mitte eintauchte. Als er mit den Zähnen ihre straffe Brustwarze streifte, schrie sie auf und wölbte die Hüften immer wieder ruckartig nach oben, als sie kam. Das rhythmische Pulsieren ihres Geschlechts lockte ihn und wieder stieß er hart und tief in sie. Als seine Lippen an ihrem Hals saugten, bohrten sich ihre Fingernägel in seine Haut. Er packte ihre Handgelenke und hielt sie über ihrem Kopf fest.

»Leg deine Beine um mich, Baby.«

Sie schlang die Beine um seine Taille und, *oh verdammt*, er sank noch tiefer in sie. Sie war der Himmel auf Erden und er wollte sie nie wieder loslassen. Mit einer Hand hielt er ihre Handgelenke fest, die andere tastete sich zu der dunklen Stelle zwischen ihren Pobacken, an der er sie schon einmal verzaubert hatte. Er benetzte seinen Finger mit ihren Säften und fuhr mit der Fingerspitze aufreizend um den Rand.

»Tu es, Ty. Nimm mich ganz und gar«, flehte sie.

Er bedeckte ihren Mund mit seinem, ihre Zungen stießen heftig und gierig aneinander, als sein Finger in sie eindrang und sich ihr ganzer Körper um ihn zusammenzog und ihn fast in den Wahnsinn trieb. Sie wimmerte in den Kuss hinein, und als er sich zurückzuziehen begann, entwand sie ihr Handgelenk seinem Griff und schob seine Hand zurück an ihren Platz. Verdammt noch mal, nun gab es kein Zurück. Er stieß erbarmungslos in sie und katapultierte sie beide in Höhen, die sie alles um sie herum vergessen ließen.

Ihre Körper zuckten und bebten, bis die letzten Wogen der Leidenschaft verebbt waren. Ty ließ sich auf die Matratze sinken und nahm Aiyla in die Arme, küsste ihr Gesicht, ihre Schultern, ihre Lippen und keuchte immer wieder »Ich liebe dich« wie ein Mantra. Er konnte es nicht oft genug sagen, wusste nicht, wie er seine unermessliche Liebe zeigen sollte.

»Baby?«

Sie sah ihn mit einem schläfrigen, satten Lächeln an. »Hm?«

»Möchtest du vor deiner Operation heiraten? Du sollst wissen, dass ich immer bei dir bleibe und du dich auf mich verlassen kannst. Daran wird sich nie etwas ändern.«

»Das ist der Grund, weshalb ich *nicht* vorher heiraten möchte. Ich vertraue unserer Liebe, und die Hochzeit wird mir die Motivation geben, mich bei der Physiotherapie noch mehr anzustrengen.«

»Gott, ich liebe dich, Baby. Ich liebe dich so sehr, dass ich dir die Welt zu Füßen legen möchte.«

»Das tust du, mit jeder Berührung, jedem Kuss, jedem Wort.« Hitze funkelte in ihren schönen Augen, als sie sich auf ihn schob. Ihre Brüste streiften seine Brust, ihr Geschlecht glitt über seinen Schaft und ihre Haare fielen wie ein Schleier über ihre Schultern, als sie flüsterte: »Und nun, mein zukünftiger Ehemann, lass uns unsere Welt noch einmal in Brand stecken.«

Sechsundzwanzig

Nach Wochen, in denen sich ein Arzttermin an den anderen reihte und sich immer neue Informationen über ihren Befund, die bevorstehende Operation, den Heilungsprozess und die anschließenden Reha-Maßnahmen aufhäuften, hatte Aiyla das Gefühl, so gut vorbereitet zu sein, wie sie nur konnte. Ty hatte sie zu jedem Termin begleitet, auch zum Psychologen. Außerdem hatten sie sich die Zeit genommen, Beau bei der Renovierung zu helfen. Die Arbeit hatte sie beide von der Operation abgelenkt, die ihr Leben verändern würde, und darüber hinaus fühlte sich das Haus nun wie ein Zuhause an, nachdem sie Seite an Seite mit Ty daran gewerkelt hatte – *ihr* Zuhause. Gestern hatten sie endgültig alle Formalitäten erledigt, das Haus gehörte nun ihnen und sie konnte es kaum erwarten, dort zu leben. Inzwischen war der Abend vor ihrer Operation angebrochen, und wenn alles gut lief, würde ihr Wunsch in zwei Wochen wahr werden. Tys Familie wollte ihm beim Umzug helfen, während sie im Krankenhaus lag. Aiyla hatte mit Cherise vereinbart, dass ihre Schwester alle Habseligkeiten in ihrer Wohnung in Colorado zusammenpacken und an Ty schicken würde.

Heute Abend hatten sich alle bei Tys Eltern versammelt, um

ihr Glück zu wünschen. Nicht nur Tys gesamte Familie war gekommen, sondern auch Beau und seine Geschwister – bis auf Zev, der immer noch unterwegs war. Cherise und ihre Familie und Jon und Trixie waren ebenfalls da. Trixie hatte darauf bestanden, zu kommen, und Aiyla war froh darüber. Die vorwitzige Art ihrer neuen Freundin hatte ihr gefehlt.

Aiyla saß mit Shannon, Trixie, Cherise und Tempe auf einer Decke am Lagerfeuer. Tempe spielte Gitarre und blickte gedankenverloren zum Ufer, wo Maisy, Ace, Jon und Ty mit Nash und Caleb, Cherises Ehemann, standen und auf Aiylas Neffen Danny und David aufpassten. Gemeinsam mit Phillip tauchten die beiden Jungs die Zehen ins Wasser und stieben dann laut kichernd über den Strand davon.

»Ich kann verstehen, warum du dich hier operieren lassen willst.« Cherise strich sich eine dunkle Strähne hinters Ohr. »Tys Familie ist wirklich für dich da. Wie können wir ihnen das jemals danken?«

»Sei nicht albern.« Shannon stieß Cherise mit der Schulter an. »Du bist den ganzen Weg aus Oregon gekommen, um bei Aiyla zu sein. So macht man das eben in einer Familie, das weißt du doch am besten.«

»Aiyla und ich hatten nie eine so große Familie.« Cherise hatte die meerblauen Augen ihrer Mutter, worum Aiyla sie immer beneidet hatte. Auch ihre blasse Haut war ein Erbe ihrer Mutter, und als sie nun nachdenklich den Kopf neigte, waren es für Aiyla die Augen ihrer Mutter, mit denen sie Shannon ansah. »Danke, dass du meine Schwester genauso liebst wie ich.«

»Heute Abend wird nicht geweint, das hatten wir doch abgemacht«, erinnerte Shannon sie.

Aiyla hatte einen Kloß im Hals. Sie und Shannon hatten genug Tränen vergossen, seit sie und Steve vor ein paar Tagen in Peaceful Harbor angekommen waren. Sie waren zu echten Freundinnen geworden, sodass Aiyla ihr alle Sorgen anvertraut hatte, die sie bis jetzt für sich behalten hatte. *Was ist, wenn Ty mich mit einem Stumpf statt einem Bein nicht mehr sexy findet?* Es hatte sie überrascht, dass sie sich darüber Gedanken machte, weil sie nie sonderlich über ihren Körper nachgedacht hatte. *Was, wenn der Sex danach anders ist?* Sie würde sich nicht mehr so bewegen können wie jetzt, und außerdem würden sie sich nicht mehr spontan ihrer Leidenschaft hingeben können, weil sie erst ihre Prothese würde abnehmen müssen. Shannon hatte sofort ihr Handy hervorgezogen und angefangen, im Internet zu recherchieren. Sie förderte alle möglichen Informationen zutage, unter anderem Fotos von Frauen, denen ein Arm oder ein Bein fehlte und die alle mehr oder weniger bekleidet waren. Sie sahen noch schöner aus als Frauen mit unversehrtem Körper. Aiyla hatte immer schon Schönheit in der Mühsal entdeckt, die Menschen in ihrem Leben durchlitten, und konnte sich nicht erklären, warum ihr nicht aufgefallen war, dass das auch auf sie selbst zutraf. Dann hatte Shannon Artikel zum Thema »Geschlechtsverkehr mit Amputierten« gesucht. Es gab nichts, worüber Shannon nicht sprach, und sie war dabei so umsichtig, rücksichtsvoll und gleichzeitig humorvoll, dass sie sich schließlich lachend in den Armen lagen. An jenem Abend hatte Aiyla Ty anvertraut, was ihr Sorgen bereitete, und zu ihrer Überraschung hatte er sie nicht mit einer beiläufigen Bemerkung zu beruhigen versucht, sondern all ihre Bedenken eingehend mit ihr besprochen. Ja, er räumte ein, dass sich vieles in ihrem Leben verändern würde – und dass er sich darauf freute, diese Veränderungen mit ihr gemeinsam zu erkunden.

Aiyla sah sich um. Jillian saß ein Stück abseits und unterhielt sich mit Faith, Jewel und Leesa, die ihre süße Tochter stillte. Am Strand spielten Beau und seine sehr großen Brüder Nick, Jax und Graham Fußball gegen Cole, Nate, Sam und Steve. Ty stand mit seinen Eltern zusammen, und als sich ihre Blicke trafen, lächelte er.

Maisy kam zu ihr, kniete sich neben Aiyla auf die Decke und legte ihr eine Hand auf die Schulter. »Wie geht es dir, Schatz? Kann ich etwas für dich tun?«

So macht man das eben in einer Familie. Aiyla hatte das Gefühl, als gehörte sie schon zu den Bradens.

»Du hast schon so viel getan. Danke, dass du auf Ty aufpasst, während ich operiert werde. Das bedeutet mir so viel.« Sie selbst würde von der Operation nichts mitbekommen, aber sie machte sich Sorgen um Ty. Gestern Abend waren sie zu ihrem Haus gefahren und hatten auf der Veranda gesessen, bevor sie zum Fluss hinuntergegangen waren und Fotos von ihren Beinen und Füßen gemacht hatten. Wie in Colorado hatte er ihr krankes Bein und ihren Fuß massiert und jeden Zentimeter geküsst, und dann waren sie beide in Tränen ausgebrochen. Natürlich trauerten sie um ihr Bein, wie sollte es auch anders sein? Sie wusste, dass sie noch viele weitere Tränen vergießen würden, aber sie hatten in den letzten Wochen auch ein schönes, hölzernes *Ich-liebe-dich-wirklich*-Kästchen gefüllt, das Nash ihnen gebaut hatte. Aiyla hatte Aces Rat befolgt und nicht nur einen, sondern gleich mehrere Briefe geschrieben, in denen sie sich daran erinnerte, warum sie sich für eine Amputation statt eine gliedmaßenerhaltende Operation entschieden hatte. Sie wusste nicht, was die Zukunft bringen würde, aber sie wusste, dass sie die richtige Entscheidung getroffen hatte. Sie wollte sich keine Sorgen mehr um Krebszellen machen, die man möglicherweise übersehen hatte, oder sich mit einem Bein abplagen, das nicht richtig funktionierte. Und als Ty nun mit ihrem Neffen David auf den Schultern zu ihr trat, wusste sie, dass er sie lieben würde, egal wie die Zukunft aussah.

Ty ließ David auf den Boden gleiten und der kleine Junge tapste zu Cherise und rollte sich in ihrem Schoß zusammen. »Darf ich dich für eine Minute ausleihen, Schatz?«

»Ausleihen?« Trixie verdrehte die Augen. »Machst du Witze? Schließlich hast du dem Mädel einen Ring an den Finger gesteckt, um sicherzugehen, dass sie für immer und ewig dein ist.«

»Ja, das habe ich, und ich würde es wieder tun.« Er nahm Aiylas Hand und zog sie auf die Füße. »Schaffst du einen kurzen Spaziergang?«

»Klar.« Sie hatte jetzt ständig Schmerzen, aber auf keinen Fall würde sie auf einen letzten Strandspaziergang mit Ty auf ihren *eigenen* Beinen verzichten.

Schweigend schlenderten sie Arm in Arm am Strand entlang und ließen das Stimmengewirr ihrer Freunde und Familie allmählich hinter sich. Es war schön, einfach zusammen zu sein, den Sand zwischen den Zehen und die sanfte Brise im Gesicht zu spüren und das leise Rauschen des Meeres zu hören. Ty drückte sie an sich.

»Wir sollten bald zu Bett gehen«, sagte er schließlich. »Morgen müssen wir früh aufstehen.«

»Ich weiß. Eigentlich wollte ich unbedingt draußen schlafen, weil es für eine Weile das letzte Mal sein wird, aber ich möchte die anderen nicht rausschmeißen.«

»Hm. Ich hatte ganz vergessen, dass du draußen schlafen wolltest.« Er blieb stehen, setzte sich in den Sand und zog sie an seine Seite. Der Wind strich ihm die Haare aus dem Gesicht, und er sah so gut aus, dass es ihr den Atem raubte.

»Wir können in deinem Zimmer schlafen«, sagte sie. »Wir machen einfach die Fenster auf.«

Er legte ihr den Arm um die Schultern und drückte sie an sich. »Das ist nicht dasselbe, aber bald haben wir unsere eigene Schlafveranda. Baby, willst du über morgen reden?«

Nein, eigentlich nicht. »Willst du?«

»Hast du Angst?«

»Und wie!«, gestand sie. »Und du?«

»Ich habe keine Angst vor der Amputation oder vor dem, was sie für uns bedeutet. Aber ich habe gerade eine halbe Stunde lang auf Jon eingeredet, dass er mich morgen bei dir im OP sein lässt.«

»*Was* hast du?« Sie lachte, aber er sah sie ernst und ein wenig verlegen an, und ihr wurde klar, dass er keine Witze machte. »Ty, du weißt, dass du nicht dabei sein kannst.«

»Ich dachte, ich könnte ein paar Beziehungen spielen lassen.« Ein Anflug von Übermut huschte über seine Miene, um gleich darauf wieder zu verlöschen. »Ich sollte an deiner Seite sein.«

»Das wirst du auch. Ich trage dich bei mir, und zwar hier.« Sie legte die Hand aufs Herz. »Du bist mein Fels in der Brandung. Ohne dich wäre das alles hundertmal schlimmer.« Sie setzte sich auf seinen Schoß und lehnte den Kopf an seine Schulter.

»Ich will ja gar nicht viel«, sagte er. »Ich will dich nur mit einem Schutzwall umgeben, damit dir nie wieder etwas zustößt.«

Sie lachte leise. »Das machst du jeden Tag, jede Stunde, jede Minute.«

Er hob ihre Hand an die Lippen und küsste sie. Ihr Ring funkelte im Mondlicht und erinnerte sie daran, dass sie ihn während der Operation nicht tragen durfte. Bei der Vorstellung, ihn abzunehmen, brach ihr fast das Herz, aber morgen würde es noch schwieriger werden.

»Ty, ich darf bei der Operation keinen Schmuck tragen. Wirst du meinen Ring für mich aufbewahren?«

Er nickte traurig. »Ja, natürlich.«

Sie wollte den Ring abstreifen, doch ihre Finger ballten sich unwillkürlich zur Faust. »Ich finde es schrecklich, ihn abzunehmen.«

»Ich weiß.« Er nahm sie in die Arme und flüsterte: »Ich warte nur darauf, ihn dir wieder an den Finger zu stecken, sobald du aus dem OP kommst. Der Ring ist nur ein Symbol. Ihn abzunehmen nimmt nichts von unserer Liebe oder unserem Versprechen.«

»Wie findest du nur immer die richtigen Worte?« Sie löste sich aus seiner Umarmung, doch im selben Moment vermisste sie ihn und kuschelte sich wieder eng an ihn.

»Weil wir zusammengehören. Als die höheren Mächte Antworten verteilt haben, habe ich in der Schlange für Aiyla angestanden.«

Zitternd streckte sie die Hand aus und er streifte ihr den Ring ab und steckte ihn sich auf den kleinen Finger.

Sie saßen noch lange zusammen, und als sie endlich zum Haus zurückkamen, war das Lagerfeuer erloschen und die Wiese lag bis auf einen Schleier aus Mondlicht in tiefer Dunkelheit.

»Wo sind die anderen?«

Ty nahm ihre Hand, als sie die Stufen zum Garten seiner Eltern hochstiegen. »Glaubst du an das Schicksal?«

»Du weißt, dass ich das tue.«

Er sah sie an und fragte: »Glaubst du an mich?«

»Mehr als an das Schicksal.«

»Dann weißt du, dass ich nie auch nur ein einziges Wort vergesse, das du je gesagt hast.«

Er zog sie in einen warmen, wundervollen Kuss. Dann nahm er ihre Hand und führte sie zum Waldrand. Sie sah etwas Weißes im Wind flattern, und als sie näher kamen, erkannte sie, dass es hauchdünne Vorhänge waren, die an einem Holzgestänge befestigt waren. Tränen verschleierten ihr den Blick, als Ty die Vorhänge zurückzog und ein flaches Holzplateau mit einer großen Matratze und flauschigen Decken und Kissen zum Vorschein kam. Rings um das Bett waren Dutzende roter Rosen verteilt.

Er schloss sie in die Arme und sie fragte: »Wie konntest du das organisieren, ohne dass ich etwas davon mitbekomme?«

»Baby, weißt du denn immer noch nicht, dass ich für dich alles tun würde?«

Der nächste Morgen verging in einem Nebel aus ängstlicher Anspannung. Ty und Aiyla fuhren mit seinen Eltern und Cherise ins Krankenhaus und trafen dort ihre Freunde und andere Familienmitglieder, die schon auf sie warteten. Caleb und Nash waren zu Hause bei den Jungs geblieben, aber alle anderen waren da, um Aiyla noch einmal tränenreich zu umarmen und ihr alles Gute zu wünschen. Als schließlich die Operation eingeleitet werden sollte und Ty sich von ihr verabschieden musste, hatte er das Gefühl, sein Herz zurückzulassen.

Die Wartezeit war quälend. Alle versuchten, ihn zu trösten, aber er wusste, dass es nur eins gab, das ihm helfen konnte:

Aiyla zu sehen und zu wissen, dass sie alles gut überstanden hatte. Er blickte in die Runde und sah die besorgten Gesichter der Menschen, die er liebte, wie sie sich bei den Händen hielten, einander umarmten oder leise beteten. In diesem Wartezimmer waren so viel Liebe und Beistand, und alles für die Frau, die er anbetete. Er wusste nicht, was er mit den Emotionen anfangen sollte, die ihn überwältigten.

Er drehte Aiylas Verlobungsring an seinem kleinen Finger. *Bitte, mach, dass alles gut geht*, ging ihm unablässig durch den Kopf, wie bei einer kaputten Schallplatte. Als er seinen Namen hörte und Jon näher kommen sah, machte sein Herz einen Satz. Er sprang auf, die Hände zu Fäusten geballt. »Geht es ihr gut?«, platzte er heraus.

»Sie hat alles gut überstanden«, versicherte Jon ihm. »Die Operation ist ohne Komplikationen verlaufen. Wir konnten den Tumor *komplett* entfernen und haben einen schönen, breiten tumorfreien Randsaum.«

Mit Tränen in den Augen umarmte er Jon. »Danke. Vielen, vielen Dank.« Hinter ihm waren die Erleichterung und Dankbarkeit der anderen mit Händen zu greifen. »Kann ich sie sehen?«

»Ja. Sie schläft und es wird noch eine Weile dauern, bis sie aufwacht, aber du kannst zu ihr. Im Augenblick dürft ihr sie aber nur einzeln besuchen.«

Ty sah Cherise an, um ihr den Vortritt zu lassen, doch sie schüttelte wortlos den Kopf. Er umarmte sie fest. »Vielen Dank. Ich sage ihr, dass du hier bist.«

Jon legte Ty die Hand auf den Arm, führte ihn von den anderen weg und sagte leise: »Ty, es kann ein Schock sein, einen geliebten Menschen im Krankenbett liegen zu sehen, vor allem nach einer größeren Operation.«

»Danke, dass du mich warnst, aber es ist okay. Ich *muss* sie sehen.«

»Ich weiß, Alter. Ich will nur, dass du vorbereitet bist. Menschen reagieren unterschiedlich, wenn sie jemanden nach einer Amputation zum ersten Mal sehen. Möchtest du, dass ich dich begleite?«

Ty schluckte schwer. »Nein. Ist schon okay.« *Lass mich einfach zu ihr. Bitte.*

Ein paar Minuten später stand er im Aufwachraum und sah die Monitore, den Infusionsschlauch in Aiylas Arm und den Pulsmesser an ihrem Finger. In dem sterilen Krankenhausbett wirkte sie unendlich verletzlich. Sein Magen krampfte sich zusammen und zugleich war ihm das Herz so voll, als er sie dort liegen sah. Aufgewühlt trat er an ihr Bett. Sein Blick glitt über ihren Körper, der sich unter den warmen Decken abzeichnete, und blieb schließlich an der Stelle haften, wo früher ihr Bein gewesen war und nun Leere war. Tränen liefen ihm über die Wangen, als ihn die Sorge und Angst der letzten Wochen überschwemmten. Sie so zu sehen, ohne ihr Bein, führte ihm überdeutlich vor Augen, was passiert war. Plötzlich wurde *real*, was bisher nur in seiner Vorstellung existiert hatte. Umso größer wurde seine Liebe zu ihr, und er verspürte nur den einzigen Wunsch, sich zu ihr zu legen und sie festzuhalten.

Zärtlich küsste er sie auf Stirn und Wange. Unter dem stechenden, antiseptischen Krankenhausgeruch lag der vertraute Duft *seiner* süßen, starken Aiyla. Sie war sein Herz, seine ganze Welt.

»Ich liebe dich, Baby. Ich bin bei dir.« Er schmiegte sein Gesicht an ihren Hals und legte vorsichtig den Arm um sie. So verharrte er eine ganze Weile, spürte ihren Herzschlag unter seinem Arm und lauschte ihrem ruhigen Atem, bis die

Krankenschwester kam, um nach ihr zu sehen. Er setzte sich auf einen Stuhl neben dem Bett und nahm Aiylas Hand in seine.

»Ihr geht es gut, Schätzchen«, beruhigte ihn die Krankenschwester.

Ty nickte. Vermutlich hatte sie recht, aber er würde erst aufatmen, wenn Aiyla aufwachte.

Nachdem die Krankenschwester gegangen war, legte er seine Stirn auf Aiylas Hand und erzählte ihr leise, wie sehr er sie anbetete und dass alle im Wartezimmer waren. Ihre Finger zuckten an seiner Handfläche und er hob den Kopf.

Aiylas Lider flatterten, und er stand auf, damit sie ihn besser sehen konnte. Ihr Blick glitt schläfrig nach oben, dann richteten sich ihre wunderschönen haselnussbraunen Augen auf sein Gesicht.

Er streichelte ihre Wange. »Hallo, Babycakes.«

Beim Anblick ihres Lächelns liefen ihm wieder die Tränen übers Gesicht. Er wischte sie verstohlen weg, weil er sie nicht beunruhigen wollte, aber er war so verdammt glücklich, dass er sie kaum zurückhalten konnte.

»Haben sie alles erwischt?«, fragte sie benommen.

»Ja, Baby. Sie haben alles weggenommen. Die Operation ist gut verlaufen. Du wirst dich wieder erholen.«

Tränen rannen ihr aus den Augenwinkeln und er küsste sie weg, dann nahm er sie behutsam in die Arme. »Oh, mein tapferes Mädchen. Ich liebe dich so sehr.«

»Können wir jetzt unsere Hochzeit planen?«, fragte sie schläfrig.

»Ja«, erwiderte er halb lachend, halb weinend, »jetzt planen wir unsere Hochzeit.«

Sie hob ihre linke Hand und er schob ihr den Verlobungsring auf den Ringfinger.

»Schlaf, Baby. Ruh dich aus«, sagte er und küsste sie sanft.

»Ohne dich kann ich nicht schlafen.«

Wahrscheinlich verletzte er alle erdenklichen Krankenhausregeln, aber er ging trotzdem um das Bett herum auf ihre andere, die nicht operierte Seite, damit er nicht versehentlich an ihre Wunde stieß, und schob sich vorsichtig neben sie auf das Bett. Sie lehnte den Kopf an seine Brust und flüsterte: »Verlass mich nicht.«

»Nein, Baby, niemals. Mach die Augen zu, Süße, ich pass auf dich auf. Ich werde immer auf dich aufpassen.« Er strich ihr mit der Hand über das Haar, und als nach einer Weile die Krankenschwester hereinkam, flüsterte er: »Bitte, sagen Sie nicht, dass ich verschwinden soll, sonst haben wir ein Problem.«

Die Krankenschwester lächelte freundlich und sagte: »Nein, Schätzchen, Sie sind genau da, wo Sie hingehören.«

Epilog

Herbst und Winter waren hart für Aiyla und Ty, während sie Reha-Maßnahmen und Physiotherapie hinter sich brachten und Aiyla allmählich lernte, mit der Prothese zu leben. Zwischen den Schmerzen und der ungewohnten Notwendigkeit, Tag für Tag um Hilfe bitten zu müssen, kam es zu häufigen Stimmungsschwankungen – bei beiden. Tränen der Frustration und Tränen der Trauer wechselten mit leichteren, heiteren Zeiten voller Gelächter und Nähe. Es war nicht einfach. Aiyla trauerte mehr um ihr Bein, als sie erwartet hatte, aber Ty war immer für sie da und Ace erwies sich als ein Glücksfall für beide. Gemeinsam hatten sie das Schlimmste überstanden, mit Hilfe der unaufhörlichen Unterstützung durch Familie und Freunde und der ständigen Erinnerungen aus ihrem *Ich-liebe-dich-wirklich*-Kästchen. Der Frühling kam mit herrlichen Glockenblumen und Wildblumen, die die Schönheit der Wiesen und Wälder wieder aufleben ließen, und zum Ende des Frühjahrs, als die dunkelsten Tage hinter ihnen lagen, kam das Auf und Ab der Gefühle zur Ruhe und ihre Liebe war stärker als je zuvor.

Aiyla stand vor dem Spiegel in ihrem Schlafzimmer und bewunderte ihr schulterfreies Hochzeitskleid. Jillian und Jax hatten das perfekte Kleid entworfen, mit weichen Makramee-

Verzierungen am Ausschnitt, einem Oberteil aus hauchfeiner Seide und Häkelspitze in der Taille. Der Rock reichte fast bis auf den Boden und hatte an den Seiten lange Schlitze, sodass sie sich bequem darin bewegen konnte. Es war elegant und schlicht und passte wundervoll zu ihrem Hochzeitstag. Sie öffnete die Türen zu ihrer Schlafveranda, dem Ort, der für sie und Ty der friedlichste im ganzen Haus war. Sie hätte sich keine Sorgen machen müssen, dass Ty sie nicht mehr sexy finden oder dass sich ihr Liebesspiel verändern würde. Ty war genauso liebevoll und sinnlich wie immer. Er zögerte nie, ihren Stumpf zu küssen oder sie so zu berühren, wie er es früher getan hatte, und all ihre Bedenken hatten sich längst in Luft aufgelöst.

Die Luft war kühl und frisch, und vom Fluss drangen Stimmen herauf, wo Ty und ihre Familie und Freunde darauf warteten, dass die Trauung begann. Sie konnte es kaum fassen, dass ihr Hochzeitstag endlich da war. Sie hatte von dem Tag geträumt, an dem sich ihr Leben nicht mehr nur um den Heilungsprozess und um ihr Bein drehen würde. In der letzten Zeit hatte sich eine neue Normalität eingespielt und ihr Bein gehörte zu ihrem Alltag wie das Zähneputzen. Manchmal hatte sie Angst vor Druckstellen, die bedeuten würden, dass sie ihre Prothese nicht tragen konnte, und bevor sie irgendwo hingingen, vergewisserte sie sich, dass sie den Weg mit ihrer Prothese bewältigen konnte. Aber diese Dinge gehörten jetzt zu ihrem Leben, ebenso wie die vierteljährlichen CT-Untersuchungen, die ihr in den nächsten zwölf Monaten bevorstanden.

»Trägt Tante Aiyla heute ihr schönes Bein?«, hörte sie Danny fragen.

Mein schönes Bein. Diese Bezeichnung hatten sie sich für ihre Neffen und Phillip ausgedacht und seitdem hieß es so. Sie hatte mehrere Prothesen, und ja, heute trug sie ihr schönes Bein, das am ehesten einem echten Bein ähnelte. Im Alltag trug sie meist die Prothese, bei der man die metallenen Einzelteile sehen konnte, weil sie sich nicht so sperrig anfühlte. Die Jungen nannten sie ihr *bionisches* Bein. Für ihre künftigen Klettertouren hatte Ty eine Prothese gefunden, die einem Ziegenbein nachempfunden war, und sie hofften, dass sie es irgendwann im nächsten Jahr ausprobieren konnten. Sie hatte auch eine Prothese, die man »Cheetah« nannte und die speziell zum Laufen gemacht war. Noch hatte sie sie nicht ausprobiert, aber eines Tages …

»Ja, kleiner Mann«, sagte sie zu Danny, als sie ins Zimmer trat. Danny, David und Phillip trugen Kaki-Shorts und weiße Hemden. Sie sahen bezaubernd aus. »Heute trage ich mein schönes Bein.«

Er spähte zwischen die Schlitze in ihrem Kleid und berührte die Prothese. Daran war sie inzwischen gewöhnt. Kinder waren eben neugierig, sie starrten unverhohlen und stellten Fragen, und manchmal schreckten Fremde – Erwachsene und Kinder – vor ihr zurück. Aber in solchen Momenten erinnerte sie sich daran, dass sich Menschen oft vor dem fürchteten, das sie nicht verstanden, und dass sie von Glück reden konnte, krebsfrei zu sein. Und sie konnte von Glück reden, dass ihre Krankheit früh entdeckt worden war und sie lebte.

Danny schlang die Arme um ihre Beine und lächelte sie mit den gleichen großen meerblauen Augen an, wie sie auch seine Mutter hatte. »Ich hab dich lieb, Tante Aiyla. Ich wünsch dir einen schönen Hochzeitstag!«

Sie gab ihm einen Kuss auf den dunklen Haarschopf. »Ich hab dich auch lieb, Schatz. Vielen Dank.«

»Es ist so weit«, sagte Shannon. Sie kam mit Aiylas

Kopfschmuck in der einen und Charlotte Sterlings neuestem erotischen Roman in der anderen Hand ins Schlafzimmer. »Dieses Buch ist übrigens unglaublich gut. Vielleicht muss ich es mir mal ausleihen, um … *Nachforschungen* anzustellen.«

Aiyla lachte. Sie war schockiert gewesen, als Charlotte Ty angerufen und nach ihrer Adresse gefragt hatte. Als schließlich ein handsigniertes Exemplar des Buches mit der Post ankam, hatten sie und Ty es nach der Büroszene durchgeblättert – und tatsächlich: Es war alles da, auch ihre wilde Schmuserei, von der Charlotte mehr mitbekommen hatte, als sie geahnt hatten.

Danny schoss zur Tür hinaus. »Langsam!«, rief Cherise ihm nach. In ihrem königsblauen, knielangen Kleid sah sie atemberaubend aus.

Shannon stemmte die Hand in die Hüfte und stieß einen anerkennenden Pfiff aus. »Verdammt, Mädels, ihr zwei seht hinreißend aus.« Sie legte den Kopfschmuck, einen hübschen Kranz aus Blumen und viel Grün, auf Aiylas Haar und sagte: »Mein Bruder kann sich glücklich schätzen.«

Aiyla stiegen die Tränen in die Augen, nicht zum ersten Mal an diesem Tag. »Ich bin diejenige, die sich glücklich schätzen kann. Ich habe nicht nur eine wundervolle Schwester und bald den unglaublichsten, liebevollsten, attraktivsten Ehemann, sondern auch seine – eure – wundervolle Familie.«

Die drei umarmten sich leise schniefend, bis sich Cherise mit tränenfeuchten Augen löste und sich mit der Hand Luft zufächelte. »Stopp. Keine Tränen! Wir haben in den letzten paar Monaten genug für ein ganzes Leben geweint.« Einen Monat, nachdem Aiyla aus dem Krankenhaus entlassen worden war, war Cherise für eine Woche gekommen. Auch über Neujahr war sie in Peaceful Harbor gewesen und dann wieder ein paar Wochen später, als Aiyla zum ersten Mal ihr Hochzeitskleid anprobiert hatte. Ihre Besuche waren immer wundervoll, allerdings auch tränenreich.

Sie fächelten sich Luft zu und atmeten tief durch.

»Alle sind bereit«, sagte Shannon aufgeregt. Ihr pfirsichfarbenes Kleid ließ sie geradezu strahlen. »Ihr solltet unsere Männer sehen. Sie sind *alle* schrecklich nervös, und Nate hat Skype klargemacht, damit Ms. F. die ganze Zeremonie verfolgen kann.«

Sie hatte Aiyla endlich erzählt, warum Steve sie *Butterfly* nannte. *Weil er meint, dass ich von einem frohen Gedanken zum nächsten flattere.* Es war der perfekte Kosename für sie.

»Okay, gehen wir noch einmal alles durch«, sagte Cherise. »Etwas Geliehenes?«

»Jepp.« Shannon zeigte auf Aiylas Armband. »Das Armband, das mein Vater meiner Mutter an ihrem Hochzeitstag geschenkt hat.«

Aiylas Herz pochte wie wild, und sie dachte an den Moment, als Maisy es ihr gegeben hatte. *Auf dass eure Ehe so lange hält und so glücklich wird wie unsere. Wir lieben dich, Schatz.*

»Etwas Blaues?« Cherise zog die Brauen zusammen.

Aiyla hob ihr Kleid und ein himmelblaues Spitzenhöschen blitzte hervor.

»Wow, wie heiß«, sagte Shannon. »Etwas Altes?«

Cherise und Aiyla sahen sich an. Aiyla berührte ihre Halskette, an der ein Medaillon hing, das ihre Mutter Cherise geschenkt hatte, als ihre Schwester ein kleines Mädchen gewesen war. Darin befand sich ein Bild der beiden mit ihrer Mutter.

»Und etwas Neues«, sagte Aiyla, hob noch einmal ihr Kleid und wies auf ihre Prothese. »Ich denke, ich bin bereit!«

Sie quietschten vor Lachen und nahmen sich noch einmal in den Arm. Aiyla schloss die Augen und sandte eine stumme Liebesbotschaft an ihre Mutter. Sie hatte das Gefühl, als würde ihr Geist sie seit der Operation begleiten. In der letzten Zeit spürte sie ihre Gegenwart nicht mehr so stark, aber es kam ihr vor, als wüsste ihre Mutter, dass alles gut werden würde. Aiyla selbst war überzeugt, dass alles gut werden würde. Die Amputation hatte ihr ein Bein genommen, ihr aber auch ein Gefühl der Unbesiegbarkeit gegeben. Gab es irgendetwas, das sie und Ty nicht durchstehen konnten? Gab es etwas, womit *sie* nicht zurechtkam?

Als sie nach draußen ging und oben auf dem Weg stand, den Beau und Ty für ihre nächtlichen Spaziergänge zum Wasser angelegt hatten, wusste sie, dass auch für *sie beide* alles gut werden würde. *Besser* als gut. Ty hatte recht. Zusammen waren sie unschlagbar.

Ty hatte die höchsten Berge bestiegen und war um die ganze Welt gereist, doch er hatte sich nie vollständiger gefühlt und war nie glücklicher und verliebter gewesen als in dem Moment, als seine bezaubernde Braut am Arm ihrer Schwester den Mittelgang entlangging. In ihrem Brautkleid sah sie umwerfend aus, aber sie hätte auch Lumpen tragen können und doch alle anderen Frauen auf der Welt mit ihrer Schönheit überstrahlt. Sie ging langsam und ruhig, ohne zu schwanken, und ihre feuchten Augen leuchteten stolz. Sie hatte genau das getan, was sie sich vorgenommen hatte, und sich mit der Aussicht auf ihre Hochzeit motiviert, ihren Heilungsprozess voranzutreiben. Sie war selbstbewusst, schlagfertig, heiß wie die Sünde und trotz allem, was sie erlitten hatte, war sie immer noch so abenteuerlustig wie eh und je – und sah ihn nun an, als wollte sie sich in seine Arme werfen, so wie er sich am liebsten in ihre geworfen hätte.

Sie umarmte Cherise und beide wischten sich die Tränen aus den Augen. Dann drehte sie sich zu Ty um und er bekam weiche Knie. Wahrscheinlich konnten alle sehen, wie seine Augen feucht wurden, als er an all das dachte, was sie durchgemacht hatten, und an alles, auf das sie sich freuen konnten.

Als sie ihr Ehegelübde ablegten, konnte er kaum an sich halten, so sehr sehnte er sich danach, sie in die Arme zu schließen und seine Lippen auf ihre zu pressen. Als sie schließlich zu Mann und Frau erklärt wurden, hielt er ihren verführerischen Mund in einem seelenwärmenden Kuss fest, bis alle jubelten und klatschten. Er schob seine Hände in ihre Haare, ließ den Kuss tiefer werden und liebte sie, bis das Klatschen verstummte, und dann küsste er sie so lange weiter, bis Sam ihm die Hand auf die Schulter legte und die Frischvermählten trennte.

»Alter, vergiss nicht, dass hier auch Kinder zusehen.« Sam deutete auf die drei Jungen, die das Gesicht verzogen.

Ty ließ den Blick über ihre Freunde und Familie bis zum Haus schweifen, in dem Fotos aus Saint-Luc und Colorado neben Bildern hingen, die ihre Reise vom Mad Prix bis zum heutigen Tag dokumentierten, an dem sie zu Mr. und Mrs. Ty Braden geworden waren. Er sah seiner schönen, liebevollen, starken Frau tief in die Augen und sagte: »Die Kinder gewöhnen sich besser daran, denn ich habe vor, dich sehr oft zu küssen. Auf den Rest unseres Lebens, Babycakes.«

Er senkte seine Lippen auf ihre und kümmerte sich nicht darum, wie viele Augenpaare sie beobachteten. Er wusste, dass nichts sie jemals trennen konnte.

Danksagung

Ich weiß, dass Aiylas Geschichte keine typische Liebesgeschichte ist, und obwohl viele Leute versucht haben, mich davon abzubringen, über ihre Amputation zu schreiben, hatte ich das Gefühl, dass ihre Geschichte so erzählt werden muss, wie sie mir in den Sinn gekommen ist. Ich hoffe, es hat Ihnen Spaß gemacht, über die Liebe von Ty und Aiyla, den Zusammenhalt der Familie und die Entschlossenheit einer Frau zu lesen, die richtige Wahl für sich und ihre Beziehung zu treffen. Bei den Hintergrundrecherchen für Aiylas Geschichte habe ich viel über Krebs, über Behandlungsmöglichkeiten und über die Kraft gelernt, die die Menschen brauchen, die mit der Krankheit konfrontiert sind – vom Moment der Diagnose an und weit darüber hinaus. Ich habe mich entschieden, die Zeit von Aiylas Genesung nicht eingehend zu schildern, da dieses Buch kein Schicksalsroman ist und es bei Aiylas Geschichte um mehr geht als den Heilungsprozess. Es geht um Liebe und Romantik und darum, ihre Liebe wahr werden zu lassen.

Und hier ist noch eine geheime Info über Aiyla und Cherise – denn einer der Gründe, warum ich mich für diese Namen entschieden habe, war die Bedeutung:

Aiyla: ein wunderschönes Mädchen, das stark und kämpferisch ist und in das man sich leicht verlieben kann. Ihr Lächeln bringt die Welt zum Leuchten, und wenn sie dir in die Augen sieht, fühlst du dich wie im Himmel. Sie kann manchmal stur sein, ist aber immer so süß, dass man sie in den Arm nehmen will. Sie liebt Küsse und tut alles für ihre Freunde und Familie. Sie setzt sich für das ein, woran sie glaubt, und wird nie klein beigeben. Sie ist liebenswert und wird die Welt verändern. »Aiyla« – wie ein sanfter Tiger. (babynamewizard.com)

Cherise: Menschen mit diesem Namen neigen dazu, gewissenhaft und entschlossen zu sein, ihr Leben auf einer soliden Grundlage von Ordnung und Pflichtbewusstsein aufzubauen. Sie legen Wert auf Aufrichtigkeit, Gerechtigkeit und Disziplin und können leicht ungehalten auf die reagieren, die diese Werte verletzen. Durch ihre praktische Natur sind sie gut darin, Geld zu verwalten und zu sparen und sich in der materiellen Welt zu behaupten. Ihr Fokus auf Ordnung und Zweckmäßigkeit lässt sie manchmal übermäßig vorsichtig und konservativ erscheinen. (sheknows.com)

Ich möchte Susan Stottlemyer, Onkologie-Fachkraft vom John-R.-Marsh-Krebszentrum in Hagerstown, Maryland, für ihre Geduld und ihre Bereitschaft danken, meine endlosen Fragen zu beantworten. Alle eventuellen Fehler sind meine eigenen und spiegeln keineswegs Susans Input wider. Ich möchte mich auch bei den vielen anderen Medizinern bedanken, die sich die Zeit genommen haben, mit mir zu sprechen, aber lieber nicht erwähnt werden möchten. Und jede Menge Dank geht an Kristen Weber und Lisa Bardonski, die mir zur Seite standen, während ich diese Geschichte schrieb, und mich unterstützt haben, als viele meinten, ich sollte Aiylas Bein retten, »weil es ein Liebesroman ist«. Nach mehr als sechzig Büchern hat es mir Spaß gemacht, die typischen Grenzen literarischer Genres zu überschreiten und meine Leser auf eine intensivere und emotionalere Reise mitzunehmen.

Krebs darf man nie auf die leichte Schulter nehmen, und ich hoffe, ich bin Aiylas Geschichte gerecht geworden. Im Internet stehen viele hilfreiche Informationen zum Thema Krebs zur Verfügung. Ein guter Ausgangspunkt für alle, die Näheres über das Chondrosarkom erfahren möchten, ist: www.cancer.org, die erste Anlaufstelle in deutscher Sprache ist: www.krebshilfe.de.

Ich hoffe, die Geschichte von Ty und Aiyla hat Ihnen gefallen und Sie freuen sich auf Beau Braden und Charlotte Sterling, die Sie in der neuen Serie über die Bradens & Montgomerys kennenlernen können. Ich kann es kaum erwarten, Ihnen diese neue Geschichte zu präsentieren!

Wenn Sie meinem Fanclub auf Facebook noch nicht beigetreten sind, würde ich mich freuen, Sie dort begrüßen zu dürfen. Wir haben viel Spaß dabei, über unsere knackigen Helden und selbstbewussten Heldinnen zu chatten. Womöglich geben Sie eines Tages den Anstoß zu einer Geschichte oder einer Romanfigur und landen in einem meiner Bücher. Mehreren Mitgliedern des Fanclubs ist das bereits passiert. www.Facebook.com/groups/MelissaFosterFans

Denken Sie daran, meine Facebook-Fanseite zu liken und mir auf Facebook zu folgen, um immer auf dem neuesten Stand zu sein, was in den Welten unserer fiktiven Freunde vorgeht. www.Facebook.com/MelissaFosterAuthor

Abonnieren Sie meinen Newsletter, um über Neuerscheinun-gen, Sonderaktionen und Veranstaltungen informiert zu

werden.
www.MelissaFoster.com/Newsletter_German

Und vergessen Sie die kostenlosen Goodies für Leser nicht! Stammbäume, Serien-Checklisten und mehr finden Sie auf der speziellen Reader-Goodies-Seite, die ich für Sie eingerichtet habe (in englischer Sprache).
www.MelissaFoster.com/Reader-Goodies

Wie immer ein großes Dankeschön an mein großartiges Team aus Lektorinnen und Korrektorinnen: Kristen Weber, Penina Lopez, Elaini Caruso, Juliette Hill, Marlene Engel, Lynn Mullan und Justinn Harrison sowie an mein deutsches Team Rita Kloosterziel, Rabea Güttler, Simona Turini und Judith Zimmer. Und natürlich bin ich meinem Mann Les auf ewig dankbar, der mich in dem Bemühen unterstützt hat, diese Geschichte richtig hinzubekommen. Er hat stundenlang recherchiert und mir medizinische Einzelheiten so erklärt, dass ich jedes Detail verstehen konnte. Außerdem hat er mir den Mut gegeben, diese schwierige und wichtige Geschichte zu erzählen.

Lust auf mehr von den Bradens? Und wie wäre es mit noch einer neuen Serie?

Hier gibt es Neues über die nächsten Braden-Geschichten und danach geht es weiter mit Informationen zu *Spiel der Herzen*, dem ersten Band über *Die Remingtons*, Ihrer nächsten Serie aus der Reihe »Love in Bloom– Herzen im Aufbruch«.

Lernen Sie die Bradens & Montgomerys aus Pleasant Hill und Oak Falls kennen!

Ich freue mich sehr, diese Neuigkeit mit Ihnen teilen zu können: Die Bradens aus Pleasant Hill und die Montgomerys aus Oak Falls wachsen zu einer großen Serie zusammen! Im dritten Band, *Pfade der Liebe*, entsteht eine enge Verbindung zwischen den Montgomerys und den Bradens. Daher habe ich die Serien miteinander verknüpft, um Ihnen den Überblick über Figuren, Hochzeiten, Babys usw. zu erleichtern. Das bedeutet, dass Sie nach den ersten beiden Romanen (*Von der Liebe umarmt* und *Alles für die Liebe*) in den meisten Büchern beiden Welten begegnen werden. In manchen Geschichten mag das Hauptaugenmerk auf einem der Orte liegen, aber sie werden sich alle überschneiden. Die Bradens haben Sie schon kennengelernt, nun möchte ich Ihnen die Montgomerys vorstellen, angefangen mit Grace Montgomery und Reed Cross.

Lesen Sie hier einen Auszug aus dem ersten Band der neuen
Serie über die Bradens & Montgomerys!

Von der Liebe umarmt

Eins

»Aua!«

Brindle? Schlaftrunken blinzelte Grace in dem dunklen
Zimmer umher. Sie hatte ein Flüstern vernommen und
brauchte einen Moment, bis sie sich daran erinnerte, dass sie in
ihrem Kinderzimmer im Haus ihrer Eltern in Oak Falls,
Virginia, war und nicht in ihrem Loft in Manhattan. Mit
zusammengekniffenen Augen versuchte sie zu erkennen, welche
ihrer fünf Schwestern es darauf abgesehen hatte, sie zu
wecken … Sie sah auf die Uhr. Um halb fünf morgens?

»Psst. Du bist so ein Tollpatsch.«

Sable. Na klar. Wer sonst außer Brindle, ihrer jüngsten und
rebellischsten Schwester, und Sable, der Nachteule, kämen auf

die Idee, sie um diese Zeit zu wecken?

»Ich bin über einen Koffer gestolpert«, flüsterte Brindle. Ein dumpfes Geräusch folgte. »Mist!« Mit einem Lachanfall fiel sie aufs Bett, riss Sable gleich mit und landete genau auf Grace, die aufstöhnte, während die Katze ihrer Eltern, Clayton, vom Bett sprang und Reißaus nahm.

»Psst! Du weckst Mom und Dad auf und die Hunde gleich mit«, flüsterte Sable kichernd.

»Was treibt ihr hier?« Grace bemühte sich um einen strengen Tonfall, aber das Lachen ihrer Schwestern war ansteckend. Das Letzte, was sie nach einer aufreibenden Woche und einer grauenhaft langen Fahrt gebrauchen konnte, war, zu einer solch unchristlichen Zeit geweckt zu werden. Aber ihre Schwestern freuten sich so, dass sie nach Hause gekommen war. Und wenn Grace ehrlich zu sich selbst war, dann war sie trotz der Berge von Manuskripten, die sie durchzuarbeiten hatte, auch froh darüber, sie zu sehen. Abgesehen von einer kleinen Stippvisite anlässlich der Hochzeit ihrer Freundin Sophie war sie seit Weihnachten nicht zu Hause gewesen, und nun war es schon Mai.

»Steh auf.« Brindle zerrte sie aus dem Bett und tastete den Boden ab. »Wir gehen raus, wie in alten Zeiten.« Sie schleuderte Grace die Hose und die Bluse, die sie am Abend zuvor getragen hatte, ins Gesicht. »Zieh dich an.«

»Ich werde nicht –«

»Halt den Mund und zieh das hier aus.« Ungeachtet der Gegenwehr von Grace zog Sable ihr das seidene Nachthemd über den Kopf. Es war vergebens, das wusste Grace. Was Sable wollte, das bekam sie auch. Obwohl sie und ihre Zwillingsschwester Pepper ein Jahr jünger waren als Grace, hatte Sable sich immer als die Penetranteste von allen gezeigt.

Zögerlich zog Grace die Hose an. »Wohin gehen wir denn?«
Sie griff gerade nach ihrer Bürste, als Brindle sie auch schon aus
dem Zimmer zerrte. »Warte! Meine Schuhe!«

»Du kannst Moms Stiefel nehmen, die an der Tür stehen«,
sagte Sable und hakte sie auf der anderen Seite unter, bevor sie
gemeinsam eilig den Flur entlangstolperten.

»Ich werde keine Cowboystiefel anziehen.« Grace hatte sich
abgemüht, die Landei-Angewohnheiten abzulegen, die so tief in
ihr verankert waren wie die Liebe zu all ihren sechs
Geschwistern. Zu diesen Angewohnheiten gehörte es, die Haare
zu zwirbeln, dem gedehnten Südstaatenakzent zu frönen und
die typischen Kleidungsstücke ihrer Jugend – Jeansshorts mit
Cowboystiefeln – zu tragen. Die Hände in die Hüfte gestemmt
stand sie auf der großen Veranda vor dem Haus und starrte ihre
Schwestern an, die darauf warteten, dass sie die Stiefel ihrer
Mutter anzog.

»Zieh sie an oder ich jag dich barfuß diesen Hügel hinauf,
und du weißt, dass das kein Spaß wird«, sagte Sable.

»Meine Güte, ihr zwei seid wirklich richtige Nervensägen!«
Widerwillig schlüpfte Grace in die Stiefel. Sind ja nur Stiefel.
Die machen nicht gleich all meine Bemühungen zunichte. Sie
mochte zwar aus Oak Falls stammen, aber mittlerweile war sie
in der Welt herumgekommen und hatte andernorts Wurzeln
geschlagen. Und sie wollte nie, nie wieder dieses
Kleinstadtmädchen sein.

Der Mond erhellte den Weg vor ihnen. Der strenge Geruch
von Pferden und Heu hing in der Luft, als sie über den Rasen
hin zu dem vertrauten Hügel gingen. Na großartig. Sie
schleppten sie zum Hottie Hill, dem »Hügel der heißen Typen«.
Grace stöhnte und fragte sich, warum sie die beiden nicht aus
dem Zimmer geworfen und die Tür abgeschlossen hatte, anstatt

bei ihrem verrückten Wie-in-guten-alten-Zeiten-Plan mitzumachen. Die drei Wochen zu Hause würden Segen und Fluch zugleich werden. Grace liebte ihre Schwestern, aber sie stellte sich vor, wie Sable drei Wochen nächtelang auf ihrer Gitarre klimpern und ihre anderen jüngeren Schwestern ständig mit ihren Hunden und Chaosgeschichten hereinplatzen würden. Ihre Mutter würde immer mal wieder subtile Fragen zu ihrem Liebesleben einwerfen, während ihr Vater versuchen würde, die Antworten darauf nicht mit einem Grummeln zu quittieren.

In ihren Stiefeln und dem kaum vorhandenen Sommerkleid stolzierte Brindle den Hügel hinauf und mied gekonnt die Unebenheiten im Gras, während Grace versuchte, mit ihr Schritt zu halten, und dabei über jede einzelne dieser Unebenheiten stolperte.

Sable kam zuerst oben an. Sie drehte sich auf den Absätzen ihrer Stiefel um, stemmte die Hände in die Hüften und grinste verschmitzt. »Beeilt euch! Ihr verpasst es sonst!«

Es war eine Sache, aus der Ferne mit jeglicher Art von Familienchaos konfrontiert zu werden, wo man nur eine kleine Entschuldigung raushauen musste, um das Telefonat zu beenden. Aber drei Wochen zu Hause? Grace konnte ihre Entscheidung noch nicht einmal damit entschuldigen, einen Schwips gehabt zu haben. Sie war stocknüchtern gewesen, als ihre Schwester Amber sie gebeten hatte, ihren Buchladen mit einer Schreibwerkstatt für Theaterstücke zu unterstützen. Du hast es geschafft, Gracie! Du bist eine Motivation für alle hier, hatte Amber argumentiert. Außerdem reist Brindle bald nach Paris ab und wir werden das letzte Mal für lange Zeit alle zusammen sein. Das wird wie früher. Grace lebte ihren Traum, schrieb und produzierte Stücke für Off-Broadway-Theater, auch

wenn das in letzter Zeit alles war, was sie erlebte, und ihr das
Gehabe in der Branche gerade den letzten Nerv raubte. Abgesehen davon konnte sie Amber, der süßesten Schwester überhaupt, sowieso keinen Wunsch abschlagen.

Grace rutschte aus, fing sich aber gerade noch ab, sodass sie
nicht mit dem Gesicht im Gras landete. »Mist! Das hier ist echt
das Letzte, wonach mir gerade der Sinn steht.«

»Psst«, fuhr Brindle sie an und griff nach Graces Hand.

Sable rannte den Hügel unverschämt schnell wieder
herunter. Während sie den schwarzen Cowboyhut auf ihren
langen dunklen Haaren mit einer Hand festhielt, streckte sie die
andere nach Grace aus und sagte: »Komm hoch, du
Riesenbaby.«

»Ich fass es nicht, dass ihr mich dafür aus dem Bett gezerrt
habt. Wie alt sind wir denn? Zwölf?«, flüsterte Grace mit dem
ihr eigenen strengen Tonfall.

»Zwölfjährige Mädchen schleichen sich nicht aus dem
Haus, um die heißesten Männer von Oak Falls beim Zureiten
der Pferde zu beobachten«, sagte Brindle, als sie oben auf dem
Hügel ankamen.

»Lügnerin. Das machen wir schon, seit du zwölf Jahre alt
warst«, erinnerte Sable sie.

»Dass die das noch immer zu dieser unchristlichen Zeit
veranstalten!« Die, das waren die Jericho-Brüder, die seit ihrer
Teenagerzeit vor Anbruch der Dämmerung Pferde zuritten. Sie
behaupteten, es wäre der beste Zeitpunkt, bevor es am Tag zu
heiß wurde, aber Grace war überzeugt, dass sie es im Dunkeln
einfach aufregender fanden.

Die Jericho-Brüder waren die heißesten Typen in der
Gegend. Naja, zumindest seit Reed Cross nach dem
Highschool-Abschluss die Stadt verlassen hatte. Grace

versuchte, die Gedanken an den Mann zu verdrängen, der ihr die Jungfräulichkeit genommen und ihr seine geschenkt hatte – und der ihr Herz ins Chaos gestürzt hatte. Der Mann, den sie zurückgewiesen hatte, um ihre Karriere als Produzentin zu verfolgen, und mit dem sie seitdem jeden anderen verglichen hatte. Auf keinen Fall wollte sie sich diesen Erinnerungen hingeben.

»Ich bin erledigt«, jammerte Grace, als sie oben auf dem Hügel angekommen waren, von dem aus sie auf die Jericho-Ranch hinunterblicken konnten. Die Jerichos besaßen mehrere Hundert Morgen Land und waren in der Gegend sehr engagiert. So stellten sie zum Beispiel einmal im Monat eine ihrer Scheunen für eine Jam-Session zur Verfügung, an der jeder teilnehmen konnte, der ein Instrument spielte. Menschen aller Altersgruppen kamen zusammen, um gemeinsam Musik zu hören, zu tanzen und an verschiedenen Spielen wie Sackhüpfen, Ringe werfen oder Touch-Football teilzunehmen. Dies war auch eines von vielen dieser Provinz-Events, die Grace ohne Bedauern hinter sich gelassen hatte.

»Als ob ich diese Typen noch nie gesehen hätte«, beschwerte sie sich. »Und außerdem hast du, Brindle, schon öfter mit Trace geschlafen, als du wahrscheinlich noch zählen kannst. Also hast du ihn bestimmt schon mal mit freiem Oberkörper gesehen. Warum sind wir überhaupt –«

»Psst!«, ermahnten Brindle und Sable sie einstimmig, als sie Grace zu Boden zogen.

Sie schaute zu dem unter ihnen liegenden Reitplatz, auf dem die vier Jericho-Brüder Trace, Justus – auch »JJ« genannt –, Shane und Jeb sowie eine Handvoll anderer Kerle mit freiem Oberkörper und Jeans herumschlenderten. Sie liefen immer mit nacktem Oberkörper herum, denn welcher Mann tat das nicht, wenn er beweisen wollte, dass er der männlichste aller Männer war?

»Das mit Trace und mir ist vorbei«, flüsterte Brindle. »Dieses Mal wirklich.« Sie und Trace führten schon seit Ewigkeiten eine On-Off-Beziehung – ein hoffnungsloser Fall von rebellischem Kerl und rebellischer Frau, für jedes Risiko zu haben. Zwei Menschen ohne die geringste Chance, jemals miteinander zur Ruhe zu kommen, die sich aber gegenseitig in ihrem Leben brauchten – oder zumindest in ihren Betten.

»Morgyn hat da aber etwas anderes gesagt«, meinte Sable grinsend. Morgyn war ein Jahr älter als Brindle und ebenso extrovertiert.

»Warum habt ihr nicht sie statt mich aus dem Bett gezerrt?«, beschwerte sich Grace.

»Hätte ich ja, aber sie war nicht zu Hause«, erklärte Brindle.

Als Teenager hatten Grace und ihre Schwestern viele Stunden auf genau diesem Hügel verbracht. Eigentlich hätten sie schlafen sollen, aber stattdessen hatten sie die Jericho-Brüder und die anderen jungen Männer dabei beobachtet, wie sie Wildpferde einritten und Rinder einfingen. Pepper und Amber waren nur zweimal mitgekommen. Pepper hatte sich die ganze Zeit darüber beschwert, was für eine Verschwendung von Hirntätigkeit dies doch wäre, und Amber war von der Testosteron-Show eher eingeschüchtert als angetörnt gewesen. Wenn ich doch nur schüchtern geboren worden wäre!

Sie lachte innerlich. Schüchtern? Von wegen. Sie hatte sich in einer Männerwelt behauptet. In ihrem Repertoire war für schüchtern kein Platz. Und für diesen Quatsch war auch kein Platz mehr. Sie setzte sich auf. »Brindle, vielleicht ist das mit vierundzwanzig noch witzig, aber ich bin achtundzwanzig. Ich hab heute Vormittag eine Menge Arbeit und ich bin so weit hintendran, das ist schon nicht mehr witzig.«

»Meine Güte, Grace! Du bist zu einer arbeitssüchtigen Eiskönigin geworden«, flüsterte Sable und zerrte Grace wieder bäuchlings zu Boden. »Und ich, deine dich liebende Schwester, die das Bedürfnis verspürt, dich jung zu halten, beabsichtige, das in Ordnung zu bringen. Und zwar jetzt.«

Grace sah sie entnervt an. »Eiskönigin? Nur weil ich erwachsen geworden bin und so was hier nicht mehr witzig finde?« Während sie das sagte, verließen die Männer den Reitplatz und lehnten sich –die muskulösen Arme lässig auf dem obersten Balken – gegen den Zaun.

»Eiskönigin, weil du dir zu gut bist, um …« Sable hielt inne, als Trace und JJ das riesige Holztor der Scheune aufschoben und ein Wildpferd mit einem Mann, ebenfalls mit freiem Oberkörper, auf den Reitplatz stürmte.

Gebannt schauten die Schwestern auf das Spektakel. Auf dem Rücken des Pferdes, das ganz offensichtlich zum ersten Mal geritten wurde, saß kein Jericho, und trotz ihrer Proteste spähte Grace nun doch in die Dunkelheit, um sich den Inbegriff von Männlichkeit genauer anzuschauen.

»Verdammt noch mal«, gab Brindle mit rauer Stimme von sich.

»Heiliger Bimbam, das ist heiß«, flüsterte Sable. »Siehste, Gracie? Das war es doch wirklich wert.«

Grace nahm die Wölbungen der Schultern des Reiters in sich auf, während das Pferd ihn vor- und zurückschleuderte und er mit seinen kräftigen Armen die Zügel fest im Griff hatte. Das wellige braune Haar und das vertraute markante Kinn des Mannes jagten ihr einen Schauer über den Rücken.

»Aua! Grace! Du bohrst deine Fingernägel in meinen Arm.« Sable löste Graces Hand von ihrem Unterarm.

»Ist das …?« Grace verschluckte sich fast an der Wut und der Erregung, die gleichzeitig in ihr kämpften. Reed Cross hätte sie überall wiedererkannt, selbst auf die Entfernung und nachdem sie ihn all die Jahre nur in ihren Träumen gesehen hatte. Sie stand auf, völlig verwirrt, den verbotenen Geliebten hier zu sehen, für den sie alles riskiert und den sie dann weggeworfen hatte. Was zum Teufel tat er hier in Oak Falls? Und zwar mit genau den Kerlen, die ihn damals nicht hatten ausstehen können? Das Letzte, was sie von ihm gehört hatte, war, dass er nach der Highschool irgendwo in den Mittleren Westen der USA gezogen war.

»Reed…?« Sein Name kam ihr zu leicht über die Zunge, sie stolperte rückwärts. Erinnerungen stürzten auf sie nieder, an seine Umarmung und seine tiefe Stimme, die ihr sagte, dass er sie begehrte, sie liebte. Sie wollte sich nicht an das erinnern, was sie beide einst hatten, und als ihre Schwestern sie wieder ins Gras ziehen wollten, rannte sie fort.

»Gracie, warte!«, rief Sable flüsternd, während sie und Brindle ihr hinterherliefen.

Grace rannte schnell und ungestüm, wollte den Erinnerungen entkommen. Dabei wusste sie doch, dass es vergebliche Liebesmüh war, und genau das ärgerte sie nur noch mehr. Sie drehte sich abrupt um, Wut und Schmerz brannten in ihr. »Und du bist nicht auf die Idee gekommen, mich vorzuwarnen?«

»Du wärst sicher nicht mitgekommen«, sagte Sable.

»Da hast du verdammt recht.« Sie ging weiter den Hügel hinunter.

»Warte, Grace!« Brindle griff nach ihrer Hand und wollte sie zurückhalten, aber Grace ging weiter und zog ihre Schwester mit sich. »Was ist denn los?«, wollte Brindle wissen. »Warum bist du so sauer?«

Grace wurde langsamer, denn in diesem Moment wurde ihr klar, dass Sable die letzten zehn Jahre ihr Geheimnis nicht preisgegeben hatte. Das hatte sie nicht erwartet. Aber ebenso wenig hatte sie eine solch intensive, bis in ihr Innerstes reichende, aufwühlende Reaktion auf ein Wiedersehen erwartet. Mann, sie hatte überhaupt nicht erwartet, Reed je wiederzusehen. Als Quarterback war er Mitglied der Footballmannschaft der rivalisierenden Highschool gewesen. Damals wurden die Rivalitäten zwischen benachbarten Orten nicht auf die leichte Schulter genommen. Daher waren sie und Reed immer darauf bedacht gewesen, nicht zusammen gesehen zu werden, denn sie hatten Angst, dass Grace als Cheerleaderin ihres Teams von ihren Freunden gemobbt werden könnte. Als der Abschluss näher rückte, war beiden klar, dass Grace ihren Traum verfolgen und in New York City Theaterstücke schreiben und produzieren wollte. Vielleicht wären sie zusammengeblieben, wenn Reed gesagt hätte, dass er eines Tages aus dem kleinen Ort fortziehen würde, aber er hatte immer behauptet, seine Familie nie verlassen zu wollen.

Zumindest bis sie die Beziehung beendet hatte, um ihre Träume zu verwirklichen.

Dann hatte er den Ort für immer verlassen.

Hatte sie jedenfalls gedacht.

Der Stachel saß noch immer schmerzhaft tief, sogar jetzt, als seine sonore Stimme durch die Nacht zu ihr drang und Erinnerungen an die Geheimnisse und die verstohlenen sinnlichen Nächte wachrief, die sie miteinander geteilt hatten.

»Ich dachte, du wärst über ihn hinweg«, sagte Sable vorwurfsvoll.

»Bin ich auch!«, schnaubte Grace. Geistesabwesend strich sie sich über die Lippen, erinnerte sich an den Geschmack von

Minze und lustvollen Teenagergefühlen, die sich in endlosen Küssen vermischten. In Küssen, die immer ein schwirrendes Begehren in ihrem Körper hinterlassen hatten. Na großartig. Jetzt konnte sie nicht mehr aufhören, an ihn zu denken. Das war übel. Total übel. Sie hätte nicht zulassen dürfen, dass ihre Schwestern sie mitschleppten und Erinnerungen an die Oberfläche zerrten, die sie lieber vergessen würde.

»Über wen?«, wollte Brindle wissen, während sie neben Grace durch das Gras stapfte.

Grace ignorierte ihre Frage, denn sie wollte ihr langjähriges Geheimnis nicht offenbaren.

»Was also hast du dann für ein Problem?«, fuhr Sable sie an und ignorierte Brindles Frage ebenso. Sie griff nach Graces Arm und brachte sie zum Stehen.

Im Gegensatz zu Grace hatte Sable keine Skrupel, wenn es um One-Night-Stands ging oder sie sich von einem Mann nahm, was sie wollte. Egal von welchem Mann, solange er ihr in dem Moment gefiel, so jedenfalls kam es Grace vor. Dass Sable in Bezug auf ihr Liebesleben keine Geheimnisse kannte, war Grace vielleicht manchmal ein bisschen zu viel, aber sie standen sich doch sehr nah, und Sable war die einzige von ihren fünf Schwestern, der Grace je ihre intimen Geheimnisse anvertraut hatte. Sable wusste, wie schwer es für sie damals gewesen war, mit Reed Schluss zu machen. Graces Herz hämmerte in ihrer Brust, als sie sich wütend anblickten. Sie dachte, sie wäre über Reed Cross hinweg. Sie war über ihn hinweg. Sie hatte ihn aus ihren Gedanken verbannt. Meistens.

Klar, in einsamen Nächten hatte sie Reeds Gesicht vor Augen und sie rief sich sein schiefes Grinsen und unbeschwertes Lachen immer in Erinnerung, um schwierige Produktionen zu überstehen. Aber das war nun wirklich ihr Geheimnis und das hatte sie nicht mit Sable geteilt.

Sie hätte es bei den Wochenenden zu Hause belassen sollen, wie in den vergangenen Jahren. Wochenendbesuche waren sicher. Kurz. Brindle hätte Grace niemals aus dem Bett gezerrt, wenn sie vierundzwanzig Stunden später eine lange Autofahrt vor sich gehabt hätte. Sie konnte nicht drei Wochen bleiben, vor allem nicht jetzt, da sie wusste, dass Reed wieder in der Stadt war. Morgen würde sie Amber sagen, dass sie den Kurs doch nicht geben konnte, und dann würde sie zurückfahren in die Stadt, wo sie nicht Gefahr lief, Reed zu begegnen.

Brindle hob flehend die Hände. »Würde mir bitte mal jemand sagen, was hier das Problem ist? Warum machst du dich vom Acker? Und warum bist du sauer auf Sable? Ich war diejenige, die heute Nacht herkommen und Trace sehen wollte. Nicht sie! Ich dachte, es wäre witzig, wie in alten Zeiten. Lachen, scherzen und darüber reden, wie sexy er ist.«

»Grace.« Sables Tonfall wurde sanfter und ihr Blick flehte um Vergebung, die Grace ihr nicht geben konnte.

»Es gibt kein Problem, Brin«, brachte Grace hervor und hielt dem Blick von Sable stand. »Ich bin einfach nur ...« Verwirrt und wütend wegen der blöden Reaktion meines Körpers auf einen Mann, den ich in meinem Leben nicht brauche. »Ich bin einfach nur erschöpft.« Auch wenn es unsinnig war, weil sie die Beziehung beendet hatte, so fühlte sie doch immer noch diesen schmerzhaften Stich, der sie durchbohrt hatte, als er sie quasi betrogen hatte, indem er seine geliebte Familie – und sie – zurückgelassen hatte.

Ende des Auszugs

Wenn Ihnen die Vorschau gefallen hat, können Sie *Von der Liebe umarmt* gleich bei Ihrem Online-Buchhändler bestellen und weiterlesen!

**Lust auf mehr Geschichten aus der Reihe »Love in Bloom –
Herzen im Aufbruch«?
Lernen Sie die Remingtons kennen!**

Jack Remington ist Ihnen in *Liebe voller Abenteuer* schon
begegnet. Machen Sie sich bereit, auch den Rest seiner Familie
kennenzulernen, in der unterhaltsamen und gefühlvollen Serie
Die Remingtons. Die neuen Geschichten beginnen mit: *Spiel der
Herzen*

Ellie Parker ist ein Profi, wenn es darum geht, Mauern um ihr
Herz zu errichten. In ihrem ganzen Leben war Dex Remington
der einzige Mensch, der immer an sie geglaubt hat und für sie
da war. Doch vor vier Jahren suchte sie einmal Trost bei Dex,
nur um dann wie eine Verbrecherin des Nachts zu
verschwinden und ihn als gebrochenen Mann zurückzulassen.

Dex Remington ist einer der führenden Game-Designer in
den USA. Er sieht unverschämt gut aus, ist klug und immun
gegen Gefühle. So absolut immun, dass er zweifelt, ob er jemals
wieder einen Grund finden wird, etwas zu fühlen.

Ein zufälliges Wiedersehen entfacht tiefe Sehnsüchte in Ellie
und Dex. Sehnsüchte, die in ihr den Fluchtreflex wecken – und

in ihm den Wunsch zu fühlen. Eine Mischung aus Begehren und Angst führt diese jungen Liebenden auf einen gefährlichen Weg. Können sie eingerissene Brücken erneut überqueren? Oder ist es ihr Schicksal, für immer getrennt zu sein?

Bestellen Sie *Spiel der Herzen* direkt bei Ihrem Online-Buchhändler!

Neu bei »Love in Bloom – Herzen im Aufbruch«?

Ich hoffe, Ihnen hat es genauso viel Vergnügen bereitet, die Bradens aus Peaceful Harbor kennenzulernen, wie mir, sie zu schreiben. Falls dieser Band Ihr erstes Buch über die Bradens ist, warten noch jede Menge Geschichten über unsere sexy, selbstbewussten und loyalen Heldinnen und Helden auf Sie. Ty Bradens Geschwister haben alle ihren eigenen Roman. Beginnen Sie doch mit Band eins der Serie aus Peaceful Harbor: *Geheilte Herzen* erzählt die Liebesgeschichte von Nate und Jewel.

Neben den Bradens gibt es in der Reihe »Love in Bloom – Herzen im Aufbruch« noch einige weitere Serien. In allen Büchern der Reihe finden Sie eine abgeschlossene Geschichte, die auch für sich allein gelesen werden kann. Figuren aus den einzelnen Serien und Büchern der weitverzweigten »Love in Bloom – Herzen im Aufbruch«-Familie tauchen immer wieder auch in den anderen Bänden auf. So verpassen Sie nie eine Verlobung, eine Hochzeit oder eine Geburt.

Wenn Sie mögen, lernen Sie doch auch die anderen Serien der Reihe kennen! Eine vollständige Liste aller auf Deutsch erschienenen und geplanten Bücher gibt es am Ende des Buches und unter dem folgenden Link finden Sie noch weitere Informationen:
www.MelissaFoster.com/Herzen-im-Aufbruch

Auf Melissas Reader-Goodies-Seite gibt es Serien-Checklisten, Familienstammbäume, Lesereihenfolgen und mehr zum Download (in englischer Sprache):
www.MelissaFoster.com/RG

Love in Bloom – Herzen im Aufbruch

Für noch mehr Vergnügen lesen Sie die Bücher der Reihe nach.
Sie werden in jedem Band bekannte Figuren wiederfinden!

Die Snow-Schwestern

Schwestern im Aufbruch
Schwestern im Glück
Schwestern in Weiß

Die Bradens (Weston, Colorado)

Im Herzen eins
Für die Liebe bestimmt
Freundschaft in Flammen
Wogen der Liebe
Liebe voller Abenteuer
Verspielte Herzen
Ein Fest für die Liebe (Hochzeits-Geschichte)
Nachwuchs für die Liebe (Savannahs & Jacks Baby)
Happy End für die Liebe (Hochzeits-Geschichte)

Die Bradens (Trusty, Colorado)

Bei Heimkehr Liebe
Bei Ankunft Liebe
Im Zweifel Liebe
Bei Rückkehr Liebe
Trotz allem Liebe
Bei Aufprall Liebe

Die Bradens (Peaceful Harbor)

Geheilte Herzen
Voller Einsatz für die Liebe
Liebe gegen den Strom
Vereinte Herzen
Melodie der Liebe
Sieg für die Liebe
Endlich Liebe – ein Braden-Flirt

Die Remingtons

Spiel der Herzen
Im Dschungel der Liebe
Herzen in Flammen
Herzen im Schnee
Liebe zwischen den Zeilen

Die Bradens & Montgomerys (Pleasant Hill und Oak Falls)

Von der Liebe umarmt
Alles für die Liebe
Pfade der Liebe
Wilde Herzen

…

Entdecken Sie Melissa Fosters Bücher auch auf:
www.MelissaFoster.com/Herzen-im-Aufbruch

www.ingramcontent.com/pod-product-compliance
Lightning Source LLC
Chambersburg PA
CBHW031619180726
48284CB00005B/1610